dtv

Schon lange glaubt Julie nicht mehr an Märchen. Eigentlich wollte sie Mikrobiologin werden – als alleinerziehende Mutter des 3-jährigen Lulu verdient sie ihren Lebensunterhalt nun als Kassiererin in einem Supermarkt. An einem besonders trüben Tag lernt sie dort Paul kennen, der nach 30 Ehejahren gerade verlassen worden ist. Als einziger Kunde bemerkt er die Träne, die sie sich verstohlen von der Wange wischt, und spricht sie an. Berührt von Julies schwieriger Lebenssituation, lädt er sie spontan ein, die Ferien mit ihm und seinem erwachsenen Sohn Jérôme in seinem kleinen Haus in der Bretagne zu verbringen. Julie lässt sich mutig darauf ein und erlebt eine intensive Zeit mit vielen Glücksmomenten. Sollte sich für sie das Blatt endlich gewendet haben? Doch dann geschieht das Unfassbare …

Agnès Ledig ist von Beruf Hebamme und lebt mit ihrer Familie in der Nähe von Obernai/Elsass. Zu schreiben begann sie 2005, als ihr kleiner Sohn an Leukämie erkrankte. Ein Arzt ermutigte sie, sich auf die Suche nach einem Verlag zu machen, so hingerissen war er von ihrer Begabung. Er blieb nicht der einzige begeisterte Leser: ›Kurz bevor das Glück beginnt‹ hat weltweit Hunderttausende mitten ins Herz getroffen.

Agnès Ledig

Kurz bevor das Glück beginnt

Roman

Aus dem Französischen von
Sophia Marzolff

dtv

Von Agnès Ledig
ist bei dtv außerdem erschienen:
Das Einzige, was jetzt noch zählt (26108)

FSC
www.fsc.org
MIX
Papier aus verantwortungsvollen Quellen
FSC® C019821

Ungekürzte Ausgabe 2016
dtv Verlagsgesellschaft mbH & Co. KG, München

Titel der französischen Originalausgabe:
›Juste avant le bonheur‹

Umschlaggestaltung: Katharina Netolitzky/dtv
Satz: Greiner & Reichel, Köln
Druck und Bindung: Druckerei C.H.Beck, Nördlingen
Gedruckt auf säurefreiem, chlorfrei gebleichtem Papier
Printed in Germany · ISBN 978-3-423-21638-8

»Die Menschen, die wir geliebt haben,
werden nie mehr sein, wo sie einst waren.
Doch sind sie immer dort, wo auch wir sind.«
Alexandre Dumas

Für Nathanaël,
der immer dort ist,
wo ich bin …

NUR EIN NAMENSSCHILDCHEN

Sie hat in ihrem Leben schon ganz anderes mitgemacht. Gut, sie hätte sich zur Wehr setzen und ihren Job riskieren können, dafür aber ihre Selbstachtung bewahrt.

Nur: Welche Selbstachtung? Die hat Julie schon seit Ewigkeiten verloren gegeben. Wenn es schlicht ums Überleben geht, räumt man die großen Ideale, die man sich als Teenager noch zusammengebastelt hat, in den Besenschrank und lässt den ganzen Sermon schweigend und ohne aufzumucken über sich ergehen.

Schließlich braucht sie den Job. Sie braucht ihn wirklich. Und Chasson weiß das genau. Zudem kennt dieser Scheißkerl keine Skrupel. Der ist imstande, eine Kassiererin schon wegen zehn Euro zu feuern. Und ihr fehlen fünfzig!

Julie weiß sehr gut, wer ihr das Geld gestohlen hat, als sie schnell mal für kleine Mädchen musste. Aber eine Kollegin verdächtigen? Nein, das tut man nicht. Das wird gar nicht gern gesehen. Und hat man erst mal so einen Ruf, bleibt der an einem kleben wie eine Laus im Haar. Und das möchte Julie unter allen Umständen vermeiden.

»Ich könnte Sie auf der Stelle feuern, Mademoiselle Lemaire. Doch ich kenne Ihre finanzielle Situation; ich weiß, dass Sie den Fehlbetrag nicht ersetzen können. Ich will also noch mal Gnade vor Recht ergehen lassen, aber seien Sie auf der Hut: Ich könnte Sie nämlich durchaus bitten, sich eine Lösung zu überlegen, wie Sie die Sache aus der Welt schaffen«, hat er mit einem kalten Blick erklärt und dabei anzüglich gegrinst. »Sie verstehen sicher, was ich meine. Und falls nicht, können Sie ja gewisse Kolleginnen fragen, die kennen sich da bestens aus.«

Arschloch.

Nach außen mimt Chasson ganz den Typ idealer Schwiegersohn. Der Supermarktleiter ist groß, dynamisch, hat ein kantiges Kinn, graue Schläfen und immer ein Lächeln auf den Lippen. Wenn einer beruhigt werden muss, hat er ein aufmunterndes Schulterklopfen parat und findet auch ein freundliches Wort, wenn er am Montagmorgen in den einzelnen Abteilungen vorbeischaut. Er hat eine elegante Gattin und wohlerzogene Kinder und ist zudem einer, der klein angefangen, sich im Schweiße seines Angesichts hochgearbeitet und sich dadurch Respekt und Bewunderung erworben hat. So weit zur glänzenden Seite der Medaille. Wenn man sie allerdings umdreht – dann entpuppt sich der Vorzeigechef als Wolf im Schafspelz und allmächtiger Pascha, dem die Frauen zu Füßen liegen sollen.

Julie eilt durch den langen Flur zurück ins Einkaufszentrum. Ihre Pause ist schon fast vorüber. Sie hätte sie weiß Gott gerne anders verbracht, als zum Chef zitiert zu werden. Wütend wischt sie sich mit dem Ärmel eine verirrte Träne von der

Wange, ein klägliches Zeichen von Schwäche, die sie schleunigst überwinden muss. Sie hat schließlich schon Schlimmeres erlebt: Julie gehört zu den Menschen, denen das Schicksal so gut wie nichts erspart …

Ratlos steht Paul Moissac vor dem Angebot an Tiefkühlpizzas. Den Sechserpack Bier auszuwählen, fiel ihm nicht schwer, aber das hier … Wahrscheinlich ist es überhaupt das erste Mal, dass er einen Supermarkt betritt … zumindest allein.

Seine Frau Marlène hat ihn nämlich vor einem Monat verlassen. Und bevor sie unwiderruflich gegangen ist, hat sie ihm in einem letzten Anfall von Großherzigkeit noch den Kühlschrank aufgefüllt. Vermutlich hat ihr das sogar noch ein süßes Gefühl der Pflichterfüllung verschafft. Ach, die rundum perfekte Frau, die sich selbst in einer solchen Situation noch um das kleinste Detail kümmert: Damit ihr bloß niemand vorwerfen kann, dass sie Knall auf Fall ausgezogen ist.

Diese Vorräte sind nun aber endgültig aufgebraucht, und darum bleibt Paul keine andere Wahl. Pro Woche ein Kilo abzunehmen, mag zwar eine Zeit lang ganz vorteilhaft sein, ab einem bestimmten Körpergewicht kann sich das jedoch als kritisch erweisen. Und da ihm schon die bloße Vorstellung, allein ins Restaurant zu gehen, jeglichen Appetit verdirbt, muss er heute selber ran.

Mit einundfünfzig Jahren sollte man wohl in der Lage sein, sich in einem Lebensmittelgeschäft zurechtzufinden. Paul entscheidet sich schließlich für die teuerste Pizza. Das fehlte gerade noch, dass er mit irgendeinem billigen Fraß vorliebnimmt, nur weil ihn seine Frau nach dreißig gemeinsamen

Ehejahren verlassen hat! … Na ja, wenn Paul ehrlich ist, nimmt er eigentlich immer das Teuerste, weil in seinen Augen ein hoher Preis die gute Qualität garantiert.

Während er die Obst- und Gemüseabteilung durchquert, kommt ihm einer von Marlènes Lieblingssprüchen in den Sinn, den sie ihm bei jeder sich bietenden Gelegenheit gepredigt hat: »Man muss am Tag fünf Portionen Obst und Gemüse essen«, meistens zwischen »Das Rauchen wird dich noch umbringen« und »Alkohol ruiniert deine Gesundheit«. Ja, seine Frau konnte manchmal wirklich anstrengend sein. Trotzdem füllt er noch eine Plastiktüte mit ein paar Äpfeln und geht dann mit seinen drei Errungenschaften zur Kasse.

Hm, er hat sich wohl nicht in die beste Schlange eingereiht, wenn er diesen Konsumtempel möglichst schnell wieder verlassen will: Vor ihm packt eine Tonne von Frau gerade einen ganzen Einkaufswagen voller Junkfood auf das Kassenband. Na, die wäre bestimmt nicht besonders gut mit Marlène ausgekommen!

Aber immerhin ist die Kassiererin nett anzusehen. Ja, sie ist wirklich hübsch, auch wenn sie ziemlich griesgrämig dreinschaut. Aber das ist nun mal das Privileg der Schönheit: Sie lässt einen über einiges hinwegsehen. Hübschen Frauen verzeiht man alles, noch bevor sie überhaupt den Mund aufgemacht haben. Die hier blickt die Kundin kaum an, während sie ihr das Restgeld rausgibt, und wischt sich stattdessen schnell eine Träne aus dem Gesicht, die plötzlich über ihre Wange kullert. Kein stockender Atem, kein zitterndes Kinn, keine glänzenden Augen, nein, eine völlig unbewegte Miene – aber eine Träne, die frische Luft schnappen will.

Jetzt ist Paul an der Reihe.

»Guten Tag, Julie!«

Erstaunt blickt die junge Frau ihn an.

»Kennen wir uns?«

»Nein, aber der Name steht auf dem Schild an Ihrem Kittel. Wofür ist es denn sonst da?«

»Wohl kaum, um uns einen Guten Tag zu wünschen, sondern eher, um uns an der Zentralkasse zu verpfeifen, wenn wir drei Cent zu wenig rausgeben«, erklärt Julie trocken. »Sie haben die Äpfel übrigens nicht abgewogen.«

»Sollte man das?«

»Allerdings.«

»Und was mache ich jetzt?«

»Entweder Sie gehen noch mal zurück, oder Sie verzichten auf Ihre Äpfel.«

»Ich gehe, ich beeile mich!«, erwidert Paul schnell und läuft mit der Tüte los.

»Lassen Sie sich ruhig Zeit«, murmelt Julie, als er schon zwischen den Regalen verschwunden ist, »das macht mein Leben auch keinen Deut besser.«

Die wartenden Kunden in der Schlange werden langsam unruhig. Julie nutzt die Pause, um kurz das Kreuz durchzudrücken, das ihr schon seit einer Woche wehtut.

Atemlos kehrt Paul zurück und setzt die Tüte mit den gewogenen Äpfeln vor ihr ab.

»Sie haben auf Trauben gedrückt statt auf Äpfel!«

»Wirklich?«

»Golden Grapes. Steht auf dem Etikett. Das sind aber Golden Delicious.«

»Ist das schlimm?«

»Es kostet Sie mehr. Wollen Sie noch mal zurückgehen?«

Kurz zögert Paul, das anschwellende Murren in der Schlange hinter ihm bringt ihn jedoch davon ab.

»Egal, ich nehme sie trotzdem ... Wer weiß, vielleicht schmecken die Äpfel so ja noch besser«, sagt er lächelnd.

Über Julies Lippen huscht nun ebenfalls ein schwaches Lächeln, denn es ist schon ewig her, dass ein Mann so nett zu ihr war. Zumindest nett in diesem Sinne. Julie ist es nicht gewohnt, so liebenswürdig behandelt zu werden. Sie ist zwar erst zwanzig, aber ihre Unbekümmertheit ist zusammen mit ihrer Selbstachtung längst auf dem Friedhof der verlorenen Illusionen begraben.

»Fußball-Abend?«, fragt sie, während sie ihm den Kassenzettel reicht.

»Nein, warum?«

»Nur so. Das Bier, die Pizza ...«

»Bloß ein Single-Abend.«

»Das eine muss das andere nicht ausschließen.«

Julie nickt ihm noch mal kurz zu, bevor sie sich den Einkäufen der nächsten Kundin zuwenden muss, die sich, um Zustimmung heischend, darüber aufregt, wie jemand noch nicht mitgekriegt haben kann, dass Obst und Gemüse abzuwiegen sind. Julie gibt keine Antwort, das Gequengel der Kunden beachtet sie schon lange nicht mehr. Ebenso wenig wie die LGTAW-Anweisung. Lächeln – Guten Tag – Auf Wiedersehen: Sie hält sich nur daran, wenn sie weiß, dass sie beobachtet wird. Die Sache mit den Äpfeln hat ihr wenigstens eine kurze Verschnaufpause verschafft, sodass sie einen

Schluck aus der Flasche mit aromatisiertem Wasser trinken konnte, mit dem sie versucht, den bitteren Geschmack der Arbeit hinunterzuspülen.

Hat aber nichts gebracht.

Na ja, zumindest hat sie dabei einen kurzen Moment an Lulu denken können. Er ist das einzig Positive in ihrem Leben, das den Frust einzudämmen vermag, wenn dieser hinter ihren Lidern nach außen drängt.

Mit verspanntem Rücken sitzt Jérôme an seinem Schreibtisch und starrt ins Leere. Die Arbeit wird von Tag zu Tag beschwerlicher. Die Hühneraugen an den Füßen der mürrischen Alten, die kleinen Rotzlöffel, die den Mund nicht aufmachen wollen, damit er sehen kann, ob sich hinter den gelblichen Sekreten eine Angina versteckt, die Frauen in den Wechseljahren, die über ihre Hitzewallungen wie über eine Geißel der Menschheit klagen: All das kann er immer weniger ertragen. Und dazu noch die unzähligen Patienten, die eine Arbeitsunfähigkeitsbescheinigung haben wollen, weil ihre faule Haut sich zu einem dicken Fell ausgewachsen hat …

Er hingegen schuftet jetzt schon seit zehn Jahren wie ein Verrückter. Geschlagene zehn Jahre, in denen er sein Medizinstudium erfolgreich abgeschlossen und danach eine Praxis auf dem Land übernommen hat, deren Patienten den Neuling zwar zunächst ein paar Monate lang misstrauisch beäugt hatten, ihm seither aber absolute Aufopferungsbereitschaft abverlangen.

Zehn Jahre ohne eine Pause: Es musste erst eine Katastrophe passieren, damit ihm die Augen aufgingen und er über sein Leben nachdachte. Und wenn er nicht bald Urlaub nimmt, kommt es womöglich noch zu einer weiteren Katastrophe. Der abendliche Drink wird ihm nämlich bald nicht mehr helfen, weiter durchzuhalten. Er vergisst immer mehr Dinge, fällt abends wie ein nasser Sack ins Bett und schreckt gegen zwei Uhr nachts wieder hoch, um sich bis zum Morgengrauen schlaflos hin und her zu wälzen. Kurz bevor der Wecker klingelt, dämmert er dann weg, um beim ersten Piepen völlig gerädert hochzufahren.

Sein Vater ist der Einzige, der erahnt, was er zurzeit durchmacht, allerdings hat der selbst gerade keine einfache Zeit. Gleich morgen wird er ihn anrufen und fragen, ob sein kleines Haus in der Bretagne noch an Feriengäste vermietet ist oder wieder leer steht. Vielleicht kann ihm das gleichmäßige Rauschen des Meeres ja helfen, in all dem Aufruhr ein wenig zur Ruhe zu kommen.

Lulu hat sich im Wohnzimmer auf den Boden gesetzt, wo ihn seine Nounou im Auge behalten kann, während sie das Abendessen vorbereitet. Er hat alle Plastiktiere aus der Spielkiste geholt und sie um sich herum im Kreis aufgestellt. Der winzige graue Elefant steht neben einem riesigen weißen Hund, und die drei fest auf ihrem Grasflecken verwurzelten Gänse finden sich überrascht neben einem lila Dinosaurier wieder, der kaum größer ist als sie.

Lulu redet mit seinen Tieren wie mit richtigen Freunden, und jedes von ihnen bekommt auf der blauen Blume in der Ecke des bunten Baumwollteppichs eine kleine Erfrischung serviert. Seine Fantasiewelt lässt ihn alles vergessen, was ihn heute im Kindergarten so aufgewühlt hat: der große Junge, der ihm seinen zweiten Keks weggeschnappt hat, als die Erzieherin mal nicht hinsah; seine Strickjacke, die mittags plattgetrampelt und schmutzig unter seinem Garderobenhaken lag; sein frisch gemaltes Bild, auf das das Glas mit den Pinseln umgekippt ist. Die Erzieherin hat ihm zwar versprochen, dass er morgen ein neues malen darf, er aber wollte genau dieses seiner Maman schenken, wenn sie von der Arbeit zurückkommt …

Es ist nicht zu fassen: Zwei Jahre sitze ich jetzt schon an der Kasse, und das war heute das erste Mal, dass mich einer gegrüßt und mit meinem Vornamen angeredet hat. Normalerweise würdigen die Kunden mich keines Blickes, so, als wäre ich nicht mal das bisschen Höflichkeit wert. Oder sie blaffen mich an, weil ich ihnen zu langsam bin. Und manche quatschen einfach weiter in ihr Handy, als wäre ich ein Automat, und rauschen nach dem Zahlen grußlos raus. Und schließlich gibt es noch die, die mir mit einem einzigen Blick zu verstehen geben, dass ich nur eine kleine Kassentippse bin, sie hingegen sich alles erlauben, ja sogar sexistische Bemerkungen machen können, da der Kunde schließlich »König« ist.

Aber inzwischen lass ich mir nicht mehr alles gefallen. Manche meiner Kolleginnen nehmen selbst die größte Unverschämtheit noch schweigend hin, ich gebe jetzt manchmal Kontra. Die sollten mal an meiner Stelle sein, keine zwei Tage würden die das aushalten, den ganzen Lärm und den ständigen Luftzug und die vielen schweren Waren, die man über den Scanner ziehen muss, bis der Rücken regelrecht aufschreit, und dann noch dieses nervi-

ge, immer gleiche Piepsen. Nicht zu vergessen dieser verdammte Chasson, der uns allesamt für dumme Kühe hält. Aber das wird ihm noch leidtun, eines Tages werde ich's ihm heimzahlen!

Sobald Lulu groß ist und mich nicht mehr braucht, werde ich mir nichts mehr gefallen lassen. Dann werde ich frei sein und mich an all den Chauvis dieser Erde rächen, die uns Frauen für minderwertig halten und glauben, sie könnten mit uns machen, was sie wollen. Für wen halten die sich eigentlich?!

Doch dieser Typ heute ... Der hatte einen echt aufrichtigen, netten Blick. Obwohl ... Ich bin ja schon öfter reingefallen ... ich sollte ihm besser nicht über den Weg trauen. Trotzdem: Irgendwie war der ... Gut, er ist schon alt. Vielleicht war er deshalb anders als diese jungen Gockel, die glauben, nur weil sie im besten Mannesalter sind, könnten sie alles bespringen, was nicht bei drei auf den Bäumen ist. Außerdem wirkte er so hilflos, mit seinem falschen Etikett auf der Apfeltüte, als wäre er ein Außerirdischer und käme von einem anderen Planeten ... Manchmal wäre ich auch gern auf so einem anderen Planeten. Auf einem, wo man noch nichts mitgekriegt hat von all den Gemeinheiten, zu denen Menschen fähig sind, die einem das Leben zur Hölle machen wollen ...

Aber zum Glück trifft man im Leben ja doch noch ab und zu auf Menschen, die anders sind als all die anderen und die gleiche Wellenlänge haben wie man selbst, vielleicht sogar die gleichen Träume.

Genau so einen Eindruck hat dieser Mann heute auf mich gemacht.

Und das hat mir irgendwie gutgetan.

EINE WOCHE SPÄTER …

Paul hat seine Einkäufe ordentlich auf das Kassenband gelegt.

»Guten Tag, Julie.«

»Guten Tag, Monsieur. Haben Sie heute alles gewogen?«, fragt Julie ganz ohne Spott.

»Oh, ja, ich lerne dazu … Geht's Ihnen wieder besser?«

»Wieso besser?«

»Waren Sie nicht letztes Mal ein wenig traurig?«

»Nein, war ich nicht«, entgegnet Julie schroff und konzentriert sich wieder auf die Waren vor ihr.

Doch Paul lässt sich davon nicht abschrecken.

»Dann hatten Sie wohl ein Staubkörnchen im Auge.«

»Ganz richtig«, erwidert Julie kurz angebunden. »Die Kühltüte kostet etwas, nehmen Sie die trotzdem?«

»Ja. So was kann man doch immer gut gebrauchen, oder?«

»Wenn Sie meinen. Das macht dann siebenundvierzig Euro und neunundfünfzig Cent.«

»Bitte«, sagt Paul und reicht ihr einen Fünfzig-Euro-Schein, »stimmt so.«

»Trinkgeld anzunehmen ist verboten.«

»Hm … Darf ich Sie dann stattdessen nach Ihrer Schicht zu einem Drink einladen?«

»Ich denke nicht, dass das möglich ist.«

»Fürchten Sie, ins Gerede zu kommen?«

»Sie könnten fast mein Großvater sein!«

»Na, na, übertreiben Sie mal nicht, sonst bin ich noch gekränkt …«

»Na ja, zumindest mein Vater …«

»Ein Vater darf doch mal ein Gläschen mit seiner Tochter trinken gehen, oder nicht?«

»Ich bin aber nicht Ihre Tochter.«

»Das weiß ja niemand. Wir könnten so tun, als ob.«

»Sagen Sie mal, was suchen Sie eigentlich? Frischfleisch?«

»Ich suche eine bestechliche Angestellte, die mich mit ein paar Tipps in die Geheimnisse eines Supermarkts einweiht.«

»Kommt drauf an, was Sie erfahren wollen.«

»Ich möchte über alles Bescheid wissen, was ein Mann brauchen kann, der nach dreißig Ehejahren von einer Frau verlassen worden ist, die sich stets um alles gekümmert hat, auch um das Einkaufen.«

»Aha! Also doch Frischfleisch.«

»Na ja, jetzt, da ich eine Kühltüte habe, muss sie schließlich zu irgendwas gut sein.«

»Selbst wenn ich meinen Bauch einziehe, passe ich da aber nicht hinein.«

Unwillkürlich muss Paul grinsen und macht dann noch einen letzten Versuch.

»Mademoiselle, so weit müssen wir gar nicht gehen, ich fände es einfach nur nett, mit Ihnen nach der Arbeit etwas trinken zu gehen. Um wie viel Uhr haben Sie denn Feierabend?«

»Ich habe heute zwischen dreizehn und fünfzehn Uhr Pause.«

»Und wo essen Sie zu Mittag?«

»Ich habe einen Apfel dabei.«

»Einen Apfel?! Selbst wenn man ihn zum Preis von Trauben kauft, wird man von einem Apfel doch nicht satt!« Entschieden schüttelt Paul den Kopf. »Okay, dann gehen wir nichts trinken, sondern irgendwo was essen. Ich warte auf dem Parkplatz auf Sie, in der Reihe P wie Paul. Ich habe einen grauen Audi Quattro.«

Ohne ihm eine Antwort zu geben, reicht Julie Paul den Kassenzettel und wendet sich dann schnell den nächsten Kunden zu. Die werfen ihr nämlich wegen der Warterei schon finstere Blicke zu, und sie muss aufpassen, sonst beschwert sich noch jemand bei Chasson, der das ausnutzen könnte, um ein paar Nettigkeiten von ihr zu verlangen.

Julie weiß noch nicht, ob sie nachher wirklich nach dem grauen Audi Ausschau halten wird. Wer sagt ihr, dass dieser Paul nicht auch so etwas von ihr will? … Andererseits, was kann ihr auf einem gut besuchten Parkplatz am helllichten Tag schon passieren? Und außerdem hat es doch auch was Rührendes, auf welchem Weg er sich als frischgebackener Single die Basics im Einkaufen beizubringen versucht.

Noch dazu müsste sie ihre Pause einmal nicht im Einkaufszentrum totschlagen; weil sie Benzingeld sparen und den

Wagen schonen muss, kann sie die zwei Stunden leider nie zu Hause verbringen. Sie hat zwar immer ein Buch aus der Leihbücherei dabei, aber der Aufenthaltsraum fürs Personal ist düster und bei der Geräuschkulisse kann sie sich auch nur schwer konzentrieren: Die Kerle von der Fleischtheke machen nämlich ständig irgendwelche Bemerkungen in ihre Richtung, die so saftig sind wie ihre Schweinehälften. Und überhaupt: Heute ist ihr letzter Arbeitstag. Ab morgen hat sie drei Wochen Urlaub, und das sollte sie ein bisschen feiern!

Wenn er einen Audi Quattro fährt, lädt dieser Paul sie ja vielleicht sogar in ein etwas besseres Restaurant ein. Und das wäre gar nicht schlecht, denn so könnte sie sich ein bisschen was auf Vorrat anfuttern für die nächsten Tage, da sie schon wieder ziemlich knapp bei Kasse ist. So wie jedes Monatsende …

Jérôme hat kurzfristig eine Praxisvertretung gefunden. Sie ist zwar nicht allzu erfahren, aber was soll's. Er muss unbedingt ans Meer, um seinen Blick zu weiten und zu versuchen, den tiefen Morast zu vergessen, in dem er nun schon seit über einem halben Jahr versinkt.

Er wird der jungen Ärztin auch seine Wohnung zur Verfügung stellen. Sie reist am Abend an, und so muss sie sie noch eine Nacht mit ihm teilen, weil er erst am nächsten Morgen aufbricht. Sein Vater hat gerade noch einmal angerufen, um die genaue Abfahrtszeit zu besprechen. Paul fährt nämlich mit, denn er sehnt sich ebenfalls nach einer kurzen Auszeit am Meer. Wenn auch aus einem anderen Grund: Er wird dort wahrscheinlich einen tiefen Seufzer der Erleichterung tun.

Nur noch zwei Stunden Sprechzeit. Jérôme klammert sich an die Aussicht auf seine Reise, um die Sprechstunde noch gut zu überstehen. Er muss den Schein wahren, denn ein Arzt darf keine Schwäche zeigen. Ein Arzt ist der Fels in der Brandung, an dem seine Patienten sich festhalten können. Doch vor ein paar Monaten ist dieser Fels detoniert und bietet nun niemandem mehr einen Halt. Jérôme hört zu, verschreibt, tastet ab, näht Wunden, aber er kann niemanden mehr stützen. Immerhin hält er sich noch ohne Antidepressiva aufrecht. Aber stattdessen braucht er den Alkohol.

Hoffentlich ist bald der Kindergarten aus … Lulu kann es kaum erwarten. Seine Nounou wird ihn noch abholen, aber dann fängt Mamans Urlaub an und sie wird jeden Nachmittag für ihn da sein und jeden Morgen, ja sogar mittags! Bei der Nounou schmeckt das Essen zwar besser, aber Lulu findet es trotzdem schöner, mit seiner Maman zusammen zu sein.

Er mag den Kindergarten nicht. Es ist ihm zu laut, zu viele Kinder wirbeln um ihn herum und rempeln ihn an. Oder ärgern ihn sogar.

Seine Maman hat ihm versprochen, dass er nicht jeden Tag in den Kindergarten muss, solange sie freihat. Egal, was die Erzieherin sagt. Seine Maman möchte nämlich so viel Zeit wie möglich mit ihm verbringen!

Überhaupt, seine Maman: Sie ist nicht wie die anderen Mamans. Erst einmal ist sie die Hübscheste. Und dann auch die Jüngste. Wenn sie ihn vom Kindergarten abholt, denken manche, sie ist seine große Schwester. Aber ihr ist es schnuppe, was die anderen denken. Und sie flucht. Er dagegen wird ausgeschimpft, wenn er das im Kindergarten tut. Als Erwachsener hat man es gut, da weist einen niemand mehr zurecht.

Aber manchmal weint seine Maman auch am Abend, wenn auf dem Tisch ganz viele Papiere liegen und sie in ihren Taschenrechner tippt.

Lulu macht es nichts aus, jeden Tag Nudeln zu essen. Er liebt Nudeln. Aber natürlich schmecken Nudeln mit Fleisch besser als mit Butter. Das Gute bei der Nounou ist, dass sie genug Geld hat, um etwas Leckeres einzukaufen …

Dreizehn Uhr. Endlich Pause – und Julie hat sich entschlossen, in Reihe P nach Paul Ausschau zu halten. Gut, er könnte wirklich ihr Vater sein. Aber sie muss einfach mal etwas anderes sehen in ihrer Mittagspause und die Aussicht auf ein warmes Essen ist verlockend.

Ah, da vorne steht der Audi Quattro. Mit einem Aufblinken der Scheinwerfer macht er sich bemerkbar. Und als Julie auf der Beifahrerseite einsteigt, lächelt Paul ihr freundlich zu.

Lederausstattung. Armaturenbrett in Mahagoni. Tadellos saubere Fußmatten, ohne ein einziges Kieselsteinchen. Wie schafft er das nur? Welten klaffen zwischen diesem Luxuswagen und ihrem ollen Renault 5 mit seiner rostzerfressenen Karosserie und den abgewetzten Sitzen, den es jedes Mal fast zerreißt, wenn sie den Zündschlüssel umdreht. Aber sie pflegt ihn ja auch nicht besonders, schließlich ist es ja nur ein schnödes Auto, dessen wesentliche Funktion darin besteht, sie von A nach B zu bringen. Hauptsache, es fährt. Eine Panne wagt sie sich allerdings nicht einmal auszumalen. Das Damoklesschwert, das über ihr schwebt, hat die Gestalt eines Zahnriemens, den man schon vor 20 000 Kilometern hätte auswechseln sollen. Der Kfz-Mechaniker hat ihr erklärt, wenn der unterwegs reiße, sei auch gleich der Motor hin. Doch wenn sie den Riemen austauschen lässt, kann sie ihre Miete nicht mehr bezahlen. Darauf hat der junge Kerl nur trocken erwidert, dass sie die erst recht nicht mehr zahlen könne, wenn der Motor kaputtgehe, denn ohne Auto komme sie nicht mehr zur Arbeit und verliere so ihren Job. Welch fantastische Aussichten! Da der Mechaniker aber kein Banker ist, hofft und betet Julie einfach, dass der Zahnriemen noch ganz lange hält.

Paul ist inzwischen losgefahren. Er will sie in ein Restaurant einladen, von dem sie noch nie gehört hat. Aber sie kennt ja sowieso kaum welche.

»Es liegt nur wenige Minuten vom Einkaufszentrum entfernt«, erklärt er noch kurz. »Und im Übrigen freue ich mich, dass Sie gekommen sind.«

»Ich sag's Ihnen aber gleich: Erwarten Sie nicht mehr von mir«, erwidert Julie schroff.

Amüsiert sieht Paul kurz zu ihr rüber.

»Bellen Sie nur, oder beißen Sie auch?«

»Ich belle nicht, ich will das nur von vornherein klarstellen.«

»Was sollte ich außer ein paar vertraulichen Einkaufstipps denn noch von Ihnen erwarten?«

»Na ja, bestimmte Gegenleistungen … daran bin ich schon gewöhnt.«

»Was?« Paul ist so perplex, dass er beinahe eine Vollbremsung hingelegt hätte. »Also … also an so was habe ich nicht im Traum gedacht!«

»Das ist selten.«

»Sind etwa sonst alle Männer darauf aus, denen Sie begegnen?«

»Ehrlich gesagt, ja.«

»Das setzt mich jetzt aber gewaltig unter Druck.«

»Warum?«

»Weil ich Ihnen nun beweisen muss, dass ich nicht so bin.«

»Und? Ist das so schwer für einen Mann?«

»Nein … oder vielleicht doch … ich weiß nicht. Na ja, das wird sich zeigen.«

Eine Weile schweigen sie beide.

»Ich möchte mit Ihnen nur gemeinsam mittagessen gehen«, beginnt Paul schließlich noch einmal von vorn, »und dabei über dies und das plaudern, über Sie, wenn Sie möchten, über mich, falls es Sie interessiert, und das alles ganz ohne Druck oder irgendwelche Hintergedanken.«

»Okay«, sagt Julie nach kurzem Zögern.

»Und vor allem würde es mich freuen, wenn Sie dabei etwas mehr als einen Apfel zu sich nähmen!«

»Ich bin es gewohnt, mittags nur einen Apfel zu essen …«

»Eine Gewohnheit bedeutet noch keine ausgewogene Ernährung.«

»Man tut, was man kann.«

»Heute *können* Sie sich ein ganzes Menü bestellen. Allerdings unter einer Bedingung: dass Sie sich bei der Rückfahrt nicht auf mein Armaturenbrett übergeben.«

»Ich werde mich bemühen«, antwortet Julie und lächelt – endlich.

Es ist ein schickes Restaurant, das Paul ausgesucht hat. Julie fühlt sich unbehaglich in ihren ausgefransten Jeans, dem ausgeschnittenen T-Shirt und den ausgelatschten Sneakers.

»Glauben Sie, die lassen mich hier essen?«, raunt sie Paul zu, als er ihr den Stuhl zurechtrückt.

»Warum denn nicht?«, fragt er verwundert.

»Na ja, ich passe nicht so ganz zum Dekor.«

»Sie müssen ja nicht als neues Bild an die Wand.«

»Trotzdem, ich meine, ich falle hier doch irgendwie aus dem Rahmen, oder?«

»Ja, schon.« Paul schmunzelt. »Aber das ist völlig egal. Wenn man eine Kreditkarte hat, darf man das. Und es macht sogar Spaß.«

»Ich habe aber keine Kreditkarte.«

Paul seufzt. »Wie soll ich es Ihnen sagen, Julie ... Nun gut, wenn Sie mir schon so eine Steilvorlage liefern, kann ich Ihnen gleich beweisen, dass ich kein ungehobelter Klotz bin. Also, ein Gentleman lädt die Dame selbstverständlich ein. Außer er hat es mit einer eingefleischten Feministin zu tun, die etwas so Selbstverständliches für machohaftes Gebaren hält.«

»Ich nehme mal an, diese Feministinnen haben allesamt eine Kreditkarte ...«

Beinahe hätte Paul laut aufgelacht.

»Allerdings sollten Sie Ihren Kaugummi raustun, denn das macht nun wirklich einen schlechten Eindruck.«

Julie gehorcht. Sie reißt ein Stück von der schicken Papierserviette ab, wickelt das Corpus Delicti hinein und legt es gerade in den Aschenbecher, als der Kellner mit den Aperitifs und der Speisekarte erscheint.

Julie überfliegt sie kurz, dann klappt sie sie heftig zu.

»Gibt es irgendein Problem?«, fragt Paul. »Finden Sie nichts, was Ihnen Appetit macht?«

»Das ist viel zu teuer für mich …«, flüstert Julie beklommen.

»Sind Sie Feministin?«

»Nein, warum?«

»Weil ich bezahlen werde.«

»Ich werde aber bei jedem Bissen das Gefühl haben, auf einem Fünf-Euro-Schein rumzukauen!«

»Dann gucken Sie einfach nicht auf die Preise.«

»Das kann ich nicht! Ich schaue überall auf die Preise, ob ich will oder nicht … ich muss einfach immer auf die rechte Spalte gucken.«

»Dann lese ich Ihnen die Karte vor.«

Heftig schüttelt Julie den Kopf. »Die Leute werden denken, ich kann nicht lesen.«

»Ich werde ganz leise flüstern.«

»Bloß nicht, denn dann denken die, wir flirten, obwohl Sie mein Vater sein könnten.«

»Ach, Julie, lassen Sie doch die Leute denken, was sie wollen«, seufzt Paul amüsiert und beginnt, Julie die Karte vorzulesen.

Ein paarmal muss sie ihn unterbrechen, da sie längst nicht alle der aufgeführten Speisen kennt. Von einem Winkel des

Raumes aus beobachtet der Kellner das umständliche Hin und Her an Tisch 9. Als er sieht, wie der Herr mit einem Lächeln die Karte niederlegt, nähert er sich den beiden Gästen.

»Haben die Herrschaften gewählt?«

»Ja, haben wir. Mademoiselle nimmt als Vorspeise den Räucherlachs, danach Kalbslendchen mit Pfifferlingen und als Dessert die Eismeringe mit Himbeeren. Und für mich bitte dasselbe. Und suchen Sie uns dazu einen guten Wein aus, junger Mann, die Wahl überlasse ich ganz Ihnen.«

»Was wünschen Sie als Beilage?«

»Pommes frites«, antwortet Paul und zwinkert Julie zu. »Es können ja nicht immer Äpfel sein.«

»Wie bitte?«, fragt der Kellner irritiert.

»Nichts, schon gut, das war's.«

Der Kellner eilt mit den Speisekarten davon. Julie nippt an ihrem Granatapfel-Cocktail und schaut sich neugierig um.

»Sind Sie zum ersten Mal hier?«, will Paul wissen.

»Ja. Essengehen kann ich mir nämlich nicht leisten.«

»Nicht einmal ab und zu?«

»Nein, nicht einmal ab und zu.«

»Da verpassen Sie aber was.«

»Wenn Sie wüssten, was ich noch alles verpasse!«

»Zum Beispiel?«

»Na, alles ... Ich verpasse mein ganzes Leben.« Julie wechselt jetzt lieber das Thema. »Sagen Sie, warum haben Sie mich eigentlich zum Essen eingeladen?«

»Sie haben mir leidgetan.«

»Was, ich?!«

»Ja, Sie.« Paul nickt. »Ich weiß sehr wohl, dass das kein

Staubkörnchen war, als ich neulich an Ihrer Kasse stand. Und das hat mich gerührt.«

»Braucht es aber nicht. Ich bin schon drüber weg.«

»Was war denn passiert?«

Verwundert sieht Julie ihn an. »Warum wollen Sie das wissen?«

»Weil ich gute Lust hätte, demjenigen gehörig die Meinung zu sagen, der Ihnen diesen Kummer bereitet hat. Ich hasse es, wenn Frauen schlecht behandelt werden!«

»Was sagt Ihnen denn, dass es ein Mann war?«

»Ihre schlechte Meinung über uns.«

»Sie wollen wirklich hören, was passiert ist?«

Paul verdreht die Augen. »Nein, es ist mir völlig gleichgültig, ich will nur die Zeit überbrücken, bis die Vorspeise kommt ...«

»...«

»Natürlich will ich es wissen, Julie!!«

»Also ... Mein Chef schikaniert mich. Seit mir vor Monaten mal ein kleiner Schnitzer unterlaufen ist, hat er mich auf dem Kieker. Und an jenem Tag hat er mir versichert, dass ich das nächste Mal dran glauben und ihm gewisse ... Gefälligkeiten erweisen muss.«

»Wie bitte?« Paul verschluckt sich fast an seinem Pastis. »Machen Sie Witze?!«

»Nein. Und er weiß, dass er mich in der Hand hat. Mir bleibt keine andere Wahl.«

»Wieso das denn?!«, will Paul wütend wissen.

»Am Tag davor hat eine Kollegin mir fünfzig Euro geklaut, als ich mal kurz auf der Toilette war. Ich habe gerade noch gesehen, wie sie meine Tasche mit dem Kasseneinsatz zurückgelegt hat. Am Abend hat meine Kasse dann nicht gestimmt, weshalb mich der Chef am nächsten Tag zu sich zitiert hat. Und dabei hat er mir zu verstehen gegeben, dass ich ihm das nächste Mal gefällig zu sein habe, wenn ich nicht auf der Stelle gefeuert werden möchte.«

»Haben Sie denn nicht gesagt, dass Ihre Kollegin Sie bestohlen hat?«

»So was macht man nicht.«

»Aber dem Chef gefällig sein – das macht man?«, fragt Paul fassungslos. »Und wieso hat er Ihnen nicht angeboten, den Fehlbetrag aus eigener Tasche zu zahlen? Damit wäre die Sache doch erledigt gewesen.«

»Das glauben Sie doch selbst nicht! Auf so eine Gelegenheit hat der schon lange gewartet. Wissen Sie, was Rabattbons sind? ... Nein, natürlich nicht, wie konnte ich das vergessen. Also, das sind diese Bons, die man für einen Preisnachlass sammeln kann und die zusammen mit dem Kassenzettel ausgedruckt werden. Falls die Kunden sie nicht haben wollen, müssen wir sie zerreißen. Wenn aber eine von uns dabei erwischt wird, dass sie so einen Bon einsteckt, lässt der Scheißkerl sie die 1,80 Euro zahlen, er hat deswegen aber auch schon welche gefeuert. Und jetzt stellen Sie sich erst mal fünfzig Euro vor ...«

»Aber warum haben Sie den Schein dann nicht einfach ersetzt, bevor Sie abgerechnet haben?«

»Warum? Weil ich keinen hatte.«

»Im Supermarkt gibt es doch sicher einen Geldautomaten.«

»Ich sagte doch schon: Ich hatte das Geld nicht.«

»Aber jeder Mensch hat doch fünfzig Euro auf seinem Girokonto …«

»Ich nicht. So kurz vorm Monatsende bin ich regelmäßig pleite.«

Paul schweigt betroffen. Dann holt er seine Brieftasche hervor und zieht einen Fünfzig-Euro-Schein heraus, den er Julie reicht.

Mit gerunzelter Stirn schaut sie ihn wortlos an, ohne auch nur einen Finger zu rühren.

»Na los, nehmen Sie ihn«, sagt Paul nach ein paar Sekunden und wedelt nervös mit dem Schein.

»Kommt nicht in Frage.«

»Nehmen Sie ihn, sage ich. Was hier nicht in Frage kommt, ist, dass Sie noch mal in eine solche Bredouille geraten. Und darum stecken Sie den Schein jetzt endlich in Ihren Geldbeutel! Als Notgroschen, falls es noch mal passiert.«

»Warum tun Sie das?«

»Weil … Schließlich muss ich Ihnen doch beweisen, dass nicht alle Männer so sind, wie Sie denken! Und das ist Beweis Nummer eins.«

»Na toll! Nicht nur, dass die anderen Gäste mich für eine Analphabetin und Ihre Geliebte halten, jetzt werden Sie auch noch denken, dass ich mich von Ihnen aushalten lasse.«

»Die Leute werden denken, dass ich meiner Tochter etwas Taschengeld zustecke.«

»Ich seh schon, es macht Ihnen Spaß, sich für meinen Vater auszugeben.«

»Haben Sie eigentlich Beweise für das, was passiert ist? Für den *conseil de prud'hommes* werden Sie die brauchen.«

»Für den was?«

»Für den *conseil de prud'hommes*. Das ist der paritätische Arbeitsschiedsausschuss, der Arbeitnehmern in solchen Fällen hilft. Sie werden doch irgendetwas unternehmen wollen?«

»Nein, das werde ich nicht. Ich brauche diese Arbeit. Ich kann es mir nicht leisten, sie zu verlieren.«

»Das ist doch Unsinn!«

»Auf welchem Planeten wohnen Sie? Das ist das Leben.«

»Ich kann mir einfach nicht vorstellen, dass so was wirklich möglich ist.«

»Und wo arbeiten Sie? Im Reich der ungeahnten Möglichkeiten?«

»Bei Messier-Bugatti-Dowty. Ich bin Luftfahrtingenieur.«

»Ist das spannend?«

»Ja, sehr.«

»Und verdient man da gut?«

»Sagen wir mal so: Ich habe keine finanziellen Probleme. Und im Übrigen scheide ich bald aus der Firma aus, ich arbeite schon jetzt weniger. Ich kann ganz gut von meinem Vermögen leben.«

»Haben Sie geerbt?«

»Nein, aber ich hatte zu Beginn meiner Karriere zum richtigen Zeitpunkt die richtige Idee und sie dann zum Patent angemeldet, das dafür sorgt, dass es mir heute und in Zukunft an nichts fehlt.«

»Außer an einer Frau.«

»Mir fehlt keine Frau.«

»Ich dachte, Ihre hat Sie verlassen?«

»Ja, schon. Aber das war auch höchste Zeit. Ich habe sie

schon lange nicht mehr ertragen. Gut, sie war in einigem ganz nützlich, aber …«

»Sehen Sie: Sie sind genauso ein Macho wie alle anderen! Sie reden vom Nutzen Ihrer Frau. Haben Sie ein Glück, dass ich keine Kreditkarte besitze, sonst würde ich Ihnen jetzt wie eine Feministin aufs Dach steigen!«

»Wer hier wem mehr von Nutzen war, lassen wir mal dahingestellt. Meine Frau hat mich nämlich vor allem wegen meines Geldes geheiratet.«

»Haben Sie Kinder?«

»Ja, einen Sohn. Aus meiner ersten Ehe.«

»In Ihrem Eheleben scheint ja einiges los gewesen zu sein. Hat Ihre erste Frau Sie auch verlassen?«

»In gewissem Sinne …«

Julie stutzt, denn Paul hat den Blick von ihr abgewendet und ist verstummt. Zum Glück wird ihnen in dem Moment die Vorspeise serviert.

»Ich hoffe, Ihnen schmeckt der Räucherlachs«, nimmt Paul nach einer Weile ihr Gespräch wieder auf.

»Und wie!« Julie strahlt. »So gut hab ich seit meiner Erstkommunion nicht mehr gegessen.«

»Haben Sie eigentlich einen Freund?«

»Warum fragen Sie das?«

»Nur so.«

»Nein, ich hab keinen Freund. In meinem Leben gibt es nur Ludovic.«

»Wer ist Ludovic?«

»Mein Sohn.«

»Sie haben einen Sohn?!«

»Ja. Und er ist schon fast drei Jahre alt.«

Jetzt ist Paul baff.

»Und wie alt sind Sie, wenn ich fragen darf?«

»Ich? Zwanzig, warum?«

»War das ein Unfall?«

Fast wäre Julie aufgesprungen. Wütend funkelt sie Paul an.

»Nennen Sie Lulu nie wieder einen Unfall! Er ist das Schönste und Beste, was mir in meinem Leben je passiert ist!«

Schnell hebt Paul beschwichtigend die Hand. »Entschuldigen Sie, so war das nicht gemeint … Und was ist mit dem Vater?«

»Es gibt keinen Vater.«

»Und wie kamen Sie dann zu Ihrem Kind? Stammt es aus der Retorte? Oder war's ein biblisches Wunder?«, fragt Paul amüsiert.

»Eine Party mit zu viel Alkohol …«

»Und deswegen brauchen Sie Ihre Arbeit so dringend, dass Sie sogar irgendwelche Scheußlichkeiten mit Ihrem Chef auf sich nehmen würden.«

»Ja, wegen Lulu.«

»Und Ihre Eltern? Unterstützen die Sie denn gar nicht?«

»Mein Vater hat mich vor die Tür gesetzt, als er von der Schwangerschaft erfahren hat.«

»Und Ihre Mutter?«

»Die treffe ich hinter seinem Rücken, wenn auch nur ganz selten. Sie trinkt seitdem, um zu vergessen.«

»Was für ein Szenario!«

»Ganz schön schlechter Film, was?«

»Warum hat Ihr Vater Sie denn vor die Tür gesetzt?«

»Er ist erzkatholisch.«

»Wirklich?«

»Ja, und zwar mehr als ich dachte, sonst hätte er mir gegenüber doch zumindest etwas Mitgefühl zeigen müssen. Aber ich habe es sowieso nicht mehr zu Hause ausgehalten. Er hat mir das Leben zur Hölle gemacht, weil ich mich immer gegen die Schublade gewehrt habe, in die er mich stecken wollte. Allein diese karierten Faltenröckchen, in denen ich draußen im Schnee spielen sollte! Solange man klein ist, bleibt einem nichts anderes übrig, als sich zu fügen, aber als Teenie beginnt man nachzudenken. Und zu rebellieren.«

Der Kellner kommt mit dem Hauptgericht, und während sie es genüsslich verspeisen, erzählt Julie Paul von dem Heim, in dem sie mit ihrem kleinen Sohn gelebt hat, bis sie volljährig war und das Abitur in der Tasche hatte. Tja, und statt zu studieren, musste sie dann eben den Job als Kassiererin annehmen, um sie beide über die Runden zu bringen. Danach erzählt sie von der schlechten Bezahlung, den unmöglichen Arbeitszeiten und ihrem endlosen grauen Alltag, und wie sehr sie sich freut, die nächsten drei Wochen Urlaub zu haben, schon allein, weil sie dadurch diesem Arschloch von Chasson eine Weile nicht begegnen muss, vor allem aber auch, weil sie dann endlich wieder Zeit für Lulu hat, der seit Kurzem in den Kindergarten geht und den sie viel zu wenig sieht, da sie jeden zweiten Tag erst spät nach Hause kommt.

Paul hat die ganze Zeit aufmerksam zugehört, ohne sie zu unterbrechen, doch jetzt legt er sein Besteck beiseite.

»Ihr Sohn geht also in den Kindergarten. Dann können Sie wahrscheinlich nicht verreisen.«

»Verreisen? Machen Sie Witze? Das kann ich mir ebenso wenig leisten wie essen zu gehen. Nein, wir bleiben hier. Und während meines Urlaubs muss Lulu auch nur in den Kindergarten, wenn er wirklich Lust dazu hat. Er wird noch genug Zeit in der Schule verbringen.«

»Ist der Kindergarten denn nicht Pflicht?«

»Nein, Schulpflicht besteht erst ab der Grundschule. Und mit drei Jahren verpasst er ja auch noch nicht viel. Da geht's noch nicht um Integralrechnen oder kinetische Energie.«

»Sie wissen, was Integralrechnen und kinetische Energie sind?«, staunt Paul.

»Ja, warum?« Julie sieht ihn irritiert an. »Ich arbeite zwar als Kassiererin, aber ich bin nicht doof. Ich habe ein naturwissenschaftliches Abi.«

»Und warum haben Sie nicht studiert?«

»Mit was für Geld?«

»Hm ...« Paul lächelt verlegen und kommt dann überraschend mit einem neuen Thema: »Sagen Sie, mögen Sie die Bretagne?«

»Die Bretagne?«, fragt Julie verdutzt. »Keine Ahnung, ich war noch nie dort. Als Kind bin ich mit meinen Eltern immer bloß nach Lourdes gefahren. Aber die Bretagne ist sicher schön.«

»O ja, das ist sie, Sie werden sie sicher lieben.«

»Wie bitte?«

»Morgen früh fahre ich für ein paar Tage in die Bretagne. Und Sie haben Urlaub. Also nehme ich Sie mit.«

»Und was ist mit Lulu?«

»Ihren Sohn natürlich auch. Und wissen Sie, was? Am Meer

bringen wir ihm dann bei, was es mit der Kinetik und dem archimedischen Gesetz auf sich hat. Seine Erzieherin wird baff sein, wenn er das schon weiß.«

Doch zunächst ist erst mal Julie baff. Hat sie das wirklich richtig verstanden? Paul lädt sie und Lulu ein, mit ihm Urlaub zu machen?

»Jetzt glaube ich bald doch noch, dass Sie irgendwas Unanständiges von mir erwarten.«

»Keine Sorge, mein Sohn kommt auch mit. Der muss nämlich dringend frische Luft schnappen.«

»Und was sagt er zu uns? Weiß er Bescheid? Und hat er auch nichts dagegen?«

Paul lacht. »Er hat noch keine Ahnung, denn diese wunderbare Idee ist mir ja gerade erst gekommen. Und ob er was dagegen hat, ist für mich auch nicht entscheidend. Es ist mein Haus, und wir fahren mit meinem Auto. Drum kann er auch nicht bestimmen, wer mitkommt und wer nicht. Und wer weiß, vielleicht bringen Sie ihn ja auch auf andere Gedanken.«

»Ist er etwa auch auf der Suche nach Frischfleisch?«

»Nein, er ist ebenso wenig auf das ›eine‹ aus. Hören Sie endlich auf zu glauben, dass man sich nur wegen solcher Dinge für Sie interessiert.«

»Weshalb sollten Sie sich denn sonst für mich interessieren?«

»Weil … weil Sie einfach etwas an sich haben, was mich tief berührt.«

»Sie meinen, ich erwecke Ihr Mitleid?«

»Nein, das meine ich nicht«, entgegnet Paul und zuckt die

Schultern. »Aber wir haben innerhalb einer Stunde schon mehr miteinander geredet als meine Frau und ich das ganze letzte halbe Jahr. Und das tut mir gut. Und zudem habe ich mir immer eine Tochter gewünscht.«

»Aha, Sie spielen immer noch Vater und Tochter ...«

»Also sind Sie einverstanden?«, fragt Paul.

»Dass Sie meinen Vater spielen?«

»Nein! Dass ich Sie in die Bretagne einlade.«

»Ich weiß nicht ... da muss ich erst drüber nachdenken ...«

»Dann rufen Sie mich an, sobald Sie eine Entscheidung getroffen haben«, meint Paul und reicht ihr seine Visitenkarte.

»Ich habe kein Telefon.«

»Wie?«

»Man hat es mir vor drei Monaten abgestellt.«

Paul lässt sich davon jedoch nicht von seinem Plan abbringen.

»Okay, dann komme ich eben morgen früh um sieben bei Ihnen vorbei. Sie können dann immer noch Nein sagen.« Er zückt seine Brieftasche, holt einen Zettel heraus und reicht ihn Julie zusammen mit einem kleinen Stift. »Schreiben Sie mir hier einfach die Adresse auf.«

Julie kritzelt sie ihm schnell auf das Stück Papier.

»Das Dorf ist leicht zu finden. Ich wohne direkt neben der Kirche im ehemaligen Pfarrhaus. Das hat man zu Sozialwohnungen umgewandelt.«

»Das ist ja lustig. Sie haben sich von Ihrem erzkatholischen Vater hinauswerfen lassen und wohnen jetzt in einem alten Pfarrhaus ...«

»Und ich höre morgens und abends die Glocken. So wie früher.«

Ein paar Stunden später beobachtet Jérôme vom Fenster aus, wie seine Vertretungsärztin im kiesbedeckten Hof den Wagen parkt. Sie scheint ein paar Dinge in ihre Handtasche zu sammeln, dann wirft sie einen Blick in den Innenspiegel, streicht sich eine Haarsträhne aus dem Gesicht und atmet mit geschlossenen Augen noch einmal tief ein und aus, bevor sie aus dem Auto steigt. Damit sie ihn nicht sieht, tritt er schnell einen Schritt zurück und geht dann langsam die Treppe hinunter zum Eingang, wo gleich darauf die Klingel ertönt.

Die junge Frau ist sichtlich nervös.

»Guten Abend«, sagt sie und reicht ihm eine Hand schlaff wie ein Waschlappen. »Caroline Lagarde. Ich bin Ihre Vertretung.«

»Herzlich willkommen, Caroline«, sagt Jérôme und versucht zu lächeln. Das Ergebnis ist nicht berauschend. Sein Lächeln gleicht eher einer Grimasse. Seit einem halben Jahr wirkt bei ihm einfach alles falsch. »Haben Sie leicht hergefunden?«

»Ja, das war kein Problem. Das Navi lotst einen heute selbst in die gottverlassensten Winkel.«

»Finden Sie es arg gottverlassen hier?«

»Oh, nein, gar nicht!« Caroline wird rot. »Das meinte ich nicht, entschuldigen Sie.«

»Keine Sorge, ich wollte Sie nur ein bisschen necken. Ihr Gepäck haben Sie noch im Wagen, oder?«

»Ja, ich gehe es gleich holen.«

»Ich helfe Ihnen.«

Auf ihren schmalen Absätzen stöckelt die junge Frau so vorsichtig über den Kies, als liefe sie auf Glatteis. Sie wirft ihrem Gastgeber ein gequältes Lächeln zu.

»Zum Arbeiten sollte ich hier wohl besser Turnschuhe tragen.«

»Oh, zwischen der Wohnung im ersten Stock und der Praxis im Erdgeschoss gibt es kein einziges Steinchen. Was anderes ist es natürlich, wenn Sie Hausbesuche machen …«

»Ich werde mich in jedem Fall etwas umstellen müssen. Wie Sie wissen, ist das meine erste Vertretungsstelle … Hat Sie das eigentlich nicht abgeschreckt?«

»Wenn Sie mich so fragen, fange ich fast an, mir Sorgen zu machen.« Jérôme versucht, beruhigend zu lächeln. »Aber da müssen Sie durch. Wir haben alle einmal so angefangen.«

»Jedenfalls ist es sehr nett von Ihnen, mir diese Chance zu geben.«

»Ich brauche einfach dringend eine Auszeit.«

»Ja, das sieht man …« Caroline wird wieder rot. »Ein bisschen, meine ich.«

»Also, Komplimente scheinen ja Ihre ganz große Stärke zu sein.«

»Das … das wollte ich eigentlich gar nicht sagen«, stottert Caroline und schaut betreten auf ihre Füße, »es … es tut mir so leid, aber … aber Sie sehen wirklich etwas müde aus.«

»Sie brauchen sich nicht zu entschuldigen, ich ziehe Sie doch nur auf, damit Sie lockerer werden. Warum sind Sie so nervös?«

»Weil … weil es meine erste Vertretung ist!«, bricht es aus ihr heraus.

»Ach, Hauptsache, Sie bringen niemanden um. Mehr will ich nicht von Ihnen.«

»Das hoffe ich doch sehr. Könnte ich Sie notfalls anrufen?«

»Falls Sie jemanden umbringen?«

»Falls ich Ihren Rat brauche.«

»So habe ich mir meinen Urlaub eigentlich nicht vorgestellt …«, sagt Jérôme und holt tief Luft, »aber gut, im Notfall können Sie das gerne tun. Ich habe Ihnen allerdings auch die Telefonnummern der anderen Ärzte in der Umgebung bereitgelegt. Zögern Sie nicht, sie anzurufen, sie beißen nicht. Und jetzt kommen Sie, ich zeige Ihnen das Haus.«

Jérôme beginnt mit der Praxis im Erdgeschoss und der dazugehörigen Büroorganisation, von den Programmen und Dateien auf seinem Computer bis hin zu den diversen Ordnern. Anschließend führt er sie hinauf in seine Wohnung im ersten Stock und bringt ihre Koffer ins Gästezimmer, in dem sie in den nächsten zwei Wochen wohnen wird.

Während sie auspackt, geht Jérôme in die Küche, um das Abendessen vorzubereiten. Caroline verwirrt ihn. Dass eine Frau mit ihm in seiner Wohnung ist, fühlt sich nach all den Monaten des Alleinseins seltsam an, so, als würden verloren geglaubte, tief vergrabene Gefühle wieder hochkommen, als füllte sich eine Lücke in seinem Inneren. Womit, weiß er nicht, aber das gähnende schwarze Loch, das ihn in die Tiefe zu ziehen droht, scheint auf einmal irgendwie kleiner geworden zu sein.

Sein eigener Koffer ist längst fertig gepackt, bis zur Abfahrt braucht er nur noch ein paar Stunden zu schlafen. Aber das kann er auch noch unterwegs tun. Sein Vater fährt ohne Weiteres tausend Kilometer am Stück. Er selbst ist zu so etwas nicht mehr imstande. Schon ein einigermaßen ordentliches Abendessen zuzubereiten, übersteigt seine Kräfte. Auch dieses Mal verkocht seine Pasta, die Bolognese ist zu trocken und …

Jérôme will noch weiter mit seinen erbärmlichen Kochkünsten hadern, als er plötzlich vom Ende des Flurs her ein Schluchzen hört. Mit dem Geschirrtuch über der Schulter nähert er sich der Tür des Gästezimmers, die einen Spalt weit offen steht, und schaut vorsichtig hinein. Die junge Frau sitzt auf dem Bett, das Gesicht in den Händen verborgen.

Jérôme setzt sich behutsam neben sie.

»Was ist los?«

»Ich … ich hab Angst«, schluchzt Caroline.

»Angst? Wovor?«

»Es … es nicht zu schaffen. Ich hab Angst, zu versagen!«

»Machen Sie sich keine Sorgen. Bei den Beschwerden meiner Patienten handelt es sich meistens um irgendwelche Erkältungen, Mittelohrentzündungen oder Warzen. Und wenn's komplizierter wird, können wir ja telefonieren. Nur Mut. Wenn Sie es bis hierher geschafft haben, heißt das, dass Sie dazu fähig sind. Es sei denn, Sie haben beim Examen gemogelt. Und das haben Sie doch sicher nicht, oder?«

»Natürlich nicht!«, erwidert Caroline empört und setzt sich mit einem Ruck aufrecht hin.

»Na, sehen Sie«, meint Jérôme und reicht ihr das Geschirrtuch, damit sie sich die Tränen trocknet – das benötigt sie allemal, wenn nicht ein ganzes Laken. »Und jetzt wäre ich Ihnen sehr verbunden, wenn Sie mit mir in die Küche kämen. Da habe nämlich ich in jeder Hinsicht versagt.«

Kurz darauf hat die junge Frau die Spaghetti mit einem Stich Butter angebraten und die Soße mit einem Glas Tomaten gerettet. Beinahe wäre ihr dabei rausgerutscht, dass er vergessen hat, Parmesan zu kaufen, aber sie kann sich die Bemerkung gerade noch rechtzeitig verkneifen, das ginge dann doch zu weit, nachdem sie ihm schon etwas vorgeheult hat …

Während des Abendessens gehen sie dann zusammen die Fälle durch, die Probleme bereiten könnten. Dabei huscht hin und wieder ein Lächeln über ihr verheultes Gesicht, was Jérôme Anlass zur Hoffnung gibt, dass ihre Anspannung langsam nachlässt. Aber immerhin *kann* sie weinen, das lindert den Kummer. Ein Mann hingegen darf sich nicht so gehen lassen. Ein Mann muss standhaft bleiben und darf keine Gefühle zeigen. Schon als kleiner Junge hat er das immer von Marlène gehört: »Heul nicht rum, du bist ein Mann!« Tatsächlich hat er in diesen letzten Monaten kein einziges Mal geweint. Und so nagt der Kummer weiter an ihm wie eine gefräßige Raupe an einem Frühlingsblatt. Wenn der ganze Schmerz bloß einmal aus mir rausbrechen würde!, denkt er, danach hätte ich zwar so rote Augen wie Caroline, aber ich würde mich sicher leichter fühlen … Doch die Traurigkeit hat sich tief in ihm eingenistet und fühlt sich bei ihm anscheinend wie zu Hause. Zwar hat er versucht, den ungebetenen Gast zu ignorieren, doch sie ist da, lauert in irgendeinem Winkel, um ihn augenblicklich zu überfallen, wenn er nicht auf der Hut ist. Es ist wie bei einem Wohnungsbrand: Öffnet man eine Tür, schlagen einem Schwaden von Rauch entgegen, die um sich greifen, bis in die kleinsten Ritzen dringen und das Atmen unmöglich machen. Und welche Feuerwehr ruft man dann, bei einem so verheerenden Gefühlsausbruch …?

Schnell verscheucht Jérôme den Gedanken und steht auf, um das Geschirr in die Spülmaschine zu räumen. Bevor sie sich in ihre Zimmer zurückziehen, nimmt Caroline ihm noch das Versprechen ab, dass er in der Bretagne das Handy anlässt und nie ihre Nummer wegdrückt. Mit einem letzten Mut machenden Lächeln wünscht er ihr dann Gute Nacht.

Schon komisch, denkt Jérôme noch, als er bereits im Bett liegt. Er hat sie gerufen, damit sie *ihm* hilft, an diesem Abend hat hingegen er versucht, *sie* aufzumuntern.

Stopp, Julie, es reicht: Du musst wirklich nicht allem und jedem misstrauen! Also, morgen früh kommt dieser Paul vorbei, um dich in die Bretagne mitzunehmen, mitsamt euren jeweiligen Söhnen …

Maman würde sicher sagen, dass ich völlig plemplem bin, mich auf so was einzulassen. Maman hat aber auch nie irgendwas riskiert. Und sich vor allem nie ihrem Mann widersetzt; selbst dann nicht, als er mich hinausgeworfen hat! Aber was riskiere ich denn schon? Dass dieser Paul einem Mädchenhändlerring angehört, der Frauen in den fernen Orient verschleppt? Das wäre zwar eine Möglichkeit, aber wenn man solche Ängste hat, ist das Leben sowieso schon gelaufen. Dann kann man sich nur noch zu Hause verschanzen und auf den Tod warten. So wie Maman.

Nehmen wir also an, er ist aufrichtig. Vielleicht hab ich ihn ja wirklich gerührt, wie er behauptet. Was, wenn er so eine Art Leitstern ist, der mir das Wunder des Lebens zeigt? Natürlich nicht so eins wie in der Bibel, wo Jungfrauen Kinder kriegen und keiner das merkwürdig findet, nein, ich meine ein echtes Wunder. Und das wahre Leben. So eines, das einem Lust macht, morgens munter aus dem Bett zu springen, und das einen abends mit dem Gedanken »Was für ein schöner Tag!« wieder in die Kissen kuscheln lässt. So eines, in dem man ein Kind großziehen kann, ohne sich dafür schämen zu müssen, dass es nicht immer ein Stück Fleisch auf dem Teller hat und an Weihnachten keinen ganzen Einkaufswagen voller Geschenke bekommt …

Hm, und wenn nicht ein Wunder, was erwarte ich mir dann von ihm? Dass er mich aushält wie eine Nutte und wir einen auf ›Pretty Woman‹ machen? Vielleicht hat er ja ein klein bisschen was von Richard Gere, ich aber bin sicher keine Julia Roberts. Und außerdem habe ich meinen Stolz. Schon den Fünfzig-Euro-Schein anzunehmen, fiel mir verdammt schwer; und trotzdem steckt er jetzt im hintersten Fach meines Portemonnaies, und ich werde ihn hüten wie einen Schatz, damit er mich in Zukunft vor diesem Arschloch von Chasson bewahrt.

Noch vom Einkaufszentrum aus habe ich Manon angerufen. Ich wollte ihren Rat hören, schließlich ist sie meine beste Freundin. Und was hat sie geantwortet? »Tu's!« Ohne auch nur eine einzige Sekunde zu zögern.

Kurzum: Ich fahre mit! Denn ich will meinen kleinen Lulu strahlen sehen. Und ich will mit ihm Sandburgen bauen – und keine Luftschlösser.

Und natürlich möchte auch ich das Meer sehen.

Zum ersten Mal in meinem Leben.

Tu's und genieß, was das Leben dir bietet!«, hat Manon ihr geraten. Denn das ist auch Manons Lebensphilosophie. Und sie ermuntert jeden dazu, es ebenso zu halten.

Manon ist ein Mensch, der immer sagt, was er denkt. Darum vertraut Julie ihr auch blind. Sie ruft sie an, wenn sie einen Rat braucht, wenn sie kurz davor ist, den Kopf zu verlieren, wenn gar nichts mehr geht oder wenn im Gegenteil sehr viel geht. Denn mit einer Freundin wie Manon ist geteiltes Leid halbes Leid und geteilte Freude doppelte Freude.

Die beiden sind von klein auf befreundet und haben sich nie aus den Augen verloren. Manon hat Julie beim Schwangerschaftstest über die Schulter geschaut, ist mit ihr zum Ultraschall gegangen und hat ihr auch bei Lulus Geburt beigestanden und es gerne ausgehalten, dass Julie ihr dabei den Unterarm zerkratzt hat. Danach hat sie ihr die Tränen vom Baby Blues getrocknet und überhaupt die von jedem Blues, der Julie jemals überfallen hat. Ja, Manon ist zuverlässig für Julie da, wenn sie einen Durchhänger hat. Und sie ist auch für sie da, wenn es darum geht, Spaß zu haben. Manon ist einfach immer da.

Manon ist jedoch nicht nur eine tolle Freundin, sie ist auch bildhübsch. Sie ist groß und schlank, hat gewelltes braunes Haar, ein fein geschnittenes Gesicht, haselnussbraune Augen, Sommersprossen und wunderbar weibliche Rundungen: Manon ist eine natürliche Schönheit, die auf die Männer die gleiche Wirkung hat wie ein geöffnetes Marmeladenglas, das, im Hochsommer auf einen Gartentisch gestellt, augenblicklich einen Schwarm summender Bienen anlockt. Und Manon weiß es durchaus zu schätzen, eine solche Auswahl zu haben – auch wenn die große Zahl nicht unbedingt Qualität mit sich bringt.

Nach dem Abitur hat Manon die künstlerische Laufbahn eingeschlagen. Sie zeichnet, seit sie einen Stift halten kann, und ihr Talent ist so groß wie ihre Begeisterung. Zwar hatten ihre konventionellen Eltern alles dafür getan, diese Leidenschaft ihrer Tochter im Keim zu ersticken, denn Kunst war für sie nur ein brotloses Unterfangen, ihre Bemühungen liefen jedoch komplett ins Leere: Je mehr sie es Manon auszureden versuchten, desto entschlossener kämpfte sie dafür, ihren Traum zu verwirklichen. Bis sie schließlich an der Kunsthochschule in Straßburg angenommen wurde und dort nun aufgeht wie eine Knospe in der Frühlingssonne.

Erst gegen 23 Uhr hatte das Völlegefühl etwas nachgelassen. Aber es war wirklich lecker gewesen! Julies Magen ist so ein üppiges Mittagessen nur einfach nicht mehr gewöhnt. Darum hat es ihr auch gutgetan, den Abend über durch die Wohnung zu laufen und ihre Sachen für die Reise zusammenzusuchen.

Danach konnte Julie allerdings fast nicht einschlafen, so aus dem Häuschen war sie. So wie immer, wenn ihr ein Typ Versprechungen macht und sie gleichzeitig Sorge hat, wieder einmal enttäuscht zu werden: Denn wer sagt ihr, dass dieser Paul wirklich kommt und das gestern Mittag nicht nur leeres Gerede war, um sich wichtig zu machen oder sie rumzukriegen? Andererseits … er hat gar nicht versucht, sie rumzukriegen. Und zudem schien es ihm mit dem Angebot wirklich ernst zu sein …

Ihren letzten Zweifel fegt Julie am Morgen kurzentschlossen vom Tisch, denn den Argwohn jener, die ein mittelmäßiges Leben ohne Träume führen, will sie sich gar nicht erst angewöhnen.

Ach, sie kann sich gar nicht richtig vorstellen, dass in einer knappen Stunde dieser Paul bei ihr auftauchen will, um sie ans andere Ende von Frankreich mitzunehmen. Schon ewig will sie mal das Meer sehen. Und es auch Lulu zeigen. Inzwischen hat sie schon zweimal die Reisetaschen kontrolliert, die im Flur neben dem Kindersitz stehen, das erste Mal gleich nach dem Aufwachen, nur um sicherzugehen, dass sie ja nichts vergessen hat.

Lulu schläft noch. Julie will ihn erst im letzten Moment wecken, denn mit ein bisschen Glück schläft er im Auto gleich wieder ein. Ein Trinkfläschchen und ein paar trockene Kekse hat sie vorsorglich in ihre Handtasche gepackt. Ja, alles ist bereit.

Nur noch fünfundvierzig Minuten bis zu dem Moment, der ihr bestätigen wird, dass Männer das Hinterletzte sind …

Oder auch nicht.

»Oder auch nicht«, »oder auch nicht«, »oder auch nicht«, sagt Julie endlos vor sich hin, während sie in ihrer winzigen Wohnung nervös auf und ab läuft.

Jérôme hat ebenfalls kaum geschlafen. Viele Stunden hat er sich im Bett hin und her gewälzt und sich gefragt, ob es die richtige Entscheidung war, seine Praxis und seine Patienten einer Anfängerin anzuvertrauen. Nur: Was wäre die Alternative gewesen? Unter Umständen sind seine Patienten bei ihm in weitaus größerer Gefahr als bei einer jungen Frau mit hyperaktiven Neuronen, die noch das kleinste Symptom aufspüren wird, so sehr fürchtet sie, eines zu übersehen. Dagegen sind seine Neuronen sicher ziemlich schlapp, aufgrund seiner

Erschöpfung, des Alkohols, aber vor allem aufgrund seines Kummers.

Doch, es war die richtige Entscheidung.

Sein Koffer steht im Flur, direkt daneben seine lederne Arzttasche. Er reist nie ohne sie. Ein Notfall, der ausgerechnet an einem Tag passierte, als er sie nicht bei sich hatte, hat ihn definitiv davon überzeugt, sie immer mitzunehmen. Jérôme geht in die Küche und blickt hinunter in den Hof. Sein Vater müsste bald kommen. Er ist ein pünktlicher Mensch, und sie hatten halb sieben vereinbart.

Es ist Viertel nach sechs, als Caroline mit verquollenen Augen und zerzausten Haaren aus ihrem Zimmer tritt. Sie muss ein Gutteil der Nacht ihr Kopfkissen vollgeheult haben, letzte Ausläufer der Angst, bevor es heute richtig losgeht. Mit einem gequälten Lächeln verschwindet sie im Bad. Jérôme stellt ihr das Frühstück auf den Küchentisch, einschließlich Nutella, da es nichts Besseres gibt, um die Stimmung einer Frau zu heben. Und nicht nur die einer Frau, das wirkt sogar bei ihm, denkt Jérôme, als er sich dabei ertappt, wie er einen Löffel in das Glas steckt.

Kurze Zeit später taucht sie in der Küche auf, inzwischen angezogen, mit nassem Haar, das ihr auf die Schultern fällt. Sie hat sich, so gut es geht, geschminkt, doch ganz konnte sie die Spuren der Nacht nicht beseitigen. Um halb neun beginnt ihre Sprechstunde. Ihre Augen werden bis dahin sicher noch rot sein. Nun denn, soll sie sich irgendeine Begründung zurechtlegen. Den Neugierigsten unter seinen Patienten kann sie ja was von einer Bindehautentzündung erzählen.

Jérôme wendet sich wieder dem Fenster zu. Gerade fährt der graue Audi Quattro in den Hof.

Kurz darauf ruft Paul vom Fuß der Treppe aus nach seinem Sohn. Doch Jérôme bittet ihn, noch einen Augenblick heraufzukommen. Er will seinem Vater die junge Frau vorstellen.

»Caroline, meine Praxisvertretung. Ich habe dir ja erzählt, dass sie die Zeit über auch hier wohnt.«

»Ach, richtig, guten Morgen, Caroline. Geht es Ihnen nicht gut? Sie sehen etwas mitgenommen aus.«

»Bonjour, Monsieur. Komplimente scheinen ja Ihre große Stärke zu sein«, begrüßt sie ihn mit einem Seitenblick zu Jérôme. »Ich habe eine Bindehautentzündung.«

»Eine Bindehautentzündung?«, erwidert Paul mit einem Lächeln. »Dann bin ich Fred Astaire!«

»Sie ist ein bisschen aufgeregt, es ist ihre erste Vertretung«, nimmt Jérôme sie in Schutz. »Sag mal, haben wir in der Bretagne eigentlich Handy-Empfang?«

»Unser Ferienhaus liegt zwar am Ende der Welt, aber dein Handy funktioniert dort bestimmt. Und falls wider Erwarten doch nicht, gibt es ja auch noch das Festnetz. Aber eigentlich wolltest du doch nicht zu erreichen sein. Oder habe ich mich da letzte Woche verhört?«

»Als Arzt muss man immer irgendwie …«

»Ja, ja, schon gut«, unterbricht ihn Paul. »Bist du sonst so weit fertig?«

»Ja, bin ich. Möchtest du noch einen Kaffee?«

»Nein, lass uns gleich aufbrechen«, erklärt Paul, drückt Caroline schnell die Hand und eilt dann auch schon mit Jérômes Koffer die Treppe hinunter.

Darum verabschiedet sich Jérôme nun ebenfalls mit ein paar letzten Ratschlägen; als er jedoch sieht, dass Carolines Stimmung schon wieder absackt, verkneift er sich den Rest und klopft ihr nur noch rasch aufmunternd auf die Schulter.

Als die beiden Männer im Hof in den Wagen steigen, sehen sie Caroline am Küchenfenster stehen. Ihrem Gesichtsausdruck nach zu urteilen, scheint sie sie anzuflehen, sofort wieder auszusteigen.

Paul zieht die Fahrertür zu.

»Was hast du mit ihr gemacht?«

»Ich habe sie als Vertretungsärztin engagiert.«

»Mehr nicht?«

»Es ist eben ihr erstes Mal.«

»Ah, das erste Mal …«, sagt Paul lächelnd.

»Ich hoffe, es klappt alles«, meint Jérôme besorgt.

»Warum sollte es nicht klappen? Sie hat ihren Doktortitel doch nicht am Schießstand auf der Kirchweih gewonnen.«

»Papa, sie hat einfach Angst, einen gravierenden Fehler zu machen.«

»Berufsanfänger sind meistens eher übereifrig als zu faul. Du wirst bei deiner Rückkehr also höchstwahrscheinlich zwölf Szintigramme, drei MRTs und dreiundfünfzig Bluttests vorfinden.«

»Das fürchte ich auch.«

»Und darum entspann dich jetzt, schließlich fahren wir genau deswegen in die Ferien.«

Die nächste Viertelstunde sagt Paul kein Wort. Er überlegt, wann er Jérôme verkünden soll, dass sie Julie und ihren Ludovic mitnehmen. Eigentlich hätte er es ihm schon gestern Abend sagen sollen, aber er fürchtet, dass sein Sohn sauer sein wird, darum hat er es bis zum Morgen verschoben. Doch wahrscheinlich ist es auch jetzt noch besser, zu warten, bis sie bei der jungen Frau angekommen sind, denn in ihrer Gegenwart wird Jérôme, gut erzogen, wie er ist, seine Wut nicht offen zeigen, und bis sie in der Bretagne sind, wird sein Groll dann vielleicht ja auch verflogen sein. Folglich hält Paul den Mund, auch wenn er ahnt, dass der Umweg, den sie fahren, seinen Sohn stutzig machen wird.

Und so ist es dann auch: Kaum haben sie die Autobahn verlassen, sieht Jérôme ihn fragend an.

»Kannst du mir sagen, wohin wir fahren?«

»Zu einem alten Pfarrhaus.«

»Warum denn das?«

»Eine Beichte in letzter Minute.«

»Willst du mich auf den Arm nehmen?«, fragt Jérôme gereizt.

»Nein. Ich versuche nur, den Moment hinauszuzögern, in dem ich dir mitteile, dass wir noch jemanden mitnehmen.«

»Und wer soll das sein?«, will sein Sohn wissen.

»Eine reizende junge Frau.«

»Eine Frau? Warum hast du mir nicht erzählt, dass du jemanden kennengelernt hast? Du hättest mich wenigstens vorher fragen können!«

»Ich kenne sie noch nicht so lange«, entgegnet Paul etwas kleinlaut.

»Was heißt das genau?«

»Eine Woche.«

»Wie?«, explodiert Jérôme. »Du kennst sie erst seit einer Woche und lädst sie gleich ein, mit uns am anderen Ende von Frankreich den Urlaub zu verbringen?!«

»Ja, warum denn nicht?«

»Ganz einfach: Weil ich keine Lust habe, das fünfte Rad am Wagen zu sein! Ich dachte, wir beide wollten uns einfach nur erholen.«

»Das werden wir auch, keine Sorge, Jérôme«, versucht Paul, seinen Sohn zu beruhigen. »Und im Übrigen verhält es sich auch ganz anders, als du denkst. Julie könnte meine Tochter sein …«

»Und warum wohnt sie in einem Pfarrhaus?«

»Weil die Gemeinde es zu Sozialwohnungen umgewandelt hat.«

»O Gott, auch noch ein Sozialfall! Mann, Papa, was ist denn das für eine Schnapsidee?! Ist es, weil Marlène dich verlassen hat? Willst du die plötzliche Leere füllen, indem du jetzt den Armen hilfst?«

»Ich muss da nichts füllen. Dieses Mädchen hat einfach mein Herz gerührt, das ist alles.«

»Und wo hast du sie kennengelernt?«

»Im Supermarkt.«

»Im Supermarkt!«, schnaubt Jérôme. »Das glaub ich jetzt nicht …«

Paul tritt auf die Bremse. »Wir sind da. Du kannst im Wagen bleiben, wenn du willst. Ich gehe sie holen.«

Endlich! Es hat geklingelt. Er ist tatsächlich gekommen. Julie verharrt ein paar Sekunden ganz still im Treppenhaus. Es soll nicht so aussehen, als hätte sie ihn sehnlichst erwartet. Darum zählt sie bis zehn, bevor sie die Haustür aufreißt.

»Ah! Sie sind's«, spielt sie die Überraschte.

Paul lacht amüsiert. »Julie, tun Sie nicht so, als wären Sie erstaunt. Sind Sie bereit? Fahren Sie mit?«

»Ich weiß nicht … ich hab mich noch nicht ganz entschieden«, druckst sie herum und versucht dabei, Paul über die Schulter zu sehen. »Was meint Ihr Sohn dazu? Hat er was dagegen?«

»Der sitzt im Wagen. Ich hab's ihm eben erst gesagt, und er hat's noch nicht ganz verdaut. Aber keine Sorge, er hat einen guten Magen.«

»O nein! Wenn ich störe, komme ich nicht mit.« Abwehrend hebt Julie beide Hände. »Ich war ja zum Glück eh noch nicht sicher, ob oder ob nicht.«

»Warum nicht?«

»Weil ein junges Mädchen so was nicht macht: zu Wildfremden ins Auto steigen und mit ihnen einmal quer durchs ganze Land fahren.«

»Okay, wie Sie wollen«, meint Paul ungerührt, macht auf dem Absatz kehrt und springt beschwingt die Treppe hinunter.

»Halt!«, schreit Julie in der nächsten Sekunde. »Warten Sie!«

Paul bleibt stehen und dreht sich grinsend zu ihr um.

»Schade.«

»Was ›schade‹?«

»Sie hätten sich wenigstens Zeit lassen können, bis ich den Motor gestartet hätte. Ich hätte nämlich zu gern im Rückspiegel gesehen, wie Sie wild gestikulierend hinter meinem Wagen hergerannt wären. Das hätte meinem Ego sehr geschmeichelt.«

Julie muss nun doch laut lachen. »Also gut, ich komme mit.«

»Super!«, ruft Paul freudestrahlend.

»›Super‹ zu sagen, passt nicht zu Ihnen.«

Paul schüttelt den Kopf.

»Das passt zu mir ebenso wie Ihre Jeans gestern im Restaurant. Hören Sie auf, sich den Kopf darüber zu zerbrechen, was zu einem Menschen passt oder nicht. Wenn ich Lust habe, ›super‹ zu sagen, sage ich ›super‹, und damit basta. Was ist mit Ihrem Sohn?«

»Er kann auch ›super‹ sagen.«

»Das meinte ich nicht. Ist er reisefertig?«

»Lulu schläft noch. Ich wollte ihn erst kurz vor dem Losfahren wecken. Vielleicht schläft er dann schnell wieder ein.«

»Und wo ist Ihr Gepäck?«

Julie führt ihn hinauf zum Eingang ihrer Wohnung und deutet auf die Taschen im Flur. »Ich hab nicht furchtbar viel.«

»Allerdings«, staunt Paul, der von Marlène ganz anderes gewöhnt ist. »Entspricht der Kindersitz eigentlich noch den neusten Sicherheitsnormen?«

»Nein. Aber so ein Kindersitz ist teuer. Wie auch immer, ich hab nur den.«

»In Ordnung. Ich lade Ihre Sachen ein, derweil können Sie die Fensterläden schließen und den Kleinen wecken. Je früher wir loskommen, desto schneller hat mein sturköpfiger Sohn die Sache verdaut.«

Der sturköpfige Sohn sitzt im Auto und kann es nicht glauben: Dieses ordinäre Mädel, das da eben die Haustür geöffnet hat, soll die reizende junge Frau sein? Dieses Mädchen in abgewetzten Jeans und dem zu engen T-Shirt, das ihre runden, vorlauten Brüste betont? Gut, vorlaute Brüste sind grundsätzlich nicht schlecht, aber dieses Mädchen war einfach nicht eingeplant. Die wird ihnen Ärger machen, das weiß er, das spürt er, intuitiv.

Ein paar Minuten später erscheint Paul mit einer großen Spielzeugtüte und einem Kindersitz bepackt und macht seinem Sohn ein Zeichen mit dem Kinn, die hintere Wagentür zu öffnen.

Missgelaunt steigt Jérôme aus.

»Was soll denn der Kindersitz? Sie ist zwar noch jung, aber so jung wohl doch auch nicht mehr«, mault er dabei.

»Der ist für ihren Sohn.«

»Ach, wir haben also auch noch 'nen Knirps an der Backe?! Wenn du dir schon unbedingt 'ne junge Schnepfe suchen musstest, hättest du nicht eine ohne Küken nehmen können?«

»Pass auf, was du sagst, mein Sohn. Und im Übrigen: Wenn hier jemand eine Schnepfe ist, dann bin das wohl ich: Ich nehme nämlich drei Vogeljunge unter meine Fittiche, um ihnen das Meer zu zeigen, und du bist eines davon, also halt gefälligst deinen Schnabel. Jeder hat auf dieser Welt ein Anrecht auf ein kleines bisschen Glück, und nicht mehr und nicht weniger will ich dieser jungen Frau und ihrem Kleinen bieten.«

Wortlos setzt Jérôme sich wieder auf den Beifahrersitz und knallt die Wagentür zu. So hat er sich seinen Bretagne-Urlaub wirklich nicht vorgestellt: in Gesellschaft von einem zwanzigjährigen Mädel und ihrem Sprössling, der garantiert den ganzen Tag nerven und herumplärren wird wie die überreizten Kids, die während irgendeiner Grippeepidemie in seiner Landpraxis auftauchen. Angesichts einer zutiefst unsicheren Praxisvertretung und einer Ferienreise, die alles andere als ruhig zu werden verspricht, wird Jérôme wohl doch nicht auf seinen abendlichen Whisky verzichten können, um etwas Schlaf zu finden.

Die hintere Wagentür ist offen geblieben, und jetzt kommt Julie mit Lulu, der verschlafen an ihrem Hals hängt, setzt den Kleinen behutsam in seinen Sitz und gurtet ihn an. Fast unhörbar murmelt sie ein »Bonjour« in Jérômes Richtung und läuft dann noch mal schnell zu Paul zurück, der mit dem komplizierten Schloss der Haustür zu kämpfen hat.

Jérôme, der ihr weder geantwortet noch sich umgedreht hat, blickt verstohlen in den Innenspiegel. Sieht niedlich aus, der kleine Kerl, der wohl gerade erst aufgewacht ist und ihn mit einem ebenso neugierigen wie schläfrigen Blick ansieht. Statt eines Kuscheltiers drückt er irgendeinen seltsamen Stofffetzen an sich und steckt dann seinen Daumen in den Mund, während er den Kopf zum Fenster dreht und seiner Mutter entgegenlächelt, die sich kurz darauf neben ihn auf die Rückbank setzt.

Paul steigt vorne ein.

»Jérôme, darf ich dir Julie vorstellen? Julie, das ist mein Sohn Jérôme.«

»…«

»Gut erzogene Menschen begrüßen sich normalerweise«, bemerkt Paul mit gleichmütiger Stimme, während er sich anschnallt und den Motor startet.

Das wechselseitige »Hallo« der beiden verspricht keine besonders harmonische Reise. Julies Gruß war zögernd und distanziert, der seines Sohnes äußerst kühl. Na, das kann ja heiter werden …

Sie sind zwar erst einige Minuten unterwegs, doch Julie fragt sich bereits, ob es richtig war, die Einladung anzunehmen. Wenn die Atmosphäre so eisig bleibt, werden sie nicht viel von diesen Ferien haben. Aber sie möchte Lulu doch so gerne das Meer zeigen! Schließlich hat er es sich nicht ausgesucht, auf dreißig Quadratmetern zu wohnen, mit Spielzeug vom Wohltätigkeitsbasar und einer Mutter, die Tag für Tag kämpfen muss, um ihnen das Existenzminimum zu sichern. Da *muss* man doch so eine Chance ergreifen, oder nicht?

Pauls Sohn wird es schon irgendwann akzeptieren.

Oder auch nicht.

Aber das sollte nicht ihr Problem sein.

Julie hat in den letzten Jahren gelernt, sich nicht auch noch die Probleme der anderen aufzuladen; schließlich hat sie genug eigene. Der zermürbende Geräuschpegel im Supermarkt, die langen Arbeitstage und die vielen Nächte, in denen sie wegen all ihrer Sorgen und Ängste keinen Schlaf fand, haben sie ausgelaugt. Darum nimmt sie jetzt ihren Pullover, rollt ihn zusammen, lässt damit ihren Kopf gegen den alten Kindersitz mit ihrem schlummernden Sohn sinken – und ist einen Augenblick später eingeschlafen.

Paul wirft einen Blick in den Innenspiegel. Eigentlich ist die Situation ganz schön kurios, und irgendwie kann er das trotzige Schweigen seines Sohnes auch verstehen. Wenn *ihm* vor zehn Tagen jemand prophezeit hätte, dass er mit einer blutjungen Supermarktkassiererin und ihrem kleinen Sohn Ferien machen würde, hätte er ihn auch für verrückt erklärt. Aber er ahnt nun mal, dass diese junge Frau ihm guttun wird und er ihr wahrscheinlich ebenso. Und er hat keine Lust mehr, tage-, wochen- oder gar monatelang darüber nachzudenken, ob es richtig ist, was er zu tun beabsichtigt, sondern will mehr spontan, aus dem Bauch heraus entscheiden. Vielleicht ist das aber auch nur so, weil er sich gerade freier fühlt als sonst und darüber sehr glücklich ist und Julie einfach nur im richtigen Moment am richtigen Ort war …

Als sie etwas später durch den Vogesentunnel Saintes-Marie-aux-Mines fahren, ertappt Paul sich dabei, wie er erneut die schlafenden Gesichter von Mutter und Kind im Innenspiegel betrachtet, über die in regelmäßigen Abständen der Widerschein der Neonlichter streift.

Kurz entschlossen nimmt er nach dem Tunnel die Ausfahrt zu einem großen Einkaufszentrum in Saint-Dié.

Mit einem Stirnrunzeln sieht Jérôme ihn an.

»Wir brauchen einen gescheiten Kindersitz«, sagt Paul leise und steigt aus. »Ich würde es mir nie verzeihen, wenn etwas passiert.«

»Ich komme mit«, antwortet Jérôme und steigt ebenfalls aus.

Überrascht sieht Paul ihn an.

»Okay. Dann lass uns da vorne gleich einen Einkaufswagen nehmen. So ein Kindersitz ist sperrig.«

Schweigend gehen die beiden damit zum Eingang, wo sich Paul am Infostand nach der entsprechenden Abteilung erkundigt.

»Bist du dir sicher, dass du weißt, was du tust?«, fragt Jérôme, als sie die breite Rolltreppe hinauffahren.

»Weißt du immer ganz genau, ob es richtig ist, was du tust?«

»Nein, natürlich nicht, aber wenn irgendwie möglich, sichere ich mich ab …«

»Was riskiere ich denn schon, wenn ich einen Autositz für eine junge Frau kaufe, die ihrem Kind nicht selbst einen neuen kaufen kann?«

»Mein Gott, Papa, die wittert dann eine Goldader und wird dich ausnehmen wie eine Weihnachtsgans!«

»Jetzt hör aber auf!« Paul schüttelt ärgerlich den Kopf. »Ich habe Geld genug, und ich werde ihretwegen garantiert nicht den Verstand verlieren, falls dir das Sorgen macht. Mich hat keine heftige Leidenschaft erfasst, die mich zu irgendwelchem Unsinn verleitet. Vielleicht bringt dieses Mädchen mich auf neue Ideen, ja, das ist gut möglich, aber ich werde wegen ihr bestimmt nicht den Kopf verlieren. Der sitzt nämlich viel zu fest auf meinen Schultern.«

»Und was empfindest du dann für sie?«

»Zärtlichkeit«, erwidert Paul lächelnd. »Und das ist ein wunderschönes Gefühl, Jérôme. Kann ich dir nur empfehlen.«

»Seit wann fühlst du denn so was?!«

»Seit ich Julie begegnet bin. Es war wie eine Offenbarung.«

»Papa, du kennst sie gerade mal eine Woche!«

»Ja, und? Zärtlichkeit kann ganz plötzlich einfach da sein, egal, wie lange man sich kennt.«

Ungläubig sieht Jérôme seinen Vater an.

»Und du bist wirklich nicht in sie verliebt?«

»Nein, bin ich nicht. Zudem würde ich sie nie im Leben anzurühren wagen, so zart und zierlich wie sie ist.«

»So zerbrechlich ist die gar nicht, wie du glaubst«, schnaubt Jérôme. »Die sieht mir eher so aus wie eine, die sich schon bespringen lässt, wo andere Mädchen noch Seil hüpfen. Und man sieht's ja: schwanger mit sechzehn!«

»Der Schein trügt manchmal, mein Sohn, und ich bin mir sicher, dass Julie ganz dringend auf Federn gebettet werden muss, damit sie endlich mal etwas Geborgenheit und Sorglosigkeit spüren kann.«

»Ha! Siehst du, du redest selbst schon von Federn … die wird dich ordentlich rupfen!«

»Mein Junge, das Leben kann leicht werden wie eine Feder, wenn man sich von einer Brise voller Liebe und Zärtlichkeit treiben lässt. Und dafür lasse ich gerne auch ein paar eigene Federn …«

»Wo hast du denn *den* kitschigen Spruch her?«

»Der ist von mir.«

Jérôme lacht auf. »Von dir?!«

»Du kannst ganz schön gehässig sein«, brummt Paul halb beleidigt.

»Na ja, immerhin scheint sie dich zu inspirieren. Das ist ja schon mal was«, erklärt sein Sohn versöhnlich. »Aber was ist, wenn die ganze Sache schiefläuft und wir uns in der Bretagne auf den Keks gehen? Das Haus ist nicht besonders groß, wir hocken da ziemlich aufeinander.«

»Und wenn alles gut läuft und wir dort sehr gern zusammenhocken?«

»Ich weiß nicht«, brummt Jérôme, »wie soll das wohl gehen mit einem wildfremden Mädchen, das noch grün hinter den Ohren ist und ein Kind mit sich rumschleppt, das ihr kleiner Bruder sein könnte …«

»Pack die Menschen nicht immer gleich in Schubladen, Jérôme. Eine junge alleinerziehende Mutter, die nicht viel Geld hat, kann durchaus interessant und geistreich sein.«

»Dein Wort in Gottes Ohr«, entgegnet Jérôme sarkastisch. »Wir sprechen uns dann wieder auf der Rückreise.«

»Gerne. Im Übrigen liest sie viel. Im Gegensatz zu dir. Wann hast du das letzte Mal ein Buch aufgeschlagen …?«

»Erst vorgestern. Einen dicken Wälzer mit einem roten Einband.«

»Klar, den Vidal.« Paul lacht auf, wird aber gleich wieder ernst. »Aber ich meine kein Arzneimittelverzeichnis, Jérôme, sondern einen guten Roman oder ein philosophisches Essay oder sonst irgendetwas, um mal dem Alltag zu entfliehen und sich Neuem zu öffnen.«

»Dafür habe ich keine Zeit.«

»Natürlich hast du Zeit dafür, du nimmst sie dir bloß nicht. Weil du denkst, dass du weder Zerstreuung noch irgendwelche neuen Impulse brauchst.«

»Wenn ich etwas brauche, dann ist das Irène.«

»Irène ist tot, Jérôme«, erwidert Paul nüchtern.

Jérôme sagt daraufhin nichts mehr. Denn die drei Wörter tun immer noch weh, Monate nach der Tragödie. Sein Vater hat sie ganz nüchtern ausgesprochen, und Jérôme weiß auch, wieso. Er weiß, er muss sich endlich damit abfinden und die bittere Pille schlucken, und er weiß auch, dass ihm Mitleid nicht weiterhilft. Paul hat sich nach der Katastrophe liebevoll um ihn gekümmert und ihn oft in die Arme genommen. Er hat ihn auch auf dem Friedhof gestützt, als die anderen Trauergäste längst weg waren und Jérôme vor dem Grab zusammenzubrechen drohte. Aber seit ein paar Wochen hat Paul seine Strategie geändert. Anscheinend glaubt er, dass zu viel Mitgefühl seinen Sohn in der Trauer verharren lässt und es ihm eher hilft, den unabänderlichen Tatsachen ins Auge zu sehen, wenn er die Dinge beim Namen nennt; bei einem Herzstillstand greift man schließlich auch zum Defibrillator.

Irène ist tot. Nur sein Vater wagt, das so knallhart auszusprechen. Alle anderen versuchen, den brutalen Schicksalsschlag mit Euphemismen abzumildern.

Irène ist gegangen. Ja, wohin denn?

Irène ist jetzt im Himmel. Wer's glaubt …

Tot. Ja, Irène ist tot, verdammt noch mal, das genaue Gegenteil von lebendig. Tot wie die wenigen Fotos von ihr in dem Album, das er ganz nach hinten ins Bücherregal geschoben hat. Tot wie die Blumen und Früchte auf einem Stillleben. Ein Gemälde, bestimmt für eine Wand seines Daseins als Landarzt. Doch es bereitet ihm immer noch höllische Qualen, den Nagel einschlagen zu müssen, der das Bild halten soll. Mit jedem Schlag spürt er, wie er immer tiefer ins eigene Fleisch dringt und dort eine klaffende Wunde hinterlässt, die irgendwann zu einer wulstigen, lebenslang sichtbaren Narbe verwachsen wird.

Paul hat natürlich den teuersten Kindersitz genommen. Der verspricht nun mal maximale Sicherheit. Auch wenn er nicht weiß, ob das nicht nur ein grandioser Marketingschwindel der Herstellerfirma ist …

Als sie zum Auto zurückkehren, klettert Julie gerade aus dem Wagen.

»Ich muss mal pinkeln. Falls Lulu aufwacht, ich bin gleich wieder da, ja?«, sprudelt es aus ihr heraus, und schon sprintet sie los, Richtung Supermarkteingang.

»Mein Gott, ist die vulgär«, murmelt Jérôme in seinen Dreitagebart.

Doch Paul hat es gehört.

»Hey, jeder junge Mensch sagt ›pinkeln‹. Selbst du.«

»Das ändert nichts daran, dass es ein vulgärer Begriff ist.«

»Ach nee, seit wann kennst du dich denn mit Sprachwissenschaft aus?«

»Kennst du etwa viele zwanzigjährige Frauen, die so reden?«

»Nein, kenne ich nicht. Und wie sie reden, ist mir auch ziemlich egal. Wichtig ist vielmehr, dass sie aufgeweckt sind und eine positive Einstellung zum Leben haben.«

»Ist das eine Anspielung auf Irène?«

»Wenn du so willst, ja. Meinetwegen hätte sie ruhig ›vulgär‹ reden können, wenn sie dafür glücklich gewesen wäre. Und jetzt gehe ich ebenfalls pinkeln.«

»Ach, rutsch mir doch den Buckel runter.«
»Passt du auf den Kleinen auf?«
»Hab ich denn 'ne andere Wahl?«
»Musst du auch pinkeln?«
»Nein.«
»Dann hast du keine Wahl. Bis gleich.«

Paul wartet vor der Frauentoilette, bis Julie herauskommt.

Als sie in der Tür erscheint, zupft sie an ihren vom Schlaf verwuschelten Haaren herum.

»Ich muss auch noch.« Paul reicht ihr seinen Geldbeutel. »Hier, gehen Sie damit in den Supermarkt und suchen Sie ein Buch für Lulu aus. Wir haben eine lange Fahrt vor uns. Und falls Sie eins für sich finden, kaufen Sie es auch, okay? Wir treffen uns wieder am Auto.«

»Wo ist Lulu?«

»Keine Sorge, der ist in guten Händen.«

»Da bin ich mir nicht so sicher.«

»Können Sie aber sein. Der Schein trügt eben bei allen.«

»Wen meinen Sie?«

»Glauben Sie mir einfach. Und jetzt los, bis in die Bretagne ist es wirklich weit, und die Tage werden schon kürzer. Ich würde gerne vor Einbruch der Dunkelheit ankommen.«

Julie braucht nicht lange vor dem Bücherständer. Sie weiß gleich, was sie will. Die neue Fred Vargas, nach der sie schon mehrmals in der Leihbücherei gefragt hat. Für Lulu wählt sie ein Märchen mit Feen und Zwergen aus. So eines, wie sie es selbst als Kind geliebt hat. Zu sehr womöglich. Denn es ist gar nicht einfach, aus solch zauberhaften Welten wieder rauszukommen, wenn man erst einmal daran glaubt. Es fühlt sich ganz schön schlimm an, wenn man dann eines Tages aufwacht und feststellen muss, dass das Leben nicht so rosig ist, wie das Happy End im Märchen einen glauben machen will.

»Sie feierten Hochzeit und bekamen viele Kinder miteinander. Und wenn sie nicht gestorben sind, dann …«

O ja, sie feierten Hochzeit. Doch dazu braucht es erst mal einen Märchenprinzen. Und die Frauen im Märchen ziehen weder ihre Kinder alleine auf, noch müssen sie den ganzen Tag schuften, um über die Runden zu kommen. In Märchen ist die Frau schön, der Mann stark, das Leben zeigt sich ihnen zum Schluss nur noch von der sanftesten und besten Seite, und beide lieben sich sehr.

Und darum sind Märchen einfach nur Humbug.

Als Julie an die Stelle kommt, wo sie geparkt haben, kriegt sie einen Riesenschreck. Hektisch sieht sie sich um. Pauls Audi stand genau hier, in dieser Reihe, kurz nach der Sammelstelle der Einkaufswagen gegenüber von Eingang B, das weiß sie hundertprozentig! Die Gedanken in ihrem Kopf überschlagen sich in der gleichen Geschwindigkeit wie bei einem Totkranken, der sein Leben blitzschnell an sich vorüberziehen sieht. O Gott, sie sind weg, die Kerle haben Lulu entführt! Warum haben sie das getan?! Sind die beiden etwa doch Menschenhändler? Nein, nicht ihr Lulu! Bitte nicht! Wie konnte ich nur dem Erstbesten Vertrauen schenken und bloß an mein kleines persönliches Glück denken?!, wirft sich Julie verzweifelt vor, während sie wie eine Verrückte durch die Parkreihen rennt, auf der Suche nach dem grauen Audi. Das ist nicht möglich, das ist doch nicht möglich, das ist nicht mal vorstellbar ... Diese Schweine! Julie nimmt die Leute um sich herum nicht mehr wahr, sie rennt und rennt und hört auch nicht den entrüsteten Protest der Frau, die sie beinahe umgerannt hätte, Julie will nur ihren Lulu finden.

Nach Luft japsend, bleibt sie schließlich stehen und blickt zur Straße hinüber, hält Ausschau nach einem davonrasenden Auto. Diese Schweine haben sich verdammt gut verstellt, o Gott, warum ist sie nur so naiv gewesen und in ihre Falle getappt, was soll sie jetzt bloß tun, was nur?! Heiße Tränen laufen ihr über die Wangen, während sie sich panisch umsieht. Sie braucht eine Telefonzelle, sie muss Manon anrufen! Ihre Freundin wird wissen, was zu tun ist, Manon weiß immer, was zu tun ist. Julie schaut zum Einkaufszentrum, in Richtung des schrecklich leeren Stellplatzes, der gerade von einem anderen Auto besetzt wird – und zuckt zusammen, als es hinter ihr hupt. Jäh fährt sie herum. Vor ihr steht der graue Audi Quattro, und Paul lächelt ihr fröhlich zu, wird aber sofort ernst, als er ihren verstörten Blick bemerkt. Julie schließt die Augen, sie ist kurz davor, in Ohnmacht zu fallen, doch in der nächsten Sekunde verwandelt sich ihre Erleichterung in rasenden Zorn. Sie reißt die hintere Wagentür auf.

»Wo waren Sie, verdammt noch mal?!«, schreit sie hysterisch, während sie zu ihrem Sohn auf die Rückbank klettert. »Warum haben Sie nicht auf mich gewartet?!«

Paul hat sich zu ihr umgedreht. »Warum sind Sie denn so aufgebracht, Julie? Wir haben vorne an der Tankstelle nur schnell noch den Reifendruck überprüfen lassen.«

»Machen Sie das nie wieder! Hören Sie?! Ich habe mich zu Tode erschrocken! Ich habe gedacht, Sie wären davongefahren!«

Verständnislos schüttelt Paul den Kopf. »Warum sollten wir denn ohne Sie fahren?«

»Was … was weiß ich! Aber machen Sie das nie, nie wieder!«, schluchzt Julie und herzt und küsst ihren kleinen Lulu, der von ihrem Geschrei aufgewacht ist und sie verwundert ansieht.

»Warum s-reist du so, Maman?«

Kurz darauf sind sie wieder auf der Autobahn. Nur Lulus zufriedenes Schmatzen ist zu hören, der aus seinem Fläschchen trinkt. Ein Blick in den Innenspiegel zeigt Paul, dass Julie ihre Nase in den vorhin gekauften Krimi gesteckt hat, wahrscheinlich, um ihre panische Angst zu vergessen. Jérôme betrachtet mit unbewegter Miene die vorüberziehende Landschaft.

Und Paul? Paul denkt. Er denkt an sein vergangenes Leben, an die letzten Tage und an das, was ihn wohl in Zukunft noch erwartet. Und er spürt, dass er große Sehnsucht danach hat, sich wieder jung zu fühlen, mit offenen Augen zu träumen, viel gute Laune zu haben und Zärtlichkeit zu empfinden.

Es war schnell klar gewesen, dass seine zweite Ehe ein Fiasko war. Nichtsdestotrotz war er mit seiner Frau zusammengeblieben. Sie interessierte sich vor allem für ihre äußere Erscheinung, verbrachte ihre Zeit im Fitnessclub, bei der Kosmetikerin, mit Shopping und Restaurantbesuchen mit ihren Freundinnen. Als Gattin eines Mannes, der genug verdiente, um ihren hohen Lebensstandard zu sichern, hat Marlène ein sorgenfreies und äußerst bequemes Leben geführt. Um ihn hat sie sich nicht groß gekümmert. Paul hätte zum Beispiel nichts lieber getan, als sich mit ihr über die klassische oder zeitgenössische Literatur auszutauschen, die er in seinen wenigen freien Momenten las, doch was seine Frau beschäftigte, war ausschließlich materieller Natur, weshalb ihre Gespräche meistens so oberflächlich und banal waren wie der Inhalt der unzähligen Frauenmagazine, die überall in ihrem Haus herumlagen. Sie hatten im Grunde so gut wie keine Gemeinsamkeiten gehabt, und in den letzten Wochen ist Paul auch klar geworden, dass er sich jahrelang tief in seine Arbeit vergraben hat, um so wenig Zeit wie möglich zu Hause zu verbringen. Vor allem, nachdem Jérôme ausgezogen war.

Dass Marlène ihn verlassen hat, ist für Paul also kein Grund zur Trauer, sondern eher eine große Erleichterung. Und ein längst überfälliger Neuanfang. Von nun an möchte er intensiv leben und jeden Augenblick genießen, ohne Vergangenem nachzutrauern.

Pauline war sein Komet gewesen. Doch der hat nun schon vor über dreißig Jahren seine Umlaufbahn verlassen, und das Universum hat sie weit von ihm fortgetragen.

Mit Julie ist er nun womöglich einem neuen, kleinen Kometen begegnet. Und wer weiß, wenn der Zusammenstoß nur stark genug ist, vielleicht bleibt er in seiner Nähe …

Zum Glück müssen sie nur wenige Pausen machen. Lulu ist ein wirklich braves Kind, und seine Mutter denkt sich allerlei Tricks aus, um ihn zu beschäftigen. Sie spielen, wer als Erster einen Wasserturm hinter den Hügeln auftauchen sieht, zählen die Lastwagen, die sie überholen, oder Julie erzählt ihm kleine Geschichten, die zur vorüberziehenden Landschaft passen. Seit ein paar Kilometern ziehen sich die Felder nun allerdings endlos hin, und nur hier und da taucht ein vereinzelter Baum auf, weshalb die beiden sich ganz ihren Büchern widmen.

Jérôme hat seit dem Zwischenstopp im Supermarkt so gut wie kein Wort gesagt. Paul macht das nichts aus. Es ist ihm nie schwergefallen, sich zu konzentrieren, und er fährt gerne Auto. Aber so langsam sollte er dann doch nach der nächsten Raststätte Ausschau halten, der Kleine hat sicher bald Hunger. Pauls Magen fängt jedenfalls schon leise an zu knurren. Und Unterzuckerung auf der Autobahn wäre nicht gerade das Wahre.

Nach weiteren zwanzig Kilometern setzt er den Blinker. Es ist schon fast zwei Uhr, da wird die Raststätte nicht mehr allzu voll sein.

Jérôme steigt als Erster aus und geht zu dem Rasenstreifen ein Stück weiter unten, wo er sich dehnt und streckt und dann reglos in die Ferne blickt.

Julie ist derweil um den Wagen herumgegangen, um ihren Sohn loszuschnallen. Voller Ungeduld fummelt sie an dem Verschluss des neuen Sitzes herum; der alte war weniger sicher, aber viel einfacher zu handhaben. Leise flucht sie vor sich hin, weshalb Paul sie schließlich bittet, ihn machen zu lassen. In Nullkommanichts hat er den Kleinen abgeschnallt und wirft ihm einen verstohlenen Blick zu. Und Lulu? Der schaut ihn ganz offen an und schenkt ihm ein kleines, verschmitztes Lächeln. Ein Lächeln wie das des kleinen

Prinzen, der den Fuchs zähmen will. In ihrer Geschichte ist der alte Fuchs jedoch längst zahm und wünscht sich nichts so sehr, wie das Vertrauen des kleinen Prinzen ganz zu gewinnen. Doch wer zuerst dem anderen vertraut, das ist eigentlich egal. Vertrauen beruht letztlich immer auf Gegenseitigkeit. Und braucht Geduld. Geduld, die der Fuchs vor allem braucht, um das Vertrauen der Mutter des kleinen Prinzen zu gewinnen.

»Wollen wir uns duzen?«

Verlegen blickt Julie auf ihre Schuhe.

»Wenn Sie das wünschen …«

»Na, das fängt ja gut an.«

»Das … das ist nicht so leicht«, druckst Julie herum.

»Warum nicht?«, fragt Paul verwundert.

»Na ja … der Altersunterschied.«

»Müssen Sie mir den wirklich ständig unter die Nase reiben?«

»Jetzt siezen Sie mich wieder.«

»Weil Sie mich verärgert haben.«

»Oh, tut mir leid, das wollte ich nicht.«

»Mach dir keine Sorgen. Ich werde mich dran gewöhnen.«

»Ich auch …«

Kurzerhand nimmt Paul ihr Gesicht in seine Hände und drückt ihr einen schnellen Kuss auf die Stirn. Augenblicklich wird Julie ganz steif. Solche Zärtlichkeitsbekundungen ist sie nicht gewohnt. Abgesehen von Lulu hat sie in ihrem Leben bisher so gut wie niemand aufrichtig liebkost.

Paul ist ihre Befangenheit nicht entgangen.

»Lass uns erst mal essen und uns dann die Beine vertreten.«

»Okay. Dann hole ich mir drüben an der Tankstelle schnell ein Sandwich.«

»Gar nichts holst du dir. Wir gehen ins Restaurant, wo man etwas Warmes essen kann.«

»Dafür reicht mein Geld nicht.«

»Bist du über Nacht plötzlich Feministin geworden?«

»Ich will mich nicht aushalten lassen.«

»Ich halte dich nicht aus, Julie. Ich lade euch ein. Meinen Sohn übrigens auch.«

»Das ist mir peinlich.«

»Dafür gibt es keinen Grund. Ich habe mehr Geld, als man zum Glücklichsein braucht. Und dieser Urlaub ist ein All-inclusive-Geschenk.«

»Und was sagt Ihr Sohn dazu?«, will Julie wissen.

»Dein Sohn.«

»Mein Sohn?«

»Was sagt *dein* Sohn dazu«, korrigiert Paul.

»Mit drei Jahren überfordern ihn solche Geldfragen noch.«

Paul prustet los. »Ich ... ich rede nicht von *deinem* Sohn, ich rede von meinem.«

»Wie?« Julie schüttelt den Kopf. »Jetzt versteh ich überhaupt nichts mehr.«

»Wir duzen uns doch jetzt, schon vergessen? Darum: Was sagt dein Sohn dazu?«

»Ach so!« Jetzt muss Julie auch lachen. »Also ... was sagt d... Jérôme dazu?«

»Wozu?«

»Zu dem ›All-inclusive-Geschenk‹.«

»Es ist mir egal, was er dazu sagt.«

»Er könnte eifersüchtig werden.«

»Jérôme hat ebenso wenig Geldsorgen wie ich. Zerbrich dir nicht dauernd den Kopf, was er denkt oder nicht denkt.«

»Na ja, er ist nicht gerade gesprächig und scheint auch nicht besonders begeistert von uns zu sein.«

»Das wird schon, lass ihm einfach etwas Zeit«, erklärt Paul und ruft dann nach Jérôme, um ihm zu verstehen zu geben, dass sie jetzt essen gehen könnten.

Julie reicht Lulu die Hand, der seinerseits ganz selbstverständlich nach der von Paul greift und dabei »eins, zwei, dreiiiii!« ruft. Und Paul benötigt auch keine weitere Erklärung, er hebt ihn im gleichen Moment hoch wie seine Mutter, um mit ihm »Engelchen, flieg« zu spielen.

Jérôme folgt den dreien mit etwas Abstand. Er weiß nicht, was er von dem kuriosen Trio denken soll. Manchmal würde er aber auch am liebsten gar nichts mehr denken. Dann müsste er auch nicht so oft an Irène denken. Doch das Abschalten funktioniert nicht, je mehr er es versucht, desto weniger gelingt es ihm, und darum hofft er nun einfach, dass die Atlantikwellen seinen Geist, der von Irènes Abwesenheit besessen ist, besänftigen werden.

Nachdem die Herausforderungen der Selbstbedienungstheke gemeistert sind – vor allem Lulus Neugier muss befriedigt werden; er will unbedingt sehen, was in all den Schüsseln und Töpfen ist –, setzen sie sich gemeinsam an einen Tisch. Während Jérôme wortkarg in seinem Essen stochert, sieht er immer wieder verstohlen zu dem Kleinen hinüber. Fast könnte ihn der Anblick rühren, wie Lulu gewissenhaft eine Fritte in das Ketchup auf seinem Teller taucht und dabei sein T-Shirt bekleckert. »Is nich slimm«, sagt er zu seiner Mutter, noch bevor sie etwas sagen kann. Andere Eltern wären verärgert, würden schimpfen, Julie hingegen wischt nur mit ihrer Serviette ein wenig an dem Fleck herum und meint lächelnd: »Nein, ist nicht schlimm, mein Schatz.«

Als Jérôme noch klein war, hat Marlène ihn immer ausgeschimpft, wenn er sich bei Tisch, im Garten oder beim Spielen auf der Straße schmutzig gemacht hatte. Seine Kindheit war beherrscht von starren Regeln, Geboten und Verboten. Er durfte nichts spielen, bei dem seine schicke Kleidung hätte schmutzig werden können, was seiner Kreativität und Fantasie enorm geschadet hatte. Während er Julie und Lulu beobachtet, wird ihm auf einmal bewusst, dass sein Vater ihm nie erzählt hat, wie seine ersten drei Lebensjahre verlaufen sind, als seine leibliche Mutter noch lebte. Vielleicht ist sie so verständnisvoll und fröhlich, so sanft, nachsichtig und offen für seine Bedürfnisse gewesen wie diese junge Frau mit ihrem Lulu? Denn es lässt sich nicht leugnen, dass Julie trotz ihrer Jugend unheimlich zärtlich und unbefangen mit ihrem Sohn umzugehen versteht. Ob es daran liegt, dass sie selbst noch nicht so lange den Kinderschuhen entwachsen ist? Vielleicht ist es aber auch einfach ihre Wesensart. Vielleicht ist ihr ein Ketchupfleck auf einem weißen T-Shirt ganz egal, denn schließlich geht davon die Welt nicht unter.

»Kann er eigentlich kein ›sch‹ sagen?«, will Paul zwischen zwei Bissen wissen.

»Doch, in manchen Wörtern schon. Er sagt zum Beispiel ›Mädschen‹ statt ›Mädchen‹, aber ›Saukel‹ statt ›Schaukel‹.«

»Sag mal ›Sa‹«, wendet Paul sich daraufhin an den Kleinen.

»Sa!«, wiederholt Lulu stolz.

»Sag mal ›Sau‹.«

»Sau!«

»Sag mal ›Saukel‹.«

»Saukel!«

»Und jetzt ›Schaukel‹.«

»Ssss... Wippe!«

Beinahe hätte Jérôme laut aufgelacht angesichts der Pfiffigkeit des Dreijährigen, kann sich aber gerade noch mal beherrschen. Schließlich will er seinem Vater noch eine Weile grollen. Ja, noch will er ihm ohne Worte seine Meinung kundtun, die da lautet: Was für eine Schnapsidee, die beiden einzuladen! Und darum steht er nun auch abrupt auf, um sich nicht von Pauls und Julies schallendem Gelächter anstecken zu lassen, in das der Kleine jauchzend eingestimmt hat, bringt sein Tablett zum Abräumwagen neben der Küche und stürmt hinaus ins Freie, ohne sich noch einmal umzudrehen.

»Soll ich nicht besser heimfahren, bevor ich Ihnen die Ferien vermassele?«, fragt Julie, die augenblicklich wieder ernst geworden ist.

»Nein, Julie, das sollst du nicht.« Paul schüttelt entschieden den Kopf. »Lass ihm einfach Zeit, er hat wirklich viel durchgemacht in den letzten Monaten.«

»Aber gerade dann wäre es doch besser, wenn er etwas zu lachen hätte«, meint Julie.

»Offen gestanden wäre ich schon froh, wenn er erst mal weinen könnte.«

»Was ist denn eigentlich passiert?«

Paul legt seine Serviette aufs Tablett und steht auf.

»Das erzähle ich dir besser später, denn wir sollten jetzt weiterfahren. Es wäre schön, wenn ihr dort wenigstens noch den Sonnenuntergang mitkriegen könntet.«

»Die Sonne geht doch jeden Abend unter.«

»Ja, schon, aber glaub mir, am allerersten Abend ist der Sonnenuntergang immer am schönsten. Vor allem, wenn man noch nie am Meer gewesen ist.«

Und so sitzt ein paar Minuten später ein jeder wieder angeschnallt auf seinem Platz: Lulu in seinem brandneuen Sitz, daneben Julie mit ihrem neuen Buch und auf dem Beifahrersitz Jérôme, für den seine Trauer alles andere als neu ist. Und schließlich Paul, der Gas geben kann, in heitere Gedanken versunken. Ihm gefällt die Vorstellung, dass er sich auf ein Abenteuer in der Bretagne einlässt, um das ihn selbst große Weltreisende beneiden würden. Denn bei dieser Expedition geht es nicht um die Erforschung fremder Länder, sondern um die wagemutige Erkundung des Innersten des Menschen.

Gegen halb fünf setzt Paul wieder den Blinker, um auf einem Rastplatz nahe Angers eine kurze Pause zu machen. Wäre Paul allein unterwegs, wäre er die ganze Strecke durchgefahren, aber Lulu, der sich bisher mustergültig benommen hat, wird allmählich quengelig und muss sich bewegen und Julie muss wieder »pinkeln«. Sie nimmt den Kleinen mit, um die Windel zu wechseln, die sie ihm vorhin in der Raststätte angezogen hat, zur Sicherheit, damit er den neuen Kindersitz nicht nass macht, den sie sich nie hätte leisten können.

Paul geht ein paar Schritte und reckt und streckt sich dabei. Er mag diesen Moment. Es liegen jetzt nur noch drei Stunden Fahrt vor ihnen, bis sich die grandiose, friedliche Weite des Atlantiks vor ihnen auftut. Nur noch drei Stunden, bis er wieder vor seinem Haus steht, das er vor über dreißig Jahren für Pauline, Jérôme und sich gekauft hatte. Es ist ein einfaches, nicht sonderlich großes Haus, das auf einer Anhöhe etwas außerhalb des kleinen Dorfes Wind und Wetter trotzt, und von der Terrassentür des Schlafzimmers aus kann man bereits mit dem ersten Tageslicht die sich am Strand brechenden Wellen bewundern.

Paul lächelt, als er Julie mit einer Kekspackung zum Auto zurückkommen sieht. Sie hat sie im Tankshop vom Wechselgeld gekauft, das sie nach dem Bücherkauf auf Pauls Wunsch hin behalten sollte. Lulu hüpft fröhlich plappernd an ihrer Hand. Das lässt auf einen angenehmen Rest der Reise hoffen. Jérôme sitzt schon wieder im Wagen.

»Wollen Sie auch einen Keks?«, fragt Julie und reicht Paul die Packung.

»Wenn du ›du‹ sagst, nehme ich einen.«

»Möchtest … du auch einen Keks?«

»Siehst du, ist doch gar nicht so schwer.«

»Das sagen Sie! … Und, was ist jetzt mit dem Keks?«

Während Paul sich einen aus der Packung nimmt, zieht er unwillkürlich eine Grimasse. Es geht wohl doch nicht so schnell, wie er sich das gewünscht hat. Er muss einfach Geduld haben, so wie in der Geschichte vom kleinen Prinzen und dem Fuchs. Paul setzt sich hinters Steuer und wartet, bis der Kleine in seinem Sitz festgegurtet und Julie ebenfalls angeschnallt ist. Während er den Motor anlässt, hält sie die Packung in Jérômes Richtung.

»Möchten Sie auch einen Keks?«

»Nein, danke«, antwortet Jérôme, ohne sich umzudrehen, »ich versuche, auf meine Ernährung zu achten.«

»Ich auch«, antwortet Julie mit vollem Mund und lehnt sich wieder zurück, »aber doch nicht immer. Man lebt schließlich nur einmal. Wenn man sich da nicht ab und zu was gönnt …«

»Da ist was dran«, erklärt Paul gut gelaunt, »und ein leckerer Butterkeks wird deine Lebenserwartung sicher nicht verkürzen, Jérôme.«

»Ach, lasst mich doch in Frieden. Ich will einfach keinen«, brummt Jérôme und schaut demonstrativ wieder zum Seitenfenster hinaus.

Schulterzuckend blickt Paul in den Innenspiegel.

»Darf ich dann seinen haben?«

»Nein, ich will!«, ruft Lulu energisch dazwischen.

»Nur wenn du ›bitte‹ sagst«, entgegnet Julie.

»Bitte!«, ist sofort Lulus Stimmchen zu hören.

»Daran kannst du dir ein Beispiel nehmen«, sagt Paul leise zu seinem Sohn.

»Jetzt reicht's, ja?«, erwidert Jérôme scharf.

»Beruhige dich, ich mache doch nur Spaß. Diese Ferien werden dir wirklich guttun.«

»Das wage ich langsam zu bezweifeln.«

Sie sind schon wieder eine gute Stunde unterwegs, als Jérômes Handy klingelt.

»Hallo?«, bellt er kampflustig in den Apparat.

»Guten Tag ... besser gesagt guten Abend, hier ist Caroline.«

»Was, jetzt schon?«, erwidert Jérôme mit bereits etwas sanfterer Stimme; schließlich kann seine Praxisvertretung nichts für seine Laune.

»Es ... es tut mir leid, es tut mir wirklich so leid«, stottert Caroline am anderen Ende der Leitung.

»Das war doch nicht ernst gemeint. Also, was ist passiert?«

»Mir ist das Blutdruckmessgerät kaputtgegangen. Ich werde es auf jeden Fall ersetzen, aber vor der Sprechstunde morgen früh kann ich keines mehr besorgen.«

»Sind Sie noch in der Praxis?«

»Ja.«

»Okay. Dann ziehen Sie jetzt die Schreibtischschublade auf und nehmen den Schlüssel, der vorn in dem Kästchen liegt. Im Schuppen hinterm Haus gibt es ein Ersatzgerät. Ich bleibe am Apparat.«

Jérôme wartet, bis er das Quietschen der Schuppentür hört, bevor er weiterspricht.

»Der Lichtschalter ist gleich rechts. Sehen Sie ganz hinten den großen Schrank mit den vier Schubladen? Das Gerät muss in der Schublade links unten sein.«

»Moment«, sagt sie, und dann hört er, wie sie in etwas herumwühlt. »Da sind nur Mundschutzmasken drin.«

»Dann versuchen Sie die nächste auf der linken Seite.«

»...«

»Nur um sicherzugehen: Bei Ihren Patienten ertasten Sie rechts die Leber, und links hören Sie das Herz ab, oder?«

»Ja, warum?«

»Ach, nur so«, meint Jérôme und muss gegen seinen Willen grinsen. »Haben Sie das Gerät gefunden?«

»Ja, es war in der anderen Schublade.«

»Prima. Und sonst? Wie war der erste Tag?«

»Gut. Sie hatten recht. Ein paar Fälle mit Schnupfen oder Halsweh, zwei kleine Warzen und eine Mittelohrentzündung. Nichts wirklich Schlimmes.«

»Na, sehen Sie! Sie hätten letzte Nacht also wirklich ruhig schlafen können. Eine ausgewachsene Lungenembolie gibt's nie am ersten Tag.«

»Soll mich das jetzt etwa beruhigen?«

»Nein, das sollte nur lustig sein.«

»Der Scherz ist leider voll danebengegangen.«

»Entschuldigen Sie, das war blöd von mir. Beruhigt es Sie dann vielleicht zu wissen, dass mir bisher noch nie eine untergekommen ist und meinem Vorgänger in seinen fünfunddreißig Berufsjahren ebenso wenig?«

»Ein bisschen, ja.«

»Tun Sie einfach nur Ihr Möglichstes. Das Unausweichliche kann keiner von uns verhindern. Und ich weiß, wovon ich spreche, das können Sie mir glauben.«

»Okay, ich werd's versuchen. Und jetzt will ich Sie nicht länger stören. Ich wünsche Ihnen schöne Ferien!«, verabschiedet sich die junge Frau.

»Dann bis morgen also«, antwortet Jérôme.

»Nein, nein, ich verspreche Ihnen, dass ich Sie nicht jeden Tag belästige.«

»Die Lungenembolie kommt in der Regel am zweiten Tag.«

»Das ist immer noch nicht witzig.«

»Haben Sie einen schönen Abend, Caroline.«

Der Rest der Fahrt verläuft nahezu still. Die beiden Männer vorne reden wenig, während man auf der Rückbank damit beschäftigt ist, die Nasen in die Bücher zu stecken oder Ich-sehe-was-was du-nicht-siehst zu spielen. Es hat den ganzen Tag die Sonne geschienen; als sie Vannes erreichen, beginnt sie allmählich zu sinken. Bis zu Pauls Ferienhaus ist es nun nur noch eine knappe Stunde, sodass sie wohl rechtzeitig zum Sonnenuntergang ankommen werden. Ein schöner Abschluss der Reise, denkt Paul zufrieden, vielleicht löst das ja etwas Jérômes Anspannung.

Und dann, zwanzig Minuten später, erstreckt sich vor ihnen endlich der Atlantik. Während er beglückt die Küstenstraße entlangfährt, blickt Paul immer mal wieder in den Innenspiegel, in dem er nun nicht mehr nur eines, sondern zwei Kinder sieht, die gebannt nach draußen starren, vollkommen verzaubert von diesem magischen ersten Mal, und in ihren staunenden Augen spiegelt sich orangefarben die untergehende Sonne.

Als Paul schließlich vor seinem Haus den Motor abstellt, glaubt Julie zu träumen. Der Strand genau dahinter, das Rauschen der Wellen: So schnell es nur irgend geht, schnallt sie Lulu ab und rennt im nächsten Moment mit ihm los.

Paul lächelt seinem Sohn zu.

»Kommst du mit ans Wasser?«

»Nein, ich bringe schon mal das Gepäck rein.«

»Wie du willst. Der Schlüssel ist in seinem üblichen Versteck«, meint Paul und läuft dann Julie nach, die bereits mit ihrem Sohn auf dem Arm durch den Sand läuft. »He, wartet auf mich!«

»Ich kann nicht«, ruft Julie jauchzend zurück.

Als Paul bei ihnen ankommt, stehen Julie und Lulu still am Saum des Wassers und gucken zum Horizont. Das letzte Sonnenlicht beleuchtet ihre Gesichter, die sich ähnlicher sehen denn je. Beide strahlen vor Glück, so wie nun auch Paul, der froh ist, an ihrer aufrichtigen und tiefen Freude teilhaben zu können, die er ihnen ermöglicht hat. Julies Träne vom Supermarkt ist jetzt meilenweit weg.

Auch wenn es allmählich dunkel wird, schlendern sie dann noch eine Weile schweigend den Strand entlang.

»Danke, Paul, vielen, vielen Dank!«, sagt Julie leise, als sie sich schließlich auf den Rückweg zu seinem Haus machen, das selbst in Julies verrücktesten Träumen nie aufgetaucht wäre. Ihr Kopf und ihr Herz sind ganz vom Rauschen der Wellen erfüllt. Am liebsten würde sie ihn bitten, sie einmal fest zu kneifen. Derartige Glücksmomente kommen in ihrem Leben so selten vor, dass ihr das alles völlig irreal erscheint.

Jérôme ist nirgends zu sehen. Er hat sich in dem kleinen Zimmer unterm Dach eingerichtet, wo es am stillsten ist. Paul führt Julie herum und zeigt ihr das große Schlafzimmer mit dem Doppelbett und die winzige Kammer mit dem schmalen Bett. Julie will ihre Sachen gleich dort auspacken, aber Paul greift stumm nach ihren Taschen und trägt sie ins große Zimmer.

»Ich nehme das kleine«, meint er zur Erklärung.

»Kommt nicht infrage. Lulu und ich sind es gewohnt, zusammenzurücken.«

»Machst du Witze? Nein, ihr beide zieht ins große Zimmer. Ich kann immer und überall schlafen. Und die Kammer erinnert mich wieder an meine Studentenzeiten, wo ich oft bei irgendwelchen Freunden übernachtet habe.«

»Nun gut, wie Sie wollen.«

»Ich will vor allem, dass du endlich mit dem Siezen aufhörst«, brummt Paul. »Das macht meine Jugenderinnerungen sofort wieder futsch und lässt mich unseren ›berühmten‹ Altersunterschied spüren. Möchtest du etwas essen?«

»Nein, danke. Lulu ist todmüde, ich bringe ihn gleich ins Bett.«

»Okay, ich zünde unterdessen ein Feuer im Kamin an, falls du dich danach noch ein bisschen aufwärmen willst. Im Haus ist es doch recht kühl.«

Eine Viertelstunde später drückt Julie ihrem Kleinen einen Gutenachtkuss auf die Stirn. Schnell umfasst Lulu den Hals seiner Mutter und flüstert ihr ins Ohr, wie schön das Meer doch sei und ob sie am nächsten Morgen wieder hingehen könnten. Natürlich werden sie morgen wieder hinunter ans Wasser gehen, keine Frage! Zum Baden ist es zwar inzwischen zu kalt, aber sie können auf jeden Fall ganz lange im Sand spielen …

Obwohl er im Auto viel geschlafen hat, fallen Lulu schnell die Augen zu. Die Reise hat ihn erschöpft. Wieder überkommt Julie eines dieser seltenen Glücksgefühle, als sie ihren Sohn so unter der großen Bettdecke schlummern sieht, auf seinem

Gesichtchen immer noch das gleiche Lächeln wie am Strand. Dieser Moment könnte sie fast all die anderen vergessen lassen, in denen sie damit hadert, ihrem Kleinen kein besseres Leben bieten zu können. Seine Nounou kann ihr noch so viel beteuern, dass es nicht auf materielle Dinge ankomme und Lulu glücklicher wirke als manch andere Kinder, die immer alles bekämen, was sie wollten – Julie fühlt sich trotzdem schuldig, ihm ein so armseliges Leben zuzumuten. Vorsichtig kippt sie noch die Terrassentür, damit die Wellen ihrem Kind noch ein Wiegenlied singen, und schlüpft dann leise hinaus.

Als sie ins Wohnzimmer kommt, sitzt Paul auf dem Sofa, ein Glas in der Hand, und schaut in den Kamin, in dem ein behagliches Feuer flackert.

»Möchtest du auch ein Glas?«

»Was ist da drin?«

»Rumtopf. Den hab ich letztes Jahr selbst angesetzt.«

»Dann nehme ich gern ein Glas«, erklärt Julie lächelnd und lässt sich in einem der gemütlichen Sessel nieder. »Und was ist mit Jérôme? Mag der keins?«

»Ich glaube nicht. Er schläft wohl schon. Er schläft zurzeit viel.«

»Kann ich jetzt seine Geschichte erfahren?«

Paul nickt. »Ja, es ist wohl besser, wenn du es weißt. Also, seine Frau hat sich umgebracht. Vor etwas mehr als einem halben Jahr.«

»O Gott!« Schockiert schlägt sich Julie die Hand vor den Mund. Das muss sie erst mal verdauen. Eine ganze Weile starrt sie reglos vor sich hin, bevor sie sich schließlich weiterzufragen traut.

»Und … und warum hat sie das getan?«

»Sie hatte schon lange eine schwere Depression. Sie war sehr zart, körperlich wie seelisch. Ein Windstoß hätte sie umwehen können. Und ein emotionaler Windstoß hatte den gleichen Effekt auf sie. Ein Wort zu viel, ein etwas scheeler Blick, und sie schlug die Augen nieder, damit bloß keiner merkte, wie sie in ihrem Innern ins Trudeln kam.« Nachdenklich dreht Paul das Glas in seinen Händen. »Jetzt, da ich dir von ihr erzähle, wird mir deutlich, dass sie wie ein welkes Herbstblatt war, das sich von seinem Ast gelöst hatte und haltlos durch die Welt trieb. Wann in ihrem Leben dieser Herbststurm eingesetzt hat, weiß ich nicht, ich habe Irène eigentlich nur depressiv erlebt. Eines Tages hat dieser Wind sie jedenfalls in Jérômes Garten getragen. Ich glaube, er hat sich in sie verliebt, weil er unbewusst dachte, sie retten zu können. Die Allmachtsfantasie eines Mediziners. Aber an jenem Tag ist er zu spät in ihre Wohnung hochgekommen. Ein paar Minuten eher, und sie würde vielleicht noch leben. Und das kann er sich nicht verzeihen. Er verabschiedete sich gerade auf der Außentreppe von seinem letzten Patienten, als der Schuss fiel.«

»Sie hat sich erschossen?! O Gott, wie schrecklich!«

»Das kann man wohl sagen.«

»Und woher hatte sie die Waffe?«

»Es war eine alte Pistole ihres Großvaters aus dem Zweiten Weltkrieg. Sie hat sie irgendwo versteckt gehabt, Jérôme hatte keine Ahnung davon.« Paul seufzt. »Tja, und deshalb benötigt mein Sohn ein wenig Zeit, um sich auf dich beziehungsweise generell wieder auf andere Menschen einzulassen. Er kommt einfach nicht aus dem tiefen Loch heraus, im Gegenteil, irgendwie habe ich den Eindruck, dass er sich in einer Abwärtsspirale befindet, und das macht mir große Sorgen. Darum wollte ich mit ihm hierherfahren. Damit er seinen Kopf wieder ein bisschen frei bekommt.«

»Jetzt verstehe ich«, meint Julie voll Mitleid. »Ich werde ihm so viel Zeit lassen, wie er braucht. Er wird sich schon an uns gewöhnen.«

»Das wird er sicher. Weißt du, mein Sohn ist kein schlechter Kerl. Er ist zwar noch nie ein großer Spaßvogel gewesen, aber eigentlich kann er sehr nett sein.«

»Hatten die beiden Kinder?«

»Nein, dazu ist es nicht gekommen«, erklärt Paul traurig. »Aber vielleicht ist das auch besser so. Als kleines Kind ein Elternteil zu verlieren …«

»Andererseits hätte ihn das garantiert aus dem Loch geholt.«

»Vielleicht kann Lulu das übernehmen. Ich bin sicher, er ist da sehr geschickt.«

»Mit seinen drei Jahren hat er leider nicht genug Kraft, um alle hochzuziehen.«

»Wen zieht er denn noch hoch?«

»Na, mich. Er hilft mir, morgens aufzustehen, meinen verhassten Job zu ertragen und auf bessere Zeiten zu hoffen.«

»Bist du so unglücklich?«

»Ich bin vor allem müde«, sagt Julie und steht auf. »Und darum gehe ich jetzt auch schlafen.«

»Weil du mit mir nicht über dein Seelenleben reden möchtest?«

»Bis morgen, Paul.«

»Okay, aber vorher verrate mir bitte noch eines: Dieses Kuscheldings von deinem Sohn, mit dem er vorhin ins Schlafzimmer gelaufen ist, was ist das genau?«

Julie ist schon an der Tür, dreht sich nun aber doch noch mal zu Paul um.

»Das ist ein alter ›Beba‹ von mir.«

»Ein was?«

»Ein Still-BH. Lulu hat ihn eines Abends, als er noch kaum krabbeln konnte, aus dem Wäschehaufen vor der Waschmaschine gezogen und mit ins Bett genommen. Weil das Ding nach der Milch roch. Nach dieser ersten Nacht hat er ihn nicht mehr hergegeben. Ich hab dann wenigstens die Träger abgeschnitten, weil die immer irgendwo hängen blieben und es so auch weniger nach einem BH aussah. Im Kindergarten dachten sie, ich hätte einen Knall. Erst vor einem Monat hat mir die stockkonservative Leiterin eine endlose Predigt über dieses abnormale Schmusetuch gehalten. ›Warum nicht gleich einen Slip?!‹, hat sie entrüstet gerufen.«

»Und was hast du ihr darauf geantwortet?«

»Dass ich mir erst Sorgen machen würde, wenn er den BH einer Erzieherin stibitzen würde, im Moment aber keinen Grund sehe, so ein Trara darum zu machen. Durch das viele Flicken hat er sowieso schon seine ursprüngliche Form verloren. Und darum liegt in der Kiste am Eingang zum Gruppenraum neben allen möglichen Kuscheltieren auch ein Still-BH.«

»Jérôme hatte Muschis.«

»Er hatte was?!«

»Muschis. Diese gelben Schaumstoffstücke, mit denen manche Kissen gefüllt sind. Keine Ahnung, wie die richtig heißen, er nannte sie jedenfalls Muschis. Er hat immer welche bei sich gehabt und in der Hand geknetet, während er am Daumen lutschte.«

»Das ist mindestens so komisch wie ein Beba.«

»Na ja, zumindest die Form war etwas weniger anspielungsreich. Einmal, als er etwa sechs Jahre alt war, hatten wir eine Hütte in den Bergen gemietet, und in einer der Kammern lehnte an der Wand eine Schaumstoffmatratze ohne Schutzüberzug. Sie war genauso weich und gelb wie seine kleinen Kissen-Muschis. Er stand da in heiliger Anbetung und rief strahlend: ›Oh, eine Riesenmuschi!‹ Und selbst als er schon fünfzehn war, hat Marlène beim Wäschewaschen in den Hosentaschen seiner Jeans noch ein paar kleine Muschis gefunden. Das mit den Schmuseobjekten kann sich also ’ne Weile hinziehen …«

»Jeder tröstet sich nun mal, wie er kann«, meint Julie darauf nur, wünscht Paul noch einmal Gute Nacht und verschwindet in Richtung ihres Schlafzimmers.

Paul gießt sich noch ein Gläschen ein. Der Rumtopf ist wirklich köstlich. Wenigstens kann Marlène jetzt nicht mehr kommen und ihn rügen, er solle besser nichts mehr trinken. Mit ihr hätte er nicht so gemütlich vor dem Kamin sitzen und den Augenblick genießen können. Gut, dass dieses Kapitel endlich abgeschlossen ist.

Mit Julie hingegen …

Dieses Mädchen hat einfach dieses Funkelnde, Frische an

sich, das er seit dreißig Jahren in seinem grauen Alltag vermisst. Zwar wirkt sie für ihr Alter schon etwas seltsam abgebrüht, so, als wäre sie schon in manche heikle Situation geraten, aber sie kann sich immerhin noch für einen Sonnenuntergang am Meer begeistern. Und das ist ein gutes Zeichen.

Sie ist ein anderer Typ als seine Pauline, ein völlig anderer Typ – Pauline war elegant, anmutig und zurückhaltend, Julie hingegen ist ein wenig burschikos und vorlaut, und manchmal fast etwas ordinär –, nichtsdestotrotz hat sie dieses gewisse Etwas, das manche Menschen besitzen. Dieses Leuchten, diese Glut, die einen gleichzeitig wärmt und tief bewegt.

Irènes Glut war schon erloschen, bevor sie starb. Und Marlène war schon immer kalt wie Packeis. Selbst mit dem größten Ozonloch konnte man bei ihr nicht auf ein paar Grad Erwärmung hoffen.

Julie hingegen …

Ein Seelenklempner würde jetzt wahrscheinlich sagen, dass Paul Opfer einer Übertragung ist. Dass er in Julie sucht, was er mit Pauline verloren hat, und so ein Ansinnen prinzipiell keine gute Idee ist – haargenau das, was wahrscheinlich auch sein Sohn denkt. Aber nach all den Jahren, in denen er wie ein Besessener gearbeitet hat, ohne wahrzunehmen, wie das Leben an ihm vorüberzieht, hat Paul jetzt einfach nur noch auf eines Lust: sich am Wegrand des Lebens von diesem schönen Holzfeuer ein bisschen wärmen zu lassen.

Kneif mich mal jemand, denn ich glaub, ich träume.

Das hier ist nämlich wie ein Prinzessinnentraum, so ein Traum vom Märchenprinzen, wie ich ihn als kleines Mädchen träumte. In diesem hier gibt es zwar nur einen alten König, aber der hat mich großherzig in sein Königreich eingeladen. Und zu einem Glas Rumtopf, der mir ein bisschen in den Kopf gestiegen ist.

So ganz klar ist mir ja noch nicht, was für eine Rolle ich hier in dem Ganzen spiele. Schließlich könnte Paul fast mein Vater sein … Aschenputtel? Hm, das sähe ganz schön dumm aus, wenn mein Glasschuh im Sand stecken bleibt … Na ja, egal, Hauptsache, ich bin nicht Rotkäppchen und lass mich vom Wolf fressen …

O Mann, ich kann's kaum erwarten, morgen mit Lulu wieder hinunter zum Strand zu laufen. Nicht nur, weil er sich so drauf freut, nein, auch meine Füße lieben den Sand, meine Augen den endlosen Horizont und meine Ohren das Rauschen der Wellen.

Ich hoffe, mein kleiner Schatz friert heute Nacht nicht. Ich habe ihm noch eine Decke drübergelegt, weil ich die Terrassentür offen lassen möchte. Das Rauschen der Wellen zu hören, tut einfach verdammt gut, dieser gleichmäßige, stete Rhythmus, der einen die Mühen des Daseins vergessen lässt.

Denn was bin ich denn schon angesichts dieses gigantischen Ozeans? Ein Sandkorn, so wie alle anderen auch. Nur dass manche Sandkörner obenauf liegen und die darunter erdrücken und am Atmen hindern.

Falls es Lulu doch zu kalt wird, wird er sich sicher instinktiv an mich schmiegen, und dann werde ich seine pfirsichweiche Haut spüren und mich wieder von seinen gleichmäßigen Atemzügen einlullen lassen. Denn so ist das im Leben: Man sucht die Harmonie mit dem, was einem guttut. Erst recht, wenn man zu den Sandkörnern gehört, die von den oberen erdrückt werden.

Als Paul am nächsten Morgen aufwacht, hört er als Erstes die Brandung durch das geöffnete Fenster – und dann das Klappern von Geschirr. Erfreut springt er aus dem Bett, schlüpft in Hose und T-Shirt und geht in die Küche.

Lulu sitzt mit einem Lätzchen um den Hals am Küchentisch und knabbert an einem Zwieback.

»Hallo, kleiner Prinz«, begrüßt Paul den Dreijährigen. »Und guten Morgen, Julie. Habt ihr gut geschlafen?«

Julie, die gerade etwas Leitungswasser in ein Glas laufen lässt, dreht sich zu ihm um.

»Ja, göttlich. Am Meer braucht man offenbar keine Schafe zu zählen, das Rauschen wiegt einen sofort in den Schlaf.«

»Hast du etwas zum Frühstück gefunden?«

»Nicht viel. Ich habe Lulu einen Zwieback gegeben, weil er so hungrig war, aber viel mehr ist nicht im Schrank.«

»Dann lass uns gleich in die Bäckerei gehen, die haben alles, was wir brauchen. Zieh Lulu aber etwas Warmes an, es ist kühl draußen.«

»Und wie kommen wir dorthin?«

»Zu Fuß. Es sind nur ein paar Meter.«

Als sie in den Laden treten, blitzen die Augen der Frau hinter der Theke freudig auf. Rasch kommt sie zu ihnen herum, um Paul herzlich zu umarmen und auf beide Wangen zu küssen.

»Bonjour, Paul! Wie schön, dass du wieder da bist!«

»Bonjour, Annette.« Lachend packt er die mit einer blütenweißen Schürze bekleidete Bäckerin an den Schultern und dreht sie zu seiner Begleitung um. »Darf ich dir Julie vorstellen?«

Augenblicklich nimmt Annette die erstaunte Julie ebenfalls in die Arme und drückt und küsst sie genauso innig wie zuvor Paul.

»Dieses hübsche junge Mädchen hast du uns bisher verheimlicht!«

»Sag jetzt bloß nicht, sie könnte meine Tochter sein; sie mag es gar nicht, wenn ich ihren Vater spiele.«

Annette schüttelt den Kopf und sieht Julie freundlich an.

»Aber warum denn nicht, Mademoiselle? Paul ist ein so charmanter Mann und als Vater geradezu perfekt!«

Julie lächelt höflich und schaut verlegen zu Paul.

»Und als Großvater erst …«, fährt Annette fort, während sie sich zu Lulu hinunterbeugt, der sich sofort hinter seiner Mutter versteckt und die fremde Frau schüchtern aus den Augenwinkeln beobachtet.

Unbekümmert richtet Annette sich auf und eilt zurück hinter die Theke, wo sie einen *Kouign amann* aus der Vitrine holt und ein Stück von dem berühmten bretonischen

Briochekuchen abschneidet. Damit kommt sie wieder zu den dreien und drückt es Lulu in die kleine Hand.

»Hier, mein Häschen. Wir werden deine Ferien nutzen, um dich ein bisschen aufzupäppeln.« Annette wendet sich wieder an Paul. »Wie lange bleibt ihr?«

»Etwa zwei Wochen. Jérôme ist übrigens auch hier. Er schläft allerdings noch.«

»Oh, unser armer Jérôme. Sag ihm, er soll mal vorbeikommen. Wir waren so erschüttert, als wir die Todesanzeige von dir erhalten haben …«

Annette ist das genaue Gegenteil von dem, wie man sich eine Bäckerin vorstellt; sie ist nicht rund wie ein aufgehender Hefeteig, sondern klein und zart. Ihr Mann muss sie anders erobert haben als mit seinem *Kouign amann*, oder aber sie gehört zu den Frauen, die den Stoffwechsel eines Kernkraftwerks haben und unverschämt viel essen können, ohne ein Gramm zuzunehmen, während andere schon beim Blick in das Schaufenster einer Chocolaterie Hüftgold ansetzen. Sie hat ein heiteres Wesen und findet auch jetzt schnell ihre gute Laune wieder, nachdem sie die Tragödie angesprochen hat. Ihr helles, großzügiges Lachen hallt durch den Laden und begleitet fast jeden ihrer Sätze.

»Und wo ist Marlène? Ist sie nicht mitgekommen?«

»Nein. Marlène gehört nicht mehr zu meinem Leben.«

»Ach?« Kurz stutzt Annette, bevor sich ein erleichtertes Lächeln auf ihrem ganzen Gesicht zeigt. »Endlich!«

»Annette, du hattest mal wieder recht. Sie war keine Frau für mich. Und ich hab ganz schön lange gebraucht, um das zu merken.«

Auf dem Rückweg hüpft Lulu vor ihnen her, sein großes Stück Brioche in der Hand, das von Bissen zu Bissen kleiner wird. Immer wieder bleibt er stehen und bückt sich, um ein Steinchen aufzuheben und es in seine Hosentasche zu stecken. Das Dorf wirkt verlassen. Sie sind noch keinem einzigen Auto begegnet.

»Es ist ziemlich ruhig hier«, stellt Julie fest.

»Die Saison ist vorbei. Ende September begegnet man hier nur noch den Einheimischen und ein paar Freaks, die ein bisschen Meeresrauschen hören wollen. Die Boote für die Touristen sind längst winterfest gemacht und die Fensterläden zur Meerseite hin geschlossen, aber mir gefällt diese Atmosphäre fast mehr als im Sommer«, erklärt Paul und hebt kurz die Hand, um einen Mann zu grüßen, der ihnen auf einem Fahrrad entgegenkommt. »Salut, Pierre! Ich besuche dich irgendwann die Tage.«

»Hier scheint Sie ja jeder zu kennen«, meint Julie, kaum ist der Radfahrer an ihnen vorbei.

»Ich komme ja auch schon seit über dreißig Jahren her.«

»Über dreißig Jahre? Sind Sie es noch nie überdrüssig geworden?«

»Nein, noch nie. Ich liebe dieses Fleckchen Erde. Wenn ich unten am Wasser stehe, habe ich das Gefühl, am Rand der Unendlichkeit zu sein … Und zudem sind die Leute hier einfach wahnsinnig herzlich und nett.«

»Ja, das finde ich auch. Die Bäckersfrau bei uns um die Ecke würde Lulu nie ein so großes Stück Kuchen schenken. Er wird pro Woche drei Kilo zunehmen, wenn das so weitergeht.«

»Das schadet ihm gar nichts; er ähnelt sowieso einem kleinen Spatz, der vorzeitig aus dem Nest gefallen ist. Und du könntest im Übrigen auch etwas zulegen; an dir ist auch nicht gerade viel dran.«

»Meine Jeans fühlen sich jetzt schon enger an. Das kommt vom Restaurant vorgestern.«

»Wir kaufen einfach eine neue.«

»Dafür habe ich kein Geld übrig.«

»Hör auf, immer vom Geld zu reden.«

»Aber darum dreht sich alles! Ohne Geld geht heutzutage gar nichts.«

»Die wesentlichen Dinge lassen sich nicht kaufen.«

»Das ist jetzt so 'n richtig schöner Reichensatz«, schnaubt Julie. »Was sollen denn diese wesentlichen Dinge sein? Positive Gefühle, Liebe, Glück? Wenn ich das schon höre! Nur Leute, die genug Kohle haben, können behaupten, Geld sei nicht wichtig. Aber damit kann man sich nun mal zum Beispiel einen Telefonanschluss leisten, um die beste Freundin anzurufen, wenn's einem mal wieder dreckig geht. Und im Supermarkt kann man damit Markenprodukte kaufen und muss sich nicht immer zum untersten Regalbrett mit den Billigmarken bücken. Und man kann sich damit ab und zu was Flottes zum Anziehen gönnen, statt im Secondhandladen die aus der Mode gekommenen Klamotten all der Damen kaufen zu müssen, die nicht wissen, wohin mit ihrem vielen Schotter. Und wenn man genug hat, kann man sogar etwas beiseitelegen, damit es nicht gar so eine Katastrophe ist, wenn im Auto der Zahnriemen kaputtgeht. Und man kann …«

»Schon gut, schon gut«, unterbricht Paul ihren Redeschwall, »ich hab's verstanden. Es tut mir leid. Aber ich möchte dich trotzdem noch mal daran erinnern, dass ich von einem All-inclusive-Urlaub gesprochen habe. Und dazu gehören auch neue Jeans, falls du ein bisschen zunimmst.«

»Und ich möchte noch mal daran erinnern, dass mir das peinlich ist.«

»Ach, richtig, ich vergaß, du bist ja eine spätgeborene Feministin.«

»Nein, bin ich nicht! Ich bin es nur nicht gewohnt, dass man sich meine Gunst erkauft.«

»Ich will nicht deine Gunst erkaufen, Julie, schlag dir diese fixe Idee endlich aus dem Kopf. Ich kaufe einfach nur ein paar Kleinigkeiten für deinen Sohn und für dich. Mehr nicht.«

Julie gibt sich damit aber nicht zufrieden.

»Wo wir schon einmal dabei sind: Offen gestanden ist mir immer noch schleierhaft, warum Sie mich eigentlich eingeladen haben.«

»Das musst du nicht verstehen. Ich weiß selbst nicht mal genau, ob es da etwas zu verstehen gibt. Du bist plötzlich einfach da gewesen, wie ein Feuerstein, nach dem ich, der Eiszeitmensch, verzweifelt gesucht habe, um endlich ein Feuer machen zu können.«

»Ich verstehe nur Bahnhof.«

»Julie, du erwärmst einfach mein Herz.«

»Ich wüsste nicht, wie ich das tue.«

»Das weiß ich auch nicht. Ich stelle es nur fest. Muss man denn immer alles verstehen?«

»Haben Sie sich etwa in mich verliebt?«

»Keine Sorge, ich gehöre nicht zu den alten Knackern, die

unbedingt ein junges Mädel abschleppen wollen, um sich selbst zu beweisen, dass sie es noch bringen. Nein, du hast einfach etwas Leuchtendes an dir. Und ich habe ein bisschen Licht gesucht, das meinen grauen Alltag erhellt. Das ist alles.«

Julie runzelt die Stirn. »Mein Leben, abgesehen von dem bisschen Zeit mit meinem Sohn, ist mindestens genauso grau wie Ihres. Wo sehen Sie da Licht?«

»In deinen Augen.«

»Uh, bitte nicht!« Julie schüttelt sich. »Das ist die bescheuertste Anmache überhaupt: einem Mädchen zu sagen, dass es hübsche Augen hat.«

»Ich habe nicht gesagt, sie seien hübsch. Nur, dass sie leuchten.«

»Hm …«

»Was sie deswegen nicht weniger hübsch macht.«

»Also doch!«

Da fasst sich Paul endlich ein Herz.

»Pauline war ein bisschen wie du«, sagt er leise.

»Pauline?«

»Meine Frau.«

»Ich dachte, Ihre Frau hätte Sie sitzenlassen.«

»Das war meine zweite. Pauline war meine erste Frau, Jérômes Mutter. Sie ist gestorben, als er drei Jahre alt war.«

»Und woran?«

»An einem Vulvakarzinom. Ein sehr seltener, bösartiger Tumor, der eigentlich nur im höheren Lebensalter auftritt. Man konnte nichts mehr machen: Er hat sie innerhalb von drei Monaten dahingerafft.«

Obwohl das nun schon über dreißig Jahre her ist, läuft Paul

immer noch ein Schauer über den Rücken, wenn er daran denkt.

»Pauline war mein Sonnenschein. Nach ihrem Tod ist mir nie wieder richtig warm geworden. Doch seit einer Woche spüre ich auf einmal wieder etwas Wärme in mir, sogar richtig körperlich: in meinem Rücken, in der Brust und in meinen Fingerspitzen. Es fühlt sich an wie kleine Funken, die hier und da aufglühen und mich daran glauben lassen, dass es auch für mich noch möglich ist, im Innern Wärme zu empfinden.«

»Und was ist mit Ihrer zweiten Frau?«

»Marlène? Mit ihr zusammenzuleben, war, wie dreißig Jahre lang vor einer geöffneten Kühlschranktür zu sitzen.«

»Krass!«

»Ja, das ist es. Jedenfalls habe ich den Eindruck, dreißig Jahre meines Lebens vergeudet zu haben und gerade aus einem Albtraum aufzuwachen.«

»Aber niemand hat Sie zu dieser Ehe gezwungen, oder?«

»Nein, natürlich nicht. Aber nach Paulines Tod habe ich mich einfach nur verloren gefühlt, ich war völlig neben der Kappe. Und das mit einem dreijährigen Knirps. Marlène und ich haben uns über gemeinsame Freunde kennengelernt, und ich dachte, wir könnten ein Stück Weg zusammen gehen und dass das sicher auch für meinen nun mutterlosen Sohn gut wäre.«

»Und? War es gut für ihn?«

»Keine Ahnung. Ich denke, es hat ihm zumindest nicht geschadet.«

»Das ist ja schon mal was.«

Zu Hause packen sie ihre Einkäufe fürs Frühstück auf dem Küchentisch aus, und während Paul Kaffee aufbrüht, holt Julie Tassen, Teller und Besteck aus dem Schrank. Lulu isst genüsslich seinen Briochekuchen auf und verlangt zum Schluss nach einem Becher Milch. Kaum hat er den ausgetrunken, ruft er ausgelassen:

»Balu!«

»Was will er?«, fragt Paul verwundert.

Julie lächelt. »Balu. Das liebt er morgens, weil es so gute Laune macht.«

»Und was ist Balu?«, will Paul wissen, nun noch neugieriger geworden.

»Wollen wir es ihm zeigen, Lulu?«, fragt Julie ihren Sohn, der eifrig nickt.

»Da kriege ich ja Angst«, meint Paul lächelnd.

»Ach was, wieso denn? Drehen Sie sich um, heute sind Sie der Baum. Morgen dürfen Sie dann selbst Balu sein.«

»Ich weiß immer noch nicht, was dieses Balu ist.«

»Wie, sagt Ihnen Balu gar nichts? … ›Das Dschungelbuch‹? Balu, der Bär?« Ungläubig schüttelt Julie den Kopf. »Das ist ein Klassiker, Paul. Und jetzt umdrehen!«

Paul gehorcht, dreht sich in Richtung Spüle, und keine Minute später drückt Julie ihren Rücken gegen seinen und beginnt, laut und fröhlich zu singen: »Probier's mal mit Gemütlichkeit, mit Ruhe und Gemütlichkeit jagst du den Alltag und die Sorgen fort. Und wenn du stets gemütlich bist …«, während sie sich kräftig an ihm reibt, was ihn mit Verwunderung erfüllt, aber zugegebenermaßen auch entspannt.

Im selben Moment kommt Jérôme in die Küche. Fassungslos starrt er die beiden an. Julie bemerkt ihn zwar, singt aber unbekümmert weiter: »… und etwas appetitlich ist, dann nimm es dir, egal, von welchem Ort!«

Da muss Paul nun wirklich lachen und kriegt so endlich mit, dass Jérôme hereingekommen ist.

»Ah, guten Morgen, du bist wach?«, murmelt er verlegen.

»Ja, das bin ich. Seid ihr fertig mit eurem Zirkus?«

»Solltest du auch mal ausprobieren, das tut unheimlich gut«, erklärt sein Vater und wischt sich die Lachtränen aus dem Gesicht.

»O ja, das werde ich ganz sicher tun«, erwidert Jérôme sarkastisch.

»Hast du gut geschlafen?«

»Geht so«, brummt Jérôme, ohne jemanden anzublicken.

Das restliche Frühstück verläuft nur dank Lulu lebhaft. Weil er so schnell wie möglich hinunter ans Meer will, lässt er seiner Mutter keine Ruhe. Da Julie selbst an fast nichts anderes denkt, seit sie aufgewacht ist, trinkt sie rasch ihren Kaffee aus, und kurz darauf nimmt sie Lulu huckepack und verlässt mit ihm das Haus in Richtung Strand.

Durchs Küchenfenster sieht Paul ihnen mit einem zufriedenen Lächeln nach.

Missbilligend schüttelt Jérôme den Kopf. »Was hat dieses Mädchen nur mit dir gemacht, dass du wie ein Honigkuchenpferd grinsen musst?«

»Ich grinse wie ein Honigkuchenpferd?«

»Möchtest du einen Spiegel?«

»Nein. Was ist denn schon dabei?«

»Es beunruhigt mich.«

»Es beunruhigt dich, deinen Vater glücklich zu sehen?«

»Nein, mich beunruhigt, zu sehen, was ihn glücklich macht.«

»Und weißt du, was mich beunruhigt? Meinen Sohn unglücklich zu sehen!«

»Ich habe gute Gründe dafür.«

»Ich habe ebenfalls gute Gründe. Und glaub mir, besser man hat gute Gründe zum Glücklichsein als gute Gründe zum Unglücklichsein.«

»Du musst es ja wissen«, antwortet Jérôme mürrisch. »Was hast du für heute vor?«

»Ich fahre mit den beiden zum Einkaufen nach Quiberon. Und du?«

»Ich werde einen Strandspaziergang machen und vielleicht ein bisschen lesen. Ich bin mit ein paar Fachzeitschriften im Rückstand.«

Kopfschüttelnd legt Paul seinem Sohn eine Hand auf die Schulter.

»Mach doch wirklich Pause in deinem Leben, Jérôme. Schalt mal ab.«

Unten am Strand hat Julie Schuhe und Strümpfe ausgezogen, was Lulu ihr natürlich sofort nachgemacht hat. Das Wasser ist eisig, aber die Sonne scheint und die Luft ist mild; sie werden die Füße eben nachher gut abtrocknen und zur Not drei Paar Socken anziehen und eine Weile unter die Bettdecke kriechen. Aber jetzt muss das einfach sein, dass sie zusammen über die auslaufenden Wellen hüpfen und ihr kleiner Lulu

Muscheln sammeln kann. Julie zeichnet derweil mit dem großen Zeh Herzen in allen möglichen Größen in den Sand und schreibt »Lulu« hinein, bevor sie wieder von den Wellen weggespült werden. Dieses unaufhörliche Zusammentreffen von Meer und Land fasziniert sie einfach, ach, und wie gut, dass sie ihre Laufschuhe mitgenommen hat, es muss ein berauschendes Gefühl sein, hier entlangzujoggen …

O je, vor lauter Begeisterung hätte Julie fast Pauls Pläne vergessen, zusammen Lebensmittel zu besorgen! Schnell schlägt sie Lulu vor, zurückzugehen, und verspricht dem protestierenden Jungen, dass sie ihm Eimer und Schaufel und vielleicht sogar einen Kipplaster kaufen wird, falls die Supermärkte so etwas Ende September noch im Angebot haben.

Eine Viertelstunde später sind die drei unterwegs, Jérôme hingegen sitzt immer noch am Küchentisch und starrt gedankenverloren vor sich hin. Irène ist bei ihm, ganz nah. Sie taucht den Tag über immer mal wieder auf, um sofort wieder zu verschwinden, sobald er sich ihr zu nähern versucht. Seine Irène war eine traurige, aber sanfte Frau. Er liebte es, sie in die Arme zu nehmen und zu spüren, wie sie sich schutzsuchend an ihn schmiegte. Er wusste, wie er sie trösten konnte, und hoffte jedes Mal, sie hätte die Talsohle endlich durchschritten – doch sie war nur immer noch weiter abgeglitten, als wäre der Hang von einer Eisschicht überzogen. Da konnte er noch so viel Salz streuen …

Es ist schon halb zwölf, als sein Handy klingelt. Jérôme zuckt erst zusammen, muss dann aber unwillkürlich grinsen, als er den Namen auf dem Display liest.

»Bonjour, Caroline. Ist die Lungenembolie nun doch früher als erwartet aufgetaucht?«

»Das ist immer noch nicht witzig. Hören Sie sofort auf damit, sonst ziehen Sie noch das Unglück auf mich.«

»Fürs Unglück bin ich zuständig. Da bleibt für andere nicht viel übrig.«

»Wenn Sie sich da mal nicht täuschen: Das Unglück ist, wie die menschliche Dummheit, unendlich.«

»Sie sind ja ein ungeheuer positiv denkender Mensch.«

»Schon mal selbst in den Spiegel geschaut?«, erwidert Caroline trocken, womit sie Jérôme eiskalt erwischt hat, sodass er rasch das Thema wechselt.

»Sie haben mich doch sicher nicht nur angerufen, um mir solche Nettigkeiten zu sagen.«

»Nein, ich rufe Sie wegen Madame Paquin an. Sie klagt über Bauchschmerzen. Beim Abtasten habe ich aber nichts Anormales feststellen können. Darum habe ich sie zur Blutabnahme und zum Ultraschall ins Krankenhaus geschickt und frage mich nun, ob das wirklich nötig war.«

»Da ist Ihr Instinkt sicher richtig. Man wird nichts finden.«

»Warum haben Sie mir nichts von ihr erzählt?«

»Ich wollte Madame Paquin nicht des Vergnügens berauben, meine Vertretung zu testen.«

»Ist sie eine Simulantin?«

»Nein, sie ist einfach nur eine bedauernswerte Frau.«

»Und was mache ich jetzt mit ihr? Heute Abend will sie mit den Ergebnissen wiederkommen.«

»Hören Sie sich einfach an, was sie Ihnen erzählt.«

»Ich soll ihr zuhören? Mehr nicht?«

»Madame Paquin bereitet ihr Leben Bauchschmerzen. Wenn sie bei Ihnen ihre Sorgen loswird, ist das das beste Schmerzmittel für sie. Deshalb sucht sie immer gerne die Praxisvertretungen auf. Wir Hausärzte kennen ja ihre Geschichte, darum hat das nicht mehr den gleichen Effekt, wie wenn sie auf ein jungfräuliches Ohr trifft. Passen Sie aber auf, dass Sie sich nicht davon runterziehen lassen. Empathie bedeutet, jemandem die Hand zu reichen, der in ein Loch gefallen ist. Es bedeutet nicht, ihm hinterherzuspringen in dem naiven Glauben, ihm so beim Hochklettern helfen zu können.«

»Warum sagen Sie das jetzt?«

»Weil Sie zu denen gehören, die gleich ins Loch springen.«

»Ich werde mich hüten, mich auch nur seinem Rand zu nähern.«

»Na ja, ein kleines bisschen müssen Sie schon hinuntergucken, sonst bringt Madame Paquin das Zuhören gar nichts. Ich rate Ihnen einfach nur, auf Ihr Gleichgewicht zu achten, damit Sie nicht hineinfallen.«

»Sie machen mir langsam Angst.«

»Keine Sorge, das schaffen Sie schon.«

»Hoffentlich«, erwidert Caroline seufzend. »Aber jetzt halte ich Sie nicht länger auf. Wie steht's übrigens bei Ihnen? Ist es schön in der Bretagne?«

»Drinnen oder draußen?«

»Sowohl als auch.«

»Draußen scheint die Sonne, drinnen regnet es.«

»Dann sollten Sie schleunigst raus an die frische Luft!«, sagt sie schlicht und legt auf.

Am frühen Nachmittag sind die drei anderen zurück. Lulu ist im Auto eingeschlafen, und darum parkt Paul den Wagen hinter dem Haus, damit sie ein Auge auf ihn haben können, wenn sie sich gleich auf die Terrasse setzen, um dort ganz entspannt etwas Kühles zu trinken. Zu dieser Tageszeit ist es dort angenehm warm, und die Einkäufe wollen sie sowieso erst nach dem Mittagsschlaf des Kleinen ausladen, um ihn nicht durch das Hin und Her aufzuwecken.

Paul blickt hinunter zum Strand, wo er zwischen den hohen, im Wind tanzenden Gräsern seinen Sohn in einem Liegestuhl entdeckt.

»Sag mal, Julie, deinen Roman hast du ausgelesen, oder? Vielleicht interessiert der ja auch meinen Sohn.«

Julie nickt nur und holt sofort das Buch, denn offenbar findet sie das eine gute Idee.

Jérôme hört Julie nicht kommen. Von der Brandung schläfrig gemacht, hat er die Augen geschlossen und döst vor sich hin; darum hüstelt die junge Frau diskret, um ihn nicht zu erschrecken.

»Ah, Sie sind wieder zurück«, sagt er stirnrunzelnd und richtet sich auf. »Ich habe das Auto gar nicht gehört.«

»Ich will nicht weiter stören, ich bringe Ihnen nur was zum Lesen«, beeilt sich Julie zu sagen und reicht ihm den Krimi. »Der neue von Fred Vargas. Der ist echt spannend.«

»Schickt Sie mein Vater?«

Julie grinst. »Wenn ich etwas anderes sage, würden Sie es wohl eh nicht glauben, oder?«

»Ist er gut?«

»Ihr Vater?«

»Nein, der Roman.«

»Ja. Sehr sogar.«

»Und mein Vater?«

»Der auch.«

»Und was erwarten Sie sich von ihm?«

»Von dem Roman?«

»Nein!«, ruft Jérôme gereizt. »Von meinem Vater!«

»Ich? Nichts! Er ist es, der mich eingeladen hat. Fragen Sie ihn, was er sich von mir erwartet.«

»Ich warne Sie«, faucht Jérôme, »ich werde nicht zulassen, dass Sie ihm den Kopf verdrehen. Mein Vater ist keine Weihnachtsgans, die man einfach so ausnimmt.«

»Hm, Paul wäre ein ziemlich großer Gänserich. Der passt gar nicht in meinen kleinen Ofen.«

»Sehr witzig«, entgegnet Jérôme entnervt.

»Sagen Sie mal, warum behandeln Sie mich eigentlich so? Hab ich Ihnen irgendetwas getan?«

»Nein, haben Sie nicht.«

»Warum sind Sie dann so aggressiv?«

»Weil ich misstrauisch bin«, platzt es aus ihm heraus.

»Und was macht Sie so misstrauisch?«

»*Was*, fragen Sie? *Sie* machen mich misstrauisch.«

»Und warum?«

»Weil Sie der Typ Mädchen sind, der aus allem Profit zu ziehen versteht!«

Jetzt reicht es Julie endgültig. »Sie täten besser daran, sich die Menschen genauer anzuschauen, bevor Sie urteilen!«, schnaubt sie wütend und macht auf dem Absatz kehrt.

»Wenn Sie weglaufen, *kann* ich Sie gar nicht genauer anschauen!«, schreit er ihr hinterher und fügt dann leise hinzu: »Nur Ihre Rückseite …«

Und genau dieser Rückseite schaut Jérôme nun nach. Julie besitzt alle Vorzüge der Jugend und hat schöne gerundete Formen, wie er für sich zugeben muss, während er ihren wiegenden Gang bewundert; und wieder einmal stellt er fest, dass man als Mann nicht umhinkann, seinen Blick auf diese eine weibliche Körperzone zu konzentrieren, so, als würde das primitive männliche Hirn bei jeder Begegnung eine Überprüfung anordnen, ob mit dieser speziellen Frau das Überleben der eigenen Spezies gesichert wäre oder nicht. Ein einfach gestrickter Charakter würde dieses Abenteuer sofort suchen. Einer, der nachdenkt, weniger. Und Jérôme ist eher der verkopfte Typ.

Da er nichts anderes zu tun hat und sie schließlich extra deswegen an den Strand gekommen ist, öffnet er grummelnd das Buch und beginnt zu lesen.

Als Jérôme am frühen Abend zurückkommt, zieht ein köstlicher Geruch durch das ganze Haus. Fast wäre ihm herausgerutscht, dass es gut riecht, was immer da in den Töpfen vor sich hin schmort, aber damit hätte er Julie ein Kompliment gemacht. Da setzt er sich doch lieber wortlos in den Sessel vor den Kamin und sieht seinem Vater und Lulu zu, die auf dem Boden des Wohnzimmers in eine Partie Memory vertieft sind. Der Knirps scheint sich die Tierpaare wesentlich besser merken zu können als sein um ein halbes Jahrhundert älterer Gegner.

Während er ihr Spiel verfolgt und dabei insgeheim seine eigenen kognitiven Fähigkeiten mit denen des Dreijährigen vergleicht, überkommt Jérôme auf einmal eine tiefe, innere Ruhe. Fast fühlt es sich wie ein herbstlicher Sonntagnachmittag im Kreise der Familie an – und das dämpft seine Stimmung augenblicklich wieder, muss er doch automatisch an Irène denken und an all die Sonntage, die sie nicht mehr zusammen erleben werden. Darum versenkt er sich schnell wieder in seinen Krimi, um sich erneut von dessen Geschichte mitreißen zu lassen, statt weiter an seiner eigenen zu knabbern.

In diesem Moment kommt Julie herein und setzt sich neben ihren kleinen Sohn auf den Boden. Paul haben die drei Spielrunden erschöpft, er hat seinen Grips ganz schön angestrengt, um sein Gesicht nicht zu verlieren, aber vergebens, weshalb die junge Frau jetzt seinen Platz einnimmt. Hinter seinem Buch versteckt, beobachtet Jérôme verstohlen Mutter und Sohn. Sosehr er sich auch zu erinnern versucht, fällt ihm kein vergleichbarer Moment aus seiner Kindheit ein. Julie spielt reaktionsschnell, konzentriert, zügig – und Lulu verliert die Partie. Statt wie viele verwöhnte Kinder loszuheulen, grinst der Kleine seine Mutter nur an und fordert sie zu einem weiteren Spiel heraus. Doch Julie springt auf und verkündet, nein, jetzt gäbe es Essen.

Es schmeckt wirklich so köstlich, wie es die ganze Zeit geduftet hat. Wortlos nimmt Jérôme sich eine dritte Portion.

Paul muss nach dem zweiten Teller leider die Segel streichen.

»Bei wem hast du so hervorragend kochen gelernt?«, fragt er Julie und legt satt und zufrieden seine Serviette beiseite.

»Bei meiner Mutter. Sie ist sehr traditionsbewusst und hat mir ihre Kochkünste weitergegeben. Und ich koche sehr gerne. Wenn ich kann.«

»Warum solltest du es nicht können?«

»Weil man tolle Zutaten braucht, um gut zu kochen.«

»Ah, darum warst du heute Vormittag in Quiberon so eifrig bei der Sache. Reicht dir das, was wir da eingekauft haben, für den Rest unserer Ferien?«

»Wie?«, ruft Julie empört. »Ihr erwartet doch etwa nicht, dass ich jetzt jeden Tag am Herd stehe! So feministisch bin ich dann doch, auch ohne Kreditkarte. Jeder von uns muss mal ran.«

»Du hast recht«, sagt Paul. »Ich bin einverstanden. Was ist mit dir, Jérôme?«

»Ich lade euch dann zu McDonald's ein, wenn ich an der Reihe bin.«

»Das gilt nicht!«

»Okay, okay, ich werde den Kochlöffel schwingen«, lenkt Jérôme ein. »Aber behauptet dann nicht, dass ich euch nicht gewarnt hätte. Danach werdet ihr freiwillig meinen Dienst übernehmen.«

Julie zuckt mit den Schultern und wendet sich an Paul. »Wollen Sie morgen mit mir joggen gehen, gleich in der Früh?«

»Ich? Joggen?« Paul hebt abwehrend die Hände und lehnt sich zurück. »Schau mich doch mal an. Mit meinem Wanst und den Wackelknien!«

»Schade. Dann lauf ich eben alleine. Morgens um sechs werden sich wohl nicht allzu viele finstere Gestalten in der Gegend herumtreiben.«

Paul zeigt auf seinen Sohn.

»Jérôme kann mit dir laufen. Das würde ihm guttun, er ist schon eine Ewigkeit nicht mehr gejoggt.«

»Damit ich alle zweihundert Meter stehen bleiben und auf sie warten muss?«, brummt Jérôme verächtlich.

»Na, das werden wir dann ja sehen«, entgegnet Julie herausfordernd.

»Also gut, morgen früh, sechs Uhr dreißig vor dem Haus. Wenn ich länger als zwei Minuten auf Sie warten muss, übernehmen Sie meinen Küchendienst.«

»Abgemacht! Und wenn Sie zu spät kommen, übernehmen Sie meinen.«

»Da mache ich mir keine Sorgen.«

»Meine Maman läuft snell!«, mischt sich Lulu eifrig ein.

»Deine Maman läuft ganz bestimmt nicht so schnell wie ich«, erklärt ihm Jérôme.

»Warum?«, fragt das Kind arglos.

»Weil ... ähm, weil ...«

»Vermutlich weil ich eine Frau bin«, meint Julie spöttisch, »aber das werden wir ja morgen sehen.«

»Ja, das werden wir sehen.«

Jérôme erhebt sich mit einem sarkastischen Lächeln, um den Tisch abzuräumen.

»Du bist ein echter Brokkoli!«, ruft Lulu ihm hinterher.

Jérôme hält mitten in der Bewegung inne und prustet los.

»Wie nennst du mich? Brokkoli?«

»Ich würde mir da nicht zu viel drauf einbilden«, bemerkt Julie süffisant, »für Lulu ist das das schlimmste Schimpfwort überhaupt.«

»Brokkoli ist ein Schimpfwort? Warum denn das?«

»Weil er Brokkoli abgrundtief hasst«, erwidert Julie und funkelt ihn an.

Paul steht kopfschüttelnd auf.

»Sagt Bescheid, wenn ihr mit eurem kindischen Gezänk fertig seid«, meint er ruhig und hebt Lulu von seinem Stuhl. »Komm, Kleiner, du schuldest mir noch eine Revanche im Memory. Und Jérôme, du spülst ab, schließlich hat Julie gekocht.«

»Zu Befehl, Herr General!«, sagt Pauls Sohn mit einer Grimasse.

»Na, dann kann ich ja duschen gehen«, verkündet Julie und lächelt Jérôme ebenso spöttisch an.

Jérôme ist fast mit dem Abwasch fertig, als sein Handy klingelt.

»Keine Sorge, Caroline, ich sage keinen Mucks mehr über eine Lungenembolie«, begrüßt er seine Praxisvertretung.

»Vielleicht bringt mir das dann erst recht Pech. Störe ich Sie?«

»Nein, ich war gerade beim Spülen.«

»Dann müssten Sie mir ja sogar dankbar sein.«

»Ich werde nachher trotzdem fertigspülen müssen … Also, was gibt's?«

»Ich wollte Ihnen eigentlich nur sagen, dass ich nicht ins Loch gefallen bin.«

»Das freut mich zu hören.«

»Aber … aber es war gar nicht so einfach.«

»Ich weiß. Ging es Madame Paquin nach dem Gespräch mit Ihnen wenigstens besser?«

»Es scheint so. Jedenfalls hat sie mich angestrahlt, als sie mir zum Abschied die Hand geschüttelt hat. Und die Bauchschmerzen wären fast weg, hat sie gesagt.«

»Also hat es ihr gutgetan. Mal sehen, Madame Paquin war für Ihren zweiten Tag vorgesehen … Dann wird morgen vermutlich Alfred Maul aufkreuzen. Seien Sie vor ihm auf der Hut. Der steht nur auf der Matte, wenn es eine weibliche Vertretung gibt. Falls Sie verstehen, was ich meine.«

»Sie machen mir Angst.«

Jérôme muss leise lachen.

»Ach, wissen Sie, in seinem Alter hat er nicht mehr allzu viel Kraft.«

»Morgen rufe ich Sie jedenfalls nicht an.«

»Ehrlich? Nicht, dass mir noch etwas fehlt …«

»Ganz bestimmt nicht.«

»Sie haben recht, es wird mir nicht fehlen. Aber das hat nichts mit Ihnen zu tun. Ich würde nur gerne versuchen, mal richtig abzuschalten.«

»Das verstehe ich. Also sagen wir, ich rufe Sie wirklich nur im Fall einer ausgewachsenen Lungenembolie an.«

»Sollten Sie am Ende etwa noch witzig werden, Caroline?«

Lulu ist gerade eingeschlafen.

Und das werde ich jetzt auch versuchen. Morgen früh muss ich nämlich fit sein. Das wäre ja noch schöner, wenn ich die Wette verliere. Ich muss Lulu zeigen, dass ich als Frau nicht automatisch langsamer bin als ein Mann. Er soll begreifen, dass Frauen Männern in nichts nachstehen. Wie oft habe ich es miterlebt, dass Maman sich zu Hause, ohne aufzumucken, abgerackert hat. Wenn Lulu erwachsen ist, wird er jedenfalls seine Frau nicht an den Herd schicken, um selbst in aller Ruhe auf dem Sofa Zeitung zu lesen. Dafür werde ich sorgen.

So, wie ich Jérôme einschätze, wird er garantiert nicht auf mich Rücksicht nehmen. Doch egal, wie ich mich anstrengen muss, ich werde jedenfalls keine Schwäche zeigen. Das käme ihm nämlich wie gerufen.

Es ist okay, wenn man seiner großen Liebe nachtrauert. Aber deswegen muss man sich noch lange nicht wie ein Kotzbrocken benehmen! Und darum wird's ihm nur recht geschehen, wenn er das Wettrennen verliert und sein Gesicht gleich mit und dafür meinen Küchendienst übernehmen muss.

Zwanzig nach sechs.

Julie wärmt sich vor dem Haus auf. Vom Dorf her wird es schon langsam hell, am Horizont herrscht jedoch noch tiefe Dunkelheit.

Das Meer ist ganz ruhig.

Julie nicht. Sie strotzt nur so vor Energie. Woher kommt bloß diese Kraft in ihr, wenn es darum geht, sich mit einem Mann zu messen, der tendenziell ein Macho ist? Vermutlich aus ihrer Jugend. Seither hält sie dagegen, wo und wann es nur geht. Nur bei diesem Arschloch von Chasson schafft sie das nicht, da fehlen ihr die Mittel, schließlich geht es dabei um ihren Lebensunterhalt. Aber gleich, beim Laufen mit Jérôme, da wird sie alles geben. Sie hat keine Ahnung, wie sportlich er ist, aber sie ist guten Mutes: Sie wird schneller sein als er. Um es Lulu zu beweisen. Und ein bisschen auch sich selbst.

Zwei Minuten vor halb sieben taucht er auf. Ohne ihr einen Guten Morgen zu wünschen, setzt er sich auf die Stufen vor dem Haus, um seine Sportschuhe zuzubinden. Das fängt ja schon mal gut an. Wenn er allerdings glaubt, sie damit einschüchtern zu können, hat er sich geschnitten. So leicht lässt Julie sich nicht ins Bockshorn jagen.

»Wo laufen wir?«, will sie wissen.

»Erst zum Strand runter. Dort nehmen wir dann einen Weg, der parallel zur Küste verläuft, und kommen schließlich wieder über den Strand zurück. Sind Sie fit?«

»Sicher mehr als Sie. Ich hab gestern Abend nämlich keine halbe Flasche Whisky getrunken.«

»Das hindert mich nicht daran, Sie zu schlagen.«

»Wollen Sie sich noch aufwärmen?«

»Nein, das geht auch so.«

Schulterzuckend trabt Julie los, ohne abzuwarten, bis Jérôme sich erhoben hat. Sie läuft über den kleinen Pfad zwischen den Dünen und springt dann hinunter in den nassen Sand. Am Strand legt sie einen Zahn zu, einen Augenblick später hat Jérôme sie aber eingeholt und läuft nun neben ihr. Nach ein paar Minuten wird er schneller. Von jetzt an folgt Julie ihm mit leichtem Rückstand. Nur nicht zu früh demütigen, denkt sie sich, das wäre unfein und sagt außerdem nichts über ihre weiteren Leistungen aus.

Nach einer guten Viertelstunde merkt sie, dass ihr Laufpartner sein Maximum erreicht hat; Jérôme scheint aus der Puste zu kommen. Sie hingegen hat ihre Atmung gut im Griff und holt ihn darum leicht wieder ein.

»Gehen Sie oft laufen?«, fragt sie ganz locker.

»Ich … pfff … hin und wieder … pfff … ist schon … länger her … und Sie?«

»Ich jogge zweimal die Woche. Schon seit Ewigkeiten. Mit achtzehn bin …«

Julie plaudert weiter, Jérôme wird immer einsilbiger. Darum verstummt sie schließlich ebenfalls. Ist vielleicht auch besser so, um Kräfte zu sparen, sonst riskiert sie noch, zu verlieren – was allerdings immer unwahrscheinlicher wird, je länger sie laufen. Stattdessen genießt sie die herrliche Landschaft. Die gegen die Felsen schlagenden Wellen feuern sie wie Beifall klatschende Zuschauer an, während sie leichtfüßig über Stock und Stein springt, um Jérôme und dem Rest der Welt zu beweisen, dass sie ein Anrecht hat auf ihren Platz unter den Menschen, und sei er noch so klein.

Eine halbe Stunde später bringt der Rundweg sie wieder zum Strand zurück. Julie beschleunigt ein wenig, um zu testen, ob Jérôme fällig ist. Und tatsächlich scheint er am Ende seiner Kräfte zu sein. Sie hingegen macht nun immer längere Schritte. Das Gefühl, den Strand entlangzujoggen, ist einfach nur herrlich und genau so, wie sie es sich noch beim Einschlafen vorgestellt hat. Frech rollen die Wellen den Sand herauf, nur haarscharf weicht sie ihnen aus. Als in der Ferne Pauls Haus zu erkennen ist, blickt Julie sich um, ohne das Tempo zu drosseln. Jérôme liegt weit hinter ihr. Grinsend läuft sie weiter. Sie wird ihm beim Kochen helfen, denn sie ist weder hochmütig noch voller Hohn. Sie ist einfach nur ein ganz normales Mädchen – das in diesem Moment seinen wohlverdienten Triumph genießt. Als sie noch etwa hundert Meter vom Haus entfernt ist, entdeckt sie auf der Terrasse Paul, mit Lulu auf dem Arm. Ihr Kind ist noch in seinen Schlafsack gemummelt und winkt eifrig mit beiden Händchen, um sie anzufeuern.

Alle Achtung, Kleine!, denkt Paul und nimmt sich vor, Jérôme nachher lieber nicht zu sehr mit seiner Niederlage aufzuziehen. Besser, man lässt ihn erst mal in Ruhe, bis er sich das Fiasko selbst eingestehen kann. Er soll nur begreifen, dass ihm das nicht schadet.

»Es fehlt nur noch wenig zum Glück, was?«, meint er lächelnd, als Julie auf die Terrasse kommt.

»Ja ... pfff ... wirklich nur noch ... pff... wenig«, antwortet Julie und stützt ihre Hände auf den Knien ab, weil sie jetzt doch auch ganz schön außer Puste ist.

»Ist der kleine Punkt, der sich dahinten über den Strand bewegt, Jérôme?«

»Ach, er bewegt sich noch?«

Paul muss grinsen.

»Böses Mädchen!«

Julie grinst ebenfalls.

»Ich lauf gleich noch mal los, Baguette kaufen«, erklärt sie versöhnlich. »Das wird ihm guttun, mit viel Nutella drauf, um wieder zu Kräften zu kommen. Ich nehme Ihren Geldbeutel, okay?«

»Ja, und vergiss nicht, Lulu ein Stück *Kouign amann* mitzubringen.«

»Wenn wir wieder zu Hause sind, kann ich ihm so was aber nicht mehr täglich bieten!«

»Mach dir darüber keinen Kopf, dein Kleiner wird die Ferien und den Alltag schon unterscheiden können.«

Als Julie zurückkommt, steht Jérôme verschwitzt am Kühlschrank, in der Hand ein Glas mit Orangensaft, und würdigt sie keines Blickes. Die Schmollmaschine ist in vollem Gange. Paul zwinkert ihr zu, als sie ihn fragend anblickt. Das wird schon, will er ihr damit signalisieren.

Jérôme hat es jedoch gesehen. Wortlos dreht er sich um und stürmt aus dem Haus.

Durch das Küchenfenster kommen inzwischen die ersten Sonnenstrahlen herein. Julie lässt Lulu mit Brioche und warmer Milch bei Paul sitzen und folgt Jérôme. Irgendetwas treibt sie dazu, sie weiß selbst nicht, was, sie gehorcht nur ihrem Instinkt.

Jérôme hat sich auf halbem Weg zwischen den hohen Gräsern und dem Ufer in den Sand gesetzt, die Arme um die Knie geschlungen, und schaut aufs Meer hinaus. Sein ganzer Körper ist angespannt. Julie sieht es, noch bevor sie bei ihm angelangt ist. Als hätte er eine Rüstung angelegt, damit keiner ihn mehr verwunden kann. Julie setzt sich neben ihn, ohne ein Wort zu sagen. Betrachtet das unaufhörliche Ballett der Wellen, die kommen und gehen. Viele Minuten verstreichen, in denen nur die Brandung und das Geschrei der Möwen am Hafen weiter im Norden zu hören sind.

Schließlich greift Julie nach Jérômes Hand.

»Manchmal ist das Leben hart, und man kann einfach nichts dagegen tun«, sagt sie leise.

Jérôme atmet tief ein – und wirft sich dann der jungen Frau urplötzlich in die Arme.

Er weint.

Nun also doch.

Er weint.

Paul steht hinter dem Küchenfenster und seufzt erleichtert auf. Da ist sie endlich, all die Trauer, die seit Monaten an seinem Sohn nagt. Dem Himmel und Julie sei Dank, wagt sie sich aus ihrem Schlupfwinkel heraus, nachdem sie sich so lange hinter seiner starren Fassade verschanzt hat. Zeig dich, verdammter Kummer, damit wir dich kleinkriegen. Lös dich im Salzwasser der Tränen auf, damit die Wellen dich fortspülen und auf Nimmerwiedersehen hinab auf den Meeresboden ziehen können.

Julie hat sich vor ihn gesetzt und die Beine um ihn geschlungen, um ihn besser an sich zu drücken und wiegen zu können, so, wie sie es mit Lulu macht, wenn der Kleine traurig ist. Kann man den Schmerz eines Dreijährigen, dessen Spielzeug zerbrochen ist, mit dem eines Mannes vergleichen, der seine geliebte Frau verloren hat?

Tränen und Schweiß vermischen sich. Es ist egal. In diesem Moment geht es nur darum, Trost zu spenden und Trost zu finden. Alles andere ist egal.

Nach einer guten halben Stunde kann Julie Jérôme schließlich dazu bewegen, mit ihr zurück ins Haus zu gehen. Wortlos läuft er an Paul vorbei, um duschen zu gehen.

Als er mit einem Handtuch um den Hals zurückkommt, hat Julie schon Kaffee gemacht und mehrere Brotscheiben dick mit Nutella bestrichen. Wenn der Schokogeschmack kleine Kinder beruhigen kann, wird er auch jenen guttun, denen das Leben übel mitgespielt hat, egal, welches Alter sie haben. Denn im Innern bleibt man immer ein bisschen Kind.

Paul ist nirgends zu sehen. Er hat Lulu zu einem Spaziergang durchs Dorf mitgenommen, um Jérôme etwas Ruhe zu gönnen. Kaum hat dieser sich an den Küchentisch gesetzt, lässt auch Julie ihn allein und verschwindet ihrerseits im Bad. Das Nutellaglas hat sie vorher noch direkt neben seine Tasse gestellt. Vielleicht reichen die Brote ja nicht, und er möchte es ganz leer machen, wenn nicht sogar mit dem Finger auslecken. Allerdings hofft sie insgeheim, dass er ihr noch einen Löffel übrig lässt. Denn auch sie hat das Land der Kindheit noch nicht ganz verlassen.

Am Nachmittag herrscht dann einfach herrliches Wetter.

Es ist das erste Mal, dass Jérôme mit den drei anderen etwas unternimmt. Gemeinsam schlendern sie den Strand entlang. Als Paul und Julie stehen bleiben, um mit Lulu zusammen einen kleinen Krebs zu betrachten, geht Jérôme allein weiter. Da trippelt Lulu ihm plötzlich hinterher. Kaum bei ihm angekommen, greift er vertrauensvoll nach seiner Hand. Jérôme zuckt zusammen, so überrascht ist er von dieser zärtlichen Geste, doch dann umschließt er sacht die fünf kleinen Finger.

»Warum lachst du nie?«, fragt Lulu nach einer Weile.

»Weil ich traurig bin.«

»Und warum bist du traurig?«

»Weil meine Frau gestorben ist.«

»Warum ist sie gestorben?«

»Hm … weil sie traurig war.«

»Stirbst du auch bald?«

»Ich?! … Nein, nicht unbedingt.«

»Und warum lachst du dann nicht, wenn du nicht stirbst?«

Völlig perplex schaut Jérôme zu dem Kleinen hinunter. Und dann kann er nicht anders: Er muss einfach lächeln. Ach, manchmal ist es so einfach im Leben! Wie von einer schweren Last befreit, packt er Lulu unter den Achseln und schwingt ihn lachend durch die Luft, um ihn auf seinen Schultern landen zu lassen. Das Kind kann sein Gesicht nun nicht mehr sehen, aber Jérômes Augen blitzen, als hätten sie plötzlich die Erlaubnis bekommen, nach den Tränen am Morgen nun endlich wieder Lebensfreude zu zeigen.

Im selben Moment muss Lulu husten.

»Hast du dich erkältet?«, fragt Jérôme besorgt.

»Ne, hab nur 'nen Fros' im Hals …«

Es ist einfach herrliches Wetter. Am Strand lassen ein paar Väter mit ihren Kindern Drachen steigen, und einige Leute waten mit nackten Füßen durchs Wasser. Das Geschrei spielender Kinder übertönt das Tosen der Wellen. Und das ist wie Balsam für seine Seele, die sich jetzt, da die Traurigkeit sich langsam auf dem Rückzug befindet, endlich erholen kann.

Ein Mann weint nicht, heißt es. Und darum schlucken die Kerle die Tränen bis heute runter, selbst in den schlimmsten Momenten ihres Lebens. Dabei tut Weinen doch so gut! Es reinigt Seele und Verstand und schwemmt den ganzen Kummer fort. Also, ich kapiere wirklich nicht, wie die auf die absurde Idee kommen, man dürfe als echter Mann nicht weinen.

Keine Ahnung, ob es an seiner Müdigkeit lag, am Whisky vom Abend zuvor, an seiner Niederlage beim Laufen oder an allem zusammen, was diese Sintflut ausgelöst hat – das Einzige, was ich weiß, ist, dass er ein paar Stunden später zum ersten Mal wieder gelächelt hat. Ein einfaches, aufrichtiges Lächeln, das hoffen lässt, dass er aus dem größten Tief heraus ist.

Vor zehn Tagen noch war ich es, der Tränen über die Wangen liefen. Daraufhin hat jemand seine Einkäufe auf mein Kassenband gelegt, mich ins Restaurant und auf eine Ferienreise eingeladen. Und heute dankt dieser Mann mir nun dafür, dass ich seinen Sohn zum Weinen gebracht habe. Und ich habe noch überlegt, ob die beiden einem großangelegten Frauen- und Kinderhändlerring angehören!

Eine echt verrückte Geschichte.

Verrückt ist auch, wie viel Geld ich hier schon ausgegeben habe, das mir nicht mal gehört. Ich muss echt aufpassen, sonst finde ich noch Gefallen daran. Obwohl … ich glaube, das passiert dann doch nicht so schnell, schließlich bin ich seit drei Jahren darauf geeicht, jeden Cent zweimal umzudrehen.

Und zudem, meine liebe Julie, ist das Glück sowieso nicht von Dauer, mach dir da bloß nichts vor. In drei Wochen wartet wieder deine Supermarktkasse auf dich mitsamt motzigen, ungeduldigen Kunden, nervigen Kollegen und einem Fiesling von Chef, kurzum dein ganzes Sch…leben.

Und darum, Julie, genieß das jetzt in vollen Zügen. Genieß es, die Augen deines kleinen Jungen funkeln zu sehen, wenn er dem Meer gegenübersteht. Das ist ein unvergesslicher Anblick … und vertreibt alle anderen dummen Gedanken.

Heute Abend beim Schlafengehen hat er mir »Ich hab dich so lieb« ins Ohr geflüstert. »Und ich hab dich lieb«, habe ich geantwortet. Darauf er: »Dann haben wir uns beide lieb, Maman.«

Ja, mein kleiner Lulu, wir haben uns beide lieb. Sehr lieb sogar …

Jérôme ist im Morgengrauen aufgestanden. Am Abend zuvor hat er zum ersten Mal seit Monaten keinen Schlaftrunk mehr gebraucht. Immerhin, ein kleiner Sieg. Um keinen zu wecken, zieht er seine Sportschuhe wieder draußen auf der Treppe an und läuft dann los in Richtung Strand. Er muss ein wenig trainieren, bevor er Julie erneut herausfordern kann. Tags zuvor hat sie ihm gezeigt, was für ein menschliches Wrack er inzwischen ist, er, der zwar immer noch früh aufsteht, aber eigentlich keinen Grund mehr fürs Aufstehen finden kann. Und ausgerechnet hier ist er nun auf einen Grund gestoßen, noch dazu einen überaus motivierenden: Er muss in Form kommen. Und Julie beweisen, dass er noch etwas drauf hat. Ihren hübschen Po von hinten zu betrachten, ist zwar ganz nett, aber vor Ende der Ferien will er unbedingt wieder mit ihr mithalten können …

Julie sieht ihn von ihrem Fenster aus loslaufen. Sie schlüpft in ihre Jeans und schleicht leise aus dem Zimmer, um den Kleinen nicht zu wecken. Und auch in der Küche versucht sie, möglichst wenig Lärm zu machen, während sie den Frühstückstisch deckt.

Jérôme hat tatsächlich noch ein bisschen Nutella übrig gelassen. Erfreut taucht Julie einen Löffel ins Glas und gibt sich ganz diesem Genuss hin, den sie sich seit Weihnachten nicht mehr gegönnt hat. Jedes Jahr schenkt sie sich nämlich selbst ein Glas zum Fest, und es gehört dann ihr ganz allein. Wenn sie an jenem Abend damals bei der Geburtstagsparty ihrer Freundin nicht völlig betrunken dem Flirtversuch des Typen am anderen Ende des Raums nachgegeben hätte … und wenn sie dann noch Molekularbiologie hätte studieren können, wie sie es sich immer erträumt hatte … tja, dann könnte sie sich heute wahrscheinlich jede Woche eines kaufen. Ihre tolle Lehrerin in der letzten Jahrgangsstufe hatte zwar alle Hebel in Bewegung gesetzt, um ihr ein Unistudium zu ermöglichen, selbst eine Lösung für die Einschreibegebühren hatte sie gefunden, doch mit was hätte Julie sich und ihren Sohn über Wasser halten sollen? Darum musste sie nach ihrem ordentlichen Fachabitur schweren Herzens die Segel streichen und den Job im Supermarkt annehmen.

Gut rechnen zu können ist an der Kasse sinnvoll und wichtig, ihre ursprünglichen Träume interessieren dort hingegen keinen, und allein mit der Note »gut« auf dem Stück Papier kann sie sich kein Nutella kaufen. Mit einem Studienabschluss in der Tasche hingegen wären vielleicht ganze Paletten drin gewesen.

Aber dann hätte es Lulu nicht gegeben.

Und nun ist der Kleine eben ihr ganz eigener, molekularbiologischer Traum …

Schweißgebadet und völlig außer Atem kommt Jérôme eine Stunde später zurück. Eine kräftige Ladung Glückshormone hat seine angespannte Miene geglättet und lässt ihn das Leben wohl unter einem anderen Blickwinkel betrachten, denn er wirkt weitaus offener als die letzten zwei Tage und kommt sogar in die Küche, um Julie einen Guten Morgen zu wünschen, bevor er unter die Dusche verschwindet.

Vor ein paar Minuten ist Paul mit Lulu Brot und Nutella kaufen gegangen. Herrlich, so ein knuspriges Baguette jeden Morgen zum Frühstück, Julie läuft jetzt schon das Wasser im Mund zusammen, das ist mindestens so lecker wie Nutella, daran gewöhnt man sich gerne – und erst recht an beides zusammen. Voller Vorfreude blättert sie weiter die Lokalzeitung vom Vortag durch, als Jérômes Handy auf dem Küchentisch erst zu vibrieren und dann zu klingeln beginnt. »Praxis«, erscheint auf dem Display. Diese Vertretungsärztin ist eine ganz schöne Klette!, denkt Julie, geht aber nicht dran. Schließlich ist sie nicht seine Sekretärin.

Es klingelt eine halbe Ewigkeit und hört dann auf, um nach ein paar Sekunden erneut einzusetzen. Wieder die Praxis. Und wenn es doch ein Notfall ist?

»Hallo?«

»Ich hab hier einen Nabelschnurvorfall! Was soll ich tun?! WAS SOLL ICH TUN?!«, schreit es Julie aus dem Hörer entgegen, sodass sie augenblicklich von ihrem Stuhl aufspringt und zum Badezimmer rennt.

»Jérôme! Telefon!«

Der hat unter der Dusche gerade das Wasser abgestellt. Julie ist es ganz egal, ob er nackt ist oder nicht: Sie stürzt ins Bad.

Der Begriff, den die Ärztin genannt hat, sagt ihr zwar nichts, aber sie kann eine panische Stimme erkennen.

»Caroline ist dran, sie hat einen Vorfall mit einem Nabel«, erklärt sie und reicht ihm das Handy.

Jérôme nimmt es entgegen, während er mit der anderen Hand nach einem Handtuch greift.

»Caroline? Was ist passiert?«

»Madame Humbert! Sie ist in die Sprechstunde gekommen, weil sie gestern Abend erste Wehen gespürt hat. Der Muttermund war tatsächlich schon weit offen, das Kind hatte sich allerdings noch nicht gedreht. Aber die Fruchtblase war ziemlich prall, und kaum hab ich sie berührt, da ist sie geplatzt und ich hatte die Nabelschnur in der Hand.«

»Warten Sie kurz.«

Als er sich umdreht, bemerkt er Julie, die ihm den Bademantel seines Vaters reicht, während sie ihm demonstrativ in die Augen sieht, um nicht anderswo hingucken zu müssen. Rasch schlüpft er hinein und eilt dann mit dem Handy in die Küche, wo er ans Fenster tritt, um sich bestmöglich zu konzentrieren.

»Was tun Sie gerade?«

»Meine Finger drücken den kleinen Hintern so weit hoch, wie es nur irgend geht. Und Monsieur Humbert hat den Notarzt angerufen. Sie sind auf dem Weg. Aber was mache *ich* inzwischen?!«

»Sie machen genau das weiter, was Sie gerade tun, und lassen nicht locker«, erklärt Jérôme und spürt plötzlich zwei Hände, die ihm den Gürtel des Bademantels vorne zuknoten. Ein leichter Schauer rieselt seinen Rücken hinunter. Er bedankt sich mit einem kurzen Wink.

»Es wird Stunden dauern, bis die hier sind!«, hört er Carolines Stimme, die immer schriller wird.

»Sie werden gleich da sein. Pulsiert die Nabelschnur noch?«

»Ja.«

»In welchem Rhythmus?«

»Hundertdreißig, hundertvierzig.«

»Gut. Dann lagern Sie jetzt das Becken der Patientin hoch. Sagen Sie ihrem Mann, er soll ihr ein dickes Kissen unters Gesäß schieben. Und dann soll er einen Zettel schreiben und ihn mit Klebeband an der Praxistür befestigen: ›Medizinischer Notfall, bin am Nachmittag wieder zurück.‹«

Kurz hört Jérôme, wie sie jemandem erklärt, was zu tun ist, bevor ihre Stimme wieder ganz nah ist.

»Und was jetzt?«

»Sie bewegen Ihre Finger keinen Millimeter von dem Hintern weg.«

»Aber kann ich nicht sonst noch was tun?«, fleht sie mit brüchiger Stimme.

»Nehmen Sie, wenn's geht, die ganze Faust, dann haben Sie mehr Kraft. Aber seien Sie vorsichtig mit der Nabelschnur, damit sie nicht gequetscht wird. Und dann versuchen Sie irgendwie, Ihre eigene Panik in den Griff zu kriegen; beten Sie meinetwegen, wenn's Ihnen hilft. Wir werden unser Gespräch gleich beenden, denn dieses Ehepaar braucht jetzt dringend Ihren Zuspruch. Erklären Sie ihnen die Situation und reden Sie beruhigend auf sie ein. Sagen Sie ihnen, dass Sie alles unter Kontrolle haben und während der Fahrt zum Kreißsaal nicht von Ihrer Position abrücken werden. Der Ehemann soll im Wagen folgen, am besten nimmt er Ihren, dann können Sie hinterher gleich zurückfahren. Erklären Sie ihm genau, in welche Klinik Sie fahren. Ach, und stellen Sie sich darauf ein, dass Ihre Hand, was sag ich, Ihr ganzer Arm bald höllisch schmerzen wird.«

»Das ist schon jetzt der Fall«, murmelt Caroline mit einem unterdrückten Stöhnen.

»Es wird noch schlimmer, Sie werden ihn bald nicht mehr spüren. Und trotzdem müssen Sie durchhalten, denn Sie halten mit Ihren Fingern einen kleinen Menschen am Leben. Da dürfen Sie nicht schlappmachen. Darum werden Sie stark bleiben, physisch und psychisch, denn diese Leute haben jetzt nur noch Sie, an die sie ihre Hoffnung hängen können, das erste Weihnachten zu dritt zu feiern ... Hat sie eigentlich noch Wehen?«

»Nein. Seit gestern Abend nicht mehr.«

»Okay. Es ist allerdings gut möglich, dass sie jetzt, da die Fruchtblase geplatzt ist, wieder einsetzen. Der Notarzt wird ihr ein wehenhemmendes Mittel geben. Schlägt das Herz noch regelmäßig?«

»Ja, dem Säugling scheint es gut zu gehen. Was ist, wenn die Pulsation der Nabelschnur nachlässt?«

»Dann drücken Sie noch stärker gegen den kleinen Po, um ihn zurückzudrängen.«

»Aber ... aber wenn ich meine Finger nicht mehr spüre?«

»Davon will ich nichts hören, Caroline. Sie halten durch und drücken, bis Sie im Kreißsaal sind. Punkt, aus. Und danach rufen Sie mich sobald wie möglich an. Bis später, ich drück Ihnen die Daumen.«

Mit sorgenvoller Miene lässt Jérôme das Handy sinken und

dreht sich zu Julie um, die sich an den Tisch gesetzt hat und ihn fragend ansieht.

»Mit einer Lungenembolie wäre sie besser dran gewesen.«

»Was ist genau passiert?«

»Eine hochschwangere Patientin hat einen Nabelschnurvorfall. Das passiert, wenn die Fruchtblase vorzeitig platzt und die Nabelschnur vor das Köpfchen oder wie in diesem Fall vor den Po des Kindes rutscht. Das drückt dann mit seinem ganzen Gewicht darauf, und dadurch wird die Nabelschnur abgeklemmt.«

»Ist das lebensbedrohlich?«

»Das hängt davon ab, wie viel Kraft Caroline hat. Wenn sie es bis in den Kreißsaal schafft, können sie noch einen Notkaiserschnitt machen. Wenn nicht ... dann könnte es sterben, ja.«

»Verdammt, da sitze ich doch lieber an der Kasse. Und jetzt?«

»Was jetzt?«

»Was machen Sie jetzt?«

»Warten, bis sie wieder anruft. Und beten.«

»So 'n Quatsch.«

»Was? Beten?«

»Ja.«

»Ich habe nicht gesagt, dass ich einen Rosenkranz bete.«

»Was meinen Sie dann mit ›beten‹?«

»Ich denke einfach ganz fest an sie ... Vielleicht wäre ›glauben und hoffen‹ der bessere Ausdruck dafür.«

»Glauben und hoffen?«

»Ja, glauben und hoffen, dass die Kraft reicht, die wir alle in uns haben, wenn es um ein anderes Leben als um unser eigenes geht. So wie die Kraft, die Sie für Ihren kleinen Sohn haben.«

»Glauben und hoffen genügt aber nicht immer.«

»Stimmt. Aber es hilft.«

»Gut, dann glaube und hoffe ich jetzt mal mit Ihnen«, erklärt Julie ohne rechte Überzeugung. »Fragt sich nur, ob ihr das wirklich was nützt.«

»Das weiß ich leider auch nicht. Aber ich kann von hier aus nichts anderes tun.«

Julie steht auf, um Wasser in die Espressomaschine zu füllen.

»Dann lassen Sie uns jetzt zusammen Kaffee trinken.«

Jérôme schüttelt den Kopf.

»Danke, aber ich krieg gerade nichts runter … Ich fühle mich so ohnmächtig. Wieder einmal kann ich nichts ausrichten.«

»Warum wieder einmal?«

»Weil … weil ich bei Irène auch nichts mehr ausrichten konnte.«

»Glauben und hoffen allein reicht einfach nicht immer«, sagt Julie leise und lässt ihn dann allein.

Jetzt, da er es angesprochen hat, hätte sie genauer nachfragen können, um ihn vielleicht besser zu verstehen. Aber Julie hasst es, in die Intimsphäre eines Menschen einzudringen, wenn dieser sich nicht wehren kann. Es ist ihr selbst zugestoßen, und nicht zuletzt darum wird sie von sich aus so etwas nie tun. Wenn er es ihr wirklich erzählen will, dann wird er es irgendwann von selbst tun, ohne dass sie ihn dazu drängen muss.

Eine Dreiviertelstunde später klingelt Jérômes Handy erneut. Er ist die ganze Zeit in der Küche auf und ab getigert und geht sofort dran.

»Wie …?«

Julie und Paul, der inzwischen zurückgekommen ist, hängen an seinen Lippen.

»Bravo! Caroline, Sie sind fantastisch! Wie ist der Apgar-Score?«

»Drei nach einer Minute, sechs nach fünf Minuten, acht nach zehn Minuten. Der Kleinen geht es gut. Sie haben ihr den Namen Victoire gegeben. Sie ist nur 2780 Gramm schwer, das hat mir geholfen.«

»Was ist ein Apgar-Score?«, flüstert Paul.

Jérôme hält das Mikrofon des Handys kurz zu.

»Ein Punkteschema, mit dem sich der Gesundheitszustand des Neugeborenen beurteilen lässt«, erklärt er leise und fragt dann laut: »Und Sie, Caroline? Wie ist Ihr Score?«

»Meiner?«, hört er Carolines zittrige Stimme. »Drei, würde ich sagen, aber bei mir steigt er nicht. Ich dachte, das Baby würde sterben!«

»Aber es geht ihm gut.«

»Aber … aber es hätte sterben können«, schluchzt sie.

»Aber es geht ihm gut«, wiederholt Jérôme ruhig.

»Ja, aber es war Rettung in allerletzter Sekunde. Im Notarztwagen wurden die Pulsationen immer langsamer.«

»Aber dem Kind geht es gut, Caroline.«

»Und wenn es gestorben wäre?«, schluchzt die junge Frau weiter.

»Wie geht es dem Kind jetzt?«

»Es geht ihm … gut«, gibt Caroline klein bei.

»Und wie geht es Ihren Fingern?«

»Gar nicht gut. Und meinem Arm auch nicht. Der Schmerz zieht mir bis hinauf in den Rücken. Noch nie hat mir etwas so wehgetan!«

»Aber das Leben eines Kindes im Tausch dafür ist doch was, oder?«

»Ja, auf jeden Fall. Ich sollte nicht so jammern, stimmt's?«

»Ich rufe gleich einen befreundeten Physiotherapeuten an, zu dem gehen Sie dann, er wird Sie sicher dazwischenschieben.«

»Und was soll der für mich tun?«

»Och, mein Freund hat gerade seine Praxis umgebaut, er sollte also noch irgendwo eine Stichsäge herumliegen haben. Bei Ihrem Zustand kommt wohl nur noch eine Amputation infrage. Außerdem ist er ein großer Whisky-Liebhaber und hat den ganzen Keller voller exzellenter Malts. Nach einer halben Flasche sollten Sie nichts mehr spüren, und mit der anderen Hälfte können Sie dann ja den Stumpf desinfizieren.«

Am anderen Ende der Leitung schnappt jemand nach Luft.

»Sie sind mir wirklich eine echte Hilfe!«

»Nein, im Ernst, er wird Ihren Arm so hervorragend massieren, dass Sie es bedauern, nicht auch noch den anderen benutzt zu haben.«

Da endlich hört er die junge Ärztin leise lachen.

»Zum Glück kann die Patientin Sie nicht hören.«

Erleichtert dreht Jérôme nun Julie und Paul den Rücken zu und tritt mit seinem Handy ans Fenster.

»Ach, und bevor ich's vergesse: Mein Freund ist ein attraktiver Kerl, aber völlig immun gegen's Flirten, denn er ist glücklich verheiratet. Es bringt also nichts, Ihr Herz an ihn zu verlieren.«

»Ich bin nicht in der Stimmung, wen auch immer anzuhimmeln«, schnaubt Caroline.

»Auch nicht mich? Schade …«

»…«

»Hallo? … Sind Sie noch dran?«

»Hören Sie auf, Jérôme, Sie bringen mich in Verlegenheit.«

»Ich will Sie nur Ihre Schmerzen vergessen lassen.«

»Ihr Freund ist da sicher professioneller.«

»Aber nicht so leicht zu haben wie ich.«

»Wenn hier jemand flirtet, dann Sie.«

»Ich schrecke vor nichts zurück. Immerhin haben Sie gerade einem Säugling das Leben gerettet. Und das, muss ich sagen, ist schon verdammt attraktiv.«

»Ihnen scheint's jedenfalls besser zu gehen«, stellt sie trocken fest.

»Ja, wissen Sie, ich lüfte meinen Kopf gerade gründlich durch. Es sieht darin nämlich schlimmer aus als in einem Spukschloss, in dem die Spinnen Halloween gefeiert haben. Aber so allmählich kriege ich ihn wieder frei.«

»Das freut mich für Sie. Sagen Sie mal, nur noch eine Sache …«

»Ja?«

»Der Nabelschnurvorfall … der ersetzt doch wohl die Lungenembolie, oder?«

»Ich denke schon«, erwidert Jérôme schmunzelnd, »sonst

sind Sie nämlich wirklich ein Pechvogel. Dann also bis morgen, Caroline.«

»Nein, nein, morgen brauche ich Sie nicht mehr anzurufen, das Schlimmste habe ich ja jetzt hinter mir.«

»Aber *ich* brauche Ihren Anruf. Es tut mir gut, zu hören, wie es meinen Patienten geht und … Ihnen.«

»In Ordnung, dann berichte ich von nun an jeden Abend vor dem Schlafengehen.«

»Krieg ich dann auch einen Gute-Nacht-Kuss?«

»Sie haben eine viel zu wilde Fantasie!«, schnaubt Caroline. »Also, bis bald.«

Jérôme legt grinsend auf. Es ist lange her, dass er zu solchen Neckereien aufgelegt war. Caroline ist die geeignete Kandidatin dafür. Sie reagiert auf Knopfdruck auf seine provokanten Sprüche. Man hört buchstäblich durchs Telefon, wie sie knallrot anläuft, was ihn dazu verführt, immer noch einen draufzusetzen …

Gedankenverloren dreht er sich um – und stellt fest, dass Julie und Paul noch immer in der Küche sind und ihn belustigt ansehen.

»Was ist?«, fragt er.

»Och, nichts«, antworten die beiden im Chor und gehen lachend aus dem Raum.

Der gerettete Säugling hat allen gute Laune gemacht. Und was für einen besseren Grund gäbe es als zu lachen?

Wenn ich es mir recht überlege, hab ich es in meinem Supermarkt eigentlich gut. Das Schlimmste, was mir passieren kann, ist, dass ich beim Scannen ein Glas fallen lasse, eine offene Mehlpackung erwische, mich vertippe oder vergesse, das Warensicherungsetikett zu deaktivieren. Egal, was ich tue, es steht jedenfalls kein Leben auf dem Spiel.

Ich habe mir ja bisher noch nie sonderlich Gedanken gemacht über Berufe, bei denen es um Leben oder Tod gehen kann. Als Jérôme vorhin mit seiner Vertretung telefoniert hat, hat er ihr gegenüber die ganze Zeit die Ruhe bewahrt. Und diese Caroline war wirklich fertig mit den Nerven. Mit seiner Hilfe hat sie sich dann aber wieder eingekriegt; ich an ihrer Stelle wäre wahrscheinlich völlig durchgedreht. Als Arzt braucht man wirklich eine wahnsinnige Selbstdisziplin, um mit solchen Situationen fertigzuwerden.

Übrigens ist er gar nicht schlecht gebaut. Durchaus der Typ Mann, in den ich mich verlieben könnte. Jérôme, meine ich. Wenn er bloß nicht so launisch wäre. Immerhin taut er mir gegenüber langsam auf. Jetzt verstehe ich auch, warum Paul sich gewünscht hat, er könnte endlich weinen: Es hat ihn offen-

sichtlich von einer zentnerschweren Last befreit. Hätte nie gedacht, dass ein bisschen Jogging die Dinge so verändern kann … Allerdings, diese Sprüche zum Schluss … er ist halt doch ein Macho …

In den folgenden Tagen glättet sich Jérômes Miene zusehends, und er wird immer gesprächiger. Manchmal betrachtet er Julie zwar immer noch mit einem gewissen Argwohn, der ihm wohl als Schutzschild dient, aber allmählich beginnt er, sie und ihren Sohn zu akzeptieren, und sondert sich immer weniger ab. Zwar hat er nach wie vor an einigem zu knabbern, und bis er wieder richtigen Lebenshunger verspürt, wird es auch sicher noch eine ganze Zeitlang dauern, doch immerhin gesteht er sich nun zu, ihre Gesellschaft zu genießen. Vielleicht hat ihm das ja am meisten gefehlt nach dem Tod von Irène. Menschliche Nähe. Ein Blick, ein Lächeln, ein paar Scherze und ein Regenbogen verschiedenster Menschen um ihn herum, die ihm zeigen, dass das Leben weitergeht.

An diesem Morgen hat Lulu nach dem Frühstück den Malkasten hervorgeholt. Eifrig taucht er den Pinsel immer wieder in das blaue Farbschälchen und malt damit große runde Bögen auf sein Blatt Papier.

»Sau mal, Maman, ein blauer Regenbogen!«, ruft er fröhlich.

Interessiert betrachtet Julie das Bild und lobt es sehr, worauf der Kleine sich ein neues Blatt Papier nimmt.

»Und jetzt mal ich einen gelben!«

»Für sein Alter spricht er recht gut«, stellt Jérôme fest. »Schade nur, dass das mit dem ›sch‹ noch nicht klappt.«

»Och, wissen Sie, das ist wie mit dem Weinen«, erwidert Julie gelassen, »manchmal wollen die Tränen auch einfach nicht raus. Und eines schönen Tages passiert's dann ganz von allein …«

Jérôme verzieht das Gesicht zu einem verlegenen Grinsen und schaut lieber schnell zu seinem Vater hinüber, der sich in der Kochnische zu schaffen macht. In einer Zeitschrift hat er ein Rezept für Kalbfleischfrikassee gefunden, das er so streng befolgt, dass er sogar das Salz abwiegt, sehr zur Belustigung von Julie, die mehr aus dem Bauch heraus kocht.

Und jetzt steht Paul da und weint dicke Tränen. Wegen der Zwiebeln. Zwar hackt er erst mal tapfer weiter, doch schließlich legt er jäh das Messer beiseite und tastet sich blinzelnd nach draußen.

Mitfühlend schaut Julie ihm hinterher, bevor sie sich erhebt und dann pfeifend die Zwiebeln für ihn fertig schneidet.

»Macht Ihnen das gar nichts aus?«, fragt Jérôme nach einer Weile.

»Nö, mir kommen nicht so schnell die Tränen.«

»Ach ja? Aber über mich machen Sie sich lustig, weil sie nicht fließen!«

»Man muss weinen können, wenn es wirklich nötig ist. Bei einer Zwiebel gibt's keinen Grund dafür, es sei denn, man hegt eine besondere Zärtlichkeit für sie und erträgt es nicht, sie so brutal in Stücke zu hauen. Vielleicht hat Ihr Vater ja ein sehr inniges Verhältnis zu Zwiebeln …«

»So ein Quatsch, das ist ein rein chemischer Prozess, der den Tränenfluss auslöst. Wenn man die Zwiebel …«

Julie lacht auf.

»Ach, Jérôme, ich nehm Sie doch nur auf die Schippe. Ich muss beim Zwiebelnschneiden nie weinen, das ist einfach so. Manche Leute können mit den Ohren wackeln, andere ihre Zunge rollen, und meine Augen tränen nicht beim Zwiebelnschneiden. Vielleicht sollte ich zu Hause ja in einem Flammkuchenrestaurant anheuern. Als professionelle Schälerin. Das wäre gar kein so schlechter Beruf, oder?«

»Männer schälen können Sie jedenfalls schon, und das gar nicht mal so schlecht.«

»Wie, Männer?«, fragt Julie verwundert.

»Na ja, Sie befreien sie von einer schützenden Schale nach der anderen. Und dabei bringen Sie sie eben zum Weinen …«

»Wirklich? Das passiert aber nicht mit Absicht …«

In diesem Moment kommt Paul zurück, der sich die letzten Tränen mit dem Ärmel abwischt, um nicht den scharfen Saft von den Fingern in die Augen zu kriegen.

»Sehen Sie?«, verteidigt sich Julie mit einem Blick auf Jérômes Vater. »Bei ihm sind's wirklich nur die Zwiebeln.«

Erstaunt sieht Paul sie an, fragt aber nicht weiter nach. Ganz offensichtlich erleichtert, dass Julie ihm die tränenreiche Schnippelei abgenommen hat, gibt er ihr einen Kuss auf die Stirn und beugt sich dann wieder über sein Rezept, wobei er leise zu summen beginnt.

»Probier's mal mit Gemütlichkeit, mit Ruhe und Gemütlichkeit jagst du den Alltag und die Sorgen fort ...«

»Kann ich das Motorboot haben?«, unterbricht Jérôme seinen Vater.

Paul dreht sich zu ihm um und nickt.

»Wenn du möchtest. Es müsste im Sommer überholt worden sein. Frag aber lieber noch mal bei Léon am Hafen nach.« Paul macht eine Kopfbewegung in Richtung der jungen Frau. »Du kannst ja auch Julie mitnehmen.«

»O nee, bloß nicht!«, wehrt Julie vehement ab. »Da werde ich bestimmt seekrank. Am Wasser entlangzulaufen, liebe ich, aber über die Wellen zu schippern, nee, das ist echt nicht mein Ding.«

»Das Meer ist heute aber ganz ruhig«, erklärt Jérôme.

»Die Wellen sind aber trotzdem da.«

Nachdenklich sieht Jérôme sie an, bis seine Augen verschmitzt aufleuchten.

»Sie können vielleicht Zwiebeln schneiden, ohne zu weinen, ich hingegen kann mit den Ohren wackeln und meine Zunge rollen«, sagt er ernst und führt es vor, um seinen Worten Nachdruck zu verleihen. »Aber vor allem bleibe ich auf dem Wasser ruhig und gelassen. Ganz im Gegensatz zu Ihnen. Sie geraten bestimmt in Panik. Wetten?«

»Wetten nicht?«, entgegnet Julie wie aus der Pistole geschossen, und ihre Augen blitzen kampfeslustig. »Ich komme mit!«

Jérôme grinst triumphierend.

»Dachte ich's mir doch: Wenn man Sie bei Ihrem Stolz packt, kriegt man Sie rum.«

Julie schnauft wütend, doch eine kleine Hoffnung bleibt ihr noch, um aus der Nummer wieder rauszukommen.

»Und was mache ich mit Lulu?«

»Keine Sorge, auf den passe ich auf«, erklärt Paul schnell. »Ich perfektioniere doch gerade meine Fähigkeiten im Memory-Spielen, und da kann ich nicht auf halbem Wege aufgeben!«

»Sie könnten üben, wenn er seinen Mittagsschlaf macht.«

»Und du könntest auf dem Boot darüber nachdenken, wie du es schaffst, mich endlich doch zu duzen!«, erwidert Paul mit gespielter Verzweiflung. »Wir sind jetzt schon zehn Tage hier!«

Nach dem Mittagessen legt Julie den Kleinen also schlafen und packt dann ein paar Klamotten zum Wechseln in ihre Tasche für den Fall, dass das Meer doch stürmischer wird. Sie hat ganz schön Bammel, aber sie wird trotzdem mitgehen, denn es stimmt schon, sie verliert nicht gern das Gesicht, erst recht nicht bei der Wette mit einem Mann. Mit einer Rettungsweste sollte es auch nicht so gefährlich sein, und außerdem werden sie den Atlantik ja nicht überqueren, sondern nur eine Weile an der Küste entlangtuckern. In zwei oder drei Stunden wird sie ihm bewiesen haben, dass sie nicht nur ohne zu weinen Zwiebeln schneiden kann, sondern auch auf dem Meer die Nerven behält.

Bloß beim Zungerollen und Ohrenwackeln wird sie nicht mithalten können, diese Fähigkeiten sind angeblich angeboren. Doch eigentlich soll man niemals nie sagen. Und deswegen übt sie es auch hin und wieder vor dem Spiegel. Schon seit drei Jahren. Und beim letzten Mal hat sie den Eindruck gehabt, dass sie ihre Zunge schon ein klitzekleines bisschen einrollen kann.

Als Julie fünf Minuten später in den Audi steigt, empfängt Jérôme sie mit einem Grinsen.

»Bleib ganz locker.«

»Ach, duzen wir uns jetzt auf einmal?«

»Wir werden draußen auf dem Meer ein paar intensive Momente erleben, da können wir uns genauso gut gleich duzen.«

»Soll mich das jetzt beruhigen?«

»Nein, entspannen.«

»Funktioniert nicht.«

»Wovor hast du denn Angst?«

»Wovor ich Angst habe? Dass uns ein Hai angreift!«

»Wir sind in der Bretagne, nicht auf La Réunion.«

»Wir könnten kentern!«

»Hier gibt es weit und breit keinen Eisberg.«

»Piraten könnten uns kidnappen!«

»Mein Vater hat sowieso zu viel Kohle. Der kann ein gutes Lösegeld zahlen.«

»Das ist aber nicht sehr nett von dir.«

»Stimmt aber.«

»Ein ... Wal könnte uns verschlucken?«, fährt Julie schon etwas zögerlicher fort.

»Entweder liest du zu viel in der Bibel, was ich jetzt mal nicht glaube, oder du hast als Kind zu viel ›Free Willy‹ geguckt«, spöttelt Jérôme.

»Wir könnten nicht mehr zum Festland zurückfinden?«

»Wenn wir der untergehenden Sonne den Rücken kehren, geht's schnurgerade zur Küste zurück …«

Julie verstummt, da ihr keine weiteren Argumente einfallen. Sie hat nicht gern unrecht und hasst es, ihre Ängste und ihre Verletzlichkeit zu zeigen. So, wie sie es jetzt hasst, aufs Meer hinauszufahren – weil es neu ist für sie, und weil alles Neue sie unsicher macht.

Am Hafen geht Jérôme als Erstes zu Léon. Julie mustert unterdessen die an den Ankerplätzen vertäuten Boote und versucht zu erraten, mit welchem sie den festen Boden unter den Füßen verlieren wird. Dabei sticht ihr die »Étoile filante« ins Auge, die sich von allen anderen abhebt. Das Boot ist bunt gestrichen und ohne viel Schnickschnack, sieht jedoch sehr gepflegt aus und scheint hervorragend in Schuss zu sein. Lass es dieses Boot sein, betet sie insgeheim, denn auch der Name, »Sternschnuppe«, gefällt ihr.

Jérôme kommt zurück und springt pfeifend auf den Bootssteg, nachdem er Julie im Vorübergehen kurz die Zunge herausgestreckt hat. Gerollt, versteht sich.

Julie antwortet ihm mit einer Grimasse, die ihm sagen soll, warte nur, eines Tages werde ich das auch hinkriegen.

»Es ist gerade erst vor einer Woche komplett durchgecheckt worden. Als hätten sie's gewusst, dass wir kommen«, ruft Jérôme ihr zu, während er das Seil vom Beiboot losknotet und ihr ein Zeichen macht, einzusteigen.

»Ist das unser Boot?«

»Nein, das ist nur das Raumschiff, das uns zur nächsten Sternschnuppe bringt.«

Erfreut lächelt Julie; Pauls Boot ist also tatsächlich die »Étoile filante«.

»Haben wir Schwimmwesten an Bord?«, fragt sie noch schnell.

»Wir haben sogar Signalraketen. Aber die werden wir nicht brauchen. Das Meer ist ruhig, du brauchst also keine Angst zu haben.«

»*Ich* habe keine Angst.«

»Lügnerin!«

Als sie auf der Höhe des Schiffs angekommen sind, zurrt Jérôme das Beiboot fest und reicht Julie die Hand, um ihr an Bord zu helfen. Das kleine Boot schwankt heftig, doch sie hält sich aufrecht, so gut es geht, während sie sich innerlich dafür verflucht, sich auf die Bootstour eingelassen zu haben. Aus dummem Stolz, wie lächerlich. Aber jetzt ist es für eine Umkehr zu spät, jetzt musst du dazu stehen, meine Liebe, das wird dich lehren, deine Klappe nicht so weit aufzureißen!

Jérôme dirigiert sie in den Steuerstand, wo er den Motor startet und dann das Schiff sicher aus dem Hafen zu manövrieren beginnt. Überrascht stellt sie fest, dass er sich dabei sehr geschickt anstellt, und gleich darauf bekommt sie auch die Erklärung dafür. Ohne dass sie nachfragen muss, beginnt Jérôme, ihr von den Ausfahrten mit seinem Vater zu erzählen, nachdem seine Mutter gestorben war. Er war damals gerade erst drei Jahre alt, und doch kann er sich daran erinnern, wie gut es ihnen damals tat, gemeinsam auf dem Meer zu sein. Weit weg von all jenen, die sich nicht vorstellen konnten, was für ein Einschnitt Paulines Tod in ihrem Leben war. Weg von all jenen, die darauf keine Rücksicht nahmen und meinten, die beiden müssten sich bloß am Riemen reißen. So klein er damals auch war, so hatte er doch in den Augen des Vaters mehr als einmal den verzweifelten Wunsch, diese unbändige Sehnsucht gesehen, ihr nachzufolgen. Nur ihm zuliebe hatte Paul sich schließlich dazu durchgerungen, weiterzuleben …

Auch Jérôme hat in den vergangenen Monaten gelegentlich eine große Todessehnsucht verspürt. Manchmal ist er dem letzten Schritt wirklich gefährlich nahe gewesen. Doch an diesem Nachmittag auf dem Motorboot spürt er in sich einen unverhofften Frieden. Er hat keine Ahnung, ob es an dieser jungen Frau liegt, an ihrem rührenden kleinen Jungen, an seinem inzwischen immer weniger Mitleid zeigenden, aber ihn dennoch liebenden Vater, oder an diesem ganzen bretonischen Abenteuer. Oder war es das tägliche Joggen am Strand? Die Jahrhundertschlappe, die er beim ersten Mal mit Julie erlitten hat und die das Ventil gewesen war für all seine unter Verschluss gehaltenen Gefühle? … Wie auch immer, er weiß gut, dass er aus dem tiefen Sumpf noch nicht heraus ist und es auch noch eine ganze Weile dauern wird, aber das Wichtigste ist, dass es endlich wieder aufwärtsgeht. Egal, in welcher Geschwindigkeit. Hauptsache, er ist irgendwann wieder obenauf. Und allein das zu ahnen, ist Balsam für seine Seele.

Ein paar Schiffe kommen ihnen entgegen, die auf dem Weg in den Hafen sind. Sie sind spät losgefahren, und da er mehr als nur eine kleine Schleife drehen will, werden sie wohl erst nachts zurückkommen. Doch Jérôme gefällt die Idee, inmitten der unendlichen Weite des Ozeans zu sein, irgendwo da draußen, vielleicht kurz den Motor auszuschalten und zum

Leuchtturm zu blicken, dessen Licht regelmäßig aufblinken wird, ein kleiner, schwach leuchtender Punkt in der Ferne, und um sie herum die immer tiefer werdende Dunkelheit …

Doch so weit sind sie noch nicht. Es ist ein sonniger Nachmittag, und der Himmel ist strahlend blau, während sie an der beeindruckenden Felsküste entlangfahren, um die Halbinsel Quiberon herum und dann geradeaus in den Golfe du Morbihan hinein, dessen Name auf Bretonisch »Kleines Meer« bedeutet. Jérôme macht Julie auf die Marienstatue Notre Dame de Kerdro an der Landspitze von Kerpenhir aufmerksam, die über die Schiffe wacht, welche die Meerenge passieren, und erzählt ihr die dazugehörige Legende. Es ist eine heikle Stelle, denn die Gezeitenströme sind hier sehr stark; gerade herrscht Flut in der Bucht, sehr bald schon wird sie den ganzen Golf füllen.

Zuerst die Wellen der Brandung, und jetzt dieses unglaubliche Binnenmeer mit seinen vielen Inseln: Julie ist einfach hin und weg. Sie liebt die Berge, aber das Meer erobert ihr Herz gerade im Sturm. Und Jérôme scheint sich hier perfekt auszukennen, was allerdings nicht weiter verwundert, wenn er wie sein Vater die Bretagne schon seit über dreißig Jahren kennt.

Sie verbringen eine ganze Weile zwischen den kleinen Inseln, sehen hinüber zu den kleinen einladenden Buchten, den netten Häusern direkt am Ufer, den bestellten Feldern, die mitten im Wasser zu liegen scheinen, bevor sie wieder umkehren in Richtung Quiberon.

Der Horizont beginnt sich bereits orangerot zu färben, während über ihnen der Himmel noch blau ist. Vor ihnen leuchtet ein erster Stern auf. Er kündigt die nächsten an, wie ein Späher die ihm bald nachfolgende, prächtig funkelnde Armee, die der Wetterdienst für diese Nacht versprochen hat.

Langsam wird es kühler. Jérôme holt Wollpullis und eine große Decke aus der Kajüte. Der Herbst kennt kein Erbarmen, auch wenn den größten Teil des Tages die Sonne geschienen hat.

»Wofür brauchen wir denn eine Decke?«, will Julie misstrauisch wissen.

»Na, falls wir einen verletzten Delfin an Bord holen müssen.«

»Machst du dich etwa gerade über mich lustig?«

»Gut erkannt.«

»Was hast du mit mir vor?«

»Eine ganze Menge.«

»Und was, zum Beispiel?«

»Zum Beispiel dich glauben zu machen, dass ich auf Doktorspiele aus bin.«

»Passen Sie auf, Herr Doktor, ich könnte spezielle Fachkenntnisse verlangen, die Sie vielleicht nicht beherrschen«, antwortet sie frech.

»Nur zu, ich bin gespannt«, antwortet Jérôme schmunzelnd.

Julie schüttelt entschieden den Kopf.

»Da kannst du lange warten. Ich habe nicht vor, mit dem Feuer zu spielen.«

»Du hast recht, das lassen wir besser«, stimmt Jérôme zu.

»Also, wozu brauchen wir die Decke?«

»Bei klarem Himmel kann man zwar wunderbar Sterne gucken, aber nachts herrscht auf dem Meer eine eisige Kälte.«

»Du willst mit mir Sterne gucken? Wir wollten nur ein paar Stunden raus aufs Meer und danach zurückfahren.«

»Das habe ich nicht behauptet.«

»Und was ist mit Lulu?«

»Lulu bringt meinem Vater gerade bei, wie der sich dagegen wehren kann, nicht kontinuierlich gegen einen Fratz von drei Jahren zu verlieren. Dazu brauchen die beiden sicher den ganzen Abend. Und danach sind sie so erschöpft, dass sie auf der Stelle einschlafen, ohne zu merken, dass wir noch nicht zurück sind.«

»Und wenn ich trotzdem vor Einbruch der Dunkelheit zurückwill?«

»Kannst du schwimmen?«

»Nein.«

»Wie?« Jérôme ist nun wirklich erstaunt. »Du kannst nicht schwimmen?«

»Nein, hab ich doch gesagt.«

»Ha!«, erwidert Jérôme mit einem breiten Grinsen. »Dann bist du mir ja komplett ausgeliefert!«

»Ich bin begeistert«, antwortet Julie spöttisch.

»Kennst du dich mit den Sternen aus?«

»Ich kenne den Großen Wagen.«

»Na, das ist immerhin schon ein Anfang.«

»Und wenn mir schlecht wird?«

»Och, damit füttern wir dann die Fische.«

»Na klasse!«, antwortet Julie trocken.

Doch Julie wird nicht seekrank, im Gegenteil, sie genießt die Tour. Während sie erst der Küstenlinie folgen und dann Kurs

Richtung Belle-Île-en-Mer nehmen, erklärt Jérôme ihr die Geografie der Bucht von Quiberon. Danach konzentriert er sich schweigend ganz aufs Steuern. Vielleicht ist er auch etwas verlegen. Und das, obwohl er gar keine Doktorspiele mit Julie spielen will. Dafür ist sie ihm viel zu jung. Und zu burschikos. Na ja, zumindest ist sie nicht sein Typ. Obwohl … ihre kleinen runden Brüste, die sich unter dem Rollkragenpulli abzeichnen, lassen ihn nicht so ganz gleichgültig …

»Jetzt guck mal wieder woanders hin.«

»Wie … wo gucke ich denn hin?«, stottert Jérôme, nun wirklich verlegen.

»Auf meinen Busen.«

»Ich gucke nicht auf deinen Busen!«

»Lügner.«

»Na gut, okay«, gibt er zu. »Aber da ist doch nichts Schlimmes dabei, oder?«

»Na ja, ich weiß nicht … Die Decke, die Sternennacht, ein junger Arzt, der nach eigenem Bekunden nichts gegen Doktorspiele hat … und dann schielt er auf meine Brüste. Da sollte sich jede Frau Sorgen machen.«

»Ich grapsche nicht! Dazu bin ich viel zu gut erzogen«, erklärt er, scheinbar beleidigt, bevor er mit einem Grinsen hinzufügt: »Es sei denn, du bestehst darauf. Dann könnte ich mich womöglich dazu durchringen.«

»Träum weiter, *baby*«, erwidert Julie feixend. »Aber eins muss man dir lassen: Reden kannst du gut. ›Mich durchringen‹, ›falls du darauf bestehst‹: Ich glaub's echt nicht! Normalerweise müssen Männer sich nicht dazu ›durchringen‹, ein Mädchen zu begrapschen.«

»Grapschen gehört nicht zu meiner Vorstellung von Liebe.«

»Zu meiner auch nicht.«

»Na, dann sind wir uns ja einig.«

»Scheint so. Und drum kannst du auch aufhören, auf meinen Busen zu starren.«

»Könnte ich, ja. Aber der wunderschöne Anblick verleiht mir einfach Energie.«

»Willste auch mal anfassen?«, fragt sie spöttisch.

»Nee, lass mal, zu gefährlich.«

»Es sind keine Granaten.«

»Trotzdem.«

»Bist du so ausgehungert oder was?«

»Könnte durchaus sein«, erwidert er bitter.

»Aber so lange ist es doch auch noch nicht her, das mit Irène.«

»Wir haben zuletzt nicht mehr miteinander geschlafen.«

»Wie? Gehört das nicht dazu, bei einem Ehepaar?«

»Ja, schon, wenn eine Ehe gut läuft. Aber meine Frau war krank. Schwer depressiv. Sie hat es nicht ertragen, dass man sie berührt. Sie hatte ein völlig gestörtes Verhältnis zu ihrem Körper. Dabei habe ich ihr immer gesagt, wie schön ich sie finde und wie sehr ich sie begehre. Doch sie konnte sich einfach selbst nicht ertragen.«

»Und du? Du hast das ertragen?«

»Hatte ich denn eine andere Wahl? Ich habe sie geliebt. Und man erträgt verdammt viel aus Liebe.«

»Und warum hast du sie geliebt?«

»Warum? Seit wann kann man Liebe erklären? Das wäre mir vollkommen neu.«

»Aber du hättest dieses Eheleben ohne Sex doch leid werden können.«

»Das ging schon irgendwie. Ich konnte sie deswegen doch nicht im Stich lassen.«

»Aber es fehlt dir schon.«

»Das weiß ich eigentlich selbst nicht so genau.«

»Aber ich weiß es: Sonst würdest du meine Brüste nicht so anstarren wie ein sabbernder Löwe einen fetten Brocken Fleisch.«

»Ich sabbere nicht!«, protestiert Jérôme und fährt instinktiv mit der Hand über sein Kinn.

»Doch, hier«, sagt Julie lächelnd und zeigt mit dem Finger auf seinen Mundwinkel.

»Du brauchst nicht alle Männer für notgeile Rüden zu halten. Das ist bei mir eindeutig nicht der Fall!«

»Sicher? Ich hab da so meine Zweifel«, meint Julie anzüglich, wird dann aber wieder ernst. »Seit wann ging es deiner Frau eigentlich so schlecht?«

»Sie hat schon an Schwermut gelitten, als ich sie kennengelernt habe … Vielleicht habe ich mich deshalb auch in sie verliebt. So konnte ich die Rolle des Retters spielen.«

»Und das hat nicht geklappt«, schlussfolgert Julie nüchtern.

»Warum, glaubst du, bin ich so mies drauf und will das alles vergessen? Ich fühle mich schuldig, weil ich nicht mehr für sie tun konnte.«

»Du bist nicht für ihren Tod verantwortlich, Jérôme. ›Hilf dir selbst, so hilft dir Gott‹, heißt es doch. Du kannst zwar jemandem die Hand reichen, der in einem tiefen Loch steckt, aber du kriegst ihn da nicht raus, wenn er nicht zugreift und selbst mithilft, um da wieder rauszukommen. Und wenn du dich zu sehr darüberbeugst, fällst du selbst mit rein. Und das ist auch keine Lösung. Dann seid ihr zwar zu zweit im Loch, aber retten kann euch keiner mehr.«

Jérôme sagt darauf kein Wort mehr. Und er hat Julie für ein dummes junges Gänschen in abgewetzten Jeans gehalten! Lange denkt er darüber nach, was sie gerade zu ihm gesagt hat.

Sie hat das gleiche Bild gebraucht, das er selbst vor ein paar Tagen verwendet hat, um Caroline zu beruhigen. Warum ist ihm die ganze Zeit nicht aufgegangen, dass man es sehr gut auch auf ihn und Irène anwenden konnte?

In der Zwischenzeit ist es dunkel geworden. Jérôme stellt die Bug-Scheinwerfer an. Die Lichter der Küste sind nicht mehr zu erkennen. Nur noch das Signal des Leuchtturms blinkt regelmäßig in der Ferne auf. Jérôme fährt noch ein Stück weiter aufs offene Meer, damit sein Schein sie nicht mehr stört, und macht dann Motor und Scheinwerfer aus. Julie schaudert es. Die plötzliche Finsternis und die Stille, die kaum von dem Klatschen der Wellen gegen den Schiffsrumpf durchbrochen wird, lassen sie frösteln.

»Bist du sicher, dass das nicht gefährlich ist?«, fragt sie kleinlaut und kommt ein bisschen näher.

»Das ist weniger gefährlich als eine Fahrt auf der Autobahn. Was soll hier schon passieren? Dass Moby Dick unser Boot rammt und zum Sinken bringt?«

»Ich ... ich weiß nicht. Ich hab einfach Angst.«

»Komm her«, sagt Jérôme darauf nur und nimmt sie in den Arm. »Ist es so besser?«

Sie verharren lange in der Umarmung, ohne dass einer der beiden sagen könnte, wer nun wen beschützt. Jérôme spürt eine Wärme, die bis tief in sein Innerstes dringt. Dieses Gefühl überrumpelt und verwirrt ihn. Und als ihn dann noch etwas überkommt, das wie eine ferne Erinnerung an die Arme seiner Mutter ist, kann er nicht mehr anders: Heiße Tränen laufen über seine Wangen.

»Hast du etwa Zwiebeln mit an Bord genommen?«, fragt Julie mit ernster Stimme.

»Du bist die verdammte Zwiebel!«, antwortet er lächelnd unter Tränen. »Hab ich's dir nicht schon mal gesagt? Du bringst die Männer zum Heulen.«

»Ich bringe *dich* zum Heulen, verallgemeinere das bitte nicht. Außerdem kann ich gar nichts dafür. Ich hatte Angst, daraufhin nimmst du mich in den Arm, und dann fängst du an zu weinen. Willst du mir bitte erklären, was ich dafürkann?«

»Du kannst gar nichts dafür. Und ich bin ein Idiot.«

»Weinst du deshalb? Weil du das plötzlich festgestellt hast?« Julie nickt bedächtig mit dem Kopf. »Das verstehe ich, das muss natürlich wehtun, wenn einem das plötzlich klar wird.«

»Ich hätte jetzt aber viel lieber gehört: ›Ach was, du bist kein Idiot!‹ Das hätte mich beruhigt.«

»Tut mir leid, ich bin da lieber ehrlich. Ich habe nämlich genau gespürt, für was für eine du mich gehalten hast, als ich vor zehn Tagen zu euch ins Auto gestiegen bin. Und auch noch die ganzen ersten Tage danach. Und darum bist du ein Idiot: weil du so etwas von mir gedacht hast!«

»Du hast ja recht, das ist wirklich unverzeihlich.« Zerknirscht sieht Jérôme sie an. »Gibt es Strafmilderung bei tätiger Reue?«

»Immer.«

»Dann würde ich dich gern mit etwas Schönem überraschen.«

»Na, dann versuch's.«

Jérôme verschwindet in der Kajüte und lässt Julie in nahezu völliger Finsternis allein auf Deck zurück. Wieder läuft ihr ein Schauder über den Rücken, weil ihr blöderweise erneut Moby Dick in den Sinn kommt. Doch schon taucht Jérôme mit zwei Luftmatratzen unterm Arm wieder auf. Er wirft die Matten aufs Deck.

»Au Backe!«, ruft Julie aus. »Jetzt kommt also der berühmte Moment mit der Decke.«

»Ich hoffe, du bist da empfänglicher als Irène. Es wird Zeit, dass ich den Frust loswerde, den ich seit Jahren mit mir rumtrage.«

»Jetzt krieg ich's aber wirklich mit der Angst zu tun … wovon redest du?«

»Von den Sternen.«

»Von den Sternen?!«

»Leg dich hin«, befiehlt er nur und zeigt auf die Matratzen.

Wortlos gehorcht Julie, ohne recht zu wissen, was sie erwartet. Aber sie kann ja ohnehin nicht fliehen. Und selbst wenn sie schwimmen könnte, wären sie viel zu weit draußen, und die Dunkelheit ist zudem viel zu gruselig. Auf dem Rücken liegend, hört sie ihn wieder in der Kajüte verschwinden und kurz darauf mit zwei weiteren dicken Pullovern sowie zwei Kissen zurückkommen, die etwas feucht sind und leicht salzig riechen. Er gibt ihr den schmaler geschnittenen Pulli zum Überziehen, legt sich dann an ihre Seite und zieht die Decke über sie.

»So, und jetzt schließen wir eine halbe Stunde lang die Augen.«

»Ist das die Überraschung?«

»Die kommt gleich danach. Dafür müssen wir erst mal völlige Schwärze im Hirn haben.«

Julie kichert.

»Du bist lustig, es ist doch jetzt schon schwärzer als schwarz! Ich komme mir wie ein Zäpfchen im Hintern vor.«

»Wie vornehm du dich doch ausdrücken kannst, Julie.«

»Ich versuche nur, dir gerecht zu werden.«

»Du willst mich jetzt also auch noch als Arschloch behandeln?«

»Ich rede von deinem Beruf, von der Medizin.«

»Ah, so meinst du das. Aber jetzt genieß die Stille. Und halt vor allem die Augen geschlossen.«

Eine halbe Ewigkeit liegen sie so nebeneinander. Ungeduldig wie ein kleines Mädchen vor der Bescherung, fragt Julie immer wieder, ob sie endlich die Augen aufmachen darf, doch Jérôme antwortet jedes Mal, es gäbe keinen Grund zur Eile, und lässt sie weiter schmoren.

Erst nach etwa vierzig Minuten bekommt sie endlich die Erlaubnis, sie aufzumachen, unter der Bedingung, nur hinauf zum Himmel zu schauen und nirgendwohin sonst. Julie wendet zwar noch ein, woanders sei es doch auch nur schwarz, aber Jérôme erklärt kategorisch, die einzige Chance, sich von seiner Überraschung packen zu lassen, sei, direkt nach oben zu schauen.

Und Jérôme hat nicht zu viel versprochen: Als sie vorsichtig die Augen öffnet, ist es, als würde vor ihr ein Theatervorhang aufgehen, während im Zuschauersaal völlige Dunkelheit herrscht. Julie betritt die dritte Dimension. Wenn nicht gar die vierte. Höhe, Breite, Tiefe: Vor sich hat sie die Unendlichkeit des Universums – und es schenkt ihr tiefen Seelenfrieden.

Es ist ein großartiges, ganz und gar berauschendes Schauspiel, die schiere Menge der Sterne unfassbar. Kleine, große, helle, weniger helle, farbige, weniger farbige, nähere und welche weiter weg: Julie befindet sich nicht mehr auf dem Deck eines Motorboots, das auf dem Atlantischen Ozean treibt, nein, sie ist mitten im All. Noch nie hatte sie die Gelegenheit, die Sterne unter solchen Bedingungen zu betrachten. Was für eine grandiose Überraschung …

»Fangen wir mit dem an, den du kennst. Findest du den Großen Wagen?«, sagt Jérôme nach einer Weile leise.

»Da ist er«, flüstert Julie andächtig und zeigt mit dem Finger nach oben.

»Und weißt du auch, wie man vom Großen Wagen aus den Polarstern findet?«

»Hm, nein, das weiß ich nicht.«

»Okay. Also, nimm dafür die hintere Kante des Wagens;

verlängerst du diesen Abstand um das Fünffache, hast du den Polarstern gefunden. Er ist gleichzeitig auch das Deichselende des Kleinen Wagens.«

»Ist der Polarstern und der Abendstern derselbe?«

»Nein, die beiden haben nichts miteinander zu tun. Der Polarstern liegt ziemlich genau auf dem Himmelsnordpol, deshalb ist er immer an derselben Stelle zu finden, zumindest, wenn man ihn auf der nördlichen Hemisphäre betrachtet. Alle anderen Sterne wandern um den Polarstern herum. Darum dient er auch als Orientierungspunkt für die Astronomen.«

»Und der Abendstern?«

»Der ist eigentlich kein Stern, sondern ein Planet namens Venus. Man nennt ihn Abendstern, weil er kurz vor Sonnenuntergang auftaucht. Und manche sagen auch Morgenstern zu ihm, weil er kurz nach Sonnenaufgang wieder verschwindet. Neben Sonne und Mond ist er das hellste Gestirn am Himmel. Geübte Astronomen beobachten ihn sogar manchmal noch am helllichten Tag.«

»Und er hat die Heiligen Drei Könige geleitet, oder?«

»Nein, das ist ein weit verbreiteter Irrglaube. Man weiß bis heute nicht, welcher Himmelserscheinung die Heiligen Drei Könige gefolgt sind, ob einem Kometen oder irgendeiner Konjunktion von Planeten.«

»Na ja, ist auch egal, ich glaub da ja sowieso nicht dran …«

»Man muss nicht dran glauben, aber man kann sich trotzdem für die Mythen und Legenden interessieren, die sich um die Sterne ranken. Der Abendstern zum Beispiel ist nach Venus, der römischen Göttin der Liebe und Schönheit benannt. Und die Griechen bezogen den Planeten auf ihre schöne Göttin Aphrodite. Darauf basierend sind dann viele Begriffe entstanden, die mit Liebe oder Fleischeslust verbunden werden; du weißt sicher, wo der Venushügel liegt, nicht wahr? Das astronomische Symbol des Planeten ist im Übrigen die stilisierte Darstellung des Handspiegels der Göttin Venus. Und das steht ja auch generell für die Weiblichkeit und in der Biologie für das weibliche Geschlecht.«

»Männer sind vom Mars, Frauen von der Venus.«

»Das Buch kenn ich auch, ist ein bisschen arg vereinfacht, meiner Meinung nach … Aber jetzt schau, da, unterhalb vom Polarstern, genau da hast du Kassiopeia … in der Form eines W, eine sehr stark leuchtende Konstellation.«

»Was ist eigentlich eine Konstellation?«

»Eine Konstellation ist eine bestimmte, scheinbare Stellung von Himmelskörpern, ein Gebilde wie der Große oder der Kleine Wagen zum Beispiel. Und schau, da drüben ist …«

Danach zeigt Jérôme Julie noch Uranus und Neptun und erklärt, dass auch Saturn bald auftauchen müsse. Julie bewundert seine Kenntnisse. Das Firmament ist ihr bisher undurchdringlich erschienen. Doch ihr wird auch langsam kalt. Vorsichtig rückt sie etwas näher an Jérôme heran, der jetzt verstummt ist und völlig in den Sternen aufzugehen scheint, den Blick in die Ferne verloren.

Und Julie weiß, an wen er nun denkt …

Mein Leben ist echt verrückt geworden.

Meinen Sohn habe ich in der Obhut von jemandem gelassen, den ich gerade mal drei Wochen kenne, während ich selbst mit einem Mann auf dem Deck eines Boots liege, und das in einem Zehn-Milliarden-Sterne-Hotel mitten im Nirgendwo.

Was für ein Luxus! Und das alles, ohne zu wissen, ob besagter Mann vorhat, sich im nächsten Moment auf mich zu werfen – oder ob er lediglich, wie er behauptet, seine Leidenschaft fürs Sternegucken mit mir teilen will.

Bloß Sterne gucken: Das wäre ja mal was ganz anderes und könnte mich glatt mit der Menschheit versöhnen. Besonders mit dem männlichen Teil davon. Sollte es das wirklich geben: Männer, die einer solchen Selbstkontrolle fähig sind?

Für den Augenblick liege ich jedenfalls einfach nur in seinem Arm. Er scheint eingeschlafen zu sein. Vorhin sind ihm wieder die Tränen gekommen. Männer scheinen echt mehr Schalen zu haben als Zwiebeln. Na ja, oder er hat einfach eine ordentliche Last abzuladen. Aber warum nicht? Die paar salzigen Tropfen mehr oder weniger ändern auch nichts am Aussehen der Welt.

An seinem eigenen schon, denn morgen früh wird er ganz schön verquollene Augen haben; aber dafür wird er in den kommenden Tagen sicher noch lockerer werden, nachdem nun wieder etwas Druck raus ist. Ich glaube immer mehr, dass das meine Mission hier ist: ihn von all den vielen Schalen zu befreien, bis zum Innersten. Nun denn, so bin ich hier wenigstens zu etwas nütze.

Nur leider wird das alles nichts an meinem eigenen Leben ändern. Gerade habe ich den Kopf in den Sternen und erlebe seit knapp drei Wochen einen irren Wachtraum, doch was kommt dann? Dann werde ich wieder in meinen Alltagstrott zurückkehren, zu meiner Kasse, den Kollegen, dem Kotzbrocken von Chasson, den überlangen Arbeitszeiten und der täglichen Zitterpartie, wenn ich mein Auto starte. Wen wird dann das alles hier noch interessieren?

Die ersten Lichtschimmer des Tages färben den dunklen Himmel schon ein klein wenig blau, als Julie die Augen aufschlägt. Ein paar letzte Sterne bringen ihr die Erinnerung an das nächtliche Schauspiel augenblicklich wieder zurück. Über ihr blinkt die Venus. Das Meer ist vollkommen ruhig, und das Boot schaukelt nur ganz leicht.

Eng an sie geschmiegt, liegt Jérôme neben ihr. Sein Atem geht ganz gleichmäßig. Sie halten sich fest umschlungen, und ihre Körper verströmen die gleiche Wärme wie ein Hund, der sich vor einem Ofen zusammengerollt hat. Den gleichen Geruch hoffentlich nicht. Obwohl … dieser Geruch, wenn ein Hund sich morgens beim Aufwachen streckt … den mag sie sehr. Sie hat es noch niemandem erzählt, um nicht für gaga gehalten zu werden, aber sie mag den Geruch von warmem Hund, er ist ihr sogar lieber als manch frischer Blumenduft. Aber Achtung, nur warm, nicht nass! Julie schnuppert kurz, und, o ja, auch ihrer beider Körperwärme riecht gut unter dieser Wolldecke und dem allmählich verblassenden Sternenzelt.

Ein paar Stunden zuvor, in der Tiefe der Nacht, gab es da diese Hand, die sich unter ihren Pulli getastet hatte. Eine Hand, die ganz langsam und sanft zu ihrem rechten Busen hochwanderte und dann dessen Rundung erkundete, in einer ganz leichten, zarten Streichelbewegung. Danach ist dieselbe Hand wieder hinuntergewandert, hat sich mutig bis in ihre Jeans gewagt, unter ihren Baumwollslip, um sich dort dann vorsichtig auf ihrem Venushügel niederzulassen. Lange, sehr lange hat sie dort verweilt, eine Stunde vielleicht, so, als wollte sie sich seine Form einprägen, seine besondere Wärme, seinen Duft und seine Feuchtigkeit ganz in sich aufnehmen.

Julie hat kein Wort gesagt. Denn in seinen Gesten lag nichts anderes als Zärtlichkeit. Und wohl auch die tiefe Sehnsucht, den weiblichen Körper neu zu entdecken, für sich selbst dessen Galaxie im Geiste nachzuzeichnen, um bei der nächsten intergalaktischen Begegnung nicht allzu verloren dazustehen, selbst wenn es dafür noch keinen festen Zeitpunkt gab. Eine solche Sanftheit hat sie noch nie zuvor erlebt, und darum hat sie ihn gewähren lassen. Warum auch eine Hand wegstoßen, die sie so leicht und behutsam berührte, wie man das Blatt einer Mohnblüte nur ganz zart mit dem Finger streift, um sie bloß nicht zu zerreißen? Warum hätte sie diesen wertvollen Moment einer vorsichtigen Erkundung unterbrechen sollen, die so aufrichtig war … wenn nicht sogar lebenswichtig? Ja, sie hat ihn machen lassen. Und es hat ihr gefallen, wie die Hand zart auf ihr lag. Zart, unendlich zart …

Jérôme beginnt sich zu regen. Julie reagiert nicht, sie geht noch einmal ganz in diesem Moment auf, denkt an nichts anderes als an die vergangenen Stunden auf dem Motorboot, das

Plätschern der Wellen und die Sterne hoch über ihr, die nun nach und nach am Himmel verblassen und die dennoch immer da sind. So wie ihr Lulu. Auch er ist immer da. Bestimmt wartet er schon auf sie. Und hoffentlich hat er keine Angst bekommen …

Und darum rührt sie sich nun doch und flüstert Jérôme zu, dass sie gerne zurückfahren würde. Gähnend steht er auf, dehnt sich und reckt die Arme zum Himmel. Bevor er jedoch zum Steuerstand geht und den Motor startet, beugt er sich noch einmal zu Julie hinunter und gibt ihr einen zärtlichen Kuss auf die Stirn.

»Es braucht so wenig zum Glücklichsein. Danke, Julie … vielen Dank«, raunt er ihr leise ins Ohr.

Die Rückkehr verläuft schweigsam, denn beide brauchen Zeit, um aus dieser wundersamen Nacht ganz emporzutauchen. Aus der gemeinsamen Wärme. Aus dieser großen Zärtlichkeit, die ihnen beiden so unendlich gutgetan und ihre Sehnsucht etwas gestillt hat. Seine Sehnsucht, eine Frau zu liebkosen. Und ihre, dass ein Mann sich ihr mit so großer Behutsamkeit nähert.

Als die beiden zwei Stunden später Pauls kleines Ferienhaus betreten, kriegt Lulu ihr Kommen erst gar nicht mit. Mit einer Plastikschubkarre rennt er durch den Flur, ruft dabei: »Warte, warte auf mich!« und verschwindet im Wohnzimmer.

Verwundert schaut Julie ihm hinterher.

»Wer soll auf ihn warten?«

Paul lehnt im Türrahmen der Küche und lacht.

»Seine Schubkarre«, antwortet er mit einem Augenzwinkern. »Sie rennt ihm immer davon.«

Im selben Moment kommt der Kleine auch schon wieder aus dem Wohnzimmer gesaust und bemerkt nun endlich auch seine Mutter, die ihm dann doch lieber ist als die Schubkarre, welche er kurzerhand in die Ecke pfeffert, um seiner Maman in die Arme zu springen und sie mit seinen Patschhändchen fest zu umarmen.

»Wo warst du, Maman?«

»Im Sternenhimmel«, antwortet Julie lächelnd.

»Echt?«

»Echt!«, sagt sie und öffnet ihre Handfläche. »Und ich hab dir auch was mitgebracht. Schau mal, in meiner Hand hab ich noch ein bisschen Sternenstaub. Siehst du ihn?«

»O ja!«, erwidert der Kleine, pustet ihn dann aber gleich weg, damit seine Maman ihn mit beiden Händen fest umarmen kann.

»Und wie geht's dir, mein Schatz?«

»Gestern Abend hat Paul endlich mal gewonnen.«

»So, hat er das? Hast du ihn etwa gewinnen lassen?«

»Na klar!«

»He!«, protestiert Paul. »Ich hab verdient gewonnen! So ganz verkalkt bin ich nämlich auch noch nicht. Ich mache Fortschritte!«

»Und er hat Nutella gegessen.«

»Jetzt aber pscht!«, schilt Paul den Kleinen. »Du hast mir versprochen, dass du ihnen nicht alles verrätst!«

»Hör nicht auf meinen Vater, Lulu. Was hat er denn noch gemacht, was wir nicht wissen dürfen?«, fragt Jérôme amüsiert.

Doch er bekommt keine Antwort, der Kleine lässt ihn einfach stehen und läuft aus dem Raum.

»Ist ja gut, hab schon kapiert!«, ruft Jérôme ihm gekränkt hinterher.

Julie legt ihm beruhigend eine Hand auf die Schulter.

»Die Gunst meines Sohnes muss man sich erst verdienen.«

»Wie die Mutter, so der Sohn«, brummt Jérôme.

»Wieso?« In Julies Augen blitzt der Schalk. »Genügt dir das nicht, was wir heute Nacht gemacht haben?«

»Was habt ihr beiden denn gemacht?«, mischt sich Paul neugierig ein.

»Sterne geguckt«, beeilt sich sein Sohn zu antworten.

»Und? Gab's viele?«, fragt Paul argwöhnisch.

»Es war einfach fantastisch. Die Nacht war klar genug, um ... um einen neuen Stern zu entdecken.«

»Welchen denn?«

»Keine Ahnung, wie er heißt. Aber er hat sehr hell gestrahlt«, erklärt Jérôme und zwinkert Julie vielsagend zu – die zurücklächelt, ohne ein weiteres Wort zu sagen.

Mit einem Stirnrunzeln sieht Paul Julie an, dann Jérôme, und dann wieder Julie.

»Ihr verheimlicht mir doch was, oder?«

»Nein, wir führen dich nur ein bisschen an der Nase herum«, erwidert Jérôme lachend, »und du lässt dich glatt vorführen wie ein Tanzbär, trotz deinem Wanst und deinen wackeligen Knien ...«

»Na warte! Dir werd ich's zeigen!«, ruft da Paul, baut sich vor ihm auf und boxt ihn gegen die Schulter. Ehe er sich's versieht, hat Jérôme ihn allerdings in den Schwitzkasten genommen und vor sich her ins große Schlafzimmer geschoben, wo er ihn kurzerhand auf das Doppelbett wirft. Vater und Sohn balgen sich unter Gelächter, bis Lulu, angezogen von dem Lärm, hereinstürmt, sich auf die beiden Männer schmeißt und so gut er kann mal den einen, mal den anderen knufft.

Amüsiert schaut Julie eine Weile zu, dann aber kann sie nicht mehr anders und stürzt sich mit einem fröhlichen »Jetzt komm ich!« ebenfalls in dieses Knäuel aus guter Laune, das zappelt wie ein Haufen ineinander verschlungener Regenwürmer. Während sie versucht, Lulu so gut wie möglich zu beschützen, der seine ganze Energie aufs Kämpfen verwendet, aber nicht darauf achtet, den vielen Gliedmaßen auszuweichen, wird ihr plötzlich bewusst, wie sehr ihr Sohn einen Vater vermissen muss, an dem er sich gelegentlich reiben kann.

Die Kräfte aller lassen jedoch bald nach, und obwohl keiner etwas abbekommen hat, tut ihnen allen der Bauch weh – von all dem Gekicher und Gelächter.

Paul arbeitet sich schließlich aus dem Gewusel heraus, um das Mittagessen vorzubereiten. Eigentlich wäre ja sein Sohn an der Reihe, aber ihm beginnt das Kochen langsam Spaß zu machen. Es ist wirklich nicht zu fassen: Über dreißig Jahre lang hat er keinen Kochtopf angerührt, und nun hat es ihn hier am Meer auf einmal gepackt, und er will's wissen, nachdem ein junges Mädchen, das nicht mal eine Kreditkarte besitzt, selbstbewusst gleiches Recht und gleiche Pflichten für alle eingefordert hat.

Jérôme lässt sich auf den Rücken fallen und stößt einen lauten Seufzer aus. Und Lulu? Mit einem Jubelschrei springt der

Dreijährige triumphierend ein letztes Mal auf ihn drauf, was dem jungen Arzt kurz den Atem raubt. Von den beiden unbemerkt, erhebt sich Julie und verlässt leise den Raum. Ihr kleiner Schatz wird den Älteren schon hochziehen. Hoch und, wer weiß, vielleicht sogar noch etwas mehr aus dessen Sumpf heraus.

»Kann ich dir helfen?«

Paul fährt herum und starrt Julie verblüfft an. Am liebsten würde er sich jetzt in den Arm kneifen oder gar mit dem scharfen Messer piksen, das er in der Hand hält, nur um sicherzugehen, dass er gerade nicht träumt. Stattdessen fängt er an zu schniefen.

»Nicht dass du denkst, das liegt an den Zwiebeln«, sagt er und schluckt, »ich bin nur gerührt, dass du mich endlich duzt!«

»Alles kommt zu dem, der warten kann«, erwidert Julie trocken.

Lächelnd blinzelt Paul eine Träne weg.

»Haben dir das die Sterne eingeflüstert?«

»Die Sterne und ein paar andere Dinge.«

»Das freut mich, Julie … Das freut mich sehr.«

Schnell beugt sich Paul wieder über sein Schneidebrett, um sich weiter mit den Zwiebeln abzuquälen. Wie ein Cowboy in der staubigen Prärie, die Lider zusammengekniffen, liefert er sich mit dem Gemüse ein Duell. Nein, er wird nicht weinen. Diesmal nicht. Am Ende denkt sie noch, er heule wirklich wegen des Duzens.

Doch es hilft nichts: Die Tränen fließen.

Verdammte Zwiebeln!

Julie sieht Paul nach, wie er mit nassen Augen hinauseilt und im Vorbeilaufen das Geschirrtuch von der Herdstange zieht.

Gerührt lächelt sie in sich hinein, während sie zum Messer greift, um die Zwiebeln fertig zu schneiden.

Ein paar Augenblicke später ist Paul wieder zurück. Während er auf der Terrasse tief Luft geholt hat, hat er Jérôme hinterhergesehen, der sich pfeifend auf den Weg zum Strand gemacht hat, mit Lulu auf den Schultern, einer Schaufel in der Rechten und einem Eimerchen in der Linken. Auch heute scheint wieder die Sonne. Sie haben wirklich richtiges Ferienwetter.

»Habt ihr miteinander geschlafen?«, fragt Paul rundheraus, als er die Küche betritt.

»Warum willst du das wissen?«

»Weil … Es ist mir wichtig.«

»Nein, haben wir nicht.«

»Ihr beide wirkt aber irgendwie anders als gestern. Wie eine verschworene Gemeinschaft.«

»Wir hatten einfach ein paar sehr schöne Stunden zusammen.«

»Und er hat dich nicht angerührt?«

»Doch, hat er.«

»Aber ihr habt nicht miteinander geschlafen.«

»Nein, haben wir nicht.«

»Und was habt ihr dann gemacht?«

»Ich hab ihm ein bisschen Nachhilfe in Geografie gegeben.«

»Kannst du mir das bitte etwas genauer erklären?«

»Nein, kann ich nicht.«

Paul seufzt resigniert. »Okay …«

»Ich glaube, er brauchte einfach mal wieder ein bisschen Zärtlichkeit. Er wird es dir erzählen, wenn ihm danach ist. Mir hat er jedenfalls die Sterne erklärt und mich damit ganz verzaubert.«

»Das denke ich mir. Bei seiner Begeisterung dafür hat er dich sicher mitgerissen.«

Julie nickt, und ein sanftes Lächeln umspielt ihre Lippen.

»Wann fahren wir eigentlich wieder zurück?«, fragt sie dann mit beklommener Stimme.

»Am Wochenende. Ich habe Montag früh einen Geschäftstermin. Ganz bin ich aus der Firma nämlich noch nicht ausgestiegen. Und Jérôme muss Montag ja auch wieder arbeiten.«

»Voilà: Das war's dann, auf Nimmerwiedersehen, Bretagne«, entfährt es Julie.

Verständnislos schaut Paul sie an.

»Aber warum denn? Wir können doch bald wieder herfahren …«

Julie hört ihm jedoch gar nicht zu.

»Ein jeder kriecht jetzt wieder in seine Höhle zurück, in sein kleines Leben, und alles ist wieder wie vorher«, murmelt sie trübsinnig.

Da packt Paul sie mit einer Hand an der Schulter und hebt mit der anderen ihr Kinn.

»Nein, ist es nicht, Julie. Wir werden uns weiter treffen, du, ich und Jérôme. Wir wohnen schließlich gar nicht weit voneinander entfernt!«

Julie sieht ihn mit großen Augen an und seufzt erleichtert auf.

»Wenn du das sagst … Wofür sind die Zwiebeln eigentlich?«

»Für einen Elsässer Zwiebelkuchen. Man braucht dafür ein ganzes Kilo.«

»Bist du etwa ein kleiner Masochist?«

»Ehrlich gesagt hab ich von vornherein auf deine Hilfe gezählt«, erwidert Paul mit einem breiten Grinsen.

Ich bin so verdammt traurig, wieder heimfahren zu müssen …

Die vier Tage, die ihnen bis zur Rückfahrt bleiben, vergehen in schwindelerregender, erschreckender, ja geradezu unverschämter Schnelligkeit. Die drei Erwachsenen und das Kind fühlen sich inzwischen fast wie eine Familie, nur dass es bei ihnen kein Elternpaar gibt, dafür aber eine ständig tiefer werdende, ganz natürliche Verbundenheit.

Es gibt noch immer Momente, da sitzt Jérôme allein am Strand, den Blick aufs Meer gerichtet, und grübelt, ringt mit sich, arbeitet sich aus dem Loch an die Oberfläche, die noch weit weg, aber doch allmählich in Sichtweite ist. Das Kommen und Gehen der Wellen hilft ihm dabei und besänftigt ihn, bringt ihn auf den Gedanken, dass er vielleicht wie eine der Muscheln ist, die von der Brandung erfasst und dann schonungslos an Land gespült werden; manche von ihnen werden dabei tief im Sand vergraben, verlieren eine Hälfte, werden angeschlagen oder zerbrechen gar in tausend Splitter; einige wenige kommen aber auch völlig unbeschadet mitten auf dem Strand zu liegen, so, als hätten ihnen die Gezeiten nichts anhaben können. Ja, denkt der Arzt, das wäre ein schönes Ziel, wenn die nächste Welle in meinem Leben kommt: oben zu bleiben, ganz und gar unversehrt …

So schwer er es in diesen Momenten noch immer hat, so kostbar werden sie, wenn Julie zu ihm kommt, wortlos seine Hand nimmt oder sich zwischen seine aufgestellten Beine setzt, um diese Hundewärme wiederzufinden, die ihnen in der Sternennacht auf dem Boot so viel Geborgenheit vermittelt hat.

Dann wiederum gibt es aber auch immer öfter solche Momente, in denen Jérôme offen und richtig guter Laune ist, mit Lulu spielt und seinem Vater sogar beim Kochen hilft. So unbekümmert und ausgelassen tanzen wie Balu kann er zwar noch nicht gerade, aber weit davon entfernt ist er auch nicht mehr.

Paul selbst ertappt sich in diesen Tagen immer wieder mal dabei, dass er Julie beobachtet und sich fragt, wie sie es eigentlich anstellt, dass sie ihnen so guttut. Im Grunde genommen hat sie nichts Außergewöhnliches an sich, zumindest nicht mehr als andere Menschen auch … Na ja, bis auf dieses innere Leuchten, das wie die Morgensonne durch den Schlitz eines Fensterladens in sein Innerstes zu dringen scheint. Sie haben also einen Stern entdeckt, sein Sohn und er. Und darum ist er furchtbar froh über sein Bauchgefühl damals, als er in ihrem Supermarkt die Tiefkühlpizza und das Bier gekauft und sie angesprochen hat. Froh, dass er sie erst ins Restaurant und dann in die Bretagne eingeladen hat. Und ganz besonders froh, dass sie Jérôme helfen konnte, etwas von der Last loszuwerden, die ihn am Grund seines Sumpfs festgehalten hat. Ja, wenn er es sich recht überlegt, dann ist er sogar froh, dass er im Memory und im Kochen so viel besser geworden ist! Kurzum, Paul ist einfach nur froh. Und fast ist er Marlène sogar dankbar, dass sie ihn verlassen hat. Obwohl … nicht nur fast: Er ist ihr wirklich dankbar dafür.

Julie und Lulu verbringen die meiste Zeit am Wasser, zwar in dicke Pullis eingemummelt, aber nach wie vor bei strahlendem Sonnenschein. Wenn sie könnten, würden sie den Strand ins Auto packen und mit nach Hause nehmen. Aber die Wellen und der Sand passen nur in den Koffer ihrer Erinnerung, und darum versuchen sie, noch einmal alles in sich aufzunehmen, den salzigen Geruch des Meeres, das Plätschern des Wassers, das Geschrei der Möwen, das Licht der untergehenden Sonne.

Und dann müssen leider die Koffer gepackt werden. Paul hat Julie einen großen knallroten Lackkoffer gekauft, in dem sie sowohl ihre alten Sachen unterbringen kann als auch die neuen Kleidungsstücke, die er ihr gekauft hat und die nach all dem guten Essen nun wie angegossen passen.

Julie packt ohne große Lust. Wenn es nach ihr ginge, würde sie für immer hierbleiben. Lulu würde hier in der freien Natur weitaus mehr lernen als in seinem Kindergarten. Aber das Leben will es nun mal anders. Sie muss arbeiten, um die Miete und das Essen bezahlen zu können, und vielleicht noch ein paar kleine Vergnügungen, falls dafür am Monatsende noch etwas übrig bleibt. Während sie Lulus Spielzeug wieder in die Tüte stopft, kommt es ihr mehr denn je so vor, als sei sie unter keinem guten Stern geboren worden. Sie hat sich dieses Schicksal nicht ausgesucht, diese ewige Plackerei und dieses Gefühl, dass man dem Glück hinterherrennt wie einem längst abgefahrenen Bus … Und auf einmal kann sie nicht mehr anders, sie sackt auf ihren Koffer und lässt ihren Tränen freien Lauf.

Im selben Moment klopft es leise an die Tür, und Paul kommt herein. Er hat nebenan in der Küche den Kühlschrank ausgesteckt und dabei den merkwürdigen Eindruck gehabt, dass es im Haus urplötzlich dunkler geworden ist. Als er das Häufchen Elend sieht, packt er es an den Schultern und zieht es hoch in seine Arme.

»Du hörst jetzt sofort auf zu weinen«, schilt er die junge Frau zärtlich. »Dafür gibt es wirklich keinen Grund.«

So leicht ist Julie jedoch nicht mehr zu trösten.

»Ich … ich hab einfach keine Lust, in mein früheres Leben zurückzukehren.«

»Das musst du ja auch nicht. Vergiss nicht, wir gehören jetzt zu deinem Leben. Für mich ist das jedenfalls so. Es gab eine Zeit vor dir, und eines Tages gibt es vielleicht auch eine nach dir. Aber jetzt bist du da und gehörst zu meinem Leben. Und das ist alles, was gerade zählt.«

»Du … du redest, als wolltest du mir eine Liebeserklärung machen.«

»Das *ist* eine, Julie! Ich hab dich in mein Herz geschlossen, auch wenn das vielleicht nicht das ist, was man gemeinhin Liebe nennt … darüber bin ich hinaus.«

»Gibt es denn etwas über die Liebe hinaus?«

»Dich gibt's, mein Mädchen!«

»Große Worte.«

»Große Worte für große Heilkünste.«

»Ich hab niemanden geheilt.«

»Nein, aber du bist ein wundervoller Balsam für unsere Seelen, so eine Allheilsalbe, wie man sie auf die Haut schmiert, damit die Wunden besser vernarben.«

»Und wenn die Wunden einmal verheilt sind, Jérômes und deine?«

»Die Wunden, die einem das Leben zufügt, heilen niemals voll und ganz, Julie. So ist das Leben nun mal. Man schneidet sich, schrammt sich die Haut auf, verstaucht oder verrenkt sich die Seele – und ist einfach unsäglich froh, wenn man dafür einen lindernden Balsam gefunden hat.«

»Und noch dazu bin ich garantiert parabenfrei. Habt ihr ein Glück!«

Zärtlich schaut Paul sie an und drückt sie dann noch etwas fester an sich.

»He, pass auf, du drückst zu sehr auf die Tube, da kommt gleich der ganze Balsam raus!«

Lachend lässt Paul Julie los.

»So, jetzt pack deinen Koffer fertig, statt weiter so ’nen Unsinn zu reden. Wir müssen noch bei der Bäckerei vorbei. Annette hat vorhin angerufen. Sie hat uns ein Fresspaket für die Fahrt und noch eins für dich zu Hause gepackt, sodass du auch im Elsass noch ein paar Gramm zunehmen kannst dank ihrer guten bretonischen Butter.«

Mir graut davor, gleich ins Auto steigen zu müssen. Zum Glück fahren wir die Nacht durch, sodass ich hoffentlich schlafen kann und nicht so genau mitbekomme, wie der Abstand zu meinem grauen Alltagsleben mit jedem Kilometer schrumpft.

Was gäbe ich drum, hierbleiben zu können.

Was gäbe ich drum, eine Sandburg zu sein.

Oder einfach nur ein Häufchen Sand.

Eine Möwe.

Das Meer.

Oder eine Welle.

Ja, zu gern wäre ich eine Welle, die schäumend ans Ufer rollt.

Oder aber der Strand – und sehnsüchtig darauf warten, dass die Wellen zu mir kommen und mich voller Leidenschaft oder Sanftheit liebkosen.

Am frühen Abend haben sie mit einem wehmütigen Gefühl die Fensterläden zugeklappt, die nun monatelang geschlossen bleiben werden, haben den Schlüssel umgedreht, ihn in dem kleinen Futtertrog hinter dem Haus versteckt und sind nach einem letzten Blick auf ihren Strand losgefahren.

Paul hatte sich mittags ein paar Stunden hingelegt, um ein bisschen vorzuschlafen und ausgeruht zu sein, und Jérôme ist das ganze erste Stück gefahren. Doch vor zwei Stunden hat er das Steuer seinem Vater übergeben und ist nun ebenfalls eingenickt, so wie hinten Lulu und Julie.

Inzwischen ist es vier Uhr morgens. Ein Blick in den Innenspiegel zeigt Paul den Kleinen, der mit friedlicher Miene seinen Beba an sich drückt. Schon vor Stunden ist er tief in nächtliche Traumländer entrückt, eingelullt vom gleichmäßigen Motorgeräusch, Julie hingegen musste erst ein paar Schluchzer unterdrücken, bevor sie ebenfalls eingeschlafen ist.

Paul ist gut gelaunt. Er ist nicht traurig. Denn in seinem Innersten weiß er, dass die Rückkehr aus der Bretagne nicht das

Ende, sondern der Anfang ihrer gemeinsamen Geschichte ist, und freut sich schon auf deren Fortsetzung daheim.

Paul fährt gerne nachts, wenn im Wagen und draußen alles ruhig ist. Selbst das Wetter ist perfekt; ein paar funkelnde Sterne am Himmel weisen darauf hin, dass am Morgen die Felder mit herbstlichem Reif überzogen sein werden. Auf der Autobahn herrscht wenig Verkehr. Nur vereinzelte rote Rücklichter in der Ferne oder ein paar Scheinwerfer, die einem auf den Gegenfahrbahnen entgegenkommen. Gerade hat er die Ausfahrt Sarre-Union passiert.

Jetzt ist es nicht mehr weit.

Bald sind sie zu Hause.

Doch dann … doch dann ist da dieser Wagen weit vor ihm, Abblendlichter, die geradewegs auf ihn zukommen, gefährlich hin und her schlingern, sich in rasendem Tempo nähern. Mit Entsetzen begreift Paul, dass der Wagen nicht auf der anderen Seite der Leitplanke fährt, sondern auf der eigenen Fahrbahn, direkt vor ihm. Er kann nur noch versuchen auszuweichen, indem er das Steuer herumreißt …

Der Zusammenstoß ist heftig.

Ich fühle mich leicht. Leicht, als wäre ich eine mit Watte ausgestopfte Flickenpuppe. Alles ist licht und hell um mich herum. Die Sonne scheint, und ich fliege über das Meer. Ja, ich schwebe, wie auf einer Wolke. Unter mir rollen die Wellen an den Strand, und ich sehe unser kleines Haus und sogar den Küstenpfad, auf dem Jérôme und ich entlanggejoggt sind. Und ich sehe Lulu: Mein Kleiner sitzt in den Dünen und füllt unablässig seinen Eimer mit Sand, den er, kaum ist er voll, wieder ausschüttet.

Ein leises Lachen lässt mich den Kopf wenden, und neben mir ist auf einmal Paul, und er lächelt mir zu. Er sieht traurig aus. Seine Augen sind verquollen; er hat wohl wieder einen Zwiebelkuchen gebacken.

Doch dann wird es plötzlich stockdunkel um mich herum; ich bin keine weiche Flickenpuppe mehr, ich bin nur noch schwer, wie Blei. Und ich falle, und ich höre Paul schreien: »So ein Wahnsinniger!«

Ich zucke zusammen.

Und wache auf.

Alles ist weiß um mich herum. Ich liege in einem Bett und bin weder aus Watte noch aus Blei: Ich bin nur aus Fleisch und Blut, ein Mensch, in dessen Arm ein Infusionsschlauch steckt.

Aber Paul ist wirklich bei mir, mit einem traurigen Lächeln und rotgeweinten Augen.

Und ich fürchte zu begreifen.

Jäh richtet sich Julie in dem Metallbett auf, worauf ihr sofort schwindelig wird, sodass sie wieder zurück ins Kissen sackt. Paul nimmt ihre Hand.

»Tief durchatmen, Julie.«

»Was ist passiert?«

»Wir hatten einen Unfall«, antwortet Paul leise.

»Wo ist Lulu?!«

»Er wird gerade operiert.«

»Wo?«

»Auf der Kinderstation.«

Julie richtet sich wieder auf.

»Ich will sofort dahin.«

Paul schüttelt den Kopf.

»Wir müssen erst eine Krankenschwester rufen, damit sie dir dieses Ding aus dem Arm zieht.«

Statt einer Antwort schwingt Julie ihre Beine über den Bettrand und reißt sich mit einem Ruck den Plastikschlauch aus der Vene. Augenblicklich quillt Blut hervor, weshalb sie schnell ein Verbandspäckchen vom Nachttisch mit den Zähnen aufreißt und eine Kompresse auf die Einstichstelle drückt, um den Blutfluss zu stoppen.

»Wo geht's lang?«

»Du kannst nicht einfach so gehen, Julie«, versucht es Paul noch einmal. »Du bist viel zu schwach.«

»Mir geht es gut. Bring mich bitte zu Lulu«, sagt sie entschlossen.

Ergeben legt Paul den Arm um ihre Schultern und führt sie durch den langen Flur Richtung Fahrstuhl. Dort kommt ihnen eine Schwester entgegen, der er erklärt, er bringe Julie nur kurz zu ihrem Sohn, danach kämen sie gleich zurück; die Schwester kommt nicht einmal dazu, zu protestieren, so schnell schließt sich die Aufzugstür.

In der Kinderchirurgie schickt man sie in ein Wartezimmer vor dem unmittelbaren OP-Trakt. Weiter dürfen sie nicht. Hier müssen sie auf den Ausgang der OP warten. Sie haben keine andere Wahl.

In dem kleinen Raum liegen ein paar Zeitschriften nachlässig auf einem niedrigen Tisch. Eine kümmerliche Zimmerpflanze steht in einer Ecke, wohl um mit ihrem Grün ein wenig Hoffnung zu verbreiten. Besänftigende Bilder hängen an der Wand: Auf einem ist das Meer, auf einem anderen eine Sanddüne und auf einem dritten die verschneiten Gipfel eines Gebirges zu sehen. So viel unermessliche Weite in einem so kleinen Raum. So viel übermächtige Sorge in Julies kleinem Herzen …

Paul drückt sie an sich. Und dann erzählt er ihr, was in der Nacht passiert ist, denn sie kann sich an überhaupt nichts mehr erinnern, es ist, als fehle ihr ein Stück ihrer Existenz, sie fühlt sich wie ein Wagen, dessen Kilometerzähler mittendrin ausgefallen ist. Darum erklärt Paul ihr, dass der Notarzt ihr nach dem Unfall eine Beruhigungsspritze gegeben hat, weil sie so außer sich war. Stockend erzählt er dann von dem weißen Lieferwagen, der ihm entgegengefahren war, und von dem Zusammenstoß, bei dem der Geisterfahrer auf der Stelle tot war; gerade vorhin erst, bevor sie aufgewacht sei, habe die Polizei ihm das mitgeteilt. Der Mann habe viel Alkohol im Blut gehabt, sehr viel Alkohol: drei Promille, ein Verbrechen. Und schließlich berichtet Paul dann noch mit zitternder Stimme, dass er selbst und Julie bis auf ein paar Schrammen heil davongekommen seien, weil sie auf der linken Seite saßen, Jérôme hingegen schwer, wenn auch nicht lebensgefährlich verletzt worden sei. Doch Lulu, ihr kleiner Lulu, habe am meisten abbekommen; trotz des brandneuen Kindersitzes, denkt Paul noch bei sich, bevor er mit einem Schaudern erkennen muss, dass der Dreijährige in dem alten Sitz vermutlich sofort tot gewesen wäre.

»Was … was fehlt Jérôme?« fragt Julie mit banger Stimme.

»Er hat einen Beckenbruch, und sein rechtes Bein ist mehrfach gebrochen. Auch die Schulter hat etwas abbekommen. Aber das wird wieder …«

»Und … Lulu?«, fragt sie mit fast unhörbarer Stimme.

»Ich weiß es nicht, Julie. Wir müssen abwarten.«

Schweigen breitet sich in dem kleinen Raum aus. Leise weint Julie vor sich hin. Paul drückt sie etwas fester an sich, und streichelt sanft ihre Schultern.

Über drei Stunden warten sie schon, als endlich die Tür aufgeht und ein groß gewachsener Mann in einem blauen OP-Kittel hereinkommt. Er hat noch seine OP-Haube auf und zieht sich den Mundschutz herunter, als er sich auf dem Stuhl neben ihnen niederlässt. Er weiß, dass Julie Lulus Mutter ist, und fragt als Erstes, ob er in Anwesenheit des Mannes neben ihr reden kann. Julie nickt, es ist für sie eine große Erleichterung, dass sie jetzt nicht alleine ist. Sie holt tief Luft …

»Ich bin Dr. Mercier, der leitende Chirurg. Madame Lemaire, ich habe gute und schlechte Nachrichten für Sie. Ihr Sohn ist bei dem Zusammenstoß sehr schwer verletzt worden, doch es ist uns gelungen, die Hirnblutung zu stoppen. Die Milz konnten wir dabei jedoch nicht retten.«

»Ist das schlimm?«

»Die Milz spielt eine wichtige Rolle in der Immunabwehr. Aber man kann ohne Milz leben, mit entsprechenden Impfungen und Medikamenten kann man bakteriellen Infektionen, die gefährlich werden könnten, gut vorbeugen.«

»Waren das die schlechten Nachrichten?«

»Nein«, erwidert Dr. Mercier ernst, »die schlechten Nachrichten kommen erst. Ludovic hat bei dem Unfall ein Schädel-Hirn-Trauma erlitten. Dabei sind bestimmte Areale seines Gehirns in Mitleidenschaft gezogen worden, weshalb er ins Koma gefallen ist. Ob und wann er daraus wieder aufwacht, kann ich Ihnen leider nicht sagen. Das kann in zwei Tagen, zwei Monaten oder womöglich erst zwei Jahren passieren; die Medizin ist noch nicht in der Lage, das vorherzubestimmen. Aber das Elektroenzephalogramm ist recht gut, und falls er wieder aufwacht, sollte er im vollen Besitz seiner geistigen Fähigkeiten sein, wenn vielleicht auch nicht sofort. Darüber hinaus wurde bei dem Unfall auch seine Wirbelsäule verletzt. Im Moment zeigen seine Beine keinerlei Reaktion, und wir wissen leider noch nicht, ob es irreversibel ist.«

Julie hat sich den nüchternen Bericht des Arztes stumm angehört. Die Nachrichten haben ihr die Sprache verschlagen. Nach einem Moment völliger Lähmung, in dem sie ihren Sohn vor sich sieht, wie er noch am Vortag in der Bretagne im Sand gespielt hat, bricht sie in heftige Tränen aus, als würde sie jetzt erst den Ernst der Lage so richtig begreifen. Erschüttert krallt sie ihre Finger in Pauls Arm und zerfließt in Tränen, windet sich vor Verzweiflung, sie kann gar nicht mehr aufhören zu weinen.

Die Zeit steht still in dem kleinen Wartezimmer, die Bilder der endlosen Weiten an der Wand sind nur noch lächerlich, nichts ist so groß und endlos wie Julies Angst. Das Foto vom Meer scheint sie gar zu verhöhnen, sie, die junge Mutter, der langsam bewusst wird, dass ihr Lulu vielleicht nie mehr dorthin fahren wird. Kurz spürt sie auf ihrer Schulter Dr. Merciers festen Griff, eine Geste, die sie berührt und ein wenig besänftigt, bevor er wieder durch die Tür verschwindet und sich im Gehen den Mundschutz hochzieht.

Stille senkt sich erneut wie ein bleierner Mantel über sie, kaum sind sie allein. Paul ist entsetzlich traurig, doch auch ein bisschen erleichtert. Mit den Fingerspitzen hebt er behutsam Julies Kinn und versucht ein Lächeln.

»Julie, Lulu lebt. Er liegt zwar im Koma, aber er lebt.«

»…«

»Und ich glaube, dass er es schafft. Wunder kommen zu denen, die an sie glauben. Bitte, lass den Mut nicht sinken und glaub auch du daran.«

»Lass den Mut nicht sinken … Lass den Mut nie sinken, denn sonst tust du es womöglich zwei Sekunden, bevor das Wunder geschieht«, murmelt Julie vor sich hin. »Weißt du, dass ich diese Lebensweisheit schon seit vielen Jahren beherzige? Aber jetzt … jetzt hab ich einfach keinen Mut mehr.«

»Doch, du hast ihn noch. Du spürst ihn vielleicht gerade nicht, aber er ist da.«

Da drängt sich Julie ganz in Pauls Arme, denn er ist auf jeden Fall bei ihr, groß und stämmig, wie eine uralte, mit Moos bewachsene, hohle Eiche, bei der sie Schutz suchen kann. Tief atmet sie ein, im Gleichtakt mit seiner Atmung, und wird dadurch wirklich etwas ruhiger.

»Und wenn er nicht wieder … aufwacht?«

»Er wird wieder aufwachen, Julie, es kann gar nicht anders sein. Halte dich an diesem Glauben fest.«

»Ich versuche ja, mich festzuhalten, aber ich rutsche ständig ab, ich hab das Gefühl, in einer Eiswand zu hängen, ungesichert und ohne Steigeisen oder Eispickel.«

»Dann such bei uns anderen Halt. Als Allererstes bei mir …«

Und so drängt sich Julie weinend noch etwas enger in seine Arme.

Eine halbe Stunde später ist sie total erschöpft eingeschlafen, den Kopf auf Pauls Schoß, die angezogenen Beine auf dem Stuhl daneben. Das letzte Bild, das sie von ihrem Kind im Kopf hat, ist, wie er friedlich in seinem Autositz schläft, seinen Beba an sich gedrückt. Paul streicht ihr vorsichtig übers Haar und starrt ins Leere.

Im Aufwachraum der Kinderchirurgie ist es ruhig, es ist Wochenende, und Lulu ist der einzige Patient.

Er liegt ganz friedlich da, trotz all der Maschinen. Ein Beatmungsgerät hebt seinen Brustkorb mit der Regelmäßigkeit eines Metronoms und produziert dabei ein tickendes Atemgeräusch. Als Julie sich ihrem Sohn nähert, beginnt sie zu zittern, so schrecklich bleich ist er. Würde man nicht das Piepsen des Überwachungsmonitors hören, der seine Herztätigkeit aufzeichnet, könnte man glauben, er sei tot. Aber er ist am Leben; auch wenn sein Geist sehr weit weg ist, ist er am Leben.

Am Leben.

Das ist alles, was gerade zählt.

Sie küsst ihn lange, auf die Wangen, die Stirn, die Augenlider. Mit ihren Lippen spürt sie seine pfirsichweiche Haut, und es fühlt sich ein bisschen so an wie damals, als sie ihn als Baby an sich gedrückt hat. Unter Tränen lächelnd, flüstert sie ihm Koseworte ins Ohr.

Eine Krankenschwester trägt auf einer kleinen Schreibfläche daneben die aktuellen Messwerte in seine Krankenakte ein.

»Ist sein Papa nicht hier?«

»Wir leben ohne ihn.«

Die Frau vertieft sich wieder in ihre Aufzeichnungen und Julie in die Wärme ihres Sohnes.

»Was ist, wenn er aufwacht und ich nicht da bin?«, will sie nach einer Weile wissen.

»Dann werden wir Sie sofort anrufen. Keine Sorge, wir haben ja Ihre Handynummer.«

»Ich habe kein Handy.«

»Nein? Der Herr, der Sie begleitet hat, hat bei der Patientenaufnahme aber eine Nummer angegeben.«

»Ach so?«

»Ist er denn kein Angehöriger?«

»Doch … doch.«

»Der Großvater des Kleinen?«

»Nein … Das heißt, doch … vielleicht«, entgegnet Julie zögernd.

Fragend schaut die Schwester sie an. Wie sollte sie es auch verstehen? Wie könnte Julie ihr das Verhältnis zwischen ihnen erklären? Was Pauls Verbundenheit mit ihr betrifft, könnte er gut Lulus Großvater sein. Auch das Alter würde passen. Aber jemanden als Angehörigen auszugeben – nach gerade mal drei Wochen?

Im Wartezimmer hat Paul eine Zeitschrift aus dem Stapel gezogen, zerstreut in ihr geblättert und sie dann wieder weggelegt. Den Kopf in die Hände gestützt, sitzt er da und starrt wieder ins Leere. All diese Artikel sind so belanglos angesichts dessen, was vor ein paar Stunden geschehen ist. Auch die schnellen Schritte, die sich vom Flur her nähern, lassen ihn gleichgültig; er ist sich sicher, dass es nicht Julies sind, sie hat keinen solchen Gang, so gut kennt er sie schon, selbst solche Details.

»Guten Tag, Monsieur Moissac.«

Paul blickt auf.

»Ach, Sie sind's, Caroline. Schön, dass Sie gekommen sind. Waren Sie bei Jérôme?«

»Ja, ich komme gerade von ihm. Er schläft jetzt. Er hat mir von dem Jungen erzählt. Wie geht es dem Kleinen?«

»Er liegt im Aufwachraum. Sie mussten ihn operieren«, erklärt Paul bedrückt, und dann platzt es aus ihm heraus, die komplette ärztliche Diagnose.

Caroline hört ihm zu, ohne ihn zu unterbrechen. Als er schließlich verstummt, sind ihre Augen feucht.

»O Gott, was für ein Albtraum. Wie kommt Julie damit zurecht?«

»Sie ist völlig verstört.«

Darauf schweigen beide beklommen. Denn was kann man in einem solchen Moment noch sagen …

Als Julie aufwacht, weiß sie zunächst nicht, wo sie sich befindet. Vom Schlaf noch ganz benommen, sieht sie sich um. Sie liegt in einem großen Bett in einem nüchtern, aber modern eingerichteten Zimmer. Im Krankenhaus ist sie also sicher nicht. Verwirrt erhebt sie sich, um die Vorhänge aufzuziehen – und da entdeckt sie unten auf dem Kiesweg Paul, der gerade mit einer Zeitung vom Briefkasten zurückkommt. Gott sei Dank, sie ist also bei ihm.

Doch wie ist sie hierhergekommen? Als sie sich umdreht, fällt ihr Blick auf den Spiegel neben der Tür. Sie sieht schrecklich aus. Unter ihren rotgeweinten Augen liegen dunkle Schatten, die Lider sind dick geschwollen. Und mitten auf der Stirn hat sie eine große Beule, einziges Überbleibsel von dem Unfall. Dann schaut sie an sich herab: Sie hat nur ihren Slip an und darüber ein riesiges Männer-T-Shirt. Hat Paul sie ins Bett gebracht? Sie kann sich wirklich an nichts erinnern. Ihr großer roter Koffer liegt jedenfalls am Fußende des Bettes. Gähnend holt sie ein paar neue Sachen zum Anziehen heraus und verschwindet damit im Bad, das sich direkt neben dem Zimmer befindet. Eine heiße Dusche wird sie hoffentlich etwas entkrampfen und ihr Gesicht glätten.

Paul deckt gerade den Frühstückstisch, als Julie in die Küche kommt.

»Guten Morgen«, begrüßt er sie und gibt ihr einen Kuss auf die Stirn. »Konntest du einigermaßen schlafen?«

»Guten Morgen. Hast du mich ausgezogen?«, fragt Julie verlegen.

»Die Katze war's jedenfalls nicht«, antwortet er und zeigt auf den dicken grauen Kater, der in der Ecke auf einem Kissen schläft. »Keine Sorge, ich habe deinen Körper nur mit einem freundlichen Blick bedacht. Du warst völlig am Ende, als wir gestern Abend die Klinik verließen.«

»Ich würde gern gleich wieder hin.«

»Ich fahr dich, aber vorher isst du bitte was.«

Julie schüttelt traurig den Kopf.

»Ich hab keinen Hunger.«

»Dann trink wenigstens einen Tee und tu viel Zucker rein. Du wirst es gebrauchen können. Und morgen werde ich dir ein Handy besorgen.«

»Auf keinen Fall, das kann ich mir nicht lei…«

»Keine Widerrede, ich übernehm das, verstanden?«, brüllt Paul da so entnervt, dass Julie erschrocken zusammenzuckt.

Ein betretenes Schweigen tritt ein.

»Paul?«, fragt sie nach einer Weile mit angehaltenem Atem. »Paul, bitte reg dich nicht so auf.«

Abrupt wendet Paul sich ab, stützt seine beiden Hände auf das Spülbecken und starrt aus dem Fenster. Julie sieht von hinten seinen Rücken zucken. Da tritt sie zu ihm und zwängt sich zwischen die Spüle und ihn, mitten in seine Arme.

»Es … es ist alles meine Schuld«, schluchzt Paul. »Wenn ich nur anders reagiert hätte! Alles ist so schnell gegangen. Ich sah die Lichter, da war der Wagen auch schon in uns drin. Und dieser Dreckskerl ist nicht mal mehr da, um zu sehen, was er angerichtet hat!«

»Warum hast du Lulus Beba gewaschen?«, fragt Julie leise, die das Ding auf der Küchenheizung trocknen sieht.

»Er war … Frag lieber nicht weiter, Julie.«

Sie verharren noch eine Weile still in ihrer Umarmung, bevor sie schließlich zusammen eine Tasse Tee trinken. Danach fahren sie zum Krankenhaus, wo Paul Julie bis zum Eingang der Kinderabteilung bringt, bevor er sich auf den Weg zu seinem eigenen Sohn macht.

Lulu ist am frühen Morgen auf die Intensivstation verlegt worden. Es ist ein Zimmer mit sanften Farben und ein paar Bildern an den Wänden. Trotz des ständigen Surrens und Piepsens der Apparate herrscht eine ruhige, ja fast heitere Atmosphäre in dem Raum, als fände hier das ganz normale Leben statt. Als Julie hereinkommt, wird Lulu gerade von zwei Pflegerinnen gewaschen, die miteinander scherzen und lachen. Auf einer solchen Station zu arbeiten schien ihr bisher immer unvorstellbar schwer zu sein, doch nun muss Julie überrascht feststellen, dass die beiden voller positiver Energie sind. Ach, wie gerne würde sie davon angesteckt werden.

»Könnte ich vielleicht mit einem der Ärzte sprechen?«

»Selbstverständlich, Madame. Professor Lagarde, der Oberarzt, ist gerade noch bei der Übergabe, aber gegen neun Uhr ist er da.«

Kurz verschwindet Julie auf der Toilette, damit die Schwestern Lulu fertig machen können, dann kehrt sie in das Zimmer zurück. Nun ist sie mit ihm zum ersten Mal allein. Leise schiebt sie den Sessel ganz nah an sein Bett, setzt sich und nimmt seine kleine Hand. Behutsam drückt sie sie, während sie ihm mit der anderen Hand vorsichtig über die Haare streicht. Entlang der Augenbrauen verläuft eine dicke Naht. Andere kleine Wunden sind ebenfalls verarztet worden.

Während Julie all die Kabel und Schläuche betrachtet, mit denen ihr Sohn verbunden ist, erscheint noch einmal eine der Schwestern mit einem Tablett. Sie schließt eine neue Infusionsflasche an einen der Venenkatheter an und beantwortet freundlich Julies Fragen. Beim Hinausgehen lächelt sie ihr noch einmal aufmunternd zu.

Und das tut Julie gut, ist es doch fast so belebend wie der Duft eines blumigen Parfums.

Kurze Zeit später klopft es, und Professor Lagarde kommt herein. Mit freundlicher Miene setzt er sich neben sie und erklärt ihr noch einmal alles bis ins letzte Detail, sodass Julie allmählich das ganze Ausmaß ihrer Tragödie versteht.

»Gibt es … gibt es irgendwelche Vorzeichen, die auf ein Aufwachen hindeuten könnten?«

»Ja und nein. Es kann auch ganz plötzlich passieren, ohne dass man zuvor etwas merkt. Die Forschung ist da noch ganz am Anfang.«

»Und bis dahin? Kann ich denn irgendwas tun, das ihm hilft, ins Leben zurückzukehren?!«

»Ja, das können Sie«, sagt er und berührt behutsam ihren Arm. »Sprechen Sie mit Ihrem Sohn, halten Sie seine Hand, streicheln Sie ihn, erinnern Sie ihn an Dinge, die er mag, schenken Sie ihm Zuwendung und Geborgenheit: All das kann sich auf einen positiven Verlauf auswirken. Selbst der Besuch seiner Geschwister …«

»Er ist Einzelkind.«

»Dann sollen seine Großeltern kommen, und seine Erzieherin … wer auch immer.«

»Und was ist mit seinen Beinen?«

»Auch hier wissen wir noch nichts Endgültiges. Diese Art der Rückenmarksverletzung ist grundsätzlich reversibel, aber es hängt alles davon ab, wie lange er im Koma liegt. Und natürlich auch von seiner Willenskraft. Wissen Sie, in solchen Fällen machen wir den Angehörigen generell lieber erst mal keine zu großen Hoffnungen. Aber ich kann Ihnen versprechen, dass wir alles dafür tun werden, dass es den bestmöglichen Ausgang nimmt.«

»Und was wäre der ›bestmögliche Ausgang‹? Dass er wieder wird wie vor dem Unfall?«

»Wenn man das Schlimmste erwartet, hat das weniger Schlimme einen ganz eigenen Wert, den Sie dann auch garantiert schätzen werden. Selbst wenn es nicht das ›Beste‹ ist, Madame Lemaire«, erwidert Professor Lagarde begütigend. »Und noch etwas: Da wir nicht wissen, wie viel Zeit er hier verbringen wird, ist es wichtig, dass Sie sich entsprechend organisieren. Sie sollten vor allem zusehen, dass Sie Ihre Arbeit nicht verlieren. Wenn ich recht informiert bin, sind Sie alleinerziehend. Der Kliniksozialdienst wird Sie bei der Beantragung von finanziellen Beihilfen unterstützen, aber das wird nicht zum Leben reichen. Und es ist ja auch wichtig, dass Sie zwischendrin etwas anderes sehen und auf andere Gedanken kommen, sonst halten Sie das nämlich nicht durch. Gibt es Menschen aus Ihrem Umfeld, die ihn besuchen können?«

»Ich … ich denke schon.«

»Das ist gut. Bitten Sie sie um Unterstützung.«

Den restlichen Vormittag verbringt Julie allein mit Lulu. Sie legt den noch etwas feuchten Beba unter eine seiner Hände und beginnt ihm dann von seinen Spielkameraden im Kindergarten zu erzählen, von seinem Zuhause, seinen Spielsachen, von Paul und seinem Kater, ja, sie redet sogar über das Wetter draußen und das, was sie vom Fenster aus sehen kann.

Während einer kurzen Pause sucht sie in ihrer Handtasche nach der kleinen Sandelholzkugel, die ihr Kunstlehrer ihr vor Jahren geschenkt hat, nachdem sie sich bei einem Schreinerprojekt besonders hervorgetan hatte. Die kleine Kugel hat gerade mal zwei, drei Zentimeter Durchmesser und eine etwas unregelmäßige Form, ist aber vom vielen Anfassen ganz glatt. Sie trägt sie immer bei sich, denn es ist ihr persönlicher Glücksbringer geworden, von dem sonst niemand weiß. Fest umschließt sie ihn mit der Hand, weil es guttut, sich an etwas festzuhalten.

Gegen Mittag muss Julie dringend mal raus, um frische Luft zu schnappen. Es ist herrliches Wetter. Kühle, trockene Luft und ein klarer blauer Himmel. Altweibersommer.

Als ein Rettungswagen mit Blaulicht vor der Notaufnahme der Kinderabteilung vorfährt, schaudert es Julie. Besser, sie kehrt schnell wieder zu ihrem Sohn zurück. Auf dem Weg nach oben springt ihr am Zeitungskiosk des Krankenhauses jedoch die neueste Ausgabe der Lokalzeitung ins Auge. Der Unfall war ihnen einen Aufmacher wert. Eigentlich kauft Julie selten eine Zeitung, dafür hat sie kein Geld, doch diese muss sie haben.

TRAGISCHER VERKEHRSUNFALL AUF DER AUTOROUTE DE L'EST

Geisterfahrer stieß mit Audi Quattro zusammen, in dem eine Familie auf der Rückreise aus den Ferien war.

Wieder einmal scheint Alkohol für das Unglück verantwortlich gewesen zu sein: Der Geisterfahrer, der noch am Unfallort verstarb, hatte drei Promille im Blut. Der Wagen der Familie war in den frühen Morgenstunden auf der A4 hinter Sarre-Union unterwegs, als ihm ein weißer Lieferwagen auf der falschen Spur entgegenkam. Obwohl er sofort das Steuer herumriss, konnte der Audifahrer den Zusammenstoß nicht mehr verhindern. Zwei der Insassen blieben unverletzt, der dritte Erwachsene, ein 33-jähriger Arzt, hatte weniger Glück: Er erlitt mehrere Frakturen am Bein. Besonders schlimm sieht es für das dreijährige Kind aus, das mit ihnen reiste. Nach einem Schädel-Hirn-Trauma liegt es derzeit im Koma, und die Ärzte äußern sich sehr zurückhaltend, was seine Überlebenschancen …

Aufgebracht knüllt Julie die Zeitung zusammen und wirft sie in den nächsten Papierkorb, als könnte sie so die unerträgliche Lektüre rückgängig machen. Dieser Schreiberling kennt ihren Lulu nicht, ihr Kleiner gibt nicht auf! Er wird dieser Journaille beweisen, dass sie nicht das Recht haben, solche unheilschwangeren Sätze in die Welt zu setzen!

Als Julie Lulus Zimmer betritt, macht sich dort die Schwester gerade wieder an einem der Venenkatheter zu schaffen; diesmal bekommt er eine neue Bluttransfusion.

»Morgen oder übermorgen können wir Ihnen zeigen, wie man ihn wäscht«, erklärt sie Julie mit einem freundlichen Lächeln. »Falls Sie es gerne selbst machen möchten.«

»Und was ist mit all diesen Schläuchen?«

»Keine Angst, es ist gar nicht so kompliziert, wir stehen Ihnen zur Seite, bis Sie es können. Falls Sie sich aber nicht in der Lage …«

»Doch, doch«, unterbricht Julie sie schnell, »ich würde es gern machen! So kann ich mich zumindest ein bisschen um ihn kümmern, wie zu Hause, und sitz nicht nur hier rum.«

»Und es ist tatsächlich wichtig, vor allem für Ihren Ludovic. Aber natürlich auch für Sie. Sind Sie berufstätig?«

»Ja, ich arbeite an der Kasse eines Supermarkts. Gerade habe ich aber noch eine Woche Urlaub.«

»Haben Sie flexible Arbeitszeiten?«

»Im Gegenteil: Ich habe katastrophale Arbeitszeiten. Aber ich muss unbedingt hier sein, wenn er aufwacht.«

»Ach, wissen Sie, das lässt sich wirklich schwer voraussehen. Ich arbeite nun schon seit dreiundzwanzig Jahren hier, und ich habe es einige Male miterlebt. Und wissen Sie, was ich glaube? Komapatienten wählen den für sie richtigen Moment sehr genau. Und sie wählen auch die Person, die sie dabei an ihrer Seite haben wollen.«

»Sind sie denn alle wieder aufgewacht?«

»Nein, natürlich nicht, da müsste ich lügen. Aber die Kinder haben normalerweise eine unglaubliche Energie, um den Weg zurück ins Leben zu finden. Machen Sie Ihrem Kleinen Lust darauf.«

»Ich würd ja gern, aber ich weiß nicht, wie!«

»Lebensfreude ist da ein gutes Mittel.«

»Die würde ich furchtbar gern wiederfinden.«

»Wenn Sie vorher ausreichend davon hatten, Madame Lemaire, dann kommt sie auch bald wieder, Sie werden sehen.«

Tag für Tag kommt Caroline Jérôme nach der Sprechstunde besuchen, um ihm ein wenig Gesellschaft zu leisten. Sie bringt ihm wichtige Post und seine Zeitungen mit und berichtet ihm dann detailliert von all seinen Patienten, befragt ihn zu Behandlungsmethoden, die sie beschäftigen, gießt ihm etwas zu trinken ein und lächelt über seine häufigen Scherze.

»Wissen Sie eigentlich schon, wann Sie entlassen werden?«, fragt sie ihn an diesem Abend, nachdem sie über die neuesten Fälle debattiert haben.

Jérôme zwinkert ihr zu.

»Wir könnten uns doch endlich duzen, oder?«

»Ja, warum nicht?«, stimmt Caroline zu und nickt erfreut. »Also, weißt du es schon?«

»Voraussichtlich in zwei Wochen, dann brauche ich keinen Streckverband mehr.«

»Und wie sieht's mit dem Gehen aus?«

»*Das* steht auf einem anderen Blatt. Mein Bein ist ein ganz schöner Trümmerhaufen. Ich werde sicher noch ein paar Monate am Flughafen Alarm auslösen mit all den Schrauben, ich bin ein wandelnder Werkzeugkasten. Wenn du gern puzzelst, schau dir meine Röntgenbilder an. Das ist wie ein Spiel mit 250 Teilen in Schwarz-Weiß. Richtig moderne Kunst. An der Wand meiner Praxis sähe das bestimmt toll aus.«

»Apropos Praxis, wie geht es eigentlich mit deinen Sprechstunden weiter?«

»Hast du schon etwas anderes vor in deinem Leben?«

»Nicht direkt ...« Caroline schlägt die Augen nieder, denn sie wagt kaum zu hoffen, was jetzt vielleicht kommt.

»Halleluja, dann kannst du ja bleiben!«, ruft Jérôme. »Und du schaffst das. Bei den Untersuchungen musst du zwar weiterhin meine Hände, Augen und Ohren ersetzen, aber bei den Diagnosen kann ich dir ja jetzt helfen.«

»Bist du denn zufrieden mit mir?«

»Na ja, um ehrlich zu sein ... Also, du ziehst das Unglück an, springst fast in jedes tiefe Loch, in dem ein Patient feststeckt, du blockierst den ganzen MRT-Betrieb, und dann bist du auch noch alles andere als nett ...«

Caroline hat aufgehört zu atmen und starrt ihn mit großen Augen an. Da lacht Jérôme auf.

»Natürlich bin ich zufrieden, Caroline, sonst würde ich dir doch nicht vorschlagen zu bleiben! Du solltest vielleicht nur nicht ganz so viele Tests und Untersuchungen anordnen, sonst klopft uns die Krankenkasse nämlich bald auf die Finger. Versuch, ein Gespür zu entwickeln für die Symptome, einen ganzheitlichen Blick, und hör gut zu, was die Patienten dir erzählen. Dann wirst du sehen, dass man oft gar nicht mehr für eine Diagnose benötigt.«

»In dem Bereich muss ich wohl noch viel lernen.«

»Das nennt man Erfahrung sammeln, das ist ganz normal. Wäre ja noch schöner, wenn du jetzt schon besser wärst als ich! Also, bleibst du?«

»Ja, ich bleibe«, antwortet sie lächelnd und nickt. »Und wo schlafe ich?«

»Du kannst gerne in dem kleinen Zimmer wohnen bleiben, das war immer nur für Gäste bestimmt.«

»Und du? Wie willst du in den ersten Stock hinaufkommen?«

»Gute Frage. Hm, tja … sehr gute Frage!«, meint Jérôme ratlos.

»Ich hab da eine Idee: Wir lassen einfach einen Lastenaufzug installieren.«

»Ich bin also eine Last, na, wunderbar. Danke für das Kompliment.«

»Nein, nein, ich meine doch einen dieser Treppenlifte, wie sie die Senioren benutzen.«

»Vielen Dank für die Blumen, Caroline, ich bin wirklich gerührt.«

Diesmal lässt sie sich von ihm jedoch nicht einschüchtern.

»Findest du es denn keine gute Idee?«

»Doch«, seufzt Jérôme resigniert. »Du hast leider recht. Würdest du dich darum kümmern?«

»Kann ich gerne machen.«

»Sag mal, noch was anderes: Weißt du, wie es Lulu geht?«

»Unverändert, hat mein Vater gesagt.«

»Wieso dein Vater?«, fragt Jérôme erstaunt. »Woher weiß der das denn?«

»Er ist der Stationsarzt in der Kinderintensiv.«

»Professor Lagarde ist dein Vater?!«

»Ja, warum?«

»Du kommst also aus einem gutem Stall.«

»Mhm …«

»Warum hast du mir das verheimlicht?«

»Ich habe dir das nicht verheimlicht, du hast mich nur nie nach meinen Eltern gefragt. Und ich binde es auch nicht jedem gleich auf die Nase. Ich habe nämlich wenig Lust, mit dem Etikett ›Tochter von Professor Lagarde‹ herumzulaufen. Ich will mir meine Lorbeeren selbst verdienen.«

»Und was sagt dein Vater noch zu Lulu?«

»Nur dass der Zustand des Kleinen stabil ist. Aber es sieht ziemlich ernst aus. Im Augenblick können sie nichts anderes tun als abwarten.«

»Und Julie? Wie geht es ihr?«

»Den Umständen entsprechend, wie man so schön sagt.«

»Wo schläft sie eigentlich gerade?«

»Im Moment noch bei deinem Vater. Aber sie will zurück nach Hause, wenn sie wieder zu arbeiten beginnt, der Weg von Pauls Haus aus ist einfach zu weit.«

»Frag sie doch, ob sie vorübergehend zu uns ziehen will. Es gibt noch ein Zimmer am Ende des Flurs. Ich finde, sie sollte jetzt nicht allein sein.«

»Ob sie so einen Vorschlag von mir akzeptiert?«, fragt Caroline unsicher. »Schließlich kennt sie mich gar nicht.«

»Sie hat auch meinen Vater und mich vorher nicht gekannt. Versuch einfach dein Glück und spiel deine Trümpfe aus.«

»Was denn für Trümpfe?«

»Die jedenfalls nicht«, sagt er mit einem frechen Grinsen

und einem anerkennenden Blick auf ihren Busen. »Sie ist ’ne Frau.«

Caroline wird rot und verdreht die Augen.

»Witz komm raus, du bist umzingelt.«

»Ich weiß doch auch nicht wie, Julie kann manchmal ein richtiger Sturkopf sein. Überleg dir einfach was, du schaffst das schon«, meint Jérôme und deutet auf den Gips an seinem Bein. »Sag, könntest du mir vielleicht noch einen Gefallen tun und mich da unten kratzen?«

Ohne ein weiteres Wort geht Caroline vor dem Rollstuhl in die Hocke und tut ihm mit einem Stift den Gefallen. Jérôme seufzt erleichtert und schließt die Augen. Es ist ein herrliches Gefühl.

Die Situation ist allerdings ziemlich zweideutig. Caroline hat hochrote Backen. Plötzlich springt sie auf, gibt ihm ein schnelles Küsschen auf die Wange und greift nach ihrer Tasche.

»Ich muss los, ich habe noch einen Lastenaufzug zu organisieren.«

»Och, schon? Und wer kratzt mich jetzt?«

»Da musst du eben die Krankenschwester fragen.«

»Heute Abend ist es aber ein Krankenpfleger.«

»Das kann der auch«, erklärt sie lachend, und schon ist sie verschwunden.

O nein, das kann der nicht! Jérôme klingelt zwar jetzt nach ihm, damit er ihm wieder ins Bett hilft, von seinen juckenden Stellen erzählt er ihm aber nichts. Das ginge dann doch zu weit. Wenn er dagegen eine lange Stricknadel hätte … Muss er eben lesen, um den Juckreiz zu vergessen.

Eine Viertelstunde später hat er sich gerade in die aktuelle Ausgabe vom ›Ärzteblatt‹ vertieft, die Caroline ihm mitgebracht hat, als es leise an der Tür klopft und Julie zögerlich den Kopf hereinstreckt.

»Julie! Komm rein! Wie schön, dich zu sehen!«

Zögernd betritt sie den Raum und schließt die Tür hinter sich. Sie wirkt schüchtern wie ein kleines Mädchen am ersten Schultag und wagt ihn kaum anzublicken.

»Komm schon, komm her zu mir«, sagt Jérôme herzlich und klopft auf den Bettrand.

Julie nähert sich langsam mit gesenktem Blick. Sie haben sich seit dem Unfall noch nicht gesehen – und darum fließen nun auch die Tränen.

»Komm her, lass dich umarmen.« Jérôme breitet voller Mitgefühl beide Arme aus und zieht sie an sich. »Wein ruhig, jetzt bin ich dran mit Trösten«, flüstert er zärtlich. »Du weißt selbst, wie wichtig es ist. Beim Zwiebelnschneiden vielleicht nicht, aber jetzt hast du alles Recht der Welt, deinen Kummer rauszulassen.«

Jérôme wiegt sie leicht in seinen Armen, gibt dabei auf sein zertrümmertes Bein acht und auch darauf, dass er nicht mit zu ihr ins Loch fällt, denn das kann sie ebenso wenig wie er gebrauchen. Julie weint lange, heult Rotz und Wasser, so wie er am Strand in der Bretagne, an den sie jetzt beide denken, sodass es ihnen fast vorkommt, als könnten sie die Wellen rauschen hören …

Nach einer halben Ewigkeit löst sich Julie schließlich aus Jérômes Armen und lächelt ihn tapfer an, während sie sich die letzten Tränen mit ihrem Pulliärmel abwischt.

»Sag mal, juckt es dich eigentlich nicht unter dem Gips?«, fragt sie ihn dann.

»Doch, und wie. Es ist schier unerträglich.«

»Soll ich mal kratzen?«

»Das ist nett, aber es geht schon. Damit mag ich dich nicht behelligen. Außerdem habe ich dafür eine eigens ernannte Kratzerin«, erklärt Jérôme grinsend, wird aber gleich wieder ernst. »Ich frage dich gar nicht erst, wie es ihm geht. Caroline hat mir berichtet. Ihr Vater ist Oberarzt in der Kinderintensiv.«

»Ach? Professor Lagarde?«, antwortet Julie erstaunt. »Der ist unheimlich nett.«

»Sie auch.«

»Und ist sie auch die Kratzerin?«

»Ja. Sie kratzt sehr gut.«

»Kann ich sie mal ausleihen? Ich bräuchte auch mal jemanden, der mir den Rücken krault.«

»Dann dreh dich um«, fordert Jérôme sie auf.

»Wie? Hier?«

»Warum denn nicht?«, meint er, während er die Hände schon unter ihr T-Shirt schiebt. »Auf dem Motorboot haben wir wesentlich Intimeres gemacht.«

»Da waren wir aber allein«, entgegnet Julie.

»Aber Moby Dick hätte jeden Moment auftauchen können ... Ist es so gut?«

»Ein bisschen höher, wenn's geht.«

»Hier?«

»Nein, weiter rechts. Was ist, wenn die Schwester reinkommt?«

»Heute kommt ein Pfleger.«

»Umso schlimmer. Ein Moby Dick der anderen Art!«

»Julie, sei nicht so verklemmt, ich kraul dir nur den Rücken, da ist doch nichts weiter dabei. Hör mal, bevor ich's vergesse: Du kannst übrigens bei mir wohnen, zusammen mit Caroline, die führt nämlich meine Praxis noch eine Weile weiter.«

»Nein, nein, ich will sie nicht stören. Nächste Woche muss ich wieder arbeiten, und ich habe furchtbar bekloppte Arbeitszeiten.«

»Caroline arbeitet den ganzen Tag und wird dein Kommen und Gehen gar nicht bemerken. Und zumindest seid ihr beiden Frauen abends dann nicht allein. Weißt du, sie ist wirklich nett. Das wird dir guttun. Und ihr auch.«

»Hm, ich weiß nicht … ich denk drüber nach.«

»Da gibt's nichts drüber nachzudenken. Mein Haus liegt auf halber Strecke zwischen deiner Arbeit und dem Krankenhaus. So sparst du Zeit und Energie. Zieh zu mir und lass dir von uns helfen.«

»Aber du kommst doch bald zurück.«

»Dann sehen wir weiter. Ich werde hier sicher noch eine ganze Weile bleiben müssen. Und danach komme ich vermutlich in die Reha.«

»So wie Lulu?«

»Vielleicht. Wollen wir hoffen, dass er dann auch so weit ist. Also: Magst du Caroline Gesellschaft leisten?«

»Okay, ich versuch's. Schauen wir mal, wie's mit uns beiden läuft.«

»Könntest du mir noch einen Gefallen tun? Ich habe ihr gesagt, sie soll all ihre Trümpfe ausspielen, um dich zu überreden. Also tu überrascht und lass dich von ihr überzeugen. Diese Frau hat ein katastrophales Selbstbewusstsein. Es wird ihr guttun.«

»Was für Trümpfe?«

»Na eben, das wirst du mir dann erzählen, was sie da ins Feld geführt hat«, erwidert Jérôme fröhlich, streicht ihr ein letztes Mal sanft über den Rücken und zieht dann ihr T-Shirt glatt. »Und jetzt geh heim zu Paul und ruh dich aus.«

Am nächsten Abend ist Julie auf dem Weg zur Klinikcafeteria. Die hat um zwanzig Uhr zwar schon geschlossen, aber am Kaffeeautomaten davor will sie sich noch einen süßen Zitronentee holen. Das Einzige, was hilft bei dem, was ihr so schwer im Magen liegt.

Die Münze bleibt jedoch stecken, und der allererste Gedanke, der Julie kommt, ist: Verdammt, warum ist das Leben nur so furchtbar gemein zu mir?! So, als könnte sie die Dinge nicht mehr relativieren, als könnte sie das Unwesentliche nicht mehr vom Wesentlichen unterscheiden.

Stinksauer schlägt sie einmal kurz gegen den Automaten.

Nichts passiert.

Also hämmert sie etwas stärker.

Immer noch nichts.

Nachdem sie sich vergewissert hat, dass auch ja niemand in der Nähe ist, holt Julie mit dem Fuß aus und verpasst der bockigen Maschine einen gewaltigen Tritt. Vor Schmerz zieht sie die Luft ein, hüpft auf einem Bein und hält sich einen Moment lang den Fuß, während sie mindestens so kräftig flucht wie Kapitän Haddock. Doch der Tritt hat immerhin den gewünschten Effekt: Die Münze ist klackernd durchgerutscht, sodass der Automat endlich ihren Pappbecher und dann den heißen Tee ausspuckt. Und: Ihr Fuß wird sich wieder erholen – aber der Automat, der ist für alle Zeiten mit einer Spur ihrer Auseinandersetzung gestraft.

Julie hätte ihre ohnmächtige Wut auf das Leben genauso gut an etwas anderem auslassen können, doch nun hat es eben den Kaffeeautomaten erwischt. Jedenfalls fühlt sie sich jetzt besser. Auch wenn sie selbst nicht genau weiß, ob es an dem Zitronentee liegt oder an dem Tritt. Wahrscheinlich an beidem. Und an deinen grandiosen Flüchen, Käpt'n Haddock!

Soll ich dich noch eine Runde kratzen?«, fragt Julie am übernächsten Abend, als sie in Jérômes Zimmer tritt.

Jérôme blickt von seinem Fachartikel auf und gähnt.

»Ach, du bist es.«

»Ja, Lulu ist eingeschlafen, darum fahr ich jetzt nach Hause.«

»Lulu, eingeschlafen? Na, zumindest scheinst du einen gewissen Galgenhumor wiedergefunden zu haben …«

»Was bleibt mir anderes übrig«, entgegnet Julie resigniert.

»Caroline hat mir erzählt, dass du heute früh bei uns eingezogen bist.«

»Ja. Und ich muss sagen, ich mag dein Haus sehr. Da ist so viel mehr Platz als in meiner 30-m²-Wohnung. Und außerdem ist da nicht gleich Lulus Zimmer nebenan, sodass ich nicht ständig an ihn erinnert werde …«

»Und, welche Überredungskünste hat sie angewandt?«

»Caroline? Dass wir uns so von Frau zu Frau sicher gut verstehen würden …«

»Etwas schlapp«, erwidert Jérôme enttäuscht. »Und außerdem bin ich mir gar nicht so sicher, ob ihr der gleiche Typ Frau seid.«

»Dass sie mir ihr Make-up leihen und mir auch mit Damenbinden aushelfen kann ...«

»*Das* hat sie dir gesagt?!«

Julie lacht auf.

»Nee, ich versuche nur, meinen Humor wieder zu aktivieren und dich auf den Arm zu nehmen – was bei deinem Gewicht plus Gips gar nicht so leicht ist ...«

»Freut mich, dass du dich wieder in Schlagfertigkeit übst, selbst wenn es auf meine Kosten geht.« Jérôme zieht einen Schmollmund. »Aber im Ernst: Was hat sie tatsächlich gesagt?«

»Frag sie doch selber.«

»Das wird sie mir nie verraten.«

»Nun, sie hat einfach gesagt, dass sie sich über Gesellschaft freuen würde, da sie sich etwas einsam fühle.«

Jérôme schnaubt.

»Das ist doch kein Trumpf!«

»Nein, aber es ist ein triftiger Grund.«

Damit gibt Jérôme sich nun doch zufrieden.

»Und wie geht es dir, Julie?«

»Na ja. Montag muss ich wieder zur Arbeit.«

»Keine Sorge, das kriegst du alles hin. Und wenn dieser blöde Streckverband wegkommt, lassen sie mich sicher auch zu Lulu hinüberrollen. Und zudem besucht Paul ihn ja auch jeden Tag. Sag einmal, wie haben eigentlich deine Eltern reagiert?«

»Ich habe ihnen eine Nachricht auf den Anrufbeantworter gesprochen. Maman hat mich auch zurückgerufen ...«

»Und? Was hat sie gesagt?«, fragt Jérôme vorsichtig, als Julie nicht weiterspricht.

»Nicht viel. Sie sei traurig. Aber sie könne ihn leider nicht besuchen kommen, weil es ihr selbst nicht gut gehe.«

»Und dein Vater?«

»Funkstille.«

Jérôme haut mit der Faust auf die Bettdecke.

»Verdammte Scheiße!«

»Das ist nicht schlimm. Ich brauch ihn nicht.«

»Ha! Ausgerechnet er, der es so mit der Religion hat!«, regt sich Jérôme auf. »Der wird eine Argumentationshilfe so dick wie die Bibel benötigen, wenn er mal vor Petrus steht.«

Doch Julie will lieber das Thema wechseln und zieht ein kleines Säckchen aus ihrer Tasche.

»Schau mal, ich hab dir was mitgebracht, damit du nicht so allein bist.«

»Was ist da drin?«

»Ich hab sie in meinem neuen Zimmer in der Kommode gefunden.«

Neugierig öffnet Jérôme das Säckchen, greift hinein – und grinst übers ganze Gesicht.

»Meine Muschis! Woher weißt du davon?«

»Na, von wem weiß ich das wohl?«

»Hat mein Vater dir etwa davon erzählt?!«

»Ja. Sogar von deiner Riesenmuschi.«

Gerührt knetet Jérôme ein gelbes Schaumstoffstückchen in der Hand und verstummt für einen Moment.

»Und du? Was hattest du für Muschis als Kind?«, will er nach einer Weile wissen.

»Ich? Ich hatte Popi. Einen Plüschaffen. Ich hab ihn überallhin mitgeschleppt. Aber als ich sieben wurde, hat mein Vater beschlossen, dass ich für solche Kindereien zu groß sei. Darum hat er ihn mir eines Abends aus den Händen gerissen und in den brennenden Ofen geworfen.«

»Magst du welche von meinen Muschis haben?«, fragt Jérôme voller Mitleid.

»Das ist nicht das Gleiche.«

»Dann komm her. Ich kann nämlich mindestens so gut kuscheln wie Popi.«

»Popi war ein Affe!«

»Na ja, mein Hintern müsste nach dieser ganzen Betthockerei aussehen wie der eines Pavians.«

»*Das* werde ich garantiert nicht überprüfen.«

Es ist ein sonniger Herbstsonntag. Paul hat Julie an die frische Luft geschickt, heute sei er dran, Lulu ein paar Geschichten zu erzählen, von Mann zu Mann, da könnten sie Lulus Mutter nicht dabei gebrauchen.

Am nächsten Morgen muss Julie wieder zur Arbeit. Wie sie es dort bloß aushalten soll … Die Frau vom Kliniksozialdienst hat ihr erklärt, dass sie ein Anrecht auf eine Halbtagsstelle wegen der Erkrankung ihres Kindes habe, und das netterweise auch gleich ihrem Chef mitgeteilt. Der Fiesling wird trotzdem Mittel und Wege finden, ihr dieses Anrecht streitig zu machen. Schon aus Prinzip. Weil er das Ausdenken von Gemeinheiten wie die Luft zum Atmen braucht.

Um mal was anderes zu sehen als immer nur das Klinikviertel, ist Julie mit der Straßenbahn ins Zentrum gefahren und dort in einem Park eine Weile spazieren gegangen. Nun sitzt sie auf einer Bank unter einer alten Eiche, hat den Kopf zurückgelehnt und schaut hinauf in das Blätterdach, durch das die Sonne zu ihr herunterblinkt. Der Baum ist etwas Besonderes, denn er ist um einen Spanngurt herumgewachsen, den man vergessen hat zu entfernen, und um damit zurechtzukommen, hat der Baum an der Stelle bizarre Auswüchse gebildet. Sein Stamm ist dadurch weniger ebenmäßig als der seiner Gefährten, aber er ist ebenso hoch gewachsen; von Weitem sieht man keinen Unterschied. Und er spendet genauso viel Schatten wie alle anderen, auch wenn sich wohl keine schönen Bretter mehr aus ihm sägen lassen. Ja, er ist einzigartig, dieser Baum, und sogar zu einem echten Treffpunkt geworden, denn man erkennt ihn sofort. Die geradegewachsenen Bäume hingegen sind anonym, für sie interessiert sich kein Mensch.

Julie denkt an Lulu und an den Spanngurt, der fortan seine Entwicklung beeinträchtigen wird, all die Folgen des Unfalls, mit denen er nun notgedrungen leben muss. Eines Tages wird der Gurt vielleicht auch ihm zu eng werden. Doch dann wird sie alles dafür tun, dass er dennoch zu einer großen Eiche heranwächst, die genauso stark und einzigartig sein wird wie dieser Baum, unter dem sie gerade sitzt.

Und wer braucht schon schöne Bretter: sie jedenfalls nicht.

Montag. Ihr erster Arbeitstag.

Julie nutzt die Mittagspause, um mit ihrem neuen Smartphone Paul anzurufen.

Pragmatisch wie Paul ist, hat er für sie wichtige Nummern auf Kurzwahltasten gespeichert. Sie muss nur etwas länger auf die 2 drücken, schon wird sie auf wundersame Weise mit ihrem guten Freund verbunden. Mit der 3 erreicht sie Lulus Station, mit der 4 Jérôme, mit der 5 Caroline und mit der 6 Manon. Und er hat ihr auch gezeigt, wie sie notfalls zum Menü zurückkehren kann, denn es ist gar nicht so einfach, die Funktionsweise dieses teuren Hightechgeräts zu durchschauen, oft fühlt sie sich dabei wie ein kleines Kind, das vor dem Bedienfeld eines Airbus A350 steht.

Paul ist auch gleich dran. Er geht immer ans Telefon, wenn sie anruft, selbst wenn er gerade in einer Besprechung ist. Das sei das Privileg von Führungskräften, die eigentlich in Rente gehen wollen, die der Boss aber um jeden Preis noch halten will, hat er ihr erklärt. Seinen Kollegen teile er immer nur lapidar mit: »Das ist dringend« und gehe dann kurz raus – denn für Paul dulden Julies Anrufe keinen Aufschub, selbst wenn es scheinbar nur um irgendwelche Lappalien geht. Manche Lappalien haben für ihn nun mal eine besondere Dringlichkeit, und damit basta.

Aufgelöst berichtet Julie ihm von ihrem ersten Arbeitstag und diesem Kotzbrocken von Chef, der das von seinen Eltern geerbte Stück Menschlichkeit offensichtlich in der Plazenta gelassen und es durch systematische Niederträchtigkeiten ersetzt hat.

»Er hat dir doch nicht etwa die Teilzeit verweigert?!«

»Nein, das kann er von Gesetzes wegen nicht. Aber er hat gemeint, für ihn sei Lulus Zustand kein stichhaltiger Grund, und hat mir dann mit einem verächtlichen Grinsen angedroht, dass ich es bei der Schichteinteilung zu spüren bekommen werde. Ich könnte ihn echt an die Wand klatschen!«, erklärt Julie aufgebracht.

»Warum tust du's nicht?«

»Ach Paul, du hast mich zwar in der Bretagne gut gemästet, aber diese Gewichtsklasse hab ich dann doch noch nicht.«

»Irgendwann werden wir diesen Idioten fertigmachen, und dann gnade ihm Gott, denn unsere Rache wird furchtbar sein!«, knurrt Paul und holt tief Luft, damit er sich und Julie wieder etwas beruhigen kann. »Aber jetzt hast du einfach an Wichtigeres zu denken. Die Teilzeit wird dir trotz allem etwas Luft verschaffen. Halte durch. Unserem Kleinen zuliebe.«

Ja, für Lulu muss sie durchhalten: wenn da nicht der Lärm und der ständige Zug wären an Kasse 12; nicht die mürrischen Kunden, die sie kaum anblicken, geschweige denn grüßen, und nur genervt seufzen, wenn sie den Strichcode nicht findet oder der Kunde vor ihnen in der Schlange ihr gleich sieben Rabattbons in die Hand drückt. Wenn es nicht die kleinen »Präsente« gäbe, die sie mit dem Kassenzettel zu überreichen hat und die bei den Kunden zu Hause nur verstauben, auf die deren Kinder aber so scharf sind, dass sie sich heulend auf den Boden werfen, wenn die Kassiererin mal keine mehr auf Lager hat. So viel vergeudete Zeit, so viele maulende Kunden und unwichtige Dinge, die es gleichzeitig zu bedenken gibt, um bloß keinen Fehler zu machen, der sie ins Büro des Chefs katapultiert: Julie hat es einfach nur satt, sich mit all dem beschäftigen zu müssen, während zwanzig, dreißig Kilometer entfernt ihr Kind sie braucht, ihr Ein und Alles, das aus diesem tiefen Schlaf nicht herausfindet, weil ein besoffener Idiot in jener fatalen Nacht den Zündschlüssel umgedreht hat, ohne einen Gedanken daran zu verschwenden, dass er ein paar Menschen das Lebenslicht ausblasen könnte. Seines ist Julie völlig egal, aber das von Lulu … Ach, von ihr aus können sich alle ihre Rabatt- und Gewinnmarken sonst wohin stecken! Vor allem dieses Arschloch von Chef!

»Julie, willst du nicht doch kündigen? Ich hab dir ja schon gesagt, ich komme gerne für deinen Unterhalt auf«, hört sie nun wieder Pauls Stimme vom anderen Ende der Leitung.

»Danke, aber nein, ich möchte von niemandem abhängig sein.«

»Was für ein Dickkopf du doch bist!«

»Ich bin nur pragmatisch …«

»Nein, stolz!«

»Dann nenn's eben realistisch …«

»Für mich bist du störrisch wie ein Maulesel!«

»Bin ich nicht, nur energisch …«

»Okay, ich geb's auf«, meint Paul seufzend. »Aber vergiss nicht, mein Mädchen: Ich bin immer für dich da. Und das weißt du, oder?«

Ja, das weiß Julie.

Dreizehn Tage liegt Lulu nun schon auf der Intensivstation. Julie hat ihren Kleinen gerade gewaschen, als Professor Lagarde zu ihr gekommen ist, um ihr mitzuteilen, dass man ihn am nächsten Tag auf eine andere Station verlegen wird, da nun keine postoperativen Folgen mehr zu befürchten sind. Diese Angst gehört nun also der Vergangenheit an. Lulus Wunden vernarben gut, sein Urin ist wieder klar und der Bluthaushalt aufgefüllt. Und auch den Beatmungsschlauch hat man entfernt, da die Atmung wieder eigenständig funktioniert. Die Akutbehandlungsphase seiner Schädel-Hirn-Verletzung sei damit überstanden und werde nun abgelöst von der chronischen Phase, einem Ausdruck, der Julie neue Angst macht. Die genaue Bedeutung hat sie auf ihrem Handy in einem Onlinewörterbuch nachgeschlagen, kaum war der Arzt wieder weg: CHRONISCH (LAT. CHRONICUS = ZUR ZEIT GEHÖREND): (von Krankheiten) sich langsam entwickelnd u. lange dauernd.

Darauf muss sie sich nun also einrichten, mit ihrem Zeitplan, aber vor allem mental. Zwar haben sie bereits eine Routine gefunden, wer wann bei ihrem Söhnchen ist: Julie kommt immer morgens und wird dann von Jérôme abgelöst, sobald sie zur Arbeit muss. In seinem Rollstuhl fährt er auf die Kinderstation, lagert sein Bein neben Lulus Bett hoch und erzählt dem Dreijährigen Geschichten, bis sie abends wiederkommt. Meist ist Paul dann auch schon da, und oft schickt er sie nach einer Weile heim, damit sie ein wenig Zeit für sich hat und sich ausruhen kann. So weit, so gut. Dennoch macht es Julie wirklich zu schaffen, dass sie nicht die ganze Zeit bei Lulu sein kann. Sie wird einfach das Gefühl nicht los, ihn im Stich zu lassen, ihn zu verraten, zu enttäuschen, ihm keine gute Mutter zu sein …

In diesem Moment klopft es leise ein paarmal an die Tür, die sich auf ihr »Herein!« dann behutsam öffnet.

»Guten Tag, Sie sind Ludovics Mutter, nicht wahr? Romain Forestier. Ich bin der Physiotherapeut der Station. Freut mich, Sie kennenzulernen, Madame Lemaire.«

Sein Händedruck ist fest und bestimmt, der Blick durchdringend und ungewöhnlich lang, so, als wolle er testen, ob sein Gegenüber ihm standhält, ohne zu schwächeln. Julie weicht ihm nicht aus; schließlich ist ihr ganzes Wesen auf Durchhalten gepolt. Nur ein paar wenige Sekunden sehen sie sich an, und doch erscheint es wie eine Ewigkeit …

»Ich arbeite im Rehabilitationszentrum am anderen Ende der Stadt. Kennen Sie es?«

»Ich habe davon gehört.«

»Für gewöhnlich kümmere ich mich schon hier um die Kinder, die danach zu mir ins Zentrum kommen. Und darum hat man mir vor ein paar Tagen Ludovics Akte zukommen lassen«, erklärt der Physiotherapeut und beugt sich dann über den Kleinen.

Mit Entschlossenheit greift er nach seiner Hand und schaut ihn lange und durchdringend an, wie er es zuvor bei Julie gemacht hat, so, als könne er durch Lulus geschlossene Lider in dessen Innerstes blicken.

»Guten Tag, Ludovic. Ich bin Romain. Wir werden einige Zeit miteinander verbringen. Ich werde dich massieren und deine Gliedmaßen bewegen, um Versteifungen zu vermeiden. So lange, bis du wieder aufwachst. Und dann besprechen wir, wie es mit uns beiden weitergeht.«

Verblüfft hat Julie zugehört, wie dieser Romain Forestier mit ihrem Sohn redet: Er behandelt ihn wie einen Erwachsenen, mit dem gleichen Respekt, dem gleichen Selbstverständnis, freundlich, aber ohne falsches Mitleid.

Der Physiotherapeut hat inzwischen ein kleines Fläschchen mit Massageöl aufgeschraubt, aus dem er ein paar Tropfen in seine hohle Hand gießt und danach beide Hände kräftig reibt, damit das Öl seine Körperwärme annimmt. Nun setzt er sich auf den Bettrand, hebt Lulus linken Fuß auf seinen Schenkel, und dann nähern sich seine großen Hände behutsam dem Bein, berühren es zuerst ein paarmal ganz sanft, bevor er es mit geschmeidigen, aber festen Bewegungen zu streichen beginnt. Julie beobachtet ihn dabei unauffällig: seine muskulösen Arme mit den deutlich hervortretenden Venen, die braunen Haare, deren leichte Wellen mit jeder Bewegung wippen, das kleine Ziegenbärtchen, das er geradezu minutiös in Form rasiert hat, welch rührende männliche Eitelkeit …

Romain arbeitet schweigend, und Julie respektiert das gern.

Seine Bewegungen werden von einem leisen Klimpern begleitet, das aus seinem T-Shirt zu kommen scheint. Offenbar trägt er ein Kettchen mit einem Anhänger um den Hals …

Eine ganze Viertelstunde verstreicht so in friedlicher Stille.

Wie hat ihre Mutter früher immer zu ihr gesagt? »Jetzt geht ein Engel durchs Zimmer«: Julie lächelt, als ihr diese Kindheitserinnerung plötzlich in den Sinn kommt. Nein, er geht nicht, er liegt dort, ihr Engel, doch wird er vielleicht wieder schweben mithilfe dieses Mannes, der ihm die Hand gereicht hat, um ihn ein Stück seines Weges zu begleiten.

»Und Sie? Wie geht es Ihnen?«, fragt Romain Forestier, als er Lulu wieder zugedeckt hat.

Julie schluckt und lächelt dann tapfer.

»Es geht. Wie es einem in so einem Fall eben gehen kann. Aber ich gebe nicht auf. Ja, auch wenn das Unglück über uns zusammengebrochen ist, ich gebe nicht auf.«

»…«

»…«

Der Engel beobachtet sie aus dem Hintergrund, bereit, jederzeit einzuspringen …

»Es ist furchtbar, was Ihnen da widerfahren ist. Aber was immer auch geschieht, Sie werden es durchstehen. Sie haben gar keine andere Wahl. Denn das Leben geht weiter, trotz allem.«

Julie sagt darauf kein Wort, sie weiß nur zu gut, was er meint. Und er scheint auch gar keine Antwort zu erwarten, denn er fährt schon fort:

»Wissen Sie, ein arabisches Sprichwort sagt: ›Lass den Mut nicht sinken, sonst …‹«

»›… tust du es womöglich zwei Sekunden, bevor das Wunder geschieht.‹«

Romain blickt sie nicht an, aber Julie sieht zum ersten Mal ein leichtes Lächeln um seine Lippen spielen.

»Ich werde von jetzt an täglich vorbeikommen, bis aufs Wochenende. Es ist sehr wichtig, dass Ludovics Glieder bewegt werden; wenn Sie wollen, können Sie ihn ebenfalls massieren.«

»Ein bisschen tu ich das schon, aber natürlich längst nicht so professionell.«

Was für ein seltsamer Mann, denkt Julie, nachdem Romain Forestier gegangen ist. Zunächst hat er so distanziert auf sie gewirkt, aber letztlich hat er ihr viel Mut gemacht. Er scheint sich sicher zu sein, was den Lauf des Schicksals betrifft. Nun, wahrscheinlich hat er mit seinen kleinen Patienten schon viele solcher Erfahrungen gesammelt. Dabei ist er noch gar nicht so alt. Höchstens dreißig.

Und dann dieses Sprichwort. Seit bald vier Jahren ruft Julie es sich immer ins Gedächtnis, wenn sie kurz davor ist, aufzugeben.

Doch heute ist es das erste Mal, dass ein völlig Fremder es zitiert hat.

Das allererste Mal.

Und dann noch dieses leise Klimpern …

Ein paar Tage später …

Julie ist längst mit Lulus Körperpflege fertig, doch Romain Forestier ist immer noch nicht da. Ein komisches Gefühl von Leere macht sich in ihr breit, bestäubt von einer Prise Ungeduld. Wann kommt er endlich?

Der Physiotherapeut erscheint schließlich mit halbstündiger Verspätung. Ohne Erklärung. Irgendetwas muss ihn aufgehalten haben, vielleicht ein anderer kleiner Patient?

Romain Forestier redet sehr wenig. Er konzentriert sich ganz auf seine Arbeit, schaut Julie kaum an. Und dennoch hat dieser Mann etwas Beruhigendes in seiner Stimme, in seinem Blick, seiner Haltung. Und irgendwie auch etwas Geheimnisvolles. Zudem ist da immer dieses leise Geklimper unter seinem T-Shirt, wenn er Lulu massiert oder dessen schwere Glieder bewegt … Eine lange, senkrechte Falte hat sich zwischen seinen Augenbrauen gebildet und unterstreicht seinen ernsten, hochkonzentrierten Ausdruck. Doch seine Augen umgeben auch ein paar kleine Fältchen, und auf beiden Seiten des Mundes deuten zwei ausgeprägte Grübchen darauf hin, dass er womöglich herzlich lachen kann. Während er sich nun Lulus Armen zuwendet, überlegt Julie, was für ein Leben er wohl außerhalb der Arbeit führt. Ob er verheiratet ist? Kinder hat? Gern ins Kino geht und sich abends mit Freunden trifft? … Hm, und es wäre auch spannend, zu wissen, ob er immer so ernst ist wie hier in diesem Zimmer, oder mehr aus sich rausgeht, sobald er seine weiße Berufskleidung abgelegt hat … Jedenfalls trägt er keinen Ehering. Oder legt er ihn für die Arbeit ab, weil es hygienischer ist und er ihn während des Massierens stört …?

Abrupt steht Julie aus ihrem Sessel auf, als sie spürt, wie ihr eine feine Röte ins Gesicht steigt. Schnell wendet sie dem Physiotherapeuten den Rücken zu und tritt ans Fenster, wo sie hinunter auf den Klinikparkplatz sieht. Man kann einem Menschen nicht am Gesicht ablesen, wie er privat tickt; zwar glaubt man manchmal, etwas zu erahnen, und hat sich dann doch komplett getäuscht. Und überhaupt: Wie kann sie sich nur mit solchen Fragen beschäftigen, jetzt, da ihr Lulu mit den fatalen Folgen des schrecklichen Unfalls zu kämpfen hat, der gerade mal drei Wochen zurückliegt? Julie schämt sich, ja, sie schämt sich, dass sie überhaupt an etwas anderes als ihren kleinen Jungen denken kann, sie schämt sich, dass sie über diesen rätselhaften Mann nachdenkt. Zu allem Überfluss entdeckt sie jetzt auch noch in der spiegelnden Fensterscheibe, dass Romain sie beobachtet, ohne seine sanften Knetbewegungen zu unterbrechen, mit denen er versucht, den Muskelschwund zu minimieren.

»Wenn ich einen neuen Patienten habe, bitte ich die Eltern meist, dass sie mir ein bisschen was über ihr Kind erzählen«, sagt er nun, während er Lulus Arme durchzubewegen beginnt.

»…«

»Ich wäre Ihnen dankbar, wenn Sie mir ein paar Worte zu ihm aufschreiben würden.«

»Was wollen Sie wissen?«

Julie hat sich umgedreht, bleibt aber am Fenster stehen; sie hält lieber Abstand, um ihre Gedanken von gerade eben bloß nicht wieder aufkommen zu lassen.

»Erzählen Sie mir ein bisschen was über sein Naturell, seine Gewohnheiten und Lieblingsbeschäftigungen, seine körperliche und geistige Entwicklung. Was immer Sie wollen. Es ist wichtig, dass ich ihn schon ein wenig kenne, wenn er aufwacht, damit er sich dann nicht allzu verloren fühlt.«

»Betreuen Sie ihn wirklich später auch in der Rehaklinik?«

»In einem Fall wie seinem ist es üblicherweise so, dass der kleine Patient nach dem Aufwachen noch einige Zeit hierbleibt und erst einmal völlig zu sich kommt. Erst dann wird er in die Rehaklinik verlegt. Wir werden also ganz sicher ein paar Monate miteinander zu tun haben, je nach Schwere des Falls sind es manchmal sogar Jahre; kommt einfach darauf an, wie schnell er Fortschritte macht.«

»…«

»Es tut mir wirklich leid, Ihnen das mitteilen zu müssen, aber Sie haben mich nun leider ’ne ganze Weile am Hals.«

Unwillkürlich muss Julie lachen und tritt nun wieder an Lulus Bett.

»Na ja, eigentlich sind ja eher Sie es, der *uns* am Hals hat.«

»Oh, meine Nackenmuskeln sind gut entwickelt, ich halte

viel aus, keine Sorge«, erklärt Romain und lächelt sie zum ersten Mal an diesem Tag an.

Julie würde dieses Lächeln gerne erwidern, aber eine Frage brennt ihr auf der Zunge.

»Wann weiß man eigentlich, ob Lulu je wieder laufen wird?«

Romain sieht sie an.

»Eins nach dem anderen. Lassen Sie Ihrem Kind Zeit. Als Erstes muss es wieder aufwachen.«

»Ich mache mir einfach Sorgen, wie es weitergeht«, seufzt Julie.

»Erinnern Sie sich, was ich Ihnen neulich gesagt habe? … Egal, wie sehr man vom Schicksal gebeutelt wird, man steht es durch. Außerdem besitzen Kinder eine unglaubliche Lebenskraft. Wenn's sein muss, können sie sich ruckzuck an neue Lebensbedingungen anpassen. Und gerade in seinem Alter ist die Lern- und Anpassungsfähigkeit enorm«, erklärt Romain, während er Lulu wieder bequem bettet und mit einem sanften Streicheln über seine Wange die Sitzung beendet.

»Also, Sie schreiben mir was, ja? Schaffen Sie das bis Montag?«

»Ich versuch's. Schließlich habe ich hier so wahnsinnig viel zu tun«, entgegnet Julie ironisch.

Der Blick, den der Physiotherapeut Julie daraufhin zuwirft, ist so lang wie beim ersten Mal, und ein Lächeln betont seine Grübchen und die Fältchen um seine Augen. Und selbst als Romain den Raum schon verlassen hat, spürt Julie diesen Blick noch immer auf sich ruhen; so, wie im nassen Sand der Abdruck eines Fußes bleibt, bis die nächste Welle ihn wegspült.

Als Romain am Montag darauf Lulus Krankenzimmer betritt, streckt Julie ihm einen Umschlag entgegen, kaum hat er die Tür hinter sich zugemacht. Überrascht wiegt er ihn in der Hand. Normalerweise kritzeln die Eltern seiner kleinen Patienten nur ein paar Stichworte auf ein Stück Papier, Julie hingegen scheint sich viel Mühe gegeben zu haben. Selbst beim Umschlag: Per Hand hat sie »Lulu« darauf geschrieben und für jeden Buchstaben eine andere Farbe genommen, und dann hat sie noch ein paar Schmetterlinge dazugezeichnet, eine große Sonne und Blümchen im Gras …

Ein Blick in Julies Gesicht zeigt Romain, wie stolz, aber auch wie tief bewegt sie ist. Sacht legt er den Umschlag auf den Nachttisch neben dem Bett.

»Der ist aber dick, vielen Dank. Ich werde ihn später in aller Ruhe lesen.«

»Ich habe *Ihnen* zu danken. Das zu schreiben, hat mir sehr gutgetan«, erklärt Julie leise, denn mit diesem Brief offenbart sie ihm nicht nur das Wesen ihres Sohnes, nein, sie hat Lulu damit auch wieder ein Stück zum Leben erweckt, zwar nur auf

Papier, doch immerhin, in ihren Erinnerungen war er wieder putzmunter und lebendig.

Der Rest der Sitzung verläuft schweigend. Gedankenverloren lächelt Julie vor sich hin – und auch die Grübchen in Romains Wangen haben sich vertieft.

Und wieder fliegen Engel durch das Zimmer, dieses Mal sogar eine ganze Ansammlung, ja geradezu ein Luftballett von Cherubinen …

Am Abend wartet Romain, bis Charlotte eingeschlafen ist, bevor er die kleine Wohnzimmerlampe neben dem Sofa einschaltet und es sich dort mit Julies Brief bequem macht.

Als er das Briefpapier auseinanderfaltet, fällt ihm ein Foto in den Schoß. Lulu und seine Mutter irgendwo am Meer, wahrscheinlich in der Bretagne. Der Kleine strahlt über beide Backen, und Julie schaut ihn zärtlich an. Romain beginnt zu lesen.

Es ist nun schon über drei Jahre her, dass mein kleiner Lulu das Licht der Welt erblickt hat. Zwei Etagen unter diesem Zimmer, in dem er nun liegt.

Sein Vater war schon nicht mehr da, als Lulu noch ein winzig kleiner Zellhaufen war. Wenn man als junges Mädchen ungewollt schwanger wird, muss man eine Entscheidung fürs Leben treffen. Ich habe mich damals entschieden, Lulu zu behalten. Einige Milliarden Zellen größer, hat Lulu mir dann zum ersten Mal in die Augen geblickt. Wie er so auf meiner Brust lag, die Haut noch ganz feucht … Er hatte von Anfang an einen so tiefen Blick, in dem man einfach nur versinken wollte.

Und genau dieser Blick hat mir seither jeden Tag gezeigt, dass ich richtig gehandelt habe … und darum bringen mich heute seine geschlossenen Augen so furchtbar zum Heulen.

Meine beste Freundin war damals mit mir hier in der Klinik. Das Fenster stand halb offen, und die ersten Vögel haben gezwitschert, als wir beide uns danach in meinem Zimmer wie zwei Feen über sein Bettchen gebeugt haben, um ihm unsere Wünsche für ein glückliches und zufriedenes Leben mit auf den Weg zu geben. Wir müssen wohl ernsthaft darüber nachdenken, Nachhilfe im Zaubern zu nehmen … Oder aber es hat einfach die dritte Fee gefehlt, damit die Wünsche auch wirklich in Erfüllung gehen, denn wer weiß, ob nicht die böse Fee Malefiz meinen kleinen Prinzen heimlich mit dem Fluch belegt hat, in diesen langen Schlaf zu fallen …

Bis ich volljährig und mit der Schule fertig war, haben wir beide in einem Heim gelebt; danach habe ich mir eine Arbeit gesucht, denn von irgendwas mussten wir ja leben. Und darum musste ich ihn dann auch einer Tagesmutter anvertrauen. Und so war es seine Nounou, in deren Beisein er zum ersten Mal gezielt nach einem Bauklotz gegriffen hat; bei ihr hat er auch die ersten Schritte gemacht und die ersten Silben gesagt. Das war für mich sehr schmerzhaft; aber zum Glück hat sie mir abends immer alles haarklein erzählt.

Von Anfang an hat Lulu eine unglaubliche Entschlossenheit gezeigt. Mit dem ersten Saugen an meiner Brust wusste er schon, was er wollte: Er wollte leben, wachsen, die Welt entdecken – all das hat man in seinen neugierigen Kulleraugen gesehen. Von Anfang an war er sehr zartbesaitet. Es musste nur eine Tür ein bisschen lauter als sonst zufallen, und er ist erschrocken zusammengefahren. Als er vor einigen Wochen in den Kindergarten gekommen ist, haben ihm darum die vielen lebhaften Kinder richtig zugesetzt. Er hat in den ersten Tagen viel geweint. Und ich auch.

Doch jetzt will ich lieber von den schönen Dingen erzählen: Lulu ist zum Beispiel total fasziniert von Regenbogen, besonders von den großen, die sich über den ganzen Horizont erstrecken. Vor zwei Monaten erst hat er zu mir gesagt:

»Maman, weißt du, dass am Ende von einem Regenbogen ein S'atz liegt?«

»Ja, das weiß ich.«

»Können wir den irgendwann suchen gehen?«

»Sicher. Aber weißt du, das ist gar nicht so einfach, je näher man nämlich einem Regenbogen kommt, desto weiter entfernt er sich …«

»Dann müssen wir eben ganz s'nell laufen!«

Und mein Lulu kann schnell laufen, wirklich, er ist wie ein kleines Wiesel.

Und er ist auch ein kleines Schlitzohr. Er liebt es, Sachen zu verstecken, die ich dann suchen muss. Dazu brauche ich manchmal eine Ewigkeit, was ihn diebisch freut; zu meinem Glück hält er es irgendwann nicht mehr aus und zeigt mir dann das Versteck.

Seiner Erzieherin zufolge ist er im Kindergarten brav, und die anderen Kinder mögen ihn gern, er habe auch eine schnelle Auffassungsgabe und könne sich Dinge leicht merken.

Aber mein Kind lebt auch noch sehr im Reich der Träume. Seit Neuestem hat er ein paar Fantasiefreunde. Sie heißen Krokette, Arthur, Sternchen und Schneeflocke, und manchmal hebt er ein Stück von seinem Pausenbrot für sie auf, damit er nachmittags zu Hause mit ihnen Kindergarten spielen kann, wo er für sie den Tisch deckt und sie es dann serviert bekommen.

Und er steht total darauf, Geschichten vorgelesen zu bekommen. Manche kennt er sogar auswendig, und wehe, wenn ich dann auch nur einen Satz auslasse oder verändere.

Zur Weihnachtszeit liebt er die Weihnachtsdeko überall in den Schaufenstern und ist auch ganz aufgeregt, wenn wir zu Hause den Weihnachtsschmuck aufhängen. Übrigens sagt er »Saufenster« und »Smuck«, weil er das »sch« manchmal noch nicht richtig aussprechen kann.

Was noch? Natürlich kann Lulu auch quengelig sein, so wie jedes Kind. Und er hat Angst vor der Dunkelheit. Er mag es prinzipiell eher ruhig, Menschenmengen sind ihm ein Gräuel, und er muss meine Hand ganz fest halten, wenn wir einen Zeichentrickfilm anschauen.

Dann ist er ganz wild darauf, in Kerzenflammen zu pusten und sie so tanzen zu lassen; sein Lieblingsstofftier ist ein Hase; ah, und kleine Bäche findet er ganz toll, in denen man einen Staudamm bauen kann; er sortiert seine Murmeln der Farbe nach in kleine Schachteln; und manchmal lacht er im Schlaf. Bevor es morgens in den Kindergarten geht, muss ich ihm häufig noch den Kakaoschnurrbart abwaschen; er hebt sich immer die größten Stücke von seinem Crunchy-Müsli bis zum Schluss auf, und er liebt Vanilleeis und Kuchenteig, beim Backen leckt er nämlich immer die Schüssel aus. Dagegen hasst er Zucchini, Spinat und Fruchtstückchen im Joghurt. Und am allermeisten hasst er Brokkoli. Er hat daraus sogar ein

Schimpfwort gemacht! Seien Sie also gewarnt: Sollte er Sie eines Tages »Brokkoli« nennen …

Lulu kann übrigens auch schon pfeifen, er tut zumindest so, indem er seine Finger an die Mundwinkel legt und dann einen spitzen Schrei ausstößt … Und Sie sollten mal sehen, wie er strahlt, wenn er mich vor dem Ausgang des Kindergartens entdeckt; dort schwärmt er übrigens für Camille aus seiner Gruppe, weil sie so viele Sommersprossen hat und Fußball spielt. Manchmal kommt er nachts heulend zu mir ins Bett gekrochen, weil er einen Albtraum hatte. Zur Beruhigung lutscht er noch immer am Daumen und zwirbelt gern an seinen Haaren herum, und an meinen noch viel lieber. Kurz bevor wir in die Bretagne gefahren sind, hat er hinten im Garten geübt, so weit wie möglich zu pinkeln. Und wenn wir sonntags spazieren gehen, sammelt er immer kleine trockene Holzstücke, weil die in dem Graben hinter unserm Haus am besten schwimmen, und natürlich sammelt er auch jede Menge Steine, die er in seine Taschen steckt, wo wir sie dann immer vergessen, zum großen Ärgernis von Madame Was'mas'ine, wie er sie nennt.

Gewitzt ist mein Kleiner im Übrigen auch: Neulich hat er den Inhalt einer neuen Cornflakes-Packung einfach in eine Salatschüssel gekippt, um an das kleine Geschenk ranzukommen, das immer ganz unten drin liegt.

Und nicht nur gewitzt ist er, mein Lulu ist auch sensibel, großzügig, verschmust, stark, mutig und sehr fröhlich.

Ach, und wie liebe ich sein Lachen, seinen Blick, seine Energie, sein sanftes Wesen.

Ich habe ihn einfach sehr, sehr lieb.

Julie

Nachdenklich lässt Romain die drei Blätter sinken, nimmt das beigelegte Foto wieder in die Hand und schaut es lange an.

Sehr lange …

Einen Monat. Einen ganzen Monat liegt Lulu schon im Tiefschlaf. Hin und wieder fährt Julie nun abends tatsächlich etwas früher nach Hause und überlässt es Paul oder Jérôme, ihrem Kleinen eine Gutenachtgeschichte vorzulesen. Nicht, dass ihr Sohn ihr weniger wichtig geworden wäre, doch sie muss zusehen, dass sie zu neuer Energie kommt, damit sie nicht bald vor Erschöpfung zusammenklappt. Das Warten dauert einfach schon so lange und ist so schwer zu ertragen. Manchmal ist Julie wirklich kurz vor dem Verzweifeln und nahe dran, alle Hoffnung aufzugeben. Vor allem, wenn sie die ganze Situation von außen und mit Abstand zu betrachten versucht und ihr plötzlich der Ernst der Lage bewusst wird. Denn die Ärzte haben ihr erklärt, dass mit jeder Woche seine Chancen geringer werden, sich vollständig von den Folgen des Unfalls zu erholen.

Aber es sind nur kurze Momente, in denen sie dieser Wahrheit ins Auge sieht. Meist kehrt sie schnell in ihre »Luftblase aus Ungewissheit« zurück: Um durchzuhalten, ist es besser, jegliche Gedanken an die Zukunft aus dem Bewusstsein zu verbannen, sich ganz auf das tägliche Einerlei zu konzentrieren und von seinen Erinnerungen zu zehren. Julie versucht also, die Dinge zu nehmen, wie sie kommen, jeden Augenblick bewusst zu leben und auch wieder ein bisschen Gefallen am puren Leben zu finden. Sie verabredet sich sogar mit Manon, nimmt Pauls Einladungen an, mit ihm abends essen zu gehen, und plaudert immer öfter auch mit Caroline über Alltägliches, kurzum, sie pflegt ihre Freundschaften und kommt so in den Genuss von ein paar Sonnenstrahlen, die durch die dunklen Wolken blitzen. Denn letztlich haben Verzweiflung und Traurigkeit noch keinem Menschen dabei geholfen, die schweren Prüfungen des Lebens zu bewältigen.

Ein paar Tage später klopft Romain Forestier diskret wie immer an die Tür von Lulus Krankenzimmer und tritt leise ein. Julie nimmt ihn an diesem Morgen jedoch nicht wahr: Lulus Hand in ihrer, ist sie mit dem Kopf auf seiner Bettdecke eingeschlafen und tief in ihren Träumen versunken.

Um sie aufzuwecken, beugt sich Romain über sie und streicht mit dem Handrücken sanft über ihre Wange, so, wie er es auch bei Lulu immer tut, doch ihre Lider zucken nur kurz, und schon schläft sie wieder tief und fest.

Darum setzt er sich erst mal auf die andere Seite des Bettes und wartet ab. Wie er die beiden so betrachtet, kommt ihm wieder das Foto vom Strand in den Sinn, das Julie ihrem Brief beigefügt hatte und auf dem Mutter und Sohn so ausgelassen und voller Leben waren. Seit vier Wochen ist Lulus Miene nun völlig ausdruckslos, die schlafende Julie hingegen wirkt an diesem Vormittag gelöst, ja geradezu heiter, und ihre Lippen umspielt ein leichtes Lächeln. Was sie wohl gerade erlebt, wo immer sie sich in ihren Träumen auch befindet?

Hin- und hergerissen zwischen dem Wunsch, diesen Anblick noch etwas zu genießen, und seinem Pflichtbewusstsein, sie wecken zu müssen, damit er Lulu massieren kann, lässt Romain noch ein paar Minuten verstreichen, bevor er ums Bett herumgeht und noch einmal mit seiner warmen, sanften Hand über Julies Wange streicht.

Ob sie das in ihren Traumgefilden gespürt hat? Jedenfalls öffnet sie augenblicklich die Augen – und zuckt zusammen, als sie den Physiotherapeuten so nah vor sich sieht, der sie befangen anlächelt wie ein Kind, das eine Schandtat begangen hat und dabei ertappt worden ist.

»Tut mir leid«, sagt Romain leise und geht schnell zurück auf die andere Seite des Bettes, »ich hätte Sie gerne weiterschlafen lassen, aber die Pflicht ruft, und ich muss danach noch ein anderes Kind besuchen.«

Eine Entschuldigung murmelnd, richtet Julie sich beschämt auf und fährt sich schlaftrunken mit der Hand durch ihr verstrubbeltes Haar. Auf ihrer linken Backe zeichnen sich die Linien des zerknitterten Lakens ab, was Romain irgendwie rührt.

»Sie haben es ganz richtig gemacht«, meint er, um ihr die Verlegenheit zu nehmen, »diese kleinen Entspannungsmomente tun Ihnen gut. Und Sie haben es heute sicher gebraucht.«

Doch Julie antwortet nicht, der gelöste Ausdruck von vorhin ist verschwunden, sie scheint sich auf einmal nicht gut zu fühlen. Fahrig rutscht sie auf ihrem Sessel hin und her, und dann füllen sich ihre Augen mit Tränen.

»Julie? Ist alles in Ordnung mit Ihnen?«

»Ja, schon … Das heißt, nein, nicht so richtig. Wahrscheinlich, weil ich gerade so aufgeschreckt bin. Ich fühl mich irgendwie neben der Spur … Na ja, im Moment bin ich wohl ziemlich dünnhäutig«, erwidert Julie und wischt sich verstohlen eine Träne weg.

Romain ist sie trotzdem nicht entgangen.

»Kann ich Sie nachher zu einem Kaffee einladen, als kleine Wiedergutmachung?«

Julie schüttelt den Kopf.

»Sie brauchen doch nichts wiedergutzumachen, Sie tun schließlich nur Ihre Arbeit.«

»Und einfach nur so, zum Vergnügen?«

Julie zögert kurz, nickt dann aber.

»Schön«, sagt Romain erfreut und schraubt eilig die Massageölflasche auf, um mit seiner Arbeit zu beginnen. »Dann hole ich Sie ab, sobald ich meinen nächsten kleinen Patienten behandelt habe.«

Nicht so recht wissend, was sie darauf entgegnen soll, steht Julie auf und greift nach ihrer Tasche.

»Okay. Dann nutze ich's jetzt aus, dass Sie hier sind, und geh mir kaltes Wasser ins Gesicht spritzen.«

Die kurze Pause tut Julie gut. Eine Viertelstunde später ist sie einigermaßen wiederhergestellt und geht zurück. Als sie leise die Tür öffnet, sieht sie, wie Romain sich über Lulu gebeugt hat, seine Hand hält und ihm ein paar Worte zuflüstert. Es ist ein ganz intimer Moment, denn er ist zum ersten Mal allein mit dem Kind, ohne dessen Mutter, die alles hört, was er sagt. Julie wird es warm ums Herz, einmal mehr tief berührt von der Aufmerksamkeit, mit der er sich Lulu widmet, von dieser innigen Verbindung zu ihrem Kind, die er sicher auch zu allen anderen Kindern hat, die er betreut. Sie hüstelt leise, um auf sich aufmerksam zu machen.

Schnell richtet Romain sich auf, streichelt noch einmal Lulus Backe, lächelt Julie an und verabschiedet sich dann.

»Bis später also, ich denke, so in etwa einer Stunde«, sagt er, als er an ihr vorbeigeht, und ist auch schon verschwunden.

Gedankenverloren blickt Julie ihm nach, denn in diesem Augenblick hat sie das Kettchen um seinen Hals gesehen, das aus seinem T-Shirt geglitten ist, und weiß nun, was das leise Klimpern verursacht: Es sind zwei Ringe, die bei jeder Bewegung aneinanderstoßen …

In der Cafeteria finden sie so kurz vor Mittag nur noch in der hintersten Ecke einen freien Tisch. Romain geht den Kaffee holen, während Julie sich schon mal hinsetzt und von dort aus beobachtet, wie er mit der Kassiererin ein paar Worte wechselt. Zuvor hat er ihr noch ein Zeichen gemacht, ob sie Zucker nimmt, und sie hat genickt. Das Tablett vorsichtig balancierend, damit der Kaffee nicht überschwappt, schlängelt er sich nun zu ihrem Tisch durch, setzt sich und schiebt dann den Becher, Zucker und den kleinen Plastikstab zum Umrühren zu ihr.

»Geht's Ihnen besser?«

Julie nickt. »Ja, das kalte Wasser vorhin hat mir gutgetan. Mir fehlt wohl ein bisschen Schlaf. Ich war gestern Abend im Kino.«

»Im Kino? Super!« Man sieht Romain an, wie er sich darüber freut. »Wissen Sie, manche Eltern verstehen nicht, dass sie irgendwann zu einem einigermaßen normalen Leben zurückfinden müssen, um sich selbst zu schützen. Sie machen das genau richtig, Julie«. Romain trinkt einen Schluck Kaffee. »Vielleicht wird es ihnen auch passieren, dass Sie eines Tages plötzlich wieder aus vollem Halse lachen – und danach mit enormen Schuldgefühlen zu kämpfen haben. Wenn einem im Leben ein so großes Unglück widerfährt, glaubt man nämlich, in den Blicken der anderen lesen zu können, dass man nicht mehr fröhlich sein darf. Doch tief in Ihrem Innern werden Sie spüren, dass genau das Ihnen hilft, am Leben zu bleiben. Denn ›das Glück kommt zu denen, die zu lachen verstehen‹, wie ein japanisches Sprichwort sagt.«

»Ich sehe schon, bei Ihnen machen die Japaner den Arabern Konkurrenz.«

Romains Lachfältchen vertiefen sich für einen winzigen Moment – worauf Julie sich ein Herz fasst, ohne zu wissen, woher sie plötzlich den Mut dazu nimmt. Aber sie hat da etwas gespürt, das ihr keine Ruhe lässt.

»Jedenfalls klingt es, als hätten Sie selbst auch schon mal so was Ähnliches mitgemacht.«

Romain blickt stumm in seinen Kaffee, und darum macht Julie auch schnell einen Rückzieher.

»Tut mir leid, das geht mich wirklich nichts an.«

Der Physiotherapeut sieht auf und schüttelt den Kopf.

»Sie müssen sich nicht entschuldigen. Ich rede nur einfach nicht gern darüber. Es ist so lächerlich im Vergleich zu dem, was Sie gerade durchmachen.«

»Stimmt, das ist lächerlich, ein Mann, der einer Frau sein

Herz ausschüttet. Deshalb macht's keiner«, erwidert Julie provozierend. »Was bin ich froh, dass ich eine Frau bin: Wir haben nämlich kapiert, dass es einen nicht umbringt. Ja, dass es manchmal sogar richtig guttut, sein Herz zu erleichtern. Männer haben doch eins, oder?«

»Ja, schon. Und manchmal ist dieses Herz richtig schwer … Meine Frau ist nämlich gegangen.«

»Gegangen?«, fragt Julie in banger Erwartung. »Sie meinen, sie ist … tot?«

»Nein, es fühlt sich zwar genau so an … Aber nein, sie hat mich verlassen.«

»…«

»Sie hat einen Anwalt kennengelernt. Und so ein Anwalt macht natürlich was her, im Gegensatz zu einem lächerlichen Physiotherapeuten. Der verdient gut. Und so hat sie einfach mir nichts, dir nichts einen dicken Strich unter ihr vorheriges Leben gezogen«, sagt Romain tonlos. »Na ja, irgendwann werde ich drüber wegkommen. Aber dass sie Charlotte … das kapier ich einfach nicht.«

»Wer ist Charlotte?«

»Meine Tochter … das heißt, unsere Tochter. Sehen Sie, ich rede schon, als hätte das Kind keine Mutter mehr.«

»Teilen Sie sich denn nicht das Sorgerecht?«

»Meine Ex wollte nicht. Ihr werter Herr Anwalt findet das Kind eines anderen wohl lästig.«

»Aber sie besucht Ihre Tochter doch, oder etwa nicht?«

»Alle Jubeljahre mal. Die beiden sind nach Paris gezogen.«

»Und trotz allem haben Sie sie wirklich geliebt.«

»Ja … das habe ich.«

Darauf weiß Julie erst einmal nichts mehr zu sagen. Ist so etwas tatsächlich möglich? Eine Mutter lässt ihre Tochter einfach so im Stich, um mit einem anderen Mann zu leben? Für Julie ist das unvorstellbar. Völlig unvorstellbar. Allein bei dem Gedanken wird ihr eiskalt.

Romain hat instinktiv an seinen Hals gefasst und fingert an den beiden schmalen Ringen herum.

Julie umfasst ihren Pappbecher.

»Alle Wunden verheilen irgendwann. Mehr oder weniger schnell, mehr oder weniger gut, aber irgendwann schließen sie sich wieder. Man behält eine Narbe zurück, aber das Leben ist trotz allem stärker … hoffe ich jedenfalls.«

Und wieder macht sich längeres Schweigen zwischen ihnen breit, unterbrochen nur vom vorsichtigen Nippen am Kaffee. Ihr Zusammensein zieht eindeutig eine Menge Engel an …

Gedankenverloren rührt Julie mit dem kleinen Plastikstab in ihrem Kaffee, einen winzigen Kreis nach dem anderen.

»Ich würde mal sagen, der Zucker müsste sich längst aufgelöst haben«, meint Romain grinsend.

Hell lacht Julie auf.

»Stimmt.«

Sie blicken einander an. Ja, sie verstehen sich, was beide vielleicht schon bei ihrer ersten Begegnung spürten, was ihnen aber jetzt hier, an diesem kleinen Tisch, umgeben vom Stimmengewirr der Cafeteria, noch deutlicher wird.

»Was ist mit Lulus Vater? Wollte er sich nie um Lulu kümmern?«

»Nie.«

»Und Sie? Wollten Sie keinen neuen Vater für ihn finden?«

»Sagen wir mal so: Jeden Morgen, den der liebe Gott mir schenkt, hoffe ich, einem Papa für Lulu zu begegnen. Und nebenbei einem Mann für seine Mutter.«

»Und?«

»Und jeden Abend werde ich ein Stück atheistischer.«

»Versteh einer uns Männer. Sie sind doch unheimlich sympathisch.«

Verlegen senkt Julie die Augen. Sein Kompliment lässt sie unwillkürlich lächeln und färbt ihre Wangen, als hätten sich zwei Rosenblätter darauf niedergelassen.

»Danke …«

Sie ist froh, dass sie den kleinen Plastikstab hat, der ihr einen Vorwand gibt, nicht zu Romain aufblicken zu müssen. Ganz bestimmt gibt es da unten im Becher noch ein kleines Zuckerkörnchen, das sich noch nicht aufgelöst hat, und deshalb rührt sie wie wild im Becher herum.

»Ich meine es ernst …«

Resigniert zuckt Julie mit den Schultern.

»Irgendwie krieg ich's einfach nicht hin, den idealen Mann für Lulu und mich zu finden.«

»Hat Sie keiner darüber aufgeklärt, dass es Traumprinzen nur im Märchen gibt?«

Angriffslustig hebt Julie jetzt doch den Kopf. Sie hat nun mal Lust, wenigstens dabei an Märchen zu glauben! Und wenn er es noch so bescheuert findet! Sie setzt schon zu einer schlagfertigen Antwort an, doch Romain kommt ihr zuvor.

»Wenn Sie die Messlatte so hoch ansetzen, schafft es keiner darüber. Die wenigsten Männer sind Hochspringer, drum werden sich alle unten durchmogeln.«

»Und wie hoch springen *Sie*?«

Romain bleibt ihr eine Antwort schuldig, muss aber grinsen.

»Ich weiß, den idealen Mann gibt es nicht«, fährt Julie fort, »aber ich nehme mir eben Zeit zum Suchen. Ich habe mich schon einmal furchtbar getäuscht und würde Lulu gerne einen neuen Irrtum ersparen.«

»Man täuscht sich nie, wenn man liebt.«

Just in diesem Moment piepst Romains Pager. Der Physiotherapeut wird dringend auf der Station gebraucht. Und vielleicht … ist das auch besser so.

Am selben Abend betritt Paul gedankenverloren den Aufzug im Foyer des Krankenhauses. Er drückt auf den Knopf, der ihn zu Lulu in den achten Stock bringen soll, und sieht dann geduldig den Türen zu, wie sie sich schließen – als plötzlich wie aus dem Nichts zwei schmale Hände auftauchen, die den Spalt wieder resolut aufdrücken. Ein überraschtes Lächeln breitet sich über sein Gesicht aus, denn aus irgendeinem unerfindlichen Grund zweifelt er keine Sekunde daran, dass sie Manon gehören, Julies bester Freundin.

Und auch die junge Frau mit den vielen Sommersprossen und den haselnussbraunen Augen, die buchstäblich im letzten Augenblick in den Lift springt, weil sie nun einmal so ist, immer in Hektik, immer auf Hochtouren, weiß sofort, dass sie Paul gegenübersteht, den sie bei ihren Besuchen bisher immer verpasst hat.

»Uff, ich habe schon ein paar zerquetschte Frauenfinger vor meinem geistigen Auge gesehen!«, ruft er erleichtert.

»Und ich … hab schon den Aufzug … davonfahren sehen«, schnauft sie völlig außer Atem.

»Wie gut, dass ich nun stattdessen Sie vor mir sehe«, sagt Paul lächelnd.

Manon räuspert sich verlegen. Irgendwie verwirrt sie sein Blick.

»Ich denke, wir haben das gleiche Fahrtziel«, sagt sie darum schnell und beugt sich dabei über ihre Handtasche, um nach einem Taschentuch zu wühlen.

»Ja, das glaube ich auch. Sind Sie darum so nervös?«

»Nervös? Ich? Äh, nein, ich mag nur keine Aufzüge. Aber acht Stockwerke zu Fuß …«

»Und warum mögen Sie keine Aufzüge?«

»Ich leide an Klaustrophobie.«

Als hätte er sie gehört, bleibt der Aufzug ausgerechnet in diesem Moment zwischen zwei Etagen stecken, und es wird dunkel in der Kabine.

»Haben *Sie* ihn angehalten?«, fragt Manon unruhig.

»Das würde ich Ihnen sicher nicht antun, nachdem Sie mir gerade erklärt haben, dass Sie an Klaustrophobie leiden.«

»Und was machen wir jetzt?!«

»Oh, ich wüsste da so einiges, was ich Ihnen in so einer Situation vorschlagen könnte.«

»Das ist jetzt nicht besonders lustig. Ich hasse so was.«

»Sie hassen meine Vorschläge, noch bevor Sie wissen, worum es überhaupt geht?«

»Ich hasse Aufzüge, wenn sie nicht funktionieren.«

In der Kabine leuchtet nur noch ein winziges Notlicht, sodass sie sich lediglich schemenhaft sehen. Angespannt drückt Manon auf alle Knöpfe gleichzeitig.

»Was ist, wenn der Aufzug abstürzt?«, fragt sie ängstlich.

»Dann erwischt es uns gemeinsam. Wir sind allerdings noch nicht sonderlich weit oben. Darum sollten wir mit ein paar Quetschungen davonkommen. Ich kann Sie auch gerne in den Arm nehmen; ich bin so gut gepolstert, das dämpft garantiert den Aufprall.«

»Hören Sie auf, ich finde das wirklich nicht lustig. Ich habe Angst.«

»Angst, wovor? Vor mir?«

»Nein, vor Ihnen bestimmt nicht«, schnaubt Manon. »Davor, dass wir hier nicht mehr rauskommen.«

»Warum sollten wir nicht mehr rauskommen?«

»Wir könnten hier drin vergessen werden und dann verhungern oder verdursten.«

»Fürs Verdursten bleiben uns noch gute drei bis vier Tage. Nebenbei gesagt, sollte man in so einer Situation sowieso besser nichts trinken, wenn man nicht in eine peinliche Notlage geraten will. Und was einen möglichen Hungertod betrifft, brauchen wir dazu sicher fünf bis sechs Wochen. Das gewährt uns einen gewissen Aufschub. Vor allem mir, bedenkt man meine Leibesfülle.«

»Ich hätte besser die Treppe nehmen sollen. Dann wäre ich jetzt nicht hier.«

»Und ich hätte mich zu Tode gelangweilt.«

»Also, jetzt aber im Ernst, was tun wir?«

»Wir rufen den Notdienst«, schlägt Paul vor und drückt auf die Notruftaste.

Sie hören nur den Klingelton. Doch am anderen Ende meldet sich keine Notrufzentrale.

»Und was tun wir jetzt?«, fragt Manon panisch.

»Ich könnte Sie in den Arm nehmen, bis uns jemand zu Hilfe kommt; es würde Ihnen dann vielleicht besser gehen.«

Ohne noch lange zu überlegen, drängt sich Manon in ihrer Angst an Paul.

»Sie haben aber nicht lange gezögert.«

»Julie hat mir erzählt, was für eine beruhigende Wirkung Sie haben können. Und das kann ich jetzt wirklich gut gebrauchen.«

»Sie müssen keine Angst haben, Manon. Wir sind in einem Krankenhaus, da kann man es sich nicht erlauben, jemanden im Aufzug zu vergessen.«

»Julie hatte recht. Ihre Umarmung hat wirklich was Beruhigendes …«

»Sie beginnen doch nicht etwa zu hoffen, dass die Panne länger dauert?«

»Ganz so weit würde ich dann doch nicht gehen.«

Da fährt ein Ruck durch den Aufzug, und im selben Moment geht in der Kabine das Licht wieder an und macht ihnen die beiderseitige Nähe bewusst. Rasch tritt Manon einen Schritt zurück und lächelt Paul verlegen an, bevor sie ihr Haar in Ordnung bringt.

Als wäre das in den letzten Minuten so zerzaust worden …

Zuerst hörte Julie den Wecker nicht. Dann stand sie zu allem Überfluss auch noch eine halbe Ewigkeit fluchend im Stau. Und darum erreicht sie an diesem Vormittag das Krankenhaus ganze anderthalb Stunden später als gewohnt.

Julie kommt nicht gerne zu spät. Sie weiß zwar, dass sie Lulu reglos und mit geschlossenen Augen vorfinden wird, nichtsdestotrotz würde sie es sich nie verzeihen, wenn beim Aufwachen niemand bei ihm wäre. Als sie auf den Parkplatz einbiegt, fällt ihr glücklicherweise wieder ein, was die Krankenschwester ganz am Anfang gesagt hat, und so schließt sie kurz darauf ihren Wagen schon nicht mehr ganz so hektisch ab, denn im Grunde ihres Herzens ist sie sich sicher, dass Lulu warten wird, bis sie bei ihm ist, um aus dem Koma zu erwachen.

Eilig geht sie auf die Klinik zu, bleibt vor dem Haupteingang aber stehen, um einen Wagen vorbeizulassen, der gerade aus einer der Parkbuchten für die Angestellten herausgefahren ist. Es ist einer dieser wunderschönen Oldtimer, wie man sie manchmal bei Rallyes auf der Elsässer Weinstraße sieht. Er ist schon fast an ihr vorbei, als sie erkennt, wer ihr hinter der Windschutzscheibe, auf der sich die großen Alleebäume spiegeln, mit einem leichten Lächeln zuwinkt. So ein Mist, jetzt hat sie auch noch Romain knapp verpasst, dienstags kommt er immer früher, weil er anschließend in die Rehaklinik zur wöchentlichen Besprechung muss, die um zehn Uhr stattfindet.

Rasch winkt Julie ihm nach und bleibt dann noch einen Moment stehen, um die Enttäuschung darüber zu verdauen, dass sie an diesem Tag nun leider nicht mehr mit ihm reden kann. Sein regelmäßiger Besuch bei Lulu ist nämlich auch für sie inzwischen ein festes Ritual geworden. Und dass sie ihn nun verpasst hat, macht ihr bewusst, wie gut ihr diese Minuten mit ihm tun und wie viel Kraft sie ihr geben, um durchzuhalten und nicht den Mut zu verlieren. Darum ist Julie kurz ganz niedergeschlagen, reißt sich dann jedoch zusammen und sagt sich, dass es noch viele andere Tage wie diesen geben wird, weshalb es auf einen weniger nicht ankommt …

Wie vorhergesehen, liegt Lulu immer noch in derselben Lage da, als sie zur Tür hereinkommt. Dasselbe unbewegliche Gesicht, die Augen geschlossen. Dieselben Überwachungsmonitore, Pumpen und Infusionsschläuche um ihn herum. Dasselbe Bett, dasselbe Zimmer …

Julie hat definitiv schon zuversichtlichere Vormittage erlebt. Sie beugt sich über ihren Sohn und gibt ihm einen liebevollen Kuss auf die Stirn, da fällt ihr Blick auf einen Zettel, der auf seiner Bettdecke liegt.

»An die Maman von Ludovic«, steht darauf, darunter eine Telefonnummer. Überrascht faltet sie das Papier auf.

Offensichtlich sind Sie aufgehalten worden … Da Sie meines Wissens heute nicht zur Arbeit müssen, wollte ich Ihnen vorschlagen, mit mir ins Rehazentrum zu fahren. Zurzeit haben wir nicht allzu viele Patienten, deshalb wäre das eine gute Gelegenheit, um sich einen ersten Eindruck davon zu verschaffen.

Ich hätte gegen 14 Uhr eine Lücke im Terminkalender und könnte Sie abholen; ich komme vorher ohnehin noch mal wegen eines anderen Kindes her … Kurzum, ich schreibe Ihnen einfach mal meine Handynummer auf, geben Sie mir Bescheid, ob's passt.

Herzliche Grüße
Romain Forestier

O ja, Julie würde sehr gern die Rehaklinik besuchen, in der Lulu wahrscheinlich einen Teil seiner Kindheit verbringen wird. Das Unbekannte macht ihr immer ein wenig Angst, sodass es ihr wie gerufen käme, wenn sie die gleich überwinden könnte.

Julie holt ihr Handy hervor. Inzwischen kennt sie sich mit dem Ding schon gut aus. Sie schwankt kurz zwischen der Abkürzung »Physio« und »M. Forestier«, speichert die Nummer dann aber unter »Romain« und schickt ihm eine SMS, um ihm mitzuteilen, dass sie Zeit und Lust für einen Besuch seiner Arbeitsstätte hätte.

Dann nimmt Julie Lulus Hand in ihre, fährt voll Zärtlichkeit jedes seiner Fingerchen mit ihrem Zeigefinger nach, malt eine Schnecke in seine Handfläche und drückt sie schließlich gegen ihre Wange. Lange schaut sie ihren Sohn an und beginnt leise zu weinen.

Ja, heute kann sie die Tränen nicht zurückhalten, obwohl sie sich eigentlich geschworen hat, es nicht mehr vor ihrem Kind zu tun, aber ihr Kummer ist so groß und ihr Herz so schwer, dass es einfach überläuft. Na ja, sie kann sich schließlich nicht jeden Morgen vormachen, die Sonne zu sehen, manchmal ist der Himmel einfach dunkel und taucht das Leben in ein trübes Licht.

In den vergangenen Wochen hat Julie gelernt, diese Momente der Schwäche hinzunehmen, denn sie sind unausweichlich. Traurig schaut sie nach draußen, wo der Himmel ebenso grau verhangen ist und immer dunkler wird, denn ein Regenschauer zieht über die Stadt. Wind kommt auf, und keine fünf Minuten später peitschen die ersten Regentropfen gegen die Scheiben. Das Wasser rinnt herunter, zuerst ist es ein dicker Tropfen, der längs über die Scheibe läuft, dann beschleunigt er sich, trifft auf andere Tropfenbahnen, und das Rinnsal wächst immer weiter an. Und oben am Fensterrand beginnt dieser Wasserwalzer dann wieder von vorn. Die Landschaft draußen ist ganz verschwommen, man erkennt nur noch die Umrisse der Bäume und Gebäude, aber kaum noch Details, so, wie sich auch ihre Zukunft verschwommen und unklar vor ihr abzeichnet, nur die Skizze eines Bildes ist, das sie hoffentlich Tag für Tag klarer ausarbeiten und mit vielen Farben ausmalen kann …

In diesem Moment vibriert ihr Handy. Eine SMS.

```
Hallo, Balu, hoffentlich kriegst Du bald mal Lust,
zu tanzen, der Baum langweilt sich schon. Vergiss
nicht, ich bin immer für Dich da.
Ich denke fest an Dich
Paul
```

Pauls SMS ist wie ein kleiner Silberstreif, der durch die dunklen Wolken bricht … Schnell antwortet sie ihm, dass das mit dem Tanzen sicher irgendwann wiederkommt. Und dass der Baum ja hoffentlich noch da sein wird, wenn Balu aus seinem Winterschlaf erwacht. Und Eichen würden ja sehr alt, darum mache sie sich da keine Sorgen …

Julie lächelt nun wieder, wenn auch noch letzte Tränen über ihre Wangen laufen. Paul ist da, wenn sie ihn braucht. Er weiß immer, wie er sie aufheitern kann, er hört ihr zu, erzählt ihr, was ihn selbst bewegt, bringt sie zum Nachdenken, begeistert sich mit ihr für dieselben Dinge. Würden sie sich nicht erst so kurz kennen, würde sie ihn als ihren besten Freund bezeichnen. Doch ist es wirklich eine Frage der Zeit, um jemandem so voll vertrauen zu können? Sie jedenfalls vertraut sich ihm ganz selbstverständlich an. Er klettert am steilen Berg voran, der für sie im Moment unbezwingbar erscheint, und sichert sie zugleich mit einem Kletterseil. Er macht ihr Mut, weist sie auf die besten Griffe hin und zieht gelegentlich am Seil, wenn Julie im Begriff ist, abzustürzen. Aber nicht zu sehr, damit sie, endlich ein Gesims weiter oben, dennoch die Befriedigung hat, für ihren Erfolg selbst verantwortlich zu sein.

Ja, Paul ist für sie wirklich das, was man einen »besten Freund« nennt.

Es ist kurz nach zwei, als Romain Forestier leise an die Tür klopft und den Kopf hereinstreckt. Er lächelt, als er Julie sieht, und kommt dann zu ihr an Lulus Bett.

»Wie geht es Ihnen heute?«

Freimütig erzählt Julie von ihrem emotionalen Absturz am Vormittag. Ihm gegenüber kommt es ihr so einfach vor, ehrlich zu sein. Denn Romain ist einer der wenigen Menschen, die bei der Begrüßung mit aufrichtigem Interesse danach fragen, wie es einem geht. Sein Blick und die Art, wie er auf eine Antwort wartet, zeigen, dass er sie wirklich hören will.

»Wären Sie trotzdem bereit, mitzufahren?«

»Hm, ich weiß nicht so recht ...«

»Sie werden sehen, dort herrscht eine sehr freundliche Atmosphäre, falls es das ist, was Ihnen Angst bereitet.«

»Ich weiß nicht genau, was mir Angst macht ... Oder doch, ich weiß es ...«

»Seien Sie unbesorgt, die Zukunft ist dort nicht rabenschwarz. Man kann immer etwas tun. Und wir geben auch keinen unserer Patienten von vornherein verloren. Wir lassen den Mut einfach nie sinken.«

»Passieren bei Ihnen denn viele Wunder?«

»Wenn das plötzliche Lächeln eines gehirngeschädigten Kindes ein Wunder ist, dann passieren bei uns ständig welche. Die Stadtverwaltung von Lourdes würde vor Neid erblassen.«

»Dann möchte ich gerne mit!«

»Na, dann mal los. Sie fahren mit mir, nicht wahr?«

»Wie Sie möchten, aber dann müssten Sie mich auch wieder zurückfahren.«

»Das macht nichts, ich muss hier sowieso noch ein paar Krankenakten einsehen.«

Kurz streicht Romain Lulu noch mal mit dem Handrücken über die Wange und geht dann schon mal vor. Schnell gibt Julie ihrem Kleinen noch einen Kuss, sagt ihm, dass sie jetzt sein zukünftiges Zimmer aussuchen werde und danach wiederkomme, um ihm ausführlich davon zu erzählen, dann eilt sie dem Physiotherapeuten hinterher.

»Nehmen wir die Treppe oder den Aufzug?«, fragt Romain sie im Flur.

»Die Treppe.«

»Sie sind also sportlich …«

»Es ist einfach sicherer …«

Julie behält für sich, dass sie es vorzieht, hinter ihm die Treppe hinunterzugehen, statt im Lift so nahe bei ihm zu stehen, wo jedes Schweigen bedeutungsschwer ist.

Als Romain galant die Wagentür des Oldtimers für sie öffnet, zögert Julie kurz.

»Steigen Sie ein, mein Wagen beißt nicht.«

»Er ist so wunderschön!«

»Umso besser passen Sie hinein …«

»Hören Sie auf, sonst werde ich noch rot.«

»Och, dann passen sie ja noch besser zu ihm, schauen Sie, *er* ist schon ganz rot vor lauter Verlegenheit.«

Julie muss nun doch lachen und nimmt die CDs vom Beifahrersitz, damit sie einsteigen kann. Kaum sitzt sie, betrachtet sie den Stapel verblüfft und wird augenblicklich von so guter Laune erfasst, dass man sie von ihrem Gesicht ablesen kann.

»Was gibt es da Lustiges?«, fragt Romain, kaum ist er eingestiegen.

»Einiges.«

»Dann sagen Sie es mir schnell! Ich will unbedingt wissen, was meine alte Mühle für lustige Dinge vor mir verbirgt.«

»Es hat nichts mit dem Wagen zu tun, es sind die Tracy-Chapman-CDs.«

»Kennen Sie die eine oder andere?«

»Kennen? Ich glaube, die Wände meines Wohnzimmers halten sich schon die Ohren zu, so oft höre ich die.«

»Wirklich?«

»Wirklich!«

Die zwei Stunden sind wie im Flug vergangen. Zwei Stunden lang sind Julie und Romain durch die Flure und die verschiedenen Zimmer und Behandlungsräume des Zentrums gegangen, haben mit Pflegern und Schwestern geredet, sich mit Eltern unterhalten und ein paar Worte mit deren Kindern gewechselt, die mit allem Möglichen beschäftigt waren.

In diesen zwei Stunden hat Julie vor allem eines erfahren: dass hier eine ganz besondere Lebensfreude über allem liegt, die ein Stück weit das Unglück bannt. Und das hat ihr ein klein wenig Vertrauen in die Zukunft gegeben, auch wenn diese Zukunft immer noch so unsicher ist wie die dünne Schicht Eis auf einem See zu Winterbeginn.

Wie versprochen hat Romain Julie auch wieder zum Krankenhaus zurückgefahren, er kommt allerdings nicht mehr mit rein.

»Die Akten müssen jetzt bis morgen warten; ich muss Charlotte um halb fünf bei ihrer Tagesmutter abholen.«

»Vielen Dank, dass Sie mir das Zentrum gezeigt haben.«

»Ich hoffe, Sie haben sich einigermaßen einen Eindruck von dem Leben dort machen können.«

»Ich muss zugeben, die Kinder wirken nicht unglücklich. Das Problem liegt wohl eher bei mir: Ich weiß nicht, ob ich es jemals schaffen werde, das Leben wieder als schön zu betrachten.«

»Nicht das Leben an sich ist schön, Julie, wir sind es, die es schön oder weniger schön finden. Suchen Sie nicht nach dem perfekten Glück, sondern nach den vielen kleinen Freuden des Lebens und reihen Sie sie aneinander. Denn sie sind es, die uns Menschen helfen, durchzuhalten und in Zeiten des Unglücks immer wieder neuen Lebensmut zu schöpfen.«

»Und was sind für Sie diese kleinen Freuden des Lebens?«

»Ganz alltägliche Dinge, die einem kaum mehr auffallen, die einem aber, je nachdem, wie man sie betrachtet, einen intensiven und schönen Moment verschaffen und gute Laune machen. Jeder weiß unterbewusst, was für einen selbst bedeutsam ist. Man muss es nur wieder wahrnehmen. Ich bin mir ganz sicher, dass auch Sie eine ganze Menge von diesen kleinen Freuden kennen.«

»Meinen Sie? Dann werde ich mal darüber nachdenken.«

Eine knappe Stunde später hat Julie ihrem Lulu gerade all ihre Eindrücke vom Rehazentrum erzählt, da vibriert das Handy in ihrer Tasche. Eine SMS.

Frühmorgens einer Spinne zugucken, wie sie ihr Netz zwischen Tautropfen webt.

Julie muss lächeln. Den Blick in die Ferne gerichtet, stellt sie sich vor, wie sie im Garten hinterm Pfarrhaus einer Spinne zusieht, und, ja, er hat recht, so ein Moment ist etwas Wunderschönes, obwohl sie Spinnen nicht wirklich leiden kann. Kurz überlegt sie, dann tippt sie eine SMS.

Dem gedämpften Knirschen meiner Schritte lauschen inmitten einer tief verschneiten Wiese.

Es vergehen keine zwei Minuten, und sie bekommt eine letzte SMS.

Ich wusste, dass Sie solche kleinen Glücksmomente in sich tragen. Heben Sie diese Schätze … Und falls Sie sie mit mir teilen möchten …

In den nächsten Wochen fordert der Alltag zwangsläufig sein Recht. Und das ist auch gut so. Denn manchmal hat das tägliche, immer gleich ablaufende Einerlei etwas Beruhigendes.

Jérôme ist wieder zu Hause. Er hat alle Hebel in Bewegung gesetzt, um endlich das Krankenhaus verlassen zu können, wo er zuletzt auf seinen Krücken genervt auf und ab humpelte. Die Reha steht ihm allerdings noch bevor. Er darf sein Bein noch immer nicht belasten, die Puzzlestücke wachsen nur sehr langsam zusammen. Aber Caroline hat einen »Lastenaufzug« installieren lassen – was nicht heißt, dass sie Jérôme als Last empfindet. Im Gegenteil: Mit sichtlicher Freude hat sie ihm einen herzlichen Empfang bereitet, wie Julie, die bei seiner Ankunft in der Tür stand, überrascht festgestellt hat. O ja, es ist offenkundig, dass Caroline glücklich ist, dass man ihn aus der Klinik entlassen hat.

Sicher ist sie aber auch erleichtert, die Sprechstunden nun nicht mehr allein abhalten zu müssen. Wie sie es besprochen hatten, stellt er nun die Diagnosen, nachdem sie die praktischen Untersuchungen durchgeführt hat, und falls keine nötig sind, hört sie einfach zu, lernt dabei eine ganze Menge und verwirft so immer schneller ihre Gedanken an Bluttests und Kernspintomografien.

Jérôme trägt nach wie vor einen dicken Gips am Bein, doch Julie hat den Verdacht, dass die wohligen Seufzer, die manchmal aus seinem Zimmer dringen, wenn Caroline bei ihm ist, nicht nur auf das Kratzen der Haut unter dem weißen, scheuernden Panzer zurückzuführen sind. Und darüber freut sie sich ganz besonders. Denn es ist wirklich an der Zeit, dass Jérôme ein neues Kapitel in seinem Leben aufschlägt und aus dem Loch herauskommt, in das er sich nach Irenès Tod blindlings gestürzt hatte. Auch wenn Julie es ziemlich komisch findet, dass ausgerechnet Caroline, die sonst ohne lange zu überlegen in jedes Loch springt, ihn da voller Eifer rauszieht.

Aber letztlich passen die beiden gut zusammen. Sie sind völlig verschieden, ergänzen sich aber hervorragend. Wenn Caroline in Panik gerät, wirkt Jérôme besänftigend auf sie ein. Und wenn er aus nichtigem Anlass in die Luft geht, holt sie ihn wieder auf den Boden. Wenn sie nicht Bescheid weiß, hat er sicher einen Rat. Und wenn er Hunger hat, bekocht sie ihn. Dort, wo sie übereifrig zum Verschreiben neigt, setzt er aufs Zuhören. Er stöhnt voller Wohlbehagen, wenn sie ihn kratzt. Und wenn er zärtlich ist, hört man sie tief atmen …

Doch nicht nur Caroline, auch Julie hat sich letztlich sehr über Jérômes Heimkehr gefreut. Sie weiß nicht genau, warum, aber irgendwie muntert es sie ein bisschen auf, einen Mann im Haus zu haben. Vielleicht, weil sie sich dadurch beschützt fühlt? Vielleicht, aber auch, weil sie sich von einem

Mann besser verstanden fühlt; Julie ist nämlich nicht so ein sanfter, weiblicher, sondern eher der kumpelhafte Typ Frau, selbst wenn sie das gern zu verbergen versucht …

Paul versteht Julie auch. Und er ist für sie da. Mehr denn je. Wie ein Metronom pendelt er zwischen Arbeit und Krankenhaus hin und her.

Das Kapitel »Ehefrau« gehört für ihn nun endgültig der Vergangenheit an. Und er ist froh darüber und lässt deshalb zu Hause oft fünfe gerade sein wie ein Teenager, der nicht daran denkt, dass hin und wieder aufgeräumt und die Wäsche gewaschen werden muss. Aber wen kümmern schon Staubsauger und Putzlappen, wenn man im Leben endlich das Ruder herumgeworfen hat. Ja, Paul hat neue Prioritäten gesetzt, und auch wenn er ab und zu mit dem bitteren Beigeschmack zu kämpfen hat, dreißig Jahre vertrödelt zu haben, überwiegt doch die Hoffnung, nun endlich Kurs auf den richtigen Leuchtturm zu nehmen und sich nicht noch einmal von heimtückischen Sirenen davon abbringen zu lassen.

Und zu diesem neuen Kurs gehört unter anderem auch, dass er gerade nach einer Wohnung sucht, die er kaufen und dann an Julie vermieten will, zu einem Preis, der noch unter dem ihrer Sozialwohnung liegt. Er ahnt, dass es nicht leicht sein wird, Julie von dieser Idee zu überzeugen. Denn noch immer hegt sie einen tief sitzenden Argwohn gegenüber freigebigen Menschen. So, als könnte sie dadurch ihre Unabhängigkeit verlieren. Aber eines Tages wird es so weit sein, eines Tages wird sie ihm vertrauen, davon ist Paul überzeugt. Schließlich hat sie sich ja auch irgendwann zum Du durchgerungen. Und was die

Wohnung betrifft, so wird deren Preis-Leistungs-Verhältnis derart attraktiv sein, dass sie gar nicht anders kann, als einzuwilligen …

Und natürlich ist auch Manon für Julie da: Sie gehört ganz selbstverständlich zu der kleinen Runde, die sich tagtäglich an Lulus Krankenbett abwechselt. Nach jener ersten Begegnung im Aufzug haben Paul und sie sich inzwischen mehrmals im Krankenhaus gesehen. Erfüllt von ihrer gemeinsamen Sorge, Julie so viel emotionalen Halt wie nur möglich zu geben, unterhalten sie sich oft sehr angeregt …

Und Julie selbst? Sie hat sich eingerichtet in diesem unsicheren Leben, dem die Klinikbesuche den Takt vorgeben. Sie hat auf Autopilot geschaltet und pendelt zwischen Supermarkt, Lulu und Jérômes Haus hin und her. Alles andere ist zweitrangig geworden; darum lässt sie sich auch nur ganz selten von ihren Freunden zu ein wenig Freizeit überreden.

So ist nun einfach ihr Leben. Und es nützt nichts, sich dagegen aufzulehnen. Denn das Schicksal nimmt unabänderlich seinen Lauf, ob man ihm nun folgt oder nicht. Wenn man es nicht tut, kann man zudem unterwegs verlorengehen. Und darum folgt Julie seinem holprigen Lauf, so gut sie noch kann. Ihre Schritte sind allerdings nicht mehr besonders energiegeladen. Die Kraftreserven, die sie sich in der Bretagne angefuttert hat, sind so schnell weggeschmolzen wie ihr Appetit.

Aber immerhin hält sie sich noch aufrecht und lässt den Mut nicht ganz sinken. Und das ist besser als nichts.

Wie jeden Vormittag wartet Julie auf Romain, nachdem sie mit Lulus Körperpflege fertig ist. Erschöpft wie sie ist, ist sie gerade ein wenig weggedämmert, da spürt sie ein leichtes Kitzeln in ihrer Hand. Schlaftrunken kommt sie zu sich, richtet sich auf und blickt sich um. Doch sie ist noch immer allein im Zimmer, nur Lulus Hand liegt in ihrer … Da, auf einmal, bewegt sich sein kleiner Finger, ganz leicht und kaum wahrnehmbar. Sie schaut hoch in sein Gesicht – und sieht, dass ihr Sohn die Augen aufgeschlagen hat.

Von plötzlicher Panik ergriffen, will Julie schon zur Klingel greifen, doch dann besinnt sie sich anders. Das hier ist ihr Moment, ihrer beider Moment. Sobald die Überwachungsmonitore schneller zu piepsen beginnen, wird sie die Schwestern rufen. Versprochen.

Lulu sieht sie an, ein schwaches Lächeln zeichnet sich in seinem Gesicht ab – und Julie ist nicht mehr Julie. Sie ist jetzt ein Feuerwerk, das knallt und kracht und in tausend hellen, bunten Lichtersternen erstrahlt. Oh, wie ist dieser Moment schön, wie wunderschön!

Eine Träne rinnt dem Kleinen aus dem Augenwinkel, es ist einfach schon so lange her, dass er die Augen geöffnet hat. Aus Julies Augen hingegen strömt ein ganzer Sturzbach ihre Wangen hinab, während sie unablässig seine Hand streichelt und zärtlich auf ihn einredet, ihm versichert, dass er in den besten Händen ist und jetzt alles, einfach alles gut werden wird.

In ihrer überbordenden, unbeschreiblichen Freude bemerkt sie nicht, dass Romain leise ins Zimmer gekommen ist und sie von der Tür aus beobachtet. Bloß jetzt die beiden nicht stören und sie den gegenwärtigen Moment genießen lassen, das ist das Einzige, was zählt.

Doch dann entfährt Lulu ein leises, kaum hörbares »Lass mich«, bevor er wieder die Augen schließt.

Genau in diesem Moment schlägt einer der Überwachungsmonitore Alarm.

Irritiert blickt Julie hoch und sieht Romain nur noch aus dem Zimmer rennen und wenige Sekunden später mit ein paar Krankenschwestern zurückkehren, die zu den Maschinen an Lulus Bett stürzen, sich eilig Handschuhe überstreifen und sterile Schalen auszupacken beginnen.

Sie spürt nicht, dass Romain ihre Schultern umfasst und sie behutsam zur Tür hinausschiebt, wo sie beinahe mit Professor Lagarde und drei Meter weiter mit einem zweiten Arzt zusammenstoßen. Julie spürt nur, dass sie panische Angst befällt und sie fast keine Luft mehr bekommt, als ob ihr Brustkorb auf einmal zu eng wäre; dass ihre Finger und Hände verkrampfen, ihr Herz verrücktspielt und doch kein Laut aus ihrer Kehle dringt. Romain versucht zwar, sie aufzuhalten, aber Julie will, nein, sie muss zu ihrem Sohn zurück. Sie windet sich aus Romains Griff, stürzt zurück ins Zimmer – und bleibt auf der Schwelle stehen.

Sie kann ihn fast nicht sehen, so viele Menschen drängen sich um Lulu, beschäftigt mit dem Einstellen der Maschinen, Aufziehen von Spritzen, Legen von Infusionen und Sonden und zig anderen Maßnahmen. Was sie jedoch vor allem sieht, ist, wie der Oberarzt sein Herz massiert, während der andere die Intubation vorbereitet …

Es dauert eine Ewigkeit. Aber es kann nicht anders sein, es darf nicht anders sein, er muss zurückkommen. Sie hat noch gar nicht genug Zeit gehabt, ihrem kleinen Schatz all das zu sagen, was ihr auf dem Herzen liegt.

Du musst zurückkommen, hörst du, Lulu?!

Erstarrt steht Julie in der Tür und betet voller Verzweiflung, doch mit all ihrer Kraft, dass ihr Kind die Augen wieder öffnet. Doch zu wem betet sie? Sie weiß es selbst nicht, sie glaubt schon lange nicht mehr an einen gerechten Gott, aber sie glaubt an das Leben, und sie würde so gerne auch weiter daran glauben, so wie damals, als es Caroline gelungen war, das ungeborene Kind am Leben zu halten.

Jetzt spürt sie Romains Hand auf ihrer Schulter. Sie wechselt einen Blick mit ihm. Doch zum ersten Mal, seit sie ihn kennt, ist er von Unruhe erfüllt. Er sieht schnell zurück zu ihrem Kind.

Julie wird eiskalt.

Zehn Minuten sind bereits vergangen. Zehn Minuten, die

ihr wie eine Ewigkeit erscheinen. Zehn Minuten voll intensiver Geschäftigkeit innerhalb des Teams, auch wenn jeder versucht, sich die Panik nicht anmerken zu lassen. Man sieht es dennoch. In solchen Momenten kann einem niemand mehr etwas vormachen.

Und dann, plötzlich, ertönt es wieder, das übliche Piepsen des Überwachungsmonitors. Erleichtert atmet Julie auf. Auch wenn sie nicht wirklich begreift, was gerade passiert ist, ist sie erleichtert, erneut dieses regelmäßige, beruhigende Piepsen zu hören, das sie seit Wochen begleitet.

Die Anspannung im Zimmer löst sich allmählich. Noch lassen die beiden Ärzte die Messwerte auf den Monitoren nicht aus den Augen, doch die Krankenschwestern räumen bereits das eilig aufgerissene Verpackungsmaterial weg. Auf dem Nachthemd des Kleinen sind Blutflecken, die von der Heftigkeit der Wiederbelebungsversuche zeugen, und auch sonst gleicht sein Bett einem Schlachtfeld – einer Schlacht, die für den Augenblick gewonnen ist.

Doch was ist mit dem gesamten Kampf?

Julie hat keine andere Waffe als eine kleine rote Nelke, die sie in die Gewehrläufe stecken kann, um ihn zu beenden.

Und das ist lächerlich.

Erbärmlich.

Ohne Belang.

Denn es ist nur eine kleine Nelke.

Leise nähert sie sich dem Bett und greift nach der Hand ihres Sohnes. Professor Lagarde sieht sie kurz an, sagt aber kein Wort. Das ist auch nicht nötig. Sein Blick genügt.

Und dann gehen sie einer nach dem anderen hinaus, was Julie ein kleines bisschen beruhigt. Wenn sie alle gehen, heißt das, dass es nun keinen Grund zur Aufregung mehr gibt, nicht wahr? Bevor auch er das Zimmer verlässt, legt der Oberarzt ihr eine Hand auf die Schulter und murmelt, dass er später noch einmal wiederkommt.

Nur eine Schwester bleibt noch da und schreibt etwas in die Krankenakte.

Und wieder spürt Julie eine Hand auf ihrer Schulter. Sie sieht auf.

»Was war hier los, Romain?«

»Ich weiß es nicht. Der Arzt wird es Ihnen nachher sicher erklären.«

»Glauben Sie, dass es … schlimm ist?«

»Ich weiß es nicht, Julie, ich weiß es wirklich nicht. Versuchen Sie, Vertrauen zu haben … Ich muss jetzt los, aber rufen Sie mich an, sobald Sie etwas Neues wissen … Ich werde versuchen, mit meinen Mitteln etwas herauszukriegen. Kopf hoch, Julie!«

Romain eilt durch den Flur zu seinem nächsten Patienten. Obwohl er nichts Genaues weiß, ist er pessimistisch. Und er hasst sich dafür.

Professor Lagarde hat ihr das Urteil verkündet.

Herzstillstand.

Durch den Sauerstoffmangel wurde das Gehirn erneut in Mitleidenschaft gezogen.

Was die Zukunft betrifft: keine Prognose.

Julie ist daraufhin zu den Toilettenräumen gelaufen und hat sich in eine Kabine eingeschlossen. Still weint sie vor sich hin. Zu mehr Verzweiflung hat sie keine Kraft. So viel Hoffnung ist in ihr aufgeglommen, als Lulu plötzlich aufgewacht ist, und jetzt, keine zwei Stunden später, wurde sie ihr schon wieder genommen, und das Unglück ist einmal mehr über sie hereingebrochen und reißt sie nun in einem Strudel in die Tiefe, während sie sich mit ihren Fingern noch krampfhaft an den Wänden des Abgrunds festzuklammern versucht, um den Fall aufzuhalten.

Was sie dabei am meisten aufwühlt, ist dieses Gefühl, das sie hatte, als er sie angelächelt hat, als wäre er gekommen, um sich von ihr zu verabschieden. Und dann seine Worte: »Lass mich.« Aber das ist für Julie keine Option. Eine Mutter kann ihr Kind doch nicht gehen lassen! Das verstößt gegen jede Ordnung, ist wider die Natur! Das *kann* einfach nicht der Lauf des Schicksals sein.

Nein, das geht wirklich nicht.

Das ist undenkbar.

Eine unüberwindbare Schranke.

Als sie zu ihrem Sohn zurückkehrt, gibt das leidige Beatmungsgerät eben wieder einen langen Ton von sich. Es hat Mühe, mit der Sauerstoffzufuhr nachzukommen, die Schwester muss es ständig nachjustieren.

»Möchten Sie ihn ein wenig in den Arm nehmen?«, fragt sie Julie mit einem freundlichen Lächeln.

»Geht das denn? Ich meine, mit diesen ganzen Schläuchen?«

»Es ist nicht ganz einfach, aber ich kann noch zwei Pfleger holen, und dann kriegen wir das schon hin.«

»O ja, das würde ich gerne. Sehr gerne.«

Wenig später sitzt Julie in ihrem Sessel, und Lulu liegt in ihren Armen. Es war tatsächlich nicht leicht, es so hinzukriegen, dass weder Schläuche noch Kabel herausrutschen und nichts zieht, zumal sein kleiner regloser Körper das Doppelte seines normalen Gewichts zu wiegen scheint. Aber zu dritt haben sie es geschafft, und Julie ist glücklich, Lulu an sich drücken zu können. Fest, ganz fest. Es ist so lange her.

Aber ihr Lulu ist wirklich kein Baby mehr. Nach einer Stunde verkrampfen sich Julies Arme zusehends. Doch sie hat die Schwester nur gebeten, ihr noch ein paar Kissen unter die Ellbogen zu stopfen, und drückt ihn weiter fest an sich, denn sie genießt diese Minuten, da können ihr die Glieder noch so wehtun, ja, wenn sie könnte, würde sie allen Schmerz ihres Sohnes auf sich nehmen, die Hirnverletzung, die kaputte Wirbelsäule, alles!

Bevor die Schwester wieder hinausgegangen ist, hat sie Julie zugeflüstert, dass Romain Forestier sich gerade nach ihnen erkundigt hat.

»Er meinte, er würde nachher noch auf einen Sprung vorbeikommen, er hat heute Nachmittag nicht viele Termine.«

»Oh … Das ist nett.«

»Ja, ich glaube, Lulu ist ihm wirklich ans Herz gewachsen. Er hat ja immer ein besonderes Verhältnis zu den Kindern, aber so innig habe ich ihn bisher mit noch keinem gesehen«, sagt die Schwester mit einem Lächeln. »Ich lasse Sie noch ein bisschen allein, klingeln Sie einfach, wenn etwas ist …«

Mit ihrem Söhnchen in den Armen kann Julie sich langsam von den Aufregungen der letzten Stunden erholen. Sie sieht auf ihn hinunter und denkt daran, wie viele Momente sie beide so zusammen verbracht haben, als er noch ein Baby war, satt nach dem Stillen oder vom Schreien völlig erschöpft.

Sie hat noch keinen ihrer Freunde darüber informiert, was heute geschehen ist, es ist alles viel zu schnell passiert.

Julie ist erstaunlich ruhig, trotz der ungewissen Zukunft.

Sie lebt in diesem Augenblick.

Und es geht ihr gut, mit ihm, hier und jetzt.

Ja, alles ist in diesem Moment gut.

Romain ist wirklich noch vorbeigekommen, bevor er seine Tochter abgeholt hat. Und wie immer hat er Lulu beim Abschied mit dem Handrücken zart über die Wange gestrichen.

Als Julie gegen Abend die Kinderstation verlässt, ruft sie erst Paul auf dem Handy an und dann Manon. Paul kann leider nicht kommen, denn er ist auf Geschäftsreise, aber Julies beste Freundin fährt augenblicklich zu Jérôme, wo Julie es allen noch einmal ausführlich erzählt.

Die drei sind zuerst verblüfft, dass Lulu tatsächlich aufgewacht ist, dann fassungslos angesichts der darauf folgenden Ereignisse, und versuchen schließlich, ihr irgendwie ein bisschen Mut zu machen.

Wenn das doch nur Lulus Schicksal ändern könnte.

Zwar ist sie froh, ihre Freunde um sich zu haben, doch Julie zieht sich bald zurück. Sie hat zu nichts mehr Kraft, lässt sich mit den Kleidern aufs Bett fallen, presst ihr Gesicht ins Kissen, um den gellenden Schrei zu ersticken, der aus ihr herausdrängen will.

Dieser Hass, den sie für diesen verdammten Geisterfahrer empfindet.

Dieser ohnmächtige Hass …

Eine Stunde später ist sie wieder auf dem Weg ins Krankenhaus. Ganz am Anfang hat man ihr dort einmal gesagt, sie könne kommen, wann sie wolle.

Und jetzt will sie.

Sie kann nicht anders. Eine unsichtbare Macht befiehlt ihr, die Nacht mit ihrem Kind zu verbringen und sich ganz eng an ihn zu schmiegen.

So eng es irgendwie geht.

Gegen Morgen, als sie längst auf dem Bettrand eingeschlafen ist, fühlt Julie, wie die kleine Hand ihres Sohnes plötzlich heftig zuckt, in einer völlig unkoordinierten Bewegung. Das heißt, nicht nur seine Hand bewegt sich, sondern sein ganzer Arm. Und jetzt auch noch der andere, und dann die Beine …

Panisch drückt Julie auf die Klingel. Sie ahnt, dass es Krämpfe sind, was die Krankenschwester ihr auch bestätigt, die gleich noch mal verschwindet und mit der doppelten Medikamentendosis wiederkommt.

Tags zuvor hat Professor Lagarde Julie von der Möglichkeit solcher Krämpfe erzählt, Anzeichen einer Funktionsstörung im Gehirn, das nach dem Herzstillstand noch mehr beschädigt worden ist. Und so schwindet für Julie nun auch noch das letzte Quäntchen Hoffnung, schmilzt wie eine Eisscholle in einem zu warm gewordenen Meer. Der unabwendbare Zerfall von etwas, das sie mal für so unerschütterlich hielt.

Der Glaube versetzt Berge, heißt es, aber manchmal ist er

wohl nicht stark genug. Und dann stürzen die Berge in sich zusammen, und begraben einen unter sich.

Als Julie ein paar Stunden später von einer kurzen Pause zurückkommt, während der sie sich etwas frisch gemacht hat, ist Lulus Kopf mit Elektroden gespickt, die zu einer Maschine laufen, deren Nadeln seine Hirnströme aufzeichnen. Die Frau, die das Elektroenzephalogramm durchführt, ruft ihn bei seinem Namen und macht laute Geräusche. Julie starrt auf diese Nadeln, und betet und wünscht sich ein Erdbeben, einen Vulkanausbruch, einen Tsunami auf dem Papier, irgendwas, nur nicht diese kläglichen kleinen Wellen, die flach auslaufen wie auf einem verlassenen Strand bei ruhigem Meer.

Und doch ist Letzteres der Fall.

Es ist vorbei.

Es ist vorbei, Julie weiß es, sie wird ihren Lulu nicht mehr zurückbekommen. Das Wunder ist nicht geschehen. Sosehr sie auch versucht hat, den Mut nicht sinken zu lassen und sich aufrecht zu halten, das Wunder ist nicht eingetreten. Und auch sonst ist da nichts mehr, Julie fühlt sich selbst nicht mehr, sie ist nur noch ein einziges schwarzes Loch.

Sie würde ihr Leben geben, um das ihres Sohnes zu retten, doch niemand will es im Tausch dafür haben. Im Gegenteil, man wird ihr sagen, dass sie sich an ihr eigenes klammern soll wie an eine Planke nach dem Untergang eines Schiffes. Oder dass sie irgendwann trotz allem von der Front zurückkehren muss, als einzige, traurige Überlebende der verheerenden

Schlacht, um sich ein neues Leben aufzubauen. Wenn sie es bis dahin jemals schafft …

Ja, wenn sie es bis dahin tatsächlich schafft …

Der stumme Blickwechsel mit Professor Lagarde reicht aus, um ihr zu bestätigen, dass es wirklich das Ende ist.

Aus und vorbei.

Sie weiß, daran ist nicht mehr zu rütteln. Aber sie weiß auch, dass ihr kleiner Schatz aufgewacht ist, um ihr mit einem letzten Lächeln Lebewohl zu sagen, und dass sie ihn bitte gehen lassen soll.

»Lass mich.«

Romain hat gewartet, bis der Arzt und die Schwester das Zimmer verlassen haben, um zu Lulu und seiner Mutter zu gehen. Ohne ein Wort nimmt er Julie in die Arme und schaut sie lange an, mit Tränen in den Augen.

Ein Blick sagt mehr als tausend Worte, er ist der Spiegel der Seele. Und wenn man ganz still ist, versteht man, was in ihren Tiefen vor sich geht.

Julie versteht. Sie lässt ihren ganzen Schmerz heraus, diesen rasenden, unerträglichen Schmerz, der sie vollkommen übermannt, ihre Arme, ihre Beine, ihr Herz und den ganzen Rest. Eine halbe Ewigkeit lässt sie ihren Tränen freien Lauf, es ist eine wahre Sintflut, bei der man sich fragt, ob sie je wieder endet.

Und Romain? Romain schweigt die ganze Zeit und hält sie, hält sie nur fest. Sie weint so sehr, dass sie kaum noch Luft bekommt. Und dann knicken Julie die Beine weg, denn auch sie können den schweren, unsäglichen Kummer nicht mehr tragen. Romain fängt sie auf, hilft ihr, sich aufs Nachbarbett zu legen, nimmt eine ihrer Hände in die seine und streicht dem bitterlich heulenden Häufchen Elend mit der anderen übers Haar, sanft und tröstend, wieder und wieder …

Krankenschwestern und Ärzte hassen diesen Moment. Den Moment, da die Eltern begreifen, dass es vorbei ist, obwohl das Herz ihres Kindes noch schlägt. Diesen Moment, da sie die Verzweiflung überwältigt und sie ihren Kummer herausschreien müssen, weil sie den Schmerz nicht mehr länger ertragen können. Sie wissen, dass dieser Moment nicht allzu lange anhält, dass der Körper allmählich ruhiger wird, auch wenn das gebrochene Herz heftig weiterbebt. Aber an diesen Moment, wenn die herzerschütternden Schreie auf der ganzen Station zu hören sind, werden sie sich niemals gewöhnen.

Niemals.

Eine Stunde später kommt Schwester Émilie und wäscht mit einem kalten Waschlappen Julies tränenverquollenes Gesicht. Ihre Wehklagen sind inzwischen der Stille gewichen, die nur hier und da noch von einzelnen Weinkrämpfen unterbrochen wird. Als Julie sich aufrichten will, sackt sie gleich wieder nach hinten. Ihr ist schwindelig, weshalb die Schwester ihr einen Beruhigungstee bringt mit ganz viel Zucker, den Romain ihr sanft einzuflößen versucht. Julie hat seit gestern nichts gegessen, nichts getrunken. Sie hat nur an Lulu gedacht.

Sie weiß nicht, wie lange sie geschlafen hat, als Professor Lagarde ins Zimmer kommt. Romain ist verschwunden, und die Sonne steht schon tief am Himmel.

Der Oberarzt hilft ihr, sich aufzurichten, und zieht dann einen Stuhl heran.

»Madame Lemaire … Es bringt nichts, um den heißen Brei herumzureden. Es tut mir leid. Sie waren dabei und haben die Werte des EEG gesehen. Die Kurven sind nicht völlig flach, aber es sieht nicht gut aus. Und wenn wir Ludovics Zustand vor diesem Herzstillstand bedenken, bleibt uns ehrlich gesagt nicht mehr viel Hoffnung.«

»Ich möchte, dass Sie ihn gehen lassen.«

»…«

»Als er aufgewacht ist und mich angelächelt hat, hat er gesagt: ›Lass mich.‹«

»Wir wissen nicht, wie lange es dauern wird, Madame Lemaire. Unter dem Beatmungsgerät ist er stabil, es kann sein, dass er in ein paar Stunden stirbt oder in ein paar Tagen. Vielleicht auch noch später.«

»Und wenn wir das Beatmungsgerät abschalten? Was passiert dann?«

»Das Abschalten führt in der Regel in relativ kurzer Zeit zum Tod.«

»Würde er dabei leiden?«

»Nein, sein Herz würde einfach aufhören zu schlagen. Aber das ist eine heikle Sache, denn das wäre das bewusste Einstellen lebenserhaltender Maßnahmen.«

»Sie haben schon alles versucht. Hätten Sie nicht die Herzmassage gemacht und ihn intubiert, wäre er schon nicht mehr da.«

»Ich weiß, aber für uns Ärzte ist das schwierig.«

»Und für mich, glauben Sie, für mich ist das nicht schwierig?! Glauben Sie, ich habe Lust, dieses verdammte Beatmungsgerät abzustellen, das meinen Sohn am Leben hält?«

Professor Lagarde sagt darauf nichts mehr. Sie hat recht, und er weiß auch, dass er ihr nicht mit Argumenten zu kommen braucht, aber das Abschalten des Beatmungsgeräts bei einem beatmungsbedürftigen Patienten ist schwierig, auch für die Ärzte. Lulus Verbindung zum Leben ist wie die eines Astronauten im All, der nur noch mit einer einzigen Versorgungsleitung an seinem Raumschiff hängt. Kappt man sie, schwebt er davon ins Nichts.

Und es ist schwer, diese Verbindung zu kappen.

Sehr schwer.

Für alle Beteiligten.

Julie steht auf und greift nach ihrem Handy.

»Ich werde meine Familie informieren.«

»Nehmen Sie sich alle Zeit, die Sie brauchen …«

Jérôme hat den ganzen Tag im Wartezimmer vor der Intensivstation verbracht. Am Morgen ist er gekommen, um Lulu noch einmal zu sehen, und hat das Zimmer gerade noch rechtzeitig verlassen, um nicht in seinem Rollstuhl zusammenzuklappen. Denn wie er ihn reglos und mit diesem miserablen EEG in seinem Krankenbett liegen sah, ist ihm wieder ihr Gespräch am Strand in den Sinn gekommen.

»Warum lachst du nie?«

»Weil ich traurig bin.«

»Und warum bist du traurig?«

»Weil meine Frau gestorben ist.«

»Warum ist sie gestorben?«

»Hm … weil sie traurig war.«

»Stirbst du auch bald?«

»Ich? … Nein, nicht unbedingt.«

»Und warum lachst du dann nicht, wenn du nicht stirbst?«

Die Worte wollen Jérôme nicht mehr aus dem Kopf. Warum muss Lulu jetzt sterben?

Sobald ihre Sprechstunde vorbei war, ist auch Caroline gekommen. Die Nachricht hat sie endgültig umgehauen. Widerstandslos ist sie zu Julie ins schwarze Loch gesprungen. Es wird eine Weile dauern, bis sie da wieder rauskommt.

Manon ist bereits seit dem Vorabend da. Sie hat Julies SMS während eines Seminars bekommen, ist sofort aufgesprungen und hat sich auf den Weg gemacht. Nichts und niemand hätte sie zurückhalten können.

Paul, der auf Geschäftsreise in einer anderen Ecke Frankreichs unterwegs ist, hat am gestrigen Abend lange mit Julie telefoniert, als sie nach draußen gegangen ist, um etwas Atem zu schöpfen. Sie haben nur wenig geredet, ein paar kurze Sätze, ansonsten geschwiegen, aber vor allem geweint. Und Paul hat versprochen, alle Termine abzusagen und sich sofort auf den Heimweg zu machen.

Und Romain? Er ist ebenfalls gekommen. Er hat Charlotte zu seinen Schwiegereltern gebracht, um in Ruhe von seinem kleinen Patienten Abschied nehmen zu können. Es rührt Julie, ihn am Bett ihres Sohnes sitzen und ihm leise etwas ins Ohr flüstern zu sehen.

»Julie, Sie sollen wissen, ich bin für Sie da, wenn Sie mich brauchen«, sagt er, als er aufsteht, um sie mit ihrem Sohn wieder allein zu lassen.

»Ich weiß«, entgegnet Julie. »Und ich fände es tatsächlich schön, wenn Sie noch ein bisschen bleiben könnten. Wenn das mit Charlotte geht.«

»Das ist kein Problem. Ihre Großeltern hüten sie sehr gerne, und sie kann dort auch übernachten.«

Am späten Nachmittag hat Julie schließlich alle nach Hause geschickt. Die letzten Minuten, Stunden will sie mit Lulu allein sein. Sie weiß, dass Romain im Stationszimmer bleibt und jederzeit für sie da ist. Er hat ihr auch versprochen, sie nach Hause zu bringen, egal um welche Uhrzeit.

Als Professor Lagarde ein paar Stunden später ins Zimmer tritt, ist sie so weit. Sie will Lulu nicht mehr länger zurückhalten. Warum auch, er hat sich vor zwei Tagen schon auf den Weg gemacht, nachdem er sie angelächelt hat und dann sein Herz nicht mehr schlagen wollte. Ja, sie will ihn jetzt gehen lassen, sie ist bereit dazu. Es war wichtig, die letzten beiden Nächte noch an seinem Bett zu wachen, aber jetzt, jetzt ist der Moment da.

Professor Lagarde bittet sie kurz um Geduld und geht noch einmal raus.

Als er wortlos zurückkommt, geht er zuerst zu Julie und legt ihr kurz eine Hand auf die Schulter, und dann tritt er zum Beatmungsgerät und dreht die Sauerstoffzufuhr langsam gen Null.

Romain kommt leise ins Zimmer und eilt zu Julie an Lulus Bett.

Und auch ein Engel geht durch den Raum, dieses Mal wohl ein kleiner Schutzengel …

Julie sitzt ganz nah neben ihrem Kind, eine Hand auf seinem Herzen, die andere auf seiner Stirn. Sie streichelt ihn, spricht zu ihm, sagt ihm, dass alles gut wird, dass sie ihn liebt und er nun keine Schmerzen mehr haben wird, sie bittet ihn, wo auch immer er dann sein werde, auf sie zu warten, über sie zu wachen, und nun mit ruhigem Herzen zu gehen, denn sie werde sicher alleine zurechtkommen, ja, sie verspricht es ihm, dass sie seinen Verlust irgendwann verkraften wird. Und dann sagt sie ihm nur noch, dass sie ihn liebt, so sehr liebt. Nie ist die Zeit so kostbar gewesen. Nie. Jedes Bruchteilchen einer Sekunde. Ich liebe dich, Lulu. Ich liebe dich, mein Kind …

Nach einer halben Stunde beginnt langsam seine Herzfrequenz abzusinken, sie sinkt auf fünfzig Schläge die Minute, dann auf fünfundvierzig … vierzig … fünfunddreißig. Das Herz ihres Sohnes ist dabei, unter ihrer Hand anzuhalten, doch sie spricht weiter zu ihm … bis der Rhythmus so langsam geworden ist, dass sie nicht weiß, ob noch ein nächster Schlag kommen wird.

»Ich liebe dich«, flüstert sie.

Der letzte Herzschlag …

Eintritt des Todes: 21.34 h

Gegen Mittag fährt Paul gerade in den Hof, als Julie aus Jérômes Haustür tritt. Ihr bester Freund sieht mitgenommen aus, zwar nicht so schlimm wie Julie, aber sie ahnt, dass auch er eine schlaflose Nacht hinter sich hat und der Schmerz ihn ebenso zermürbt wie sie. Paul drückt sie fest an sich. Er ist immer noch der große beschützende Baum, aber der Balu in ihr liegt am Boden und sie weiß nicht, ob er überhaupt noch am Leben ist.

»Ach, Julie, ich weiß nicht, was ich sagen soll …«

»Sag einfach nichts und halt mich nur fest.«

Sie umarmen sich lange, zärtlich und schweigend.

»Ich wollte gerade zu ihm«, murmelt Julie, als sie sich schließlich aus seiner Umarmung löst, »sie haben ihn heute Vormittag in die Trauerhalle gebracht.«

»Soll ich dich hinfahren?«

O ja, das soll er. Wie gut, dass er jetzt da ist.

Der Bestatter hat ein sanftes und angenehm zurückhaltendes Wesen. Nachdem er ihnen ohne großes Brimborium seine

Anteilnahme ausgesprochen hat, bittet er sie noch um einen Augenblick Geduld, da sie den Kleinen noch nicht ganz fertig angezogen haben.

Im Aufbahrungsraum sieht Julie ihren Sohn dann erstmals wieder, nachdem sie ihn im Krankenhaus hat gehen lassen. Wie bleich er ist, trotz des Hauchs Rouge, mit dem man den Tod zu verbergen sucht. Zumindest nimmt das künstliche Wangenrot dem Anblick etwas Härte; manchmal ist es wohl einfach nötig, die bittere Wahrheit schönzufärben.

Julie tritt an den Sarg, um Lulus Hand zu streicheln, und zuckt sofort zurück. Das kleine, feuchtwarme Wesen, das die Hebamme ihr vor drei Jahren auf den Bauch gelegt hat, ist nun eiskalt und starr.

Julie atmet tief durch. Sie braucht einen Moment, um sich auf diese schreckliche Empfindung einzustellen, doch letztlich nähern sich ihre Hände dann doch wieder dem Körper ihres Kindes, streicheln diese leblose Hülle, die es verlassen hat wie ein Schmetterling seinen Kokon. Ja, ihr kleiner Schmetterling ist davongeflogen und hat die Hülle zurückgelassen, die ihm als Bleibe gedient hat. Denn Lulus innerstes Wesen, das, was ihn ausgemacht hat, ist nicht tot, davon ist sie zutiefst überzeugt; es ist nur davongeflogen, wohin auch immer, oder hat sich vielleicht sogar ausgedehnt und ist nun überall, bei ihr und um sie herum, bei allen anderen, die er mochte, nahe seinen geliebten Blumen und in den Wolken, so wie ein Körnchen Sternenstaub im All.

Und darum spricht sie nun auch wieder zu ihm, sagt ihm noch einmal all das, was sie ihm in den letzten Minuten zugeflüstert hat, bevor er von ihr gegangen ist. Er hört sie, da ist sie sich ganz sicher. Er ist da, irgendwo, um sie herum, in ihr drin, wo auch immer …

Nach einer Weile richtet sie sich auf, beugt sich zu ihrer Tasche hinunter und legt dann behutsam sein liebstes Bilderbuch, den zerschlissenen Beba, seinen Plüschhasen und sein Holzschwert neben ihn in den Sarg, so, wie man die Pharaonen mit all ihren Reichtümern bestattet hat. Und ganz zum Schluss küsst sie Lulu noch mal auf die Stirn, einmal, zweimal, dreimal … sie kann gar nicht damit aufhören. Sie weiß, es sind die letzten Male, dass ihre Lippen seine Haut berühren, und es ist ihr gleichgültig, dass sie so eiskalt ist. Er wird ihr einfach so sehr fehlen …

Paul ist regungslos in einer Ecke des Raumes gestanden. Während Julie mit gesenktem Kopf nach draußen geht, tritt nun er an den Sarg. Tief atmet er ein, drückt einen Kuss auf seinen Daumen und zeichnet damit ein Kreuzzeichen auf Lulus Stirn, um dann Julie hinterherzueilen.

Paul Moissac versucht, die aufsteigenden Tränen hinunterzuwürgen. Es gelingt ihm jedoch nicht; sie verwandeln diesen sonst so stattlichen, standhaften Mann in einen leidgebeugten, von Schluchzern geschüttelten kleinen Jungen. Denn es hat sich einfach zu viel in ihm angestaut, und wenn das überläuft, dann läuft es ordentlich über, heftig, gewaltig und katastrophal. Ein Jahrhunderthochwasser, das alles mit sich fortreißt und nur eine völlig verwüstete Landschaft hinterlässt …

Paul so trauern zu sehen, bricht Julie das Herz. Man leidet allein, aber auch gemeinsam. Man leidet darunter, traurig zu sein und gleichzeitig die anderen traurig zu sehen. Man leidet doppelt. Und kann nichts gegen das Leid des anderen tun.

Im Gegensatz zu Paul hat Julie nur schon lange verstanden, dass man manchmal die Zügel loslassen muss, damit der Kummer davongaloppieren kann; früher oder später ermüdet er und fällt zurück ins Schritttempo. Auch ihr jetziger gemeinsamer Schmerz ist wie ein durchgegangenes Pferd, das hoffentlich irgendwann ermüden wird.

Es dauert lange, bis die Sintflut abebbt, Paul ruhiger wird und sie in sein Auto steigen können.

Paul fährt jedoch nicht gleich los, sondern kramt erst noch nach etwas in seiner Jackentasche.

»Bitte, nimm«, sagt er, als er das Gesuchte gefunden hat, und reicht Julie einen Umschlag.

Julie öffnet ihn und erstarrt.

»Paul!«

»Bitte, Julie, bitte, nimm es an!«

»Bist du verrückt, Paul?! Fünftausend Euro?!«

»Ich habe vor einigen Jahren meine Mutter beerdigt und weiß, wie viel das kostet. Bei Lulus Beerdigung soll es nicht am Geld hapern, also nimm den Scheck, es wird mir nicht fehlen.«

»Ich geb dir den Rest zurück.«

»Kommt nicht infrage. Kauf davon Blumen fürs Grab. Und falls wirklich so viel übrig bleibt, dann gönn dir was Schönes, du wirst es brauchen können.«

Julie sieht ihn an.

»Wie kann ich dir dafür nur danken …?«

»Indem du stark bleibst, Julie, und dich davon nicht völlig unterkriegen lässt«, sagt er und dreht den Zündschlüssel, den Blick zum Seitenfenster hinaus gerichtet, damit sie nicht die unbändige Trauer in seinen Augen sieht.

Drei Tage ist Julie Lulu noch besuchen gegangen, mal mit Paul, mal mit Caroline und Jérôme, der sich im letzten Moment nicht aus dem Wagen getraut hat, und gestern mit Manon. Heute wird der Sarg nun endgültig geschlossen werden, und danach wird sie ihn nie mehr wiedersehen, nur noch auf Fotos und in ihren Träumen. Die Vorstellung ist kaum zu ertragen. Selbst tot, selbst erkaltet, als leblose Hülle war er in diesen Tagen noch da, vor ihren Augen, unter ihren Händen. Doch mit dem Schließen des Sargs ist diese Gnadenfrist nun unwiderruflich abgelaufen, und sie wird nur noch mit der Erinnerung an ihn leben müssen. Ein paar Fotos, einige Kleidungsstücke, Spielsachen, und die tiefen, eindrücklichen Spuren, die seine Existenz in ihr Gedächtnis gegraben hat. Spuren, die jedoch nach und nach verblassen werden, so wie die Fußabdrücke im Sand, über die die Wellen fließen, bis sie sie irgendwann ganz fortgespült haben …

Es ist eine schlichte Trauerfeier, nur die vordersten Bänke sind besetzt. Julie kennt nicht viele Menschen. Aber alle, die ihr nahestehen, sind gekommen. Alle, die sie unterstützen und verstehen, die ihre Trauer teilen und mit einem Blick oder einer herzlichen Umarmung Anteil nehmen. Paul, Manon, Jérôme, Caroline, Romain … Auch ein paar ihrer Arbeitskolleginnen sind gekommen. Die netten. Und dann noch die Alten aus dem Dorf. Die Zeit haben. Noch an Gott glauben. Die Alteingesessenen, die sich von klein auf kennen und gemeinsam die Prüfungen des Lebens durchgestanden haben. Die wissen, dass diese Prüfung härter ist als alle anderen. Und deshalb sind sie da. Um ihr beizustehen …

Der Trauergottesdienst wird vom Dorfpfarrer gehalten. Er steht schon einige Jahrzehnte der Gemeinde vor und hat sicher schon viel Unglück mit angesehen. Seiner Predigt nach zu schließen, ist sein Glaube unerschütterlich. Wie gelingt einem das nur?

Danach ist Julie an der Reihe. Sie hat einen Text geschrieben, den sie gern vorlesen möchte. Tags zuvor hat sie Manon noch gebeten, mit ihr nach vorne zu kommen und an ihrer Stelle zu lesen, falls der Schmerz ihr die Kehle zuschnürt. Sie hat wenig Hoffnung gehabt, die Kraft dafür zu finden. Doch kurz bevor sie nun das Wort ergreifen soll, fühlt Julie eine Art inneren Frieden in sich aufsteigen, der den Kloß in ihrem Hals beseitigt und auch ihre Tränen versiegen lässt. Eine kleine Seele muss wohl durch die Kirche schweben, die daran nicht ganz unschuldig ist … Am Pult atmet Julie noch einmal tief ein und aus, bevor sie mit klarer Stimme zu lesen beginnt:

Mein kleiner Prinz,
un ange passe … *Erinnerst Du Dich noch an diese uralte Redensart, die ich Dir letztes Weihnachten versucht habe zu erklären? Wenn sich plötzlich irgendwo tiefe Stille ausbreitet, dann geht ein Engel durchs Zimmer, sagt man … Du hingegen bist durch mein Leben gegangen und hast dabei eine hübsche kleine Melodie geträllert. Behaupte einer noch mal, Engel können nicht singen und reden!*

Dein Trällern und Plappern wird mir jedenfalls fehlen, mein Engel. So, wie es mir fehlen wird, Dich abends nicht mehr am Daumen lutschen und Deine Haare zwirbeln zu sehen. Oder Dein »Hallo, Maman« am anderen Ende der Telefonleitung zu hören. Oder zu erleben, wie Du begeistert immer wieder eine Kugel ganz oben auf die Murmelbahn legst und ihre rasante Abfahrt beobachtest. Ich werde Deine lustigen Schneckenzeichnungen vermissen, und wie Du mit einer Handvoll reifer Himbeeren, die Du hinten im Garten gepflückt hast, auf mich zugelaufen kommst. Und natürlich auch, wie Du die Titelmelodie deines liebsten Trickfilms summst.

O ja, Du wirst mir fehlen, und allein der Gedanke, Dich nie mehr sehen und berühren, Dich nie mehr umarmen und küssen zu können, bricht mir das Herz.

Aber ich verspreche Dir, Lulu, dass ich eines Tages meine Lebensfreude wiederfinden werde. Und dann alles dafür tue, dass auch alle anderen, die Dich lieben, sie ebenfalls wiederfinden werden … Weißt Du, ich glaube, beim Schreiben dieses Briefes habe ich sogar schon wieder ein bisschen gelächelt … Also, Du siehst …

Und so pass nun von oben auf uns alle auf, Lulu. Und leuch-

te und leite uns. Denn Du bist nun unser kleiner Stern. Weißt Du noch, was ich Dir aus dem ›Kleinen Prinzen‹ vorgelesen habe?

»Wenn Du bei Nacht den Himmel anschaust, wird es Dir sein, als lachten alle Sterne. Weil ich auf einem von ihnen wohne, weil ich auf einem von ihnen lache. Du allein wirst Sterne haben, die lachen können!«

Ich werde von nun an jede Nacht hoch zum Himmel schauen, um Dich dort leuchten und lachen zu sehen. Und am Tag werde ich mich damit trösten, dass man die Sterne zwar nicht immer sehen kann, aber dennoch sind sie immer da.

Ich liebe Dich, mein Kind …

Während Julie einen Augenblick am Sarg verweilt und dann zu ihrem Platz zurückgeht, breitet sich eine unglaubliche Stille im ganzen Raum aus. Kein einziger Schluchzer, kein Schnäuzen, kein Räuspern ist zu hören. Nichts. Es ist eine andächtige Stille, in der jeder für sich Abschied nimmt …

Nach einiger Zeit erhebt sich der Pfarrer langsam, um die Fürbitten zu sprechen. Danach gibt er Romain ein Zeichen, der ebenfalls etwas vorlesen will. Er kommt nach vorne, faltet einen Zettel auseinander und räuspert sich.

»Mein Herz ist so schwer
Ich verlor einen Freund
Niemand größer als er
Er trug auf den Flügeln
Den Regen, die Sonn'
Schau, Blumen und Blüten

Verschließen sich schon
Denn der kleine Schmetterling
Hat nun vielleicht
Einen fernen großen Garten erreicht
Und so zünd ich für ihn zwei Lichter an
Und denke mit nassen Augen daran
Wie er mir ein Lächeln
für meine Seele geschenkt hat.«

In der ersten Bank hört man Julie aufschluchzen. Er hat ihren kleinen Schatz doch kaum gekannt …

Der Erdhaufen ist so groß, und der blaue Sarg, der auf zwei Brettern über dem Grab steht, so klein … Man sieht selten solch kleine Särge.

Nach dem letzten Segen des Pfarrers und dem Abschied am Grab umarmen manche Julie, andere drücken ihr stumm die Hand. Nur das Knirschen der Schritte auf dem weißen Kiesweg ist zu hören.

Julie hält sich tapfer aufrecht. Als die vier schwarz gekleideten Männer dann jedoch den kleinen Kasten in das große Loch hinunterlassen, ist es um sie geschehen: Ein Taumel erfasst sie, als stünde sie am Rande eines Felsens, und sie spürt, dass es sie hinabzieht in den Abgrund. Ihre Beine geben nach, und sie fällt auf die Knie, kämpft gegen das Verlangen, hinterherzustürzen. Damit man sie mit ihm begräbt, schnell, schnell, sie muss zu ihm, sie darf ihn nicht verlassen, viel zu allein und zu beengt wird er sich so tief unter der Erde fühlen, ihr Kleiner, der immer Angst vor der Dunkelheit gehabt hat …

Julie, dein Sohn ist tot, er fühlt nichts mehr, das in dem Sarg ist nur noch seine leblose Hülle, alles ist in Ordnung, dort, wo er jetzt ist, ist ihm diese Dunkelheit und Enge sicher völlig egal …

Aber wer weiß das so genau? Und außerdem ist sie noch nicht so weit … Es ist noch viel zu früh, um nicht mehr solche Gedanken zu haben. Ja, es ist unmöglich, jetzt schon wieder klar zu denken …

Einmal mehr ist es Paul, der ihr Halt gibt. Er fasst sie bei den Schultern, hilft ihr auf und führt sie dann Richtung Restaurant, wo er ein Essen bestellt hat. Der Zug der Trauergäste, der mit ihnen geht, wird ein wenig lebhafter. Ein paar Worte werden getauscht, man lächelt sich freundschaftlich zu.

Julie ist jetzt ganz ruhig, fast gelöst, als hätte sie gerade eine Klippe umschifft. Eine unendlich tückische Klippe, aber sie liegt hinter ihr. Das Schlimmste ist noch nicht vorüber, das weiß sie, aber eins nach dem anderen. In den letzten Wochen hat Julie sich wohl oder übel angewöhnt, im Augenblick zu leben. Ihr blieb keine andere Wahl. Und die hat sie jetzt ebenso wenig.

Und darum macht sie weiter, Augenblick um Augenblick. Denn das Leben ist zerbrechlich und sehr, sehr kostbar …

Auch heute.

Carpe diem.

Nach dem gemeinsamen Essen verspürt Julie das Bedürfnis, zu sich nach Hause zu fahren. Paul bietet ihr an, sie hinzubringen.

Wie ein Geist wandelt sie durch die 30-m²-Wohnung, in der selbst die kleinsten Dinge Erinnerungen in ihr wachrufen. Das Sofa, wo er so gerne Purzelbaum geschlagen hat, sein Kinderstuhl am Küchentisch, die Zeichentrickfilme, die er so oft angesehen hat, dass die Videobänder beim Spulen schon quietschen …

Und erst sein Zimmer …

Julie wirft sich auf Lulus schmales Bett und zieht all die Kuscheltiere zu sich her, die nicht in den Sarg gewandert sind, drückt sie ganz fest an sich. Sie schließt die Augen, bricht erneut in Tränen aus, wird von Weinkrämpfen geschüttelt, immer und immer wieder. Sie hat keine Ahnung, wie spät es ist, aber die Zeit ist sowieso stehen geblieben. Am liebsten würde sie jetzt ganz schnell einschlafen. Und dann nur noch schlafen. Lange, sehr lange. Vielleicht für immer.

Paul sagt die ganze Zeit nichts, er ist nur da. Doch nach einer Weile fasst er Julie wie auf dem Friedhof um die Schultern, zieht sie hoch und führt sie wieder nach draußen zum Auto.

Er nimmt sie mit zu sich. Denn Paul ist für die kritischen Momente zuständig, er ist der starke Baum für den traurigen Balu.

Die junge Frau kann sich kaum noch aufrecht halten. Sie hat gerade noch die Kraft, sich selbst auszuziehen, dann sinkt sie ins Bett und schläft auf der Stelle ein. Und das ist auch gut so.

Am nächsten Morgen erwacht Julie aus bleiernem Schlaf, mit einem durchnässten Männertaschentuch in der Hand und rotgeweinten Augen – und augenblicklich packt sie die Einsamkeit, schüttelt sie, lässt ihr keine Chance, reißt sie wie ein Wolf ein Schaf, ohne Erbarmen.

Sie fühlt sich wie verkatert, verkatert von den vielen Litern Tränen. Ein Tag ohne jedes Ziel liegt vor ihr. Keine Ahnung, wie sie den meistern soll.

Ein bisschen spazieren gehen. Weinen. Paul beim Kochen helfen. Weinen. Zum Grab gehen. Weinen. Mit Manon am Telefon. Danach allein. Weinen …

Am Abend dann eine SMS von Romain:

> Wie gern würde ich etwas gegen Ihr Gefühl der Leere und Einsamkeit tun. Aber da muss wohl jeder allein durch; man muss sich dem Schmerz stellen, ihn zulassen, und das alles braucht Zeit. Noch kann Sie vermutlich nichts über den schmerzhaften Ver-

lust hinwegtrösten. Doch vergessen Sie nicht: Sie besitzen diese fantastische Gabe der Frauen, Sie können weinen.

Ich denke an Sie. Denken Sie an mich, wenn Sie ein wenig Gesellschaft brauchen. Ich bin für Sie da.

Es umarmt Sie herzlich

Romain

Tatsächlich denkt Romain nicht nur beim Schreiben der SMS, sondern eigentlich ständig an Julie und Lulu. Denn die Krankenschwester hatte recht, der Kleine war ihm in den vergangenen Wochen viel mehr als andere Kinder ans Herz gewachsen. Und nicht nur er, auch seine Mutter.

Wenn er so darüber nachdenkt, wie schlimm der Unfall und seine Folgen war, dazu die erneute Hirnschädigung nach dem Herzstillstand, ist es letztlich vielleicht besser, dass Lulu jetzt gestorben ist. Romain hat schon viele Eltern von Kindern mit schwersten Schädel-Hirn-Verletzungen kennengelernt, Kinder, die böse Zungen sarkastisch als »menschliches Gemüse« bezeichnen. Er hat schon alles gesehen: Eltern, die alles Mögliche in Kauf genommen haben, umgezogen sind, den Beruf gewechselt haben, nur um nahe genug am Rehazentrum zu sein; Eltern, die den Mut hatten, ein weiteres Kind zu kriegen; Eltern, die die schwierige Situation zusammengeschweißt hat; und Eltern, die sich so zerstritten haben, dass sie sich schließlich scheiden ließen. Ja, er hat schon alles Mögliche erlebt, auch schöne Momente, voller Freude, aber immer, immer war der Schmerz allgegenwärtig, dieser große, unsägliche Schmerz, das eigene Kind leiden zu sehen.

Und darum kann er Julie gut verstehen. Er versteht, dass sie Lulu hat gehen lassen, kann aber auch nachempfinden, wie sehr sie nun leidet.

Doch Romain ist sich ziemlich sicher, dass sie sich eines Tages wieder aufrappeln und ihren Weg durchs Leben weitergehen wird, zusammen mit denen, die ihr nahestehen, vielleicht auch mit neuen Menschen um sich herum. Denn Leben ist Bewegung und Wandel, alles ist im Fluss. Und selbst wenn man von einem tückischen Strudel in die Tiefe gezogen und abgetrieben worden ist, entdeckt man beim Wiederauftauchen doch irgendwann ein paar Seitenarme, die vielleicht schwieriger zu befahren sind, aber ebenfalls zur Mündung führen und zudem interessanter und abwechslungsreicher sind als der lange, ruhige Fluss, dem jeder mit Leichtigkeit folgen kann.

Romain weiß, dass Julie eben erst ganz unten angekommen ist und sich gerade sehnlichst wünscht, die »Erde möge anhalten, damit ich absteigen kann«, wie es in dem Chanson von Serge Gainsbourg heißt. Und er weiß auch, dass sie ganz allein aus dem Strudel wieder emportauchen muss. Dennoch würde er ihr so gern dabei helfen und sie ein Stück begleiten, auch abseits des langen, ruhigen Flusses.

In den Tagen nach der Beerdigung ist das Gefühl der Leere einfach nur furchtbar. Ihn nicht mehr berühren, nicht mehr sehen zu können und das ganze Gewicht des Verlusts zu spüren, ist kaum auszuhalten. Ebenso wenig, wie sein Grab auf dem Friedhof zu besuchen und zu sehen, wie die Blumen darauf langsam verwelken, untrüglicher Beweis dafür, wie die Zeit ohne ihn vergeht, und sich ein anderer Weg vor ihr abzuzeichnen beginnt, den Julie früher oder später einschlagen muss.

Doch selbst wenn sie sich irgendwann notgedrungen auf diesen Weg machen muss, wird sie immer wieder zurück auf ihr Leben mit ihm blicken, so, wie man sich am Bahnhof nicht von einem geliebten Menschen trennen will und sich immer wieder umdreht, um ihm noch einmal zuzuwinken.

Ja, Julie steht an den Gleisen und sieht, dass der Zug des Lebens bald wieder anfahren will. Aber sie will noch nicht wieder einsteigen. Nein, sie will noch bei Lulu am Bahnsteig bleiben, nur ein bisschen, nur noch ein kleines bisschen.

Fahrt schon mal ohne mich los, ich komme nach.

Vielleicht …

Bin mir nicht ganz sicher …

So geht die Zeit dahin, bis an einem Samstagnachmittag Julies Handy klingelt.

»Hallo, Julie. Was machen Sie gerade?«

»Ich sitze gemütlich im Wohnzimmer und lese ein spannendes Buch.«

»Oh, das freut mich zu hören. Da will ich auch gar nicht lange stören. Ich wollte Sie nur fragen, ob Sie heute Abend vielleicht eine Kleinigkeit mit mir essen gehen?«

»Tut mir leid, aber ich bin schon verabredet.«

»Ah …«

Julie entgeht nicht die leichte Enttäuschung in Romains Stimme, darum erklärt sie schnell: »Ich treffe mich mit meiner besten Freundin zum Abendessen, so wie jeden ersten Samstag im Monat. Das ist seit Jahren ein festes Ritual, und absagen darf man nur im Fall von höherer Gewalt.«

»Sie brauchen sich nicht zu rechtfertigen, das ist völlig in Ordnung.«

»Sind Sie jetzt sehr enttäuscht?«

»Na ja, ich find's schon schade, dass Sie keine Zeit haben.

Aber zumindest bin ich in Ihren Augen kein ›Fall von höherer Gewalt‹.«

Julie lacht leise, was ihn zum Weiterreden ermuntert.

»Und wenn ich Ihnen nun eine Wanderung jeden ersten Sonntag im Monat vorschlage, um die überschüssigen Kalorien vom Samstag wieder loszuwerden … könnte das vielleicht auch ein festes Ritual werden?«

»Das wäre durchaus eine Überlegung wert …«

»Wie wär's, wenn wir gleich morgen damit beginnen?«

»Ähm … gut«, erwidert Julie überrumpelt.

»Dann hole ich Sie so gegen halb zehn ab und kümmere mich auch ums Picknick, okay?«

»Ein Picknick? Im Dezember?«

»Laut Wetterbericht soll die Sonne scheinen. Packen Sie einen zusätzlichen dicken Pulli ein, ich kümmere mich um den Rest.«

»Gut, abgemacht.«

»Dann bis morgen, Julie. Und viel Spaß heute Abend.«

Mit einem Lächeln drückt Julie auf den roten Knopf ihres Handys. Wie feinfühlig Romain doch ist. Er hat nicht gefragt, wie es ihr geht, denn er kann sich denken, dass sie noch lange keine Freudensprünge macht und auch nicht unbedingt Lust hat, am Telefon darüber zu reden.

Nein, dieser Romain schreitet lieber zur Tat und schlägt was Schönes vor, um sie auf andere Gedanken zu bringen. Und er weiß, dass Wanderngehen für Letzteres auch wunderbar geeignet ist und Julie zudem die Vogesen liebt. Sie hat es irgendwann mal im Krankenhaus erwähnt, als er Lulu massierte.

Halb neun morgens. Ein Sonnenstrahl, der auf ihr Kissen fällt, holt Julie aus ihren Träumen. Romain hat nicht zu viel versprochen: Der Himmel ist ihnen gnädig und absolut wolkenlos. Na, das ist ja schon mal was.

Gähnend reckt und streckt sie sich, setzt Lulus Kuscheltier ans Kopfende des Bettes und tappt ins Bad, bevor sie in der Küche mit einem schnellen Frühstück ihren Bauch füllt und so für den Ausflug gewappnet ist.

Gerade hat sie ihren Kaffee ausgetrunken, da hört sie ein Auto in den Hof knattern. 9.28 Uhr.

Vor der Haustür hält der Triumph Roadster. Julie klopft gegen die Fensterscheibe und winkt Romain kurz zu, dann schultert sie ihren Rucksack. Sie hat nicht viel eingepackt, da er sich ja um den Proviant kümmern wollte, nur eine Flasche Wasser, einen Pulli, die Regenjacke, Socken und ein T-Shirt zum Wechseln.

Wie gute Freunde begrüßen sie sich mit Küsschen links, Küsschen rechts.

»Sie sind ja pünktlich wie die Maurer.«

»Nur vorausschauend. Ich lasse niemanden gerne warten. Außerdem ist es so ein schöner Tag.«

»Und wohin fahren wir?«, will Julie wissen, kaum ist sie eingestiegen.

»In die Vogesen. Mehr verrate ich aber noch nicht, lassen Sie sich überraschen. Sind Sie fit? Wir haben ein ganz schönes Stück zu laufen.«

»Das macht nichts, im Gegenteil, es wird mir guttun«, entgegnet Julie.

Sie fühlt sich wie in einem Johnny-Hallyday-Clip mit Musik aus den Sechzigern. Der Oldtimer versprüht eine Aura wie ein altes Möbelstück. Man spürt förmlich, dass er einiges erlebt hat. Und dann noch dieser Geruch von Motoröl …

»Kann man sich auf den alten Knaben eigentlich verlassen? Auch auf steilen Kurvenstraßen?«

»O ja, er ist sehr verlässlich.«

»Wirklich?«

»Ja, er liegt sicher auf der Straße, aber natürlich sind seine Fahreigenschaften Lichtjahre von denen heutiger Autos entfernt, die einem quasi jeden Fehler verzeihen. Bis auf die absolute Dummheit mancher Fahrer, natürlich.«

»Den Eindruck hab ich von Ihnen zumindest nicht.«

»Das ehrt mich.«

»Das heißt, Ihr Oldie ist also doch nicht so verlässlich.«

»So ein Triumph Roadster ist mit einer starren Hinterachse ausgerüstet, an der die beiden Hinterreifen aufgehängt sind. Moderne Autos haben Einzelradaufhängung; wenn ein Rad über einen Hubbel fährt, haben die anderen nach wie vor Bodenkontakt. Bei meinem Roadster genügt hingegen eine kleine Erhebung oder ein Schlagloch, um das Lenkverhalten zu beeinflussen. Und wenn man dann noch sehr schnell fährt oder die Straße nass ist …«

»Sollen wir nicht doch lieber meinen Wagen nehmen?!«

»Er ist *wirklich* nicht gefährlich, auch wenn er nicht so leise und so sicher ist wie ein modernes Auto. Notfalls tarieren wir die Kurven per Hand aus, wie beim Schlittenfahren …«

Julie lacht.

»Sie haben recht, die Türen sind so weit ausgeschnitten, da kann man fast den Boden berühren.«

»Bei Ihnen weiß ich's nicht, aber ich komme mit meinen langen Armen dran.«

»Ich auch!«, ruft Julie, und ihre rechte Hand zeigt ihm gleich darauf ein paar Kiesel vom Hof.

»Dann können Sie ja auch schieben, falls wir eine Panne haben.«

»Passiert das oft?!«

»Natürlich nicht! Er ist verlässlicher als die meisten aktuellen Modelle, bei denen alles elektronisch ist. Ich hege und pflege ihn wie ein Baby.«

»Haben Sie ihn schon lange?«

»Er gehörte meinem Vater. Es war sein allererster Wagen, er hat ihn 1959 gekauft. Und mir hat er ihn geschenkt, als ich meinen Abschluss als Physiotherapeut in der Tasche hatte.«

»Und wie schnell fährt er?«

»160, würde ich sagen. Aber bei 130 ist das Gefühl von Geschwindigkeit schon berauschend genug, weil man so nah am Boden ist.«

»Das wollen Sie mir aber hoffentlich nicht vorführen!«

»Nein, keine Sorge, heute nicht. Heute wandern wir.«

Julie ist aber immer noch nicht beruhigt.

»Und die Außenspiegel? Sind die nicht ein bisschen arg weit vorn auf der Motorhaube?«

»Nein, gar nicht. So kann man besser sehen.«

»Aber wie verstellen Sie sie?«

»Wie gesagt, ich habe einen langen Arm«, antwortet Romain grinsend, »jetzt aber los.«

Während der Fahrt reden die beiden kaum ein Wort, nicht zuletzt, weil sie Tracy Chapman hören. Den gleichen Geschmack zu haben, ist schon praktisch, denkt sich Julie, kann sich dann aber trotzdem die Bemerkung nicht verkneifen, dass ein Oldtimer mit Autoradio und CD-Player ganz schön anachronistisch sei.

»Ich werkele einfach gerne. Und da ich den Wagen täglich benutze und auf der Fahrt zur Arbeit gerne Nachrichten höre … Sobald ich über 50 km/h fahre, muss ich allerdings ziemlich laut aufdrehen.«

Julie kennt die Gegend nicht, wo sie schließlich das Auto parken, aber die Umgebung gefällt ihr schon mal. Wenn sie bergaufwärts schaut, scheint es ein recht langer Aufstieg zu werden, und Romains Rucksack wirkt ziemlich schwer. Doch so, wie er aussieht, hat er genug Muskelkraft, für ihn ist das sicher ein Klacks. In gleichmäßigem, relativ flottem Tempo geht er voraus, sieht sich aber auch regelmäßig nach Julie um, um zu sehen, ob sie mit ihm Schritt halten kann.

Und sie kann, das regelmäßige Joggen hat ihr zu einer guten Kondition verholfen.

Anderthalb Stunden laufen sie schweigend; nur die Berge, die plätschernden Bäche und das raschelnde Laub unter ihren Füßen sprechen zu ihnen.

Hin und wieder bleibt Romain stehen und wartet auf Julie, wenn sie etwas langsamer geworden ist, fragt, ob alles okay sei, lässt sie kurz ausruhen und einen Schluck trinken, und dann gehen sie wieder weiter.

Als sie an einen wunderschönen kleinen Bergsee kommen, setzt sich Romain auf einen Felsen und deutet neben sich.

»Lassen Sie uns hier eine kleine Rast machen«, sagt er und reicht ihr einen der beiden Müsliriegel, die er aus seinem Rucksack geholt hat. »Sehen Sie den Gipfel dort oben? Da wollen wir rauf. Bei unserem Tempo, würde ich sagen, brauchen wir noch eine Stunde. Ist das okay, wenn wir erst da oben picknicken?«

»Kein Problem. Wenn ich wegen Unterzucker schlappmache, tragen Sie mich einfach.«

»Warum, glauben Sie, gebe ich Ihnen gerade einen Müsliriegel?«

Am Ende benötigen sie dann doch mehr als eine Stunde. Denn Romain hat nicht mit einberechnet, dass seine Wandergefährtin einen kurzen Zusammenbruch haben könnte. Mitten in einer Kehre sinkt sie auf einen Stein und bricht in Tränen aus. Das passiert Julie ständig. Zwar immer seltener, aber einen ganzen Tag lang hält sie noch nicht durch. Da kann man einfach nichts machen: In ihr läuft die Produktion von Salzwasser auf Hochtouren, und da das Überlaufbecken längst voll ist, bleibt ihr nichts anderes übrig, als hin und wieder die

Schleusen zu öffnen, damit der eh schon rissige Staudamm nicht bricht.

Romain wartet etwas weiter oben. Er ist nicht zu ihr zurückgekommen, wofür sie sehr dankbar ist. Ein Blickwechsel hat genügt. Sie weiß, dass er mitfühlt. Versteht. Ihre Trauer teilt. Ohne zu ihr ins Loch zu springen …

Oben angekommen, erwartet sie dann als Belohnung eine fantastische Aussicht. Julies leuchtende Augen machen auch ihren Bergführer froh.

Mission erfüllt.

»Haben Sie Hunger?«

»Und wie! Ich könnte ein ganzes Bataillon Regenwürmer verdrücken!«

»Brr«, Romain schüttelt sich. »Zum Glück habe ich was Besseres dabei.«

»Na, dann bin ich mal gespannt«, erwidert Julie, lässt sich mit einem erschöpften, aber zufriedenen Seufzer auf ihrer Regenjacke nieder und schaut dann zu, wie Romain den Inhalt seines Rucksacks auspackt.

Als Erstes zieht er eine karierte Decke hervor und breitet sie vor ihnen aus. Wer hätte das gedacht, ein Mann und eine Decke, ein wirklich schönes Detail. Darauf legt er ein paar sorgfältig verpackte Sandwiches und wirft dann Julie ein hart gekochtes Ei zu und ein zweites gleich hinterher. Reaktionsschnell fängt sie beide geschickt auf und grinst ihn triumphierend an.

Eine schöne Aussicht, nette Gesellschaft, eine verdiente Rast und ein gesättigter Magen: Durch das Picknick sind ihre Lebensgeister wieder erwacht, und sie unterhalten sich über alles Mögliche, über Charlotte, ihre und seine Arbeit.

Da plötzlich geht wieder ein Engel vorüber, und Julies Augen werden erneut feucht, schweifen über den Horizont.

»Wie fühlen Sie sich eigentlich gerade, Julie?«

Noch ein Engel …

Julie schluckt.

»Leer. Ich fühle mich leer und erloschen. Es ist, als wäre ich selbst ein bisschen tot. Ich fühle mich wie ein Schlachtfeld. Nichts wächst mehr darauf, alles ist verbrannt, der Boden aufgewühlt, und überall sieht man klaffende Bombeneinschläge und Ruinen, so weit das Auge reicht. Und es herrscht Totenstille. Die Stille nach dem Grauen. Es ist, als wäre ich auf eine Mine getreten und wüsste nun einfach nicht, wie ich all die tausend Stücke einsammeln soll, in die ich zerborsten bin. Und ich frage mich, was ist, wenn ich nicht mehr alle finde.«

Romain lässt einen Augenblick vergehen, bevor er antwortet, sodass Julie ein Taschentuch aus ihrem Rucksack kramen kann. Er schaut ebenfalls in die Ferne.

»Sie kennen sicher Lego«, sagt er schließlich leise, »damit kann man alles Mögliche zusammenbauen. Auch wenn man ein paar Steine verloren hat. Es ist allein eine Frage der Fantasie, was man mit denen macht, die übrig sind.«

»Wenn man aber den wichtigsten Legostein verloren hat, das Herzstück sozusagen, welches den Charme des ganzen Bauwerks ausgemacht hat, dann ist es schwer, sich ein neues auch nur vorzustellen.«

»Wahrscheinlich muss man es einfach ausprobieren, ein

bisschen herumtüfteln, und vielleicht anderswo im Leben nach neuen Steinen suchen. Aber dazu ist es noch zu früh, Julie. Seien Sie erst mal gnädig mit sich und gestehen Sie sich das Recht zu, ausgiebig zu trauern. Es gibt für alles eine Zeit. Nach einer verheerenden Schlacht oder einer Naturkatastrophe sind alle Überlebenden erst mal völlig am Boden und begehren gegen das unbarmherzige Schicksal auf. Erst wenn dieser Schmerz abgeflaut ist, können sie die Ärmel hochkrempeln und sich an den Wiederaufbau machen. Hören Sie? Erst danach. Was Ihnen zugestoßen ist, ist vermutlich das Schlimmste, was einem passieren kann, darum seien Sie geduldig mit sich selbst. Kein Schlachtfeld bleibt ewig unfruchtbar. Manchmal dauert es Jahre, aber letztlich gewinnt die Natur immer die Oberhand und aus Schutt und Asche wächst wieder etwas. Auch Ihr Innerstes wird eines Tages wieder die Oberhand gewinnen, Julie, da bin ich mir sicher.«

Romain dreht sich zu Julie, die schon wieder weint. Zögernd streicht er mit dem Handrücken über ihre nasse Wange, so, wie er es bei Lulu immer gemacht hat, was Julie unter Tränen lächeln lässt. Dann blicken sie beide wieder stumm in die Ferne.

Die Stille und die Weite tun gut.

»Haben Sie eigentlich wieder angefangen zu arbeiten?«

»Nein, noch nicht. Ich habe zum Glück einen verständnisvollen Arzt, der mich erst mal krankgeschrieben hat. Wie können die bei der Versicherung auch nur denken, dass man in drei Tagen den Tod seines Kindes verdaut hat?«

Julie zieht ein neues Taschentuch aus ihrem Rucksack, während Romain seinerseits eine Tafel Schokolade hervorzieht.

Zartbitter mit Karamellstückchen. Er bricht sie im Aluminiumpapier in Stücke und legt sie dann zwischen ihnen auf die Decke.

»Halten Sie sich ran, Ameisen lieben Schokolade. Und die in den Bergen sind ganz besondere Räuber.«

Julie kann nur ungläubig den Kopf schütteln, während sie sich voller Freude bedient.

»Woher wussten Sie, dass das meine Lieblingsschokolade ist?«

»Intuition ist nicht nur dem weiblichen Geschlecht vorbehalten …«, erklärt Romain und muss innerlich schmunzeln. Von wegen Intuition! In Lulus Krankenzimmer hat er irgendwann mal das Schokopapier gesehen und es sich einfach gemerkt.

»Spielen Sie eigentlich ein Instrument?«, will er dann wissen.

»Nein. In der Grundschule habe ich ein bisschen auf der Blockflöte rumgefiept, aber das war's dann auch. Und Sie?«

»Ich habe vor Kurzem wieder mit Geige angefangen. Ich habe schon als Kind gespielt, aber dann wurde sie mir irgendwann auf dem Nachhauseweg gestohlen und wir hatten kein Geld mehr für eine neue. Aber nachdem mich meine Frau verlassen hat, musste ich mich abends irgendwie beschäftigen. Also habe ich mir eine Geige gekauft und nehme seither Unterricht. Und wenn ich spiele, denke ich an nichts anderes mehr.«

»Das macht den Kopf sicher völlig frei.«

»Gibt es denn irgendein Instrument, das Sie besonders anspricht?«

»Ja, Klavier.«

»Dann trauen Sie sich. Gehen Sie in ein Musikgeschäft, lassen Sie sich beraten, und suchen Sie sich einen Klavierlehrer.«

»Hm, ich denk mal drüber nach …«, murmelt Julie und steht auf, um etwas weiter weg einen Stein zu betrachten, weil sie ihm nicht gestehen mag, dass sie kein Geld hat, um sich ein Klavier ins Wohnzimmer zu stellen. Und überhaupt bräuchte sie erst mal ein richtiges Wohnzimmer …

»Machen wir uns an den Abstieg?«, fragt Romain, während er seinen Rucksack wieder packt.

»Ja, es ist schon spät. Aber vorher will ich Ihnen gern noch Danke sagen, Romain. Sie helfen mir sehr, wirklich. Über dem schwarzen Loch, in dem ich mich gerade befinde, gibt es ein paar Lichter, und eins davon sind Sie.«

»Das ist gut. Ich hoffe nur, dass ich nicht das Schlusslicht bin.«

»Höchstens heute beim Abstieg«, ruft Julie und läuft die Bergwiese hinunter.

Weihnachten nähert sich, und dieses Jahr wird Julie von dessen Rummel förmlich erschlagen. Glitzernde Schaufenster überall. Und fast an jeder Straßenecke Lautsprecher, aus denen nonstop Weihnachtslieder dröhnen, eines dämlicher als das andere, und die Anwohner in den Wahnsinn treiben. Schon lange hat Julie festgestellt, dass es jedes Jahr mehr wird. Mehr Leuchtsterne in den Straßen, mehr Weihnachtsmänner in den Fenstern, immer dickere Spielzeugkataloge, immer früher dekorierte Supermarktregale. Jeder will jeden übertrumpfen in dieser kranken Konsumgesellschaft …

Dieses Jahr nervt es Julie ganz besonders. Erst vor ein paar Tagen ist ihr ihre Urgroßmutter in den Sinn gekommen, die ihr als Kind erzählt hat, wie zu ihrer Zeit die Kinder an Heiligabend eine Orange geschenkt bekamen. Eine Orange, weil das etwas Seltenes und Kostbares war. Man stelle sich das mal vor! Heute kriegt man Orangen das ganze Jahr über für zwei Euro das Kilo.

Ach, und dann all diese Leute mit ihren vielen Paketen unter den Armen, die es nicht erwarten können, sie unter ihren

Christbaum zu legen, sodass man den Eindruck bekommt, als sei Weihnachten automatisch für jeden eine Freude. An so einem Festtag muss man glücklich sein, das gehört sich so. Weihnachten: das Fest der Familie par excellence.

Doch genau das kann Julie in diesem Jahr wirklich gestohlen bleiben. Denn in dieser Hochglanzfreude gibt es den einen, für sie alles entscheidenden Riss: die Vorstellung, dass es dieses Jahr kein Geschenk für Lulu geben wird.

Ja, wie gern würde sie ihm wieder etwas unter den Baum in ihrer Wohnung legen, genau wie letztes Jahr und die zwei Jahre davor, und sei es nur eine Orange. Stattdessen hat sie nun einen kleinen Schneemann aus Ton, den sie mit einer Kerze darin auf sein Grab stellen wird …

Dennoch will Julie ihm dieses kleine Weihnachtsgeschenk machen, denn Symbole sind für sie wichtig. Auch wenn es, mit Abstand betrachtet, irgendwie kläglich ist.

Doch wer weiß, vielleicht sieht Lulu es ja und freut sich.

Den Weihnachtsabend verbringt Julie mit Jérôme und Caroline bei Paul. Sie halten ihre Feier ganz einfach und versuchen dabei, über alles andere als über Lulu zu reden. Die Tränen sitzen bei allen locker, und es bräuchte nur wenig, um sie zum Weinen zu bringen. Er fehlt ihnen viel zu sehr.

Kleine Geschenke gibt es aber dennoch von jedem für jeden, weil eine kleine Aufmerksamkeit immer etwas Schönes ist, erst recht von Menschen, die man gernhat.

Von Jérôme bekommt Julie einen neuen Popi, und das freut sie sehr. Wie rührend, dass er sich an ihren Plüschaffen erinnert hat. Als sie sich herzlich bei ihm bedankt, zeigt er ihr heimlich die Schaumstoffmuschis, die er in seiner Hosentasche verborgen hat.

Und schließlich, die Bescherung ist schon fast vorbei, holt Paul noch ein Päckchen hinter dem Baum hervor.

»Romain Forestier hat es letzte Woche vorbeigebracht. Ich sollte es dir an Weihnachten geben.«

Überrascht befühlt Julie das kleine weiche Päckchen. Auf dem Bastbändchen klebt das Etikett eines Fair-Trade-Ladens.

Das sieht Romain ähnlich. Neugierig öffnet sie es – und zieht eine knallbunte peruanische Mütze hervor, mit zwei Ohrenklappen und einem kleinen Bommel, der an einer Wollschnur vom Zipfel baumelt. Drinnen steckt ein Zettel.

»Damit Sie viele neue Farben für Ihr Leben haben und auch die frostige Kälte kommender Sonntagswanderungen überstehen. Frohe Weihnachten, Julie.«

Stolz wie ein Pfau stülpt sich Julie die Mütze über, worauf alle laut lachen müssen, so ungewohnt sehen die Form und die Farben bei Julie aus.

»So kannst du im Schnee wenigstens nicht verloren gehen«, meint Paul amüsiert. »Und du kannst nicht mehr behaupten, dass es viel zu kalt sei, um wandern zu gehen.«

»Ich hatte nie vor, mich zu drücken«, protestiert Julie vehement.

Und nun erst recht nicht mehr nach Romains liebenswertem Geschenk.

Frohe Weihnachten auch dir … und überhaupt der ganzen Welt.

Trotz allem.

Ein paar Wochen sind vergangen.

Lieber Paul,
geht es Dir gut? Ich habe jetzt schon eine ganze Weile nichts von Dir gehört, aber ich denke, Du rührst Dich nicht, weil Du gerade furchtbar viel Arbeit hast … oder sollte Dir etwa Manon so sehr den Kopf verdreht haben?!

Ich wende mich heute mit einer speziellen Bitte an Dich. Ich habe beschlossen, Klavier spielen zu lernen. Ein Freund hat mir dazu geraten, als eine Art Musiktherapie. Darum war ich gestern in einem Musikgeschäft und habe dort ein wirklich schönes Klavier gefunden. Es ist aus hellem Holz und hat einen wundervollen Klang. Leider ist es viel zu teuer … Darum wollte ich Dich fragen … könntest Du mir das Geld vielleicht leihen? Ich würde es Dir selbstverständlich zurückzahlen, jeden Monat ein wenig … Was meinst Du, ginge das?

Ich umarme Dich fest

Julie

PS: Falls Du furchtbar viel Arbeit hast, denk bitte dran, zwischendrin Luft zu holen.

PPS: Und derselbe Ratschlag gilt auch, falls es Manon ist, die Dir den Kopf verdreht.

PPPS: Ich hoffe, es ist Letzteres …

Meine liebe Julie,
es tut mir schrecklich leid, dass ich mich nicht gemeldet habe. Ich arbeite tatsächlich gerade sehr viel und bin ständig auf Geschäftsreisen. Aber das ist natürlich keine Entschuldigung, ich hätte Dich zwischendrin anrufen oder Dir zumindest eine SMS schicken können. Ich glaube, ich hatte einfach Angst. Angst, Dir dummes, banales Zeug zu erzählen oder womöglich nicht zu wissen, was ich Dir sagen soll. Angst, Dich zu nerven oder in einem schlechten Moment zu erwischen. Ich weiß, es ist lächerlich, aber ich bin so unsicher, wie ich mich verhalten soll. Vielleicht können wir nächste Woche ja mal zusammen essen gehen, um über all das zu reden. Was hältst Du davon? Ich muss morgen wieder ins Ausland, komme aber am Wochenende zurück.

Ich umarme Dich
Paul

PS: Mach Dir keine Sorgen wegen des Geldes. Da finden wir schon eine Lösung.
PPS: Und wegen Manon musst Du Dir auch keine Sorgen machen, ich hole von Zeit zu Zeit schon noch Luft …

Ein paar Tage später muss Julie ihre Arbeit im Supermarkt wieder aufnehmen, weil ihr Arzt sie beim besten Willen nicht mehr länger krankschreiben kann. Aber letztlich muss sie sowieso allmählich auf andere Gedanken kommen, auch wenn ihr stupider Job als Kassiererin nicht sonderlich dafür geeignet ist. Um sich etwas abzulenken, hat sie sich deshalb vorgenommen, das Alter jedes einzelnen Kunden zu schätzen und mit den Geburtsdaten auf dem Ausweis zu vergleichen, den sie bei Kartenzahlung zu sehen bekommt. Dabei erlebt sie einige Überraschungen: nicht nur bei Frauen, die durch Botox zehn Jahre jünger wirken, sondern auch bei Männern, die wegen zu viel Alkohol und Nikotin glatte zehn Jahre älter erscheinen …

So übersteht Julie ihren ersten Arbeitstag. Als sie abends müde die Haustür aufschließt, kommt Caroline gerade die Treppe herunter. Sie ist auf dem Weg in die abendliche Sprechstunde.

»Julie! Endlich kommst du!«, ruft sie freudestrahlend, umarmt ihre Mitbewohnerin stürmisch, setzt zum Reden an, schlägt sich dann aber schnell die Hand vor den Mund und verschwindet mit einem nervösen Kichern in den Praxisräumen.

Verwundert schaut Julie ihr hinterher. So ausgelassen hat sie die junge Ärztin noch nie erlebt. Sie wüsste nur zu gern, was sie so beschwingt macht, denn irgendwie hat sie wie ein kleines Mädchen gewirkt, dem man ein großes Geheimnis anvertraut hat, das es am liebsten ausplaudern würde.

Schulterzuckend geht Julie hinauf in die Wohnung, und oben hat sie es schon wieder vergessen. Mechanisch legt sie ihre Tasche und ihren Schlüssel auf die Kommode im Flur, holt sich ein Glas Wasser und setzt sich damit an den Küchentisch, um ein bisschen in der Zeitung zu blättern, so, wie sie es jeden Abend tut.

Kaum hat sie sie jedoch aufgeschlagen, bemerkt sie vor sich einen Schlüsselbund, und ein Post-it-Zettel klebt daneben, auf dem eine Adresse und eine Nachricht stehen: »Julie, eine Überraschung erwartet Dich unter dieser Adresse. Fahr gleich hin, dort erfährst Du Näheres.«

Kopfschüttelnd nimmt Julie den Zettel in die Hand. Der Text ist zwar in großen Druckbuchstaben geschrieben, sodass sie nicht erkennen kann, wer ihn verfasst hat, aber Caroline hat ganz sicher etwas damit zu tun. Was sie ihr wohl zeigen will? Julie hat Schnitzeljagden in der Schule immer geliebt, und da sie sowieso nichts anderes vorhat, setzt sie sich wieder in ihr Auto.

Eine Viertelstunde später parkt sie vor einem neu gebauten kleinen Haus in einem ruhigen Wohnviertel. Sie probiert mehrere Schlüssel aus, bis sie den richtigen für die Haustür gefunden hat, und steigt dann neugierig die Treppe hinauf.

Bereits im ersten Stock hängt an einer der Wohnungstüren ein handgeschriebenes Schild: »Julie, hier geht's rein!« Mit dem größten Schlüssel schließt Julie auf – und macht große Augen: Mitten im Flur steht der rote Koffer, den Paul ihr in der Bretagne gekauft hat. Was hat das zu bedeuten?

Neugierig sieht sie sich um und bekommt dabei immer größere Augen. Alles ist neu. Die schlichten, modernen Möbel im Schlafzimmer, die kleine, gut ausgestattete Küche mit dem fantastischen Herd, die schicke Küchenmaschine, die eines Chefkochs würdig wäre. Und direkt daneben steht – ein großer Korb Zwiebeln. Sollte etwa doch nicht Caroline dahinterstecken?

Als sie die Tür zum Wohnzimmer aufmacht, bleibt Julie dann endgültig die Luft weg. Denn da steht es, schön wie an dem Tag, als sie es zum ersten Mal andächtig bewundert hat: das Klavier aus hellem Holz, das ihr im Musikgeschäft gleich so gut gefallen hat, und direkt davor ein Klavierhocker aus dem gleichen Holz. Auf den Tasten liegt ein Brief.

Liebe Julie,
vergiss das mit dem Abbezahlen; ich bin froh, wenn ich Dir etwas Gutes tun kann. Ich würde alles dafür tun, um Deinen Schmerz irgendwie zu mildern, und dies hier war eine gute Gelegenheit.

Ich umarm Dich ganz fest
Paul

PS: Ach ja, und was die Wohnung betrifft, müssen wir noch über die Miete reden. Aber ich denke, für den Preis wirst Du nichts Vergleichbares finden, sonst hätte mich die Maklerin nicht für verrückt gehalten. Es fehlen nur noch ein paar Unterschriften.

»Paul?«, sagt Julie mit rauer Stimme in ihr Handy, weil sie fast nicht reden kann, so überwältigt ist sie.

»Oh, hallo, Julie, beinahe hätte ich dich nicht erkannt, wie war dein erster Arbeitstag?«

»Du bist total verrückt, Paul!«

»Fängst du jetzt auch noch damit an? Am Ende werde ich noch glauben, ihr habt alle recht. Jedenfalls ganz sicher verrückt wäre ich, wenn ich mir so eine Gelegenheit entgehen ließe.«

»Aber das ist ein viel zu großes Geschenk, Paul!«

»Die Wohnung schenke ich dir nicht.«

»Ich rede vom Klavier.«

»Och, ganz umsonst bekommst du das aber auch nicht. Ich rechne fest damit, dass du mir regelmäßig etwas darauf vorspielst, wenn ich zu Besuch komme.«

»Und woher wusstest du, dass ich genau dieses meine?«

»Sagen wir mal so: Es hat sich als vorteilhaft erwiesen, dass ich mit einem Foto von dir in meiner Brieftasche herumlaufe. Der Verkäufer konnte sich noch sehr gut an dich und deine strahlenden Augen erinnern, als du vor dem Klavier standest. Und vor allem auch an dein hartnäckiges Feilschen und jedes einzelne Argument, das du angeführt hast, um ihn runterzuhandeln. Ich sollte dich unserer Personalabteilung als Einkäuferin vorschlagen!«

»Du bist wirklich unglaublich, Paul. Ich freu mich so sehr darüber, das kannst du dir gar nicht vorstellen.«

»Dann hab Spaß daran. Und übe fleißig: In sechs Monaten will ich ein Bach-Präludium hören!«

»Ist der Verkäufer dir eigentlich preislich entgegengekommen?«

Jetzt muss Paul wirklich lachen. »Julie, du weißt doch, dass ich immer das Teuerste nehme.«

»Es war nicht das Teuerste.«

»Ich weiß, aber dein Klavier ist mir jeden Preis wert.«

Nachdem er aufgelegt hat, seufzt Paul erleichtert. Offenbar hat Julie endlich aufgehört, seine Geschenke abzulehnen.

Wurde auch langsam Zeit.

Paul ist es nämlich egal, wie viel die Dinge kosten, alles, was er will, ist, Julie wieder glücklich zu machen, ihr zu helfen, Schritt für Schritt über ihren schrecklichen Verlust hinwegzukommen, und sei es nur um einen Millimeter.

Paul weiß, dass er nicht die gleichen heilenden Fähigkeiten hat wie Julie, die in der Bretagne der parabenfreie Balsam für Jérômes und seine Seele war. Und zudem hat er das Gefühl, überhaupt an der ganzen Tragödie schuld zu sein. Schließlich hätte er im September genauso gut eine andere Kasse wählen können. Oder die junge Kassiererin nicht weiter beachten müssen. Und zum Mittagessen und danach in die Bretagne hätte er sie auch nicht einladen müssen. Oder zumindest hätte er auf der Rückfahrt hinter Paris noch eine weitere Pause einlegen sollen, denn dann … ja, Paul fühlt sich schuldig. Als Balsam für Julies Seele hat er jedoch lediglich eine Kreditkarte zur Verfügung. Und das ist ganz schön erbärmlich, denn das, was Julie furchtbar gern wieder hätte, lässt sich nun mal nicht kaufen.

Aber immerhin kann auf dem Weg zur Heilung ein materielles Geschenk doch hin und wieder hilfreich sein. Ein Handy, um die beste Freundin anrufen zu können, ab und zu ein Essen mit ihm im Restaurant, um nicht vor Kummer noch ganz abzumagern, die kindliche Freude über eine Jeans, die endlich einmal der neuesten Mode entspricht und nicht aus dem nächsten Secondhandladen stammt, und nun eben das Klavier, um mithilfe der Musik ihre Seele zu besänftigen …

Endlich nimmt sie es an.

Alles kommt zu seiner Zeit …

Kurz vor der vereinbarten Zeit ist Julie an diesem Sonntag bis zum Brunnen am Ende der Straße gegangen. Sie hat ihm zwar ihre neue Adresse gesimst, aber es ist das erste Mal, dass er sie in dem neuen Wohnviertel abholt, und bevor er sich verfährt und mit seinem Oldtimer so früh am Morgen die ganze Nachbarschaft aufweckt, kommt sie ihm lieber entgegen.

Und Romain ist tatsächlich noch ein bisschen verschlafen, denn fast wäre er an ihr vorbeigefahren, erst im letzten Moment bemerkt er sie und hält am Straßenrand. Wie Julie scheint er sich sehr darauf zu freuen, wieder gemeinsam wandern zu gehen, denn kaum ist sie eingestiegen, drückt er ihr beschwingt die Karte mit der heutigen Bergtour in die Hand und fährt auch schon los.

Nachdem sie vier Stunden stetig bergauf gewandert sind, müssen sie allerdings den Tatsachen ins Auge sehen: Sie werden es auf keinen Fall mehr bis zum Gipfel schaffen. Julie kriegt das heute nicht hin, ihr tun die Füße weh, der Rücken, der Bauch, das Leben. Und während des Aufstiegs zu heulen, macht das Atmen auch nicht gerade leichter.

Darum ändert Romain seinen ursprünglichen Plan und bittet sie, nur noch kurz durchzuhalten, da sie bald eine schöne Stelle erreicht haben werden, wo sie vor dem Abstieg eine längere Rast machen können.

Es ist fast eins, als der in der Sonne glitzernde Bergsee vor ihnen auftaucht. Erschöpft lässt sich Julie an seinem Ufer auf ihre dicke Winterjacke fallen und schließt für einen Moment die Augen.

Sie muss wohl eingenickt sein, denn als sie sie nach einer Weile wieder öffnet, ist Romain nirgends zu sehen. Gähnend richtet sie sich auf und hält nach ihm Ausschau, bis sie ihn am gegenüberliegenden Ufer entdeckt. Zwar lässt er gerade Steine flitschen, doch irgendwie muss er gespürt haben, dass sie wach ist, denn er winkt ihr zu und macht sich gleich auf den Weg zu ihr.

»In diesem See … sollte man nicht … unbedingt baden. Da schwimmen überall … merkwürdige Viecher«, meint er zehn Minuten später etwas außer Atem.

»Das Wasser ist eh viel zu eisig.«

»Schon, aber es würde garantiert auch sämtliche Lebensgeister wecken«, erwidert Romain und hebt einen Stein auf, um ihn von hier aus übers Wasser hüpfen zu lassen. »Schön hier, nicht wahr? Der See hat jetzt nicht besonders viel Wasser, aber im Frühling ist es einfach herrlich. Wir können diese Tour ja noch mal in ein paar Monaten machen, was meinen Sie? … Julie?«

Romain dreht sich um. Den Blick auf den Boden vor sich gerichtet, hat Julie ihn gar nicht gehört. Zögernd kommt er zu ihr, setzt sich hinter sie, ein Bein zu jeder Seite, reibt kurz seine Hände warm und beginnt, sie sanft zu massieren.

Fast augenblicklich bricht Julie in Tränen aus. Sie ist so dünnhäutig, dass man sie nur zu berühren braucht, und ihre Gefühle reißen sie mit sich fort. Die Massage tut ihr jedoch gut, und darum entspannt sie sich nach einer Weile und zieht auch ihre Fleecejacke aus, weil das langärmlige Funktionsshirt, das Paul ihr zu Weihnachten geschenkt hat, in der Sonne warm genug ist und Romain so besser an ihre verspannten Rückenmuskeln kommt.

»Ich wollte ein Fotoalbum anlegen, mit Aufnahmen von ihm, aber ich schaffe es nicht«, murmelt sie, als die Tränen endlich etwas weniger werden.

»Wundert Sie das?«

»Nein, eigentlich nicht. Aber verschwindet dieser Kummer denn überhaupt jemals? Ich habe den Eindruck, ich kämpfe die ganze Zeit nur, dass er mich nicht völlig verschlingt. Und so langsam geht das über meine Kraft.«

»Warum kämpfen Sie überhaupt?«

»Weil … weil man doch irgendwie weitermachen muss. Das Leben wartet schließlich nicht auf einen.«

»Wer sagt, dass es nicht auf Sie wartet? Natürlich geht es weiter. Das heißt aber nicht, dass Sie seinem Rhythmus immer folgen müssen. Sie sind jung und haben noch Ihr ganzes Leben vor sich. Gönnen Sie sich etwas Zeit, um in Ruhe zu trauern.«

»Erinnern Sie sich an meinen Freund Paul?«

»Natürlich, sehr gut«, erwidert Romain. »Hat er Ihnen etwa Geld fürs Klavier geliehen?«

»Nein, er hat mir das Klavier geschenkt. Und meine neue Wohnung, die gehört ihm auch; er hat sie gekauft, damit er sie mir zu einem niedrigen Preis vermieten kann.«

»Wow, das ist ja grandios!«

Julie nickt. »Schon, ja. Aber mir ist das irgendwie unangenehm. Es ist so ein riesiges Geschenk. Ich habe immer das Gefühl, ich bleibe ihm etwas schuldig.«

Romains Hand drückt beruhigend ihre Schulter.

»Lassen Sie den anderen die Freiheit, Ihnen eine Freude zu machen, Julie. Nach allem, was Sie mir über Paul erzählt haben, glaube ich nicht, dass er von Ihnen irgendeine Gegenleistung erwartet. Für Paul ist das einfach nur eine Möglichkeit, Ihnen als Freund beizustehen. Es ist ein sehr großes Geschenk, das stimmt. Aber es ist eines, das von Herzen kommt. Nehmen Sie es als solches an. Denn das allein zählt.«

Julie ist still geworden. Nachdem Romain ihr den Rücken massiert hat, nimmt er sie noch eine Weile in die Arme und wiegt sie ganz leicht hin und her. Auch für so etwas verlässt man das Land der Kindheit nie ganz. Sich in eine Umarmung kuscheln zu können, tut eindeutig auch als Erwachsener gut, bloß wird das oft vergessen …

Auch Romain hatte das vergessen, wie die allermeisten Menschen. Bei ihm ist es nun schon über ein Jahr her, dass seine Frau ihn verlassen hat und der lange, ruhige Fluss des Lebens endgültig Geschichte ist. Irgendwann in den Monaten danach hat er dank seiner Tochter seine Kinderseele wiedergefunden und kann sich seither nicht nur besser in Charlotte einfühlen, sondern erlaubt es sich nun auch selbst, wieder wie ein Kind zu fühlen. Denn er hat festgestellt: Das Leben tut weniger weh, wenn man sich darin freimütig und offen tummelt wie auf einem Pausenhof und in einfachen kleinen Dingen Trost findet.

Grüß dich, Julie, wie geht es dir?«

Jérôme kommt mit einem erfreuten Lächeln um seinen Schreibtisch herum und umarmt sie herzlich.

»Ganz gut … Na ja, stimmt nicht ganz, sonst würde ich nicht in eure Sprechstunde kommen. Ist Caroline nicht da?«

»Nein, sie ist für ein paar Tage mit ihren Eltern weggefahren. Also, was kann ich für dich tun?«

Julie setzt sich auf den Stuhl vor seinem Schreibtisch.

»Ich piss mir in die Hose.«

»Julie, Julie«, sagt Jérôme scheinbar tadelnd und schüttelt streng den Kopf, »ich glaube, Paul und ich haben dir schon einmal gesagt, dass du an deiner Sprache arbeiten solltest … versuch's bitte noch einmal.«

»Ich puller mich ein?«

»Du kannst es noch besser …«

»Ich mache Pipi in die Hose?«

»Noch ein bisschen besser …?«

»Mann, Jérôme, du kannst einem wirklich auf den Keks gehen! Nimm mich bitte ernst.«

»Entschuldige«, meint Jérôme. »Gut, also, du leidest an Harninkontinenz.«

»Wenn du das sagst.«

»Und wie lange geht das schon?«

»Wenn ich ehrlich bin: seit Lulus Tod.«

Jérôme sieht sie durchdringend an.

»Belastet dich das im Alltag?«

»O Mann, so was kann wirklich nur ein Typ fragen …«, stöhnt Julie.

»Tut mir leid, du hast recht«, erwidert Jérôme, während er nach einem Überweisungsformular greift. »Also, hör zu: Ich werde dich zu einer Hebamme schicken. Die kann dir nämlich besser helfen als ich. Ich habe da so eine Ahnung, was die Ursache für dein Leiden ist.«

»Und warum sagst du mir das dann nicht?«

»Weil diese Hebamme das viel besser erklären und behandeln kann. Sie heißt Sylvie Petitjean und wohnt noch nicht mal weit von dir entfernt. Sage ihr, ich würde dich schicken, dann bekommst du ganz schnell einen Termin.«

Noch am selben Vormittag ruft Julie die Hebamme an. Zufall oder glückliche Fügung – jedenfalls hat ihr gerade erst jemand für den Nachmittag abgesagt, und Julie sagt ohne lange zu überlegen zu, auch wenn sie ein bisschen Angst hat, weil sie nicht so recht weiß, was sie erwartet.

Vorher muss sie jedoch noch etwas essen. Wie üblich hat sie zwar keinen besonderen Hunger, aber Jérômes mahnende Abschiedsworte haben ihr doch zu denken gegeben. »Wenn du so weitermachst, werden wir deine Taschen mit Sand beschweren müssen, damit du uns bei unserem nächsten Urlaub in der Bretagne nicht wegfliegst …«

Mit dem Teller Nudeln in der Hand setzt sie sich in ihren Sessel vor dem Wohnzimmerkamin, den Paul extra hat einbauen lassen, weil er fand, ein bisschen natürliche Wärme würde ihr guttun. Gedankenverloren schaut sie in die gelben und blauen Flammen. Hm, sie könnte Romain eine SMS schreiben, um ihre gemeinsame Liste der kleinen Glücksmomente im Alltag zu erweitern. Vor dem Kamin zu sitzen und dem knisternden Feuer zuzuhören, ist nämlich definitiv so einer …

Sylvie Petitjean hat eine sehr angenehme Stimme. Sie lässt sich von Julie den Überweisungsschein geben und fragt nach dem Grund ihres Besuchs. Ein paar Erklärungen später greift die Hebamme zu einem Formular und beginnt es auszufüllen. Name, Vorname, Geburtsdatum, Adresse, Sozialversicherungsnummer, Beruf und noch das eine oder andere wie bisherige Erkrankungen, Gewalterfahrungen …

»Gewalt?«, fragt Julie, von der Frage überrascht.

»Ja, alles, was Sie in Ihrem Leben bisher als Gewalt empfunden haben.«

»Das hat mich noch nie jemand gefragt.«

»Es steht Ihnen vollkommen frei, ob Sie darauf antworten wollen oder nicht. Ich frage immer danach, weil mir die Erfahrung in den letzten Jahren gezeigt hat, dass mit dieser Frage manchmal eine fest verriegelte Tür aufgestoßen wird.«

»Also … ja«, sagt Julie nach kurzem Zögern.

Ein Blick genügt, und die Hebamme weiß, dass sie fortfahren kann. Julie wird nichts mehr dazu sagen. Nicht heute.

Die folgenden Fragen sind gynäkologischer Natur. Alter bei der ersten Regel, Menstruationsbeschwerden, Lebensgewohnheiten, Beziehungsleben, ob sie Kinder hat und – da Julie stumm nickt – wie die Geburt verlaufen ist, ob mit PDA oder ohne, wie schwer der Kleine war, ob sie gestillt hat und wie es dem Kind heute geht.

Julie, die es geschafft hat, seit dem Morgen nicht mehr zu weinen, hat die ersten Fragen mechanisch beantwortet, doch nun wird sie wieder rückfällig. Sie braucht eine Weile, bis es unter Tränen schließlich aus ihr herausbricht, dass ihr Sohn vor zweieinhalb Monaten gestorben ist. Als sie in ein paar gestammelten Sätzen die Geschichte gehört hat, nimmt die Hebamme lediglich Julies Hand und ermuntert sie sanft, die Tränen einfach laufen zu lassen.

»Es fließt aus allen Ecken und Enden, nicht wahr?«, sagt sie schließlich mit einem gütigen Lächeln zu Julie, als die sich wieder einigermaßen beruhigt hat. »Aber keine Sorge, um diese undichten Stellen werden wir uns kümmern. Oben wie unten.«

»O ja«, schluchzt Julie. »Da gibt es einige Arbeit.«

»Das schaffen Sie. Ich werden Ihnen ein paar Übungen zeigen, die Sie regelmäßig zu Hause machen, und irgendwann haben wir das dann im Griff.«

»Was für Übungen?«

»Ich arbeite gerne mit Visualisierungen, wie zum Beispiel einer Höhle, Wellen, einer sich öffnenden Blume, Pforten …«

»Und das schließt die ›undichten‹ Stellen?«, fragt Julie zweifelnd.

Die Hebamme nickt. »Meinen bisherigen Erfahrungen nach sollte das gut funktionieren.«

»Und warum passiert mir das seit Lulus Tod?«

»Sie müssen sich vorstellen, dass der weibliche Beckenboden so etwas ist wie der Altarraum einer Frau, ein heiliger Ort in ihrer Kathedrale. Dieser Altar blieb vom Tod Ihres Kindes nicht unbehelligt. Gestehen Sie ihm das Recht zu, ebenfalls zu trauern, dann wird er irgendwann damit fertigwerden.«

»…«

»Und Sie ebenfalls, auch wenn es noch dauern wird. Sehen wir uns also nächste Woche Montag?«

»Und die Untersuchung?«

»Das mache ich nie beim ersten Mal«, antwortet die Hebamme lächelnd.

Julie ist das nur recht. Sie ist sowieso nicht erpicht darauf, dass man ihren »Altarraum« in Augenschein nimmt, und schon gar nicht bei der ersten Sitzung …

Ursprünglich hatten sie ja jeden ersten Sonntag im Monat ausgemacht, doch inzwischen holt Romain sie alle zwei Wochen ab.

»Können Sie eigentlich auf einer zugeschneiten Straße Auto fahren?«, fragt er Julie, als sie schon eine Weile unterwegs sind.

»Hm, einmal auf dem Weg zur Arbeit hatte ich damit zu kämpfen, aber ... Warum halten Sie an?«

»Weil es zum Lernen nie zu spät ist. Auf dieser Straße hier herrscht so gut wie kein Verkehr, entgegenkommende Wagen sieht man von Weitem, und sie ist auch breit genug, sodass keine Gefahr besteht, im Straßengraben zu landen.«

»Ich will keine Rallyefahrerin werden.«

»Wer spricht denn von einer Rallye? Sie sollen nur lernen, im Schnee zurechtzukommen, man kann schließlich nie wissen. Und mein Roadster ist für so eine Lektion hervorragend geeignet, weil er eine ganz prima Straßenlage hat.«

»Kürzlich haben Sie das Gegenteil behauptet.«

»Wirklich, habe ich das?«

»Ich bin aber noch nie mit einem Oldtimer gefahren!«

»Es ist auch bloß ein Auto. Mit Steuerrad, Schaltgetriebe und Kupplung, Bremse, Gaspedal. Und sehen Sie, da vorne, da haben Sie die Rückspiegel.«

»Machen Sie sich nur über mich lustig!«

»Es ist wirklich kein Hexenwerk. Man muss sich nur trauen. Zeigen Sie mir, was Sie können. Was riskieren Sie schon?«

»Was ich riskiere?!«, ruft Julie. »Ich könnte Ihr wertvolles Auto zu Schrott fahren!«

»Das Risiko nehme ich in Kauf. Kommen Sie …«

»Sie haben ja ganz schönes Vertrauen in mich …«

»Sollte ich das nicht?«, sagt Romain amüsiert und steigt aus.

»Also … ich weiß nicht …«

Romain hält ihr jedoch schon die Tür auf, und so bleibt Julie gar nichts anderes übrig, als die Herausforderung anzunehmen. Sie startet den Wagen vorsichtig, fährt langsam an, drückt ganz sanft aufs Gas …

»Bei dem Tempo wird das mit dem Wandern heute nichts mehr«, meint Romain nach fünf Minuten belustigt. »Bis zum Ausgangspunkt unserer Tour sind es noch zwölf Kilometer, darum wäre ich Ihnen dankbar, wenn Sie ein bisschen beschleunigen würden.«

Gehorsam beschleunigt Julie. Ein bisschen. Von 15 auf 20 km/h. Innerlich bereitet sie sich nämlich schon auf die kommende Kurve vor. Behutsam geht sie wieder mit dem Fuß vom Gas, umfasst das Lenkrad fest – da greift Romain nach der Handbremse und zieht einmal kurz daran.

Das Heck des Wagens schert augenblicklich aus, Julie steuert reflexartig gegen, um den Kurs des Wagens zu korrigieren … puh, geschafft!

»Machen Sie das nicht noch mal!«, schreit sie ganz außer sich.

»Aber Sie haben doch fantastisch reagiert, wo ist das Problem?«, entgegnet Romain gelassen und blickt sie an.

»Machen Sie das trotzdem nie wieder, hören Sie?! Ich habe mich total erschrocken!«, schnauft sie, kann sich dann aber doch ein kleines Lächeln nicht verkneifen, weil sie insgeheim stolz auf ihre Reaktion ist.

Und Romain ist das natürlich nicht entgangen.

»Dennoch war dieser kleine Adrenalinstoß ganz nett, oder? Geben Sie's zu, ich seh's an Ihren blitzenden Augen.«

»Sie haben recht«, gesteht Julie grinsend. »Aber Sie machen das trotzdem nicht noch mal.«

»Okay, ich versprech's.« Mit todernstem Gesicht hebt Romain die Hand zum Schwur. »Aber nur, wenn Sie jetzt ein bisschen schneller fahren, sonst schaffen wir den Rundweg nämlich wirklich nicht mehr, und das wäre jammerschade.«

Julie schüttelt den Kopf, gibt aber nun doch etwas mehr Gas als zuvor.

»Immer sachte mit den jungen Pferden. Ich muss mich erst an Ihr Auto gewöhnen. Sie fahren vielleicht gern im Schnee, ich nicht …«

»Soo gern fahre ich auch nicht im Schnee«, erklärt Romain und lehnt sich entspannt zurück. »Wenn Sie es genau wissen wollen, fahre ich am liebsten an einem lauen Sommerabend über kleine Landstraßen irgendwo im Süden Frankreichs … der Motor schnurrt wie eine Katze … das Verdeck ist offen …

ein leichtes Lüftchen weht … es riecht herrlich nach Lavendel und Rosmarin … die Sonne geht langsam unter … Ja, das liebe ich, das ist nach meinem Geschmack …«

Sie kommen schließlich doch noch an und machen sich beschwingt auf den Weg. Es herrscht wirklich herrliches Winterwetter. In der vergangenen Woche hat es viel geschneit, und die trockene Kälte danach hat den Schnee mit einer dünnen Eiskruste überzogen, sodass die weiße Decke nun wie ein gigantisches Lichternetz in der Sonne glitzert, und wenn man den Finger hineinbohrt, fühlt und hört es sich an, als würde man die Karamellschicht einer riesigen Crème brûlée durchstoßen. Fasziniert probiert Julie es immer wieder aus. Glücksmomente einzufangen kann so einfach sein …

Das Wandern ist ziemlich anstrengend, weil sie mit jedem Schritt bis zur Wade im Schnee versinken. Julie schwitzt ganz schön in ihrer Winterjacke, aber die Landschaft ist einfach berauschend, und nach zwei Stunden erreichen sie dann doch den kleinen Wasserfall, Höhepunkt der heutigen Tour. Vom Wasser ist nichts mehr zu sehen, nur ein leises Gluckern ist darunter noch zu hören, denn die Kaskade ist zu einer bläulich schimmernden, bizarren Eisskulptur gefroren, so, als hätte die Eiseskälte dieses Winters die Wassertropfen jäh überrascht und mitten in ihrem freien Fall angehalten.

Schweigend bleiben sie davor stehen und betrachten andächtig dieses faszinierende Wunderwerk der Natur. Nach einer Weile nähert sich Julie der Kaskade und bricht einen hervorstehenden Eiszapfen ab.

Jedem seine Glücksmomente oder Legosteine …

»Warum verbringen Sie eigentlich Ihre Zeit mit mir?«, fragt sie, während sie sich ganz darauf konzentriert, dass ihre Zunge nicht am Eis kleben bleibt.

»Warum? Weil es mir Freude macht. Weil Sie die Berge lieben und sich allein wohl gerade nicht zu solchen Touren aufraffen könnten. Und weil ich weiß, dass Bekannte und auch manche Freunde in einer so schwierigen Situation dazu tendieren, sich aus Unsicherheit zurückzuziehen, und es dann guttut, sich ein bisschen abzulenken, oder täusche ich mich?«

»Ich geb's nicht gern zu, aber Sie haben schon wieder recht«, entgegnet sie mit einem traurigen Lächeln.

»Die anderen meinen es nicht böse, aber für viele verkörpern Sie gerade einfach Tod und Trauer, und der Tod macht furchtbar Angst. Das ist nur allzu menschlich. Möglich, dass für eine Weile Funkstille herrscht, aber die guten Freunde bleiben einem erhalten … Und letztlich können wir uns sowieso nur auf uns selbst verlassen, wenn es darum geht, sich nach einer Lebenskrise wieder aufzurappeln.«

Romain verstummt, weil Julie gerade die Augen geschlossen hat, um weiter an ihrem Eiszapfen zu lecken. Als Kind hat er das auch geliebt … darum bricht er sich nun ebenfalls einen ab und macht es ihr nach.

»In den letzten Wochen haben Sie Ihr Lächeln wiedergefunden, und ich bin sicher, der Rest wird auch noch kommen. Natürlich ist es etwas leichter, wenn immer alle um einen sind, Sie schaffen das aber auch ganz allein. Und wenn Sie zwischendurch ein Tief haben, dann ist das eben so. Es gehört zum Leben, dass man strauchelt.«

»Nur, wenn einen die Trauer straucheln lässt, fällt das von außen nicht unbedingt auf.«

»Stimmt. Wenn man ein Bein verloren hat, sieht das sofort jeder und nimmt Rücksicht. Wenn einem dagegen ein Stück aus dem Herzen gerissen wird, sieht das kein Mensch, dabei ist es mindestens ebenso schmerzvoll. Mit nur einem Bein lernt man, sich irgendwie zu arrangieren, und mit einer Prothese kann man fast wieder laufen wie zuvor. Wenn man sein Kind verliert, lässt sich hingegen nichts mehr arrangieren und schon gar nicht ersetzen.«

»Ich hätte lieber beide Beine verloren und dafür meinen Sohn behalten. Aber es stimmt, es steht mir nicht auf die Stirn geschrieben, dass es mir das Herz zerrissen hat.«

»Die meisten Menschen verlassen sich eben nur auf das ganz Offensichtliche, doch um zu entdecken, was im Inneren steckt, muss man etwas tiefer schürfen. Wirft man einen Stein in einen See, verursacht er auf der Wasseroberfläche Wellen; sie ziehen zunächst weite Kreise, klatschen vielleicht sogar ans Ufer, und werden dann immer kleiner. Bis die Oberfläche irgendwann wieder glatt wie ein Spiegel ist, so, als ob nichts gewesen wäre. Doch der Stein liegt für immer tief unten auf dem Grund.«

Doch der Stein liegt tief unten auf dem Grund … Für immer …

Am Montagmorgen empfängt Sylvie Petitjean Julie wieder mit dem gleichen freundlichen Lächeln und fordert sie auf, an dem kleinen runden Tisch Platz zu nehmen. Sie selbst nimmt sich ebenfalls einen Sessel und setzt sich direkt neben sie.

Vor ihnen liegt ein ganzer Packen Filzstifte, unter denen Julie als Erstes eine Farbe aussuchen soll.

Julie wählt Blau.

Danach fragt die Hebamme ihre junge Patientin nach ihrer inneren Wetterlage, ob bei ihr die Sonne scheint, es Wolken gibt, Dunst, Nebel, Regen, Gewitter oder Sturm herrscht oder der Himmel sich womöglich gerade aufheitert ... Zögerlich sieht Julie sie an, als die Hebamme ihr aber aufmunternd zunickt, teilt sie ihr dann doch ihre gefühlte Wetterlage mit, denn wenn sie's sich so recht überlegt, herrscht bei ihr an diesem Morgen gefühlsmäßig ziemlich dichter Nebel mit drohendem Regen.

Sylvie Petitjean ist mit der Beschreibung zufrieden und erklärt ihr dann ausführlich, wie eine Visualisierung funktioniert. In dieser ersten Stunde möchte sie damit beginnen, die Muskeln am Eingang von Julies Altarraum zu trainieren, und dazu soll Julie sich im Geiste erst mal vorstellen, er sei eine Grotte, die durch Zugbrücken und Fallgitter geschützt werden kann wie die Burg einer Prinzessin …

Na ja, Julie weiß nicht so recht. Darauf bittet die Hebamme sie schließlich, sich unten herum frei zu machen und auf den Untersuchungstisch zu legen, dann die Füße nah am Hintern anzuwinkeln und eines ihrer Knie auf dem Schenkel der Hebamme abzulegen, die sich neben sie gesetzt hat.

»Ich werde gleich meine Finger an den Eingang Ihrer Scheide legen. Entspannen Sie sich und sagen Sie mir, wenn Sie dazu bereit sind.«

Zwei Minuten vergehen, ohne dass Madame Petitjean auch nur Anstalten macht, sie endlich zu untersuchen.

»Sie können loslegen«, beeilt sich Julie darum zu sagen.

»Das klingt nicht so, als ob Sie so weit sind.«

Julie sieht die Hebamme erstaunt an.

»Das ist das erste Mal, dass ich vor einer Untersuchung gefragt werde, ob ich bereit bin.«

»Offensichtlich haben wir es hier mit vielen ersten Malen zu tun«, stellt Sylvie Petitjean lächelnd fest. »Ich warte jedenfalls, bis Sie so weit sind.«

Julie atmet tief ein, schließt die Augen und atmet geräuschvoll wieder aus.

»Und wenn … und wenn ich nicht bereit bin?«, fragt sie besorgt.

»Kein Problem, dann untersuche ich Sie heute eben nicht.«

Julie schließt wieder die Augen, atmet ein paarmal tief ein

und aus, versucht sich zu entspannen. Die Hebamme beobachtet sie aus den Augenwinkeln. Julies Lippen zittern, und dann kullert eine Träne. Und auf der anderen Seite gleich noch eine. Und noch eine …

»Ich … ich glaube, ich bin nicht bereit«, stammelt Julie schließlich und wischt sich mit beiden Händen die Tränen weg.

»Das macht überhaupt nichts. Wir warten so lange, bis Sie es sind. Und wenn Sie irgendwie Hilfe benötigen, um sich darauf vorzubereiten, bin ich im Übrigen auch für Sie da.«

Erleichtert zieht Julie sich wieder an, setzt sich auf den Rand des Untersuchungstischs – und dann bricht es aus ihr wie ein Wasserfall heraus, während die Hebamme langsam ihre Instrumente zusammenräumt und ihrer jungen Patientin dabei aufmerksam zuhört. Julie erzählt, wie ihre jeweiligen Freunde, mit denen sie ging, über ihren hübschen jugendlichen Körper verfügten und dabei nachahmten, was sie in Pornofilmen gesehen hatten, ohne sich besonders dafür zu interessieren, was sie dabei empfand, wie der Typ von der Fete damals seinen Samen in ihr hinterlassen hat, bevor er sich davongemacht hat, zu feige, um sich den Konsequenzen zu stellen, und schließlich berichtet sie auch noch von diesem Schwein von Chasson, der sie unter Druck setzt, weil er genau weiß, dass sie sich nicht wehren kann.

Sie alle haben der Prinzessin ihre Illusionen genommen, weshalb sie diese Hälfte der Menschheit am liebsten mit einem »Verpisst euch« zum Teufel jagen würde. Ja, die Prinzessin hat die Hoffnung verloren, noch irgendwann einen Traumprinzen zu finden, und am liebsten würde sie nun einen feuerspeienden Drachen anheuern, der sie vor den Männern beschützt, die sich einbilden, das Testosteron verleihe ihnen das Recht, über sie zu verfügen … Jetzt ist alles heraus. Kurz kommt Julie Paul in den Sinn. Er könnte einen guten Drachen abgeben … bloß weint er ganze Sturzbäche, sobald er Zwiebeln schneidet, und das könnte seine Flammen löschen.

»Niemand hat das Recht, Ihnen seinen Willen aufzuzwingen«, erklärt die Hebamme nun ruhig. »Wehren Sie sich, Julie. Es ist Ihr Körper. Er gehört Ihnen ganz allein. Und gerade spricht er zu Ihnen. Hören Sie zu, was er Ihnen zu erzählen hat. Er trauert ebenfalls, oben wie unten. Die Stärkung Ihres Beckenbodens hat mit dieser Bewusstmachung zu tun. Wenn Sie die Inkontinenz in den Griff bekommen wollen, dürfen Sie nicht mehr glauben, Sie müssten sich gegen Ihren Willen öffnen.«

»Sie meinen, meinen Altarraum öffnen?«

»Ganz genau. Schützen Sie Ihre heilige Grotte, Ihren Altar, Julie. Straßenräuber haben zu Ihren heiligen Hallen keinen Zutritt, und damit basta. Aber verlieren Sie nicht den Glauben an Ihren Traumprinzen. Auf manche Männer hat das Testosteron nämlich durchaus einen positiven Einfluss: auf die, die verstanden haben, dass die andere Hälfte der Menschheit genauso viel wert ist wie sie.«

Drei Wochen später ist Julie bei Jérôme zum Mittagessen eingeladen. Um das Entfernen der Schrauben in seinem Bein zu feiern, hat Caroline zum Dessert einen Kuchen gebacken. Einen Dreikönigskuchen. Der 6. Januar ist zwar schon eine ganze Weile her, aber Caroline schert das wenig. Ihr Selbstvertrauen ist in den letzten Monaten enorm gewachsen, und da sie der festen Überzeugung ist, die Glück bringenden Kräfte des Kuchens könnten keinem von ihnen schaden, hat sie einfach noch mal einen gebacken und diesmal sogar daran gedacht, vor dem Backen die getrocknete Bohne in den Teig zu stecken.

Mitte der Woche ist Jérôme aus dem Krankenhaus entlassen worden, nachdem er ein paar Tage dort verbracht hat, um möglichst alles loszuwerden, was an einem Flughafen noch Alarm auslösen könnte. Schon vor der Operation hat er mit der ambulanten Reha bei seinem Freund, dem Physiotherapeuten und Whiskyliebhaber, begonnen, den er Caroline nach dem Nabelschnurvorfall empfohlen hatte. Kurzum, es geht wieder aufwärts mit ihm. Allerdings plagen ihn manchmal noch große Schuldgefühle, dass er mit den paar Frakturen glimpflich davongekommen ist, während Julies Sohn … Denn alle drei, die im Auto gesessen haben, wünschten, sie wären anstelle von Lulu gewesen.

Doch letztlich geht es auch mit Julie bergauf. Schritt für Schritt. Es sind zwar nur ganz kleine Schritte, aber immerhin.

»Und was ist mit deiner eigenen Reha?«, will Jérôme wissen. »Hast Du Sylvie Petitjean angerufen?«

»Ja, natürlich. Und sie ist sehr nett, deine mittelalterliche Hebamme.«

»Wieso mittelalterlich?«

»Na ja, wir reden über Kathedralen, Zugbrücken, Prinzessinnen und große Meereswellen …«

»Seit wann ist Sylvie denn Rettungsschwimmerin?«

»Och, ich glaube, sie hat eine ganze Menge Begabungen.«

»Und hast du das Gefühl, dass sie dir helfen kann?«

»O ja, da fließt schon weniger. Oben gibt es noch einiges zu tun, aber untenrum geht es immer besser … Und das hat sicher auch damit zu tun, dass sie sich viel Zeit für mich nimmt. Nicht so wie all die Ärzte, die freundlich lächelnd so tun, als würden sie einem zuhören, aber in Wahrheit an ihren nächsten Skiurlaub denken, den man mit dem horrenden Honorar, das man ihnen zahlt, mitfinanziert, und die dir obendrein noch zu verstehen geben, dass du deine Schuhe am besten draußen im Gang anziehst, damit der nächste Patient schon mal reinkommen kann. Denn so ein schicker Skiurlaub kostet eine Stange Geld, zumal …«

Jérôme hat ihrem Wortschwall amüsiert zugehört, sieht jetzt aber die Chance, sie zu stoppen.

»Zählst du mich etwa auch zu denen?«

»Müssen deine Patienten ihre Schuhe im Flur anziehen?«

»Nein ...«

»Siehst du, dann zähle ich dich nicht dazu ...«

Guten Morgen, Julie, haben Sie eine Regenjacke dabei?«

»O ja, und zwar passend zu meinen Gummistiefeln. Wo gehen wir heute hin? Schimmelpilze suchen oder Frösche beobachten?«

»Sollen wir unsere Wanderung lieber ausfallen lassen?«

»Auf keinen Fall, schließlich bin ich jetzt voll ausgerüstet.«

»Sie sind nicht verpflichtet, die Mütze dauernd zu tragen.«

»Oh, ich trage sie sehr gern, sie wärmt so schön den Kopf und auch das Herz. Und die Farben tun mir auch gut.«

»Das freut mich. Sie steht Ihnen auch ausgezeichnet. Also, ich dachte ... kennen Sie die Grotte des Vergessens?«

»Äh ... nee, die muss ich vergessen haben.«

»Haha, sehr witzig. Also, wenn Sie sie noch nicht kennen, fahren wir heute dorthin. Falls es nicht aufhört, zu regnen, können wir dort wenigstens im Trockenen Rast machen. Aber eigentlich hat der Wetterbericht versprochen, dass die Wolken gegen Mittag aufreißen ...«

Auf der Fahrt erzählt Romain Julie, dass die Mönche aus dem benachbarten Kloster die Grotte früher zur Kontemplation nutzten, da sie nur über einen ganz schmalen, steinigen Pfad zu erreichen war, sich vor ihnen dann aber eine wunderschöne Landschaft öffnete, die einen den Rest der Welt vergessen ließ.

»Ein steiniger Pfad? Ist das bei diesem Wetter nicht zu gefährlich?«

»Keine Angst, er ist seitdem verbreitert worden, und wir haben ja auch gutes Schuhwerk an und die Stöcke dabei.«

»Was machen wir eigentlich, wenn Sie mir irgendwann alle Ausflugsziele der Region gezeigt haben?«

»Ein Leben allein reicht nicht, um die alle zu entdecken. Und es gibt sicher auch noch einiges, was ich nicht kenne.« Romain lacht unbekümmert. »Und im allerschlimmsten Fall fahren wir einfach etwas weiter weg.«

Der Weg hoch zur Grotte ist tatsächlich ziemlich steinig, doch einmal dort, ist die Aussicht einfach unglaublich, erst recht, da die Sonne sich nicht mehr länger hinter den Wolken versteckt. Sogar eine kleine Bank ist in den Fels gehauen, die über die Jahrhunderte von unzähligen Hinterteilen geglättet worden ist.

Während es sich Julie darauf bequem macht, tritt Romain an den Rand des Abgrunds. Ein Bein weit hinten, um das Gleichgewicht zu halten, beugt er sich nach vorn, um in die Tiefe zu schauen. Julie hält den Atem an, damit nur kein Lufthauch ihn in die Tiefe treibt, und atmet erst wieder aus, als er sich aufrichtet und zurück zu ihrer Bank kommt.

»Wie geht es Ihnen eigentlich bei der Arbeit?«, will er wissen, während er die belegten Brote auspackt.

Julie seufzt. »Fragen Sie lieber nicht. Alles und jeder nervt mich da: mein Chef, die Kollegen, die Kunden, die Sechserpacks mit den 2-Liter-Flaschen Wasser, die mir den Rücken kaputt machen, einfach alles. Am liebsten würde ich klammheimlich auf eine einsame Insel verschwinden. Dort hätte ich wenigstens meine Ruhe.«

Romain sieht sie nachdenklich an und lehnt sich dann zurück, den Blick in die Ferne gerichtet.

»Ich glaube, mit dem Leben ist es wie mit dem Meer. Seine Wellen kommen und gehen, unaufhörlich. Die, die an den Strand branden, sind schnell, heftig und manchmal sehr laut, die, die sich zurückziehen, hingegen sanft und unauffällig. Und Sie, Julie, Sie würden sich gerne wie diese leisen Wellen davonmachen, sich vom Leben einfach vergessen lassen. Doch neue, kraftvolle Wellen schlagen Ihnen entgegen, immer und immer wieder. Denn so ist das Leben, alles ist ständig in Bewegung, nie tritt Stillstand ein, weder in Ihrem noch in meinem Leben, sosehr wir uns auch wünschen, einmal Ruhe zu haben …

Wenn Ihnen alles zu viel wird, hilft vielleicht besser ein Gedanke an den Strand. Da gibt es die Sandkörner nah am Auslauf der Brandung, die von den Wellen ständig zurück ins Meer gerissen werden, und dann gibt es die, die von irgendeiner großen Welle mal ganz nach oben an den Strand gespült worden sind, dorthin, wo's trocken ist. Sie können jetzt denken, Sand ist Sand, was macht das für einen Unterschied? Mit dem trockenen Sand lassen sich jedoch keine Sandburgen bauen. Nur mit dem nassen, der von den Wellen wieder fortgerissen wird, weil seine Körnchen durch das Wasser quasi zusammenkleben. Wissen Sie, was ich meine? Sie werden es schaffen, Ihre Lebensburg neu aufzubauen, Julie, der Tsunami hat Sie stark gemacht. Und Sie werden diese Burg mit all den kleinen nassen Sandkörnchen bauen, die von der Brandung genauso durchgerüttelt wurden wie Sie.«

Julie nickt nur stumm, denn sie denkt zurück an die Bretagne …

Ende März herrscht besonders scheußliches Wetter. Auch in Julie selbst. Alles ist Grau in Grau. Ganze Tage vergehen, ohne dass sie auch nur einen Sonnenstrahl sieht, und Tränen und Schneeregen fallen unaufhörlich und lassen sie frösteln.

In diesen Tagen möchte Julie am liebsten alles stehen und liegen lassen, vom fahrenden Zug springen und wieder auf dem Bahnsteig landen. Dort, wo sie Lulu zurückgelassen hat.

Ja, am liebsten würde sie die Flinte ins Korn werfen und das alte arabische Sprichwort einfach vergessen, das sie sich seit Jahren vorsagt, wenn sie kurz davor ist, aufzugeben. Warum soll sie noch auf ein Wunder warten? Und überhaupt, was für ein Wunder denn?

Das einzig wahre Wunder wäre, wenn sie den Film ihres Lebens zurückspulen könnte, damit sie noch einmal vom Ferienhaus in der Bretagne aufbrechen und dieses Mal einfach ein wenig später und so nicht diesen entsetzlichen Unfall erleiden. Das Leben funktioniert nur leider nicht so. Die Filmspule bleibt auf »Play«, nichts kann herausgeschnitten werden. Alles ist live und unumkehrbar.

Soll sie sich also die Pulsadern aufschneiden?

Auf einen dicken Baum am Straßenrand zusteuern?

Fünf Schachteln Paracetamol schlucken? Oder besser sieben, um sicherzugehen …?

Julie grübelt, Tage und Nächte.

Komm schon, Julie, denk an die Menschen, die dich lieben!

Und außerdem wartet er auf dich.

Dein Kind wartet auf dich, du musst dich also nicht beeilen.

Sie haben sich in der Halle des Hotels verabredet. Sein Vorschlag, im Panoramarestaurant essen zu gehen, von dem aus man die ganze Stadt überblicken kann, hat ihr offenbar gefallen.

Nachdem sie sich immer wieder auf der Intensivstation über den Weg gelaufen waren, hatten sie irgendwann ihre Telefonnummern und Mailadressen ausgetauscht und begonnen, sich zu schreiben, sobald sie sich mal länger nicht sahen. Manchmal haben sie den anderen auch angerufen, einfach nur mal so – weil dessen Antwort furchtbar auf sich warten ließ und man so ungeduldig war wie ein Teenager …

Es ist das erste Mal seit Lulus Beerdigung, dass sie sich wieder begegnen werden.

Paul hat sich in einem weichen Sessel in der Lobby niedergelassen. Er ist gerne als Erster da, denn er liebt es, die erwartete Person hereinkommen und sich umblicken zu sehen, weil es dann dieses freudige Aufleuchten in den Augen gibt, sobald der andere gefunden ist. Und natürlich hofft er von Herzen, dieses Aufflackern auch in Manons Blick zu entdecken.

Nach dem, was sie sich in den vergangenen Wochen und Monaten alles geschrieben haben, ist das eigentlich auch zu erwarten, nichtsdestotrotz ist Paul nervös. Keine Sekunde lässt er die gläserne Drehtür aus den Augen, durch die die Gäste herein- und hinausströmen.

Doch jetzt wird sie gleich auftauchen, das spürt er.

Und dann dreht sich wirklich die Tür und spuckt Manon in der Halle aus. Sie macht ein paar Schritte, bleibt stehen, um ihren Blick durch die Lobby schweifen zu lassen, aufgeregt und zugleich konzentriert.

Paul genießt diesen Anblick und erst recht den Moment, als die Augen der jungen Frau aufblitzen und ein Lächeln zwei kleine Grübchen in ihre Wangen zeichnet. Und zeigt sich da etwa eine leichte Röte auf ihren Backenknochen?

»Warten Sie schon lange?«, fragt sie, während sie ihn mit zwei Küsschen begrüßt.

»Gerade mal zehn Minuten«, schwindelt er, um nicht zuzugeben, dass er schon seit einer halben Stunde da ist, weil er um nichts auf der Welt diesen Moment verpassen wollte. »Wir könnten uns eigentlich duzen, oder?«

»Gerne.«

Paul macht große Augen.

»Donnerwetter!«

»Was ist los?«

»Julie hat für diesen Schritt eine halbe Ewigkeit gebraucht.«

»Julie hat ein paar Prinzipien, die sich nicht so leicht aushebeln lassen.«

»Und du? Hast du keine Prinzipien?«

»Doch, aber nicht die gleichen … Ich komme sehr schnell

zum Du. Ich habe ein Jahr lang als Au-pair in Dänemark gearbeitet, und da duzen sich alle, vom Studenten bis zum Minister.«

»Klingt gut«, erklärt Paul, während er ihr aus dem Mantel hilft. »Sag, möchtest du hier den Aperitif nehmen oder lieber oben im Restaurant?«

»Die Sonne geht gleich unter, oder? Den Anblick sollten wir besser nicht verpassen!«

»Na, dann mal los. Wir müssen allerdings den Aufzug nehmen, denn es sind fünfzehn Stockwerke.«

»Ich weiß.«

»Ist das ein Problem für dich?«

»Da bin ich mir nicht so ganz sicher.«

»Probieren wir es trotzdem?«

»Hast du deine Liste mit Vorschlägen dabei?«

»Was für eine Liste?«

»Beim letzten Mal hast du mir erklärt, dass du da so einiges in petto hast, falls wir stecken bleiben.«

»Keine Sorge, das weiß ich noch alles. Und inzwischen sind auch noch ein paar Ideen dazugekommen«, entgegnet Paul mit einem Augenzwinkern, während er auf den Liftknopf drückt.

Sie müssen lange warten, der Aufzug scheint ganz oben zu sein. Manon drückt deswegen erneut auf den leuchtenden Knopf. Einmal, zweimal, dreimal. Paul sieht ihr amüsiert zu.

»Du weißt, dass das nichts bringt, oder?«

»Natürlich bringt das was!«

»Und was?«

»Ich gehe sicher, dass er richtig gedrückt wurde …«

»Er hat schon geleuchtet.«

»Trotzdem!«

»Du drückst wohl auch noch mal stärker auf die Tasten der Fernbedienung, wenn sie nicht funktioniert.«

»Ja, warum?«

»Nur so«, meint Paul grinsend. »Und wenn du vor deinem Kleiderschrank stehst, bewegst du dann deine zehn Finger wie eine Spinne?«

»Woher weißt du das?!«

»Ich weiß es eben.«

»Weißt du dann auch, dass mir manchmal ein ›Pardon‹ herausrutscht, wenn ich gegen den Couchtisch stoße?«

»O nein, in solche Dimensionen hat sich meine Vorstellungskraft noch nicht vorgewagt.«

»Dafür sagst du am Handy: ›Hallo, ich bin's.‹ Dabei ist das doch bei jedem so, der ›Ich‹ sagt.«

Im selben Moment kommt endlich der Aufzug, und kurz darauf schließen sich die Türen hinter ihnen. Sie sind allein. Paul drückt auf den Knopf für den fünfzehnten Stock. Manon verfolgt nervös die Etagennummern auf der Digitalanzeige, als der Aufzug zwischen dem sechsten und dem siebten Stock plötzlich stecken bleibt und es dunkel wird. Nur die Notfallbeleuchtung bleibt an.

»Das machen Sie extra, oder?«

»Manon, ich schwöre dir, ich habe damit nichts zu tun. Sagst du deshalb wieder Sie zu mir?«

»Dann muss auf uns ein fürchterlicher Fluch liegen. Warum passiert uns das immer?!«

»Keine Ahnung. Vielleicht irgendwelche interferierenden Wellen?«

»Ich werde jedenfalls nie wieder mit dir zusammen einen Aufzug betreten!«, verkündet Manon, die die Angst in sich hochkriechen spürt.

»Vielleicht magst du dich diesmal ja etwas schneller in meine Arme flüchten …«

Das muss Paul Manon nicht zwei Mal sagen. Augenblicklich schmiegt sie sich an ihn, und ihre Umarmung ist deutlich fester als das erste Mal, sodass sich beide insgeheim schon fast wünschen, die Störung möge länger dauern.

»Sollen wir nicht besser den Notruf drücken?«, murmelt Manon nach einer Weile.

»Wozu?«, antwortet Paul und nimmt ihr Kinn zwischen Daumen und Zeigefinger, um es leicht anzuheben.

»Nur so …«, kann sie noch sagen, bevor er sie küsst.

Doch die beiden werden schneller unterbrochen als gedacht, denn im selben Moment setzt sich der Aufzug wieder ruckend in Bewegung, ohne sie auch nur um ihre Meinung zu fragen.

Eine Viertelstunde später bringt der Ober den Aperitif an ihren Tisch, der direkt an der großen Fensterfront steht. Die Sonne ist gerade hinter den Vogesen untergegangen, taucht vereinzelte Wolken aber noch in orangerotes Licht.

»Sag einmal, wie geht es Julie wirklich? Mir gegenüber behauptet sie, sie komme zurecht, aber irgendwie werde ich das Gefühl nicht los, dass sie mich nur beruhigen will. Du bist ihre beste Freundin, dir sagt sie doch bestimmt alles.«

»Na ja, es geht. Sie hat Höhen und Tiefen. Keine besonders

hohen Höhen, dafür noch sehr tiefe Tiefen. Aber im Großen und Ganzen hält sie sich wacker.«

»Sie ist zum Glück sehr stark.«

»*You never know how strong you are, until being strong is your only choice.* Das ist allerdings nicht auf meinem Mist gewachsen, sondern von Bob Marley.«

»Na, wenn Bob Marley das gesagt hat ...«

»Was bleibt ihr auch anderes übrig?«

»Sie könnte dem Kleinen nachfolgen wollen. Spricht sie manchmal davon?«

»Ja, das kommt hin und wieder schon vor. Sie kriegt von mir dann aber immer schnell einen kräftigen Tritt in den Hintern.«

Bekümmert schüttelt Paul den Kopf.

»Ich mache mir solche Vorwürfe ...«

»Weswegen?«

»Wegen allem, was passiert ist. Wäre ich nur zehn Minuten später losgefahren. Oder hätte vorher noch an einer Autobahnraststätte pausiert. Oder ...«

Beschwichtigend legt Manon ihre Hand auf seine.

»Was wäre, wenn ... Das Leben schert sich nicht um irgendwelche anderen Möglichkeiten, Paul. Was passiert ist, ist passiert, Punktum! Und vielleicht hat das alles ja auch irgendeinen Sinn.«

»Was für einen Sinn soll das haben, dass ein besoffener Idiot ein kleines Kind zu Tode fährt?«

»Man kommt vielleicht besser drüber weg, wenn man irgendeinen Sinn darin findet.«

»Sag mir Bescheid, wenn du ihn gefunden hast.«

»Ich suche noch.«

»Dann such lieber auf der Speisekarte, was du essen möchtest, da hast du sicher mehr Erfolg«, murmelt Paul bedrückt.

Schweigend wirft Manon ihm einen mitfühlenden Blick zu und vertieft sich in die Karte. Anders als Julie muss er sie ihr nicht vorlesen, damit sie die Preise nicht sieht, und ihr ist es auch ziemlich egal, wenn jeder Bissen fünf Euro kostet. Denn Manon genießt das Leben mit all seinen Annehmlichkeiten und nimmt darum auch solche Einladungen mit aller Selbstverständlichkeit an. Sie ist eine moderne, selbstbewusste junge Frau, doch in so einem Fall käme sie nicht mal auf die Idee, ihren Anteil zu bezahlen. Weil sie Paul zum einen nicht vor den Kopf stoßen will und weil sie solche galanten Gesten, die zu ihrem Bedauern immer seltener werden, sehr schätzt.

Während sie ausgiebig die Karte studiert, beobachtet Paul sie versonnen. Er selbst weiß schon längst, was er will. Er wird das Gleiche nehmen wie Manon, was immer es auch ist. Denn er hat einfach Lust, ihr in der Speisenwahl zu folgen, in dem Gespräch, das sich daran sicher anschließen wird, ja sogar bis ans Ende der Welt …

Schließlich klappt die junge Frau die Karte zu und schaut ihn an. Sie hat sich entschieden. Endlich.

»Weißt du eigentlich, dass nicht nur Bob Marley kluge Dinge gesagt hat?«

»Ach ja?«, erwidert sie belustigt.

»Ja, auch Albert Einstein war bekanntermaßen ein kluger Mann.«

»Willst du mir jetzt was über Relativität erzählen?«

»Ganz genau. Aber nicht so, wie du denkst. Von Einstein

stammt nämlich folgendes Zitat: ›Halt deine Hand eine Minute lang auf einen Herd, und es kommt dir wie eine Stunde vor. Verbringe mit einem hübschen Mädchen eine Stunde, und es kommt dir vor wie eine Minute. Das ist Relativität.‹«

»Es kommt darauf an, wie heiß der Herd ist.«

»Und das Mädchen.«

»Und? Wie fühlt sich die mit mir verbrachte Zeit an?«

»Wie eine Sekunde.«

»Ich werde gleich rot wie eine glühende Herdplatte.«

»Ich würde trotzdem meine Hand darauflegen.«

»Eine Sekunde lang?«

»Nein, ich halte einfach die Zeit an …«

Die beiden sind ihre besten Freunde, und darum weiß Julie schon lange, dass sich da etwas zwischen Paul und Manon entwickelt, und das ist wirklich wie Balsam für ihre Seele.

Ein schönes, großes Glück nach ihrem riesengroßen Unglück: Der Altersunterschied spielt da nun wirklich keine Rolle. Mitzuerleben, wie die beiden sich seit Wochen suchen, bezirzen und umgarnen und sich an diesem Abend nun zum ersten Mal außerhalb des Krankenhauses treffen, macht sie unendlich froh. Weil das Leben weitergeht. Und weil die beiden zu den Menschen gehören, die ihr sehr, sehr wichtig sind. Und wenn sie dann auch noch so glücklich sind, dann ist das fast wie eine neue Bauidee für ein paar ihrer eigenen Legosteine.

Ich bin stolz auf Sie, Julie, dieser Gipfel heute ist wirklich ganz schön hoch.«

»Lulu ist mein Aphelium. Je höher der Berg ist, auf den wir steigen, desto näher komme ich ihm.«

»Wow, ich bin beeindruckt, dass Sie dieses Wort kennen.«

»Welches Wort? Berg?«

»Nein. Aphelium«, erwidert er lachend.

»Warum soll ich das nicht kennen?«

»Stimmt, warum nicht.«

»Aphelium nennt man den am weitesten von der Sonne entfernten Punkt einer Planetenbahn.«

»Sie brauchen es nicht zu beweisen.«

»Ich wollte Ihnen nur aus der Bredouille helfen, falls Sie es nicht kennen.«

»Oh, danke, aber zufällig kannte ich es bereits«, sagt Romain grinsend.

Ohne ein weiteres Wort zu sagen, lässt sich Julie zu Füßen des kleinen Steinhaufens nieder, auf den sie beim Erreichen des Gipfels ihren mitgebrachten Kiesel gelegt hat, wie so viele vor ihr; sie liebt diese symbolische Geste, dieses Sinnbild, um mit dem Himmel zu kommunizieren.

Gedankenverloren wandert ihr Blick zum Horizont. Am Himmel ist keine einzige Wolke zu sehen, aber es ist trotzdem irgendwie drückend. Und genau so fühlt sie sich derzeit auch, so viele Monate nach Lulus Tod. Ihr Geist ist nicht mehr von dunklen Gedanken verhangen, aber das Herz ist noch immer schwer.

Romain sitzt ein Stück weiter weg und beobachtet sie aus den Augenwinkeln. Bald zehn Monate ist es nun her, dass er sie als Lulus starke Mutter kennengelernt hat, eine Mutter, die die Hoffnung nie aufgegeben hat, ihr Ein und Alles zurück ins Leben zu holen. Bis zu dem Tag, an dem sie das Schlimmste erleben musste, was einer Mutter widerfahren kann, und sie völlig zusammengebrochen ist. Danach hat er sie sich langsam, ganz langsam wieder aufrappeln sehen. Sie kann noch so oft wiederholen, dass er ihr enorm geholfen hat, doch es ist allein ihr Verdienst. Er hat ihr dazu bestenfalls ein paar Tipps gegeben.

Wenn überhaupt – denn Julie hat ihm mindestens ebenso viel zurückgegeben. Für ihn ist sie nun nicht mehr nur die Mutter seines kleinen Patienten, die er in den ersten Wochen ermutigt und nach Lulus Tod zu trösten versucht hat, sondern inzwischen auch eine Freundin, denn bei ihren Wanderungen haben sie nach und nach die Bande einer innigen Freundschaft geknüpft. Doch heute, wie er sie so von der Seite betrachtet, mit ihrem im Wind wehenden Haar und der leichten Stupsnase, den um die Beine geschlungenen Armen und dem kleinen Busen auf ihren Knien, da weiß Romain auf einmal nicht mehr, ob das, was er für sie empfindet, noch Freundschaft ist ... Oder doch. Wenn er ehrlich ist, weiß er es. Es ist nicht bloß Freundschaft. Er hat sich in Julie verliebt. Vielleicht im Laufe der Zeit, vielleicht aber auch schon ganz unbewusst am allerersten Tag. Letztlich ist das egal. Jedenfalls schlägt sein Herz nun schneller, wenn er mit dieser Frau zusammen ist.

Sind diese Gefühle für sie unangebracht, so kurz nach Lulus Tod? Er weiß es nicht, aber er empfindet sie einfach, ganz tief drinnen, und sie machen ihn glücklich. Zumal er sich nun ebenfalls bereit fühlt, ein neues Kapitel aufzuschlagen. Denn so ist es im Leben, alles ist im Fluss, und es kommt immer etwas Neues, und das macht das Leben zum Leben. Die Vergangenheit hinterlässt eine Spur in einem wie Schritte im Sand, aber man bewegt sich immer in Richtung Zukunft ...

»Haben Sie schon darüber nachgedacht, was für einen Grabstein Sie aufstellen wollen?«

Julie sieht ihn nicht an, sondern blickt weiter in die Ferne.

»Ja, einen Schmetterling aus rötlichem Vogesensandstein. Ich habe ihn schon in Auftrag gegeben. Er ist nicht billig, aber Paul hat mir dafür ja Geld geschenkt. Und er hatte recht, es ist doch wichtig für mich ... Ich denke ständig an Lulu. Jeder sagt mir, im Herbst werde es sicher wieder schwieriger werden, wenn sich der Tag des Unfalls und dann sein Todestag jähren. Aber offen gestanden brauche ich keine Jahrestage, um mich an ihn zu erinnern. So weit bin ich noch lange nicht. Das heißt ... ich glaube nicht, dass er je aus meinem Bewusstsein verschwinden wird. Lulu ist in mir drin, er ist immer präsent, und das wird so bleiben.«

»Die Zeit lehrt ja auch nicht zu vergessen, sondern nur,

mit dem Unbegreiflichen zu leben. So, wie Augen eine ganze Weile brauchen, um sich an die Dunkelheit zu gewöhnen, bevor sie wieder etwas erkennen können.«

»Bei mir ist die Birne vor zehn Monaten aber komplett durchgebrannt, und futsch ist futsch, es bleibt stockfinster.«

»Das glaube ich nicht, Julie. Vielleicht können Sie es ja so sehen: Denken Sie an ein großes Lagerfeuer. Ein starker Gewitterregen kann es meist löschen. Auf den ersten Blick glaubt man, es ist wirklich aus, und da ist nur noch kalte, graue Asche. Aber wenn Sie darin stochern, werden Sie merken, dass darunter noch die Glut glimmt, und wenn Sie dann weiterstochern, ein paar trockene Zweige drauflegen und kräftig blasen, werden Sie das Feuer wieder zum Brennen bringen.«

»Hm, ich weiß nicht …« Julie schüttelt den Kopf. »Nein, ich glaube, es fühlt sich eher so an, als wäre ich zu einem dieser Äpfel geworden, die nicht mehr der EU-Norm entsprechen. Ich weise nicht die ›sortentypische‹ Färbung und Größe auf, sondern bin dunkler und schwerer geraten und komme darum definitiv in eine andere Kiste, abseits von allen anderen.«

Während Romain mit einem Stock in der lockeren Erde zu seinen Füßen stochert, beginnt er leise zu lachen. Verwundert sieht Julie ihn an.

»Was erheitert Sie so?«

»Das, was Sie gesagt haben: dass Sie dunkler und schwerer geworden sind und nicht mehr der EU-Norm entsprechen. Also, ich denke ja, dass Sie in einer anderen Obstkiste gelandet sind, weil aus Ihnen ein Liebesapfel geworden ist, so ein dunkelroter, glänzender mit Zuckerguss.«

Julie bleibt Romain eine Antwort schuldig, doch er sieht, dass sie ebenfalls lächelt. Und mit den Grübchen auf ihren rot gewordenen Wangen ist sie nun wirklich zum Anbeißen.

Er will sie jedoch nicht weiter in Verlegenheit bringen, und darum lässt er sich ins Gras zurücksinken und schließt die Augen.

Und ein paar Engel scheinen gerade auch auf dem Gipfel angekommen zu sein …

»Finden Sie nicht, dass der Himmel da hinten ganz schön dunkel aussieht?«, meint Julie nach einer Weile beunruhigt.

Romain richtet sich auf und runzelt die Stirn.

»Hm, Sie haben recht, da scheint sich was zusammenzubrauen. In der Wettervorhersage haben sie zwar nichts von einem Gewitter gesagt, aber beeilen wir uns lieber, bis runter zum Auto brauchen wir noch gute zwei Stunden.«

Rasch packen sie ihre Sachen zusammen und machen sich an den Abstieg. Mit kleinen, kontrollierten Schritten geht Romain voraus, um Julie zu zeigen, wohin sie am sichersten tritt. Sie findet es anstrengend, sich in solcher Eile auf den Weg zu konzentrieren, ab und zu stolpert sie kurz, bleibt aber dran.

Über ihnen verfinstert sich der Himmel zusehends. Die Luft ist wie elektrisiert. Wind kommt auf. Ein Blick hinauf zu den Wolken zeigt ihnen nach einer Weile, dass sie es nicht mehr bis zum Auto schaffen werden, das ist völlig illusorisch. Dummerweise gibt es auf dem Weg auch keine Hütte, wo sie in Ruhe das Ende des Unwetters abwarten könnten.

»Wir nehmen einen anderen Weg«, ruft Romain deshalb kurz darauf und deutet auf einen Pfad, der nach links abgeht,

»wir sind nicht weit von der Grotte des Vergessens entfernt, der Zugang ist von hier aus zwar etwas schwieriger, aber dort sind wir geschützt.«

»Wie Sie meinen«, keucht Julie, »ich folge Ihnen …«

Es ist noch ein guter Kilometer bis zur Grotte. Als Romain sich erneut umdreht, ist der Gipfel, von dem sie gekommen sind, bereits in eine dicke schwarze Wolke gehüllt, die mit der Geschwindigkeit eines galoppierenden Pferdes direkt auf sie zuzieht. Noch grollt der Donner dumpf in der Ferne, aber der immer stärker werdende Wind bläst genau in ihre Richtung und treibt gewaltige Wolkentürme auf sie zu, sodass es sicher nicht mehr lange dauern wird, bis die ersten Blitze niederfahren.

Julie gibt keinen Mucks von sich, aber ihre angespannte Miene spricht Bände. Sie bemüht sich, Romain so schnell wie möglich zu folgen, reißt sich extrem zusammen, um bloß nicht in Panik zu geraten. Vor Gewittern hat sie nämlich einen Heidenrespekt. Als Kind hat sie einmal miterlebt, wie in einem Viehstall nahe ihrem Elternhaus ein Blitz mit einem so gewaltigen Knall einschlug, dass er das ganze Haus zum Erzittern brachte. Der Stall ging augenblicklich in Flammen auf, und obwohl der Bauer die Tiere in letzter Sekunde retten konnte, machen Blitze Julie seither eine Riesenangst. Natürlich ist ein Blitzeinschlag nicht vorhersehbar, aber sie ist nicht erpicht darauf, als Leiter zwischen Himmel und Erde zu dienen.

Letztlich hängt sie eben doch am Leben …

Kurz darauf fallen schließlich die ersten Tropfen. Und dann öffnet der Himmel all seine Schleusen. Innerhalb von Sekunden sind sie völlig durchnässt, der Boden weicht auf, und das

Donnern wird immer lauter und lauter. Julie läuft es eiskalt den Rücken hinunter.

Zum Glück kommt fünf Minuten später die Felstreppe in Sicht, die zur Grotte hinabführt. Romain erreicht sie als Erster und weist die zitternde Julie an, wie er in die Hocke zu gehen, um die hohen, extrem rutschigen Felsstufen sicher hinunterzusteigen. Beruhigend redet er auf sie ein, reicht ihr von Stufe zu Stufe die Hand, bis sie endlich in Sicherheit sind.

Er zieht sie ganz nach hinten in die Grotte, holt dann die Picknickdecke aus dem Rucksack und breitet sie mit genügend Abstand zu den Wänden auf dem Boden aus, damit sie sich daraufsetzen können und so mit nichts, was leiten kann, in Berührung kommen.

»Hier in der Mitte sind wir am sichersten«, erklärt er, als sie nebeneinander sitzen. »Alles in Ordnung, Julie?«

»…«

»Julie?«

Julie antwortet nicht. Der Kloß in ihrem Hals ist viel zu riesig. Einen Moment lang gibt sie keinen Ton von sich – dann entlädt sich wie ein Blitz plötzlich ihre ganze innere Anspannung, und bricht in einem animalischen, grauenerregenden Schrei aus ihr heraus. Das Gewitter ist jetzt genau über ihnen, ein krachender Donnerschlag folgt auf den anderen. Bei jedem heult Julie etwas lauter auf, denn es ist nicht nur ihre Angst vor dem Gewitter, die da tief aus ihrer Kehle dringt, es ist auch die ohnmächtige Wut, die seit Lulus Tod in ihr angewachsen ist und die sie bisher kaum herausgelassen hat.

Höchste Zeit, dass sie sich endlich entlädt …

Mit dem ersten Schrei hat Romain sie in die Arme genommen und schaukelt sie liebevoll hin und her. Julie fühlt sich eiskalt an, Wogen von Schmerz scheinen ihren ganzen Körper zu durchzucken, und ihr tierisches Geheul will kein Ende nehmen; und Romain hält sie nur fest, hält sie einfach nur fest.

Erst als ihre Schreie langsam zu Schluchzern werden, packt er Julie an den Oberarmen und schiebt sie ein wenig von sich weg, um ihr in die Augen sehen zu können. Nasse Haarsträhnen umrahmen ihr Gesicht, ihre Lippen zittern, und ihre blauen Augen flackern, suchen etwas zum Festhalten, so, wie ein Schiff bei Sturm den Anker auswirft, um nicht ganz abzudriften. Vorsichtig legt er seine Hände um ihr Gesicht und hält einen Moment ihren Blick fest, dann beugt er sich zu ihr. Zunächst spürt sein Mund nur das heftige Zittern ihrer Lippen, aber als er anfängt, sie zu küssen, merkt er, wie sie sich nach und nach entspannt und ruhiger wird.

Eine Weile lässt sie sich nur küssen, doch irgendwann küsst sie zurück. Und dann existiert nichts mehr um sie herum, denn das Leben selbst pulsiert nun in ihren Küssen und Liebkosungen, geballte Lebenskraft, die stärker ist als alles andere. Alles könnte jetzt zusammenstürzen, denn im Dämmerlicht der Grotte gibt es nur noch sie, vereint in einem Wirbel, der sie alles vergessen macht, ihre durchnässten Kleider, das Gewitter über ihnen, all ihren Kummer und Schmerz.

Und dann, auf einmal, ist die Sonne wieder da, die Gewitterwolken ziehen ab, und vor der Grotte glänzt alles von dem Bad im Regen.

»Wir sollten aufbrechen, Julie, wir haben keine Klamotten

zum Wechseln dabei, und es liegt noch ein gutes Stück Weg vor uns. In den Bergen wird es schnell kühl.«

»Sie können bei mir zu Hause gern heiß duschen.«

Romain lächelt.

»Könnten … könnten wir uns jetzt vielleicht duzen?«

Julie nickt und ihre Augen glänzen dabei wie die vom Gewitter reingewaschene Natur.

Wortlos schultert Romain seinen Rucksack, nimmt sie bei der Hand und führt sie aus der Grotte. Während des Abstiegs reden sie nicht viel, schauen sich aber immer wieder an, lächeln sich zu, genießen die Nähe des anderen und freuen sich, freuen sich auf die Zeit zu zweit …

Romain hat ihr im Bad den Vortritt gelassen, und jetzt macht Julie erst einmal Feuer im Kamin, während er unter der Dusche verschwindet. Denn das Wichtigste nach der Ankunft bei ihr zu Hause ist, sich aufzuwärmen.

Und so geht sie gleich danach Tee kochen.

Romain hat die Badezimmertür einen Spalt offen gelassen und reibt sich gerade die Haare trocken, wie sie im Vorübergehen feststellen kann. Dem Dampf nach zu schließen, der in dem kleinen Raum wabert, hat er wie sie das Heißwasser ordentlich aufgedreht. Um seine Taille hat er ein Handtuch gebunden. Er ist wirklich attraktiv … bevor er sie aber bemerkt, ist Julie schon in die Küche gehuscht, schließlich haben sie die Schwelle zur Intimität noch nicht überschritten.

Nachdem sie dort den Wasserkocher eingeschaltet hat, geht sie hinüber ins Schlafzimmer, um sich fertig anzuziehen.

Vor dem Schrank sucht sie gerade eine Jeans und einen Pulli heraus, als sie auf einmal ein Paar Hände um ihre Taille spürt und gleich darauf einen zarten Kuss auf ihrem Nacken. Julie dreht sich zu Romain herum. Er streicht ihr mit dem Handrücken sanft über die Wange und schiebt eine Haarsträhne beiseite, die ihr in die Stirn gefallen ist. Dabei schaut er sie an, wie er es noch nie getan hat, voll Sehnsucht und Begehren. Und dann küsst er sie wieder, ganz, ganz zart. Vorhin, in der Grotte des Vergessens, waren ihrer beider Küsse ungestüm, voller Ungeduld, rissen Dämme ein. Aber jetzt haben sie alle Zeit der Welt, um sich zu entdecken, zu streicheln, sich voneinander zu entfernen und wieder anzunähern, immer wieder neu und erregend … und so schließt Julie nur noch die Augen und lässt sich gehen, als Romain sie zum Bett führt und sanft nach hinten in die Kissen drückt. Die Prinzessin hat die Zugbrücke geöffnet, um ihren Prinzen einzulassen und all die sanften, immer größer werdenden Wellen …

Eine halbe Ewigkeit später fällt das weiche Licht der untergehenden Sonne durch die Ritzen der Jalousien auf zwei Körper, die, zu einem verschmolzen, endlich wieder unterwegs sind auf dem langen, ruhigen Fluss …

Als Julie aufwacht, ist es tiefe Nacht, nur der Lichtschein aus dem Bad fällt ins Zimmer. Vorsichtig nimmt sie Romains Arm von ihrer Taille. Leise, um ihn nicht zu wecken, geht sie auf Zehenspitzen zur Tür, um das vergessene Licht im Bad auszumachen.

Doch Romain ist schon wach und sieht ihr schlaftrunken hinterher. Hingerissen betrachtet er die zwei kleinen Lendengrübchen und die rautenförmige Vertiefung oberhalb ihres Pos, die für ihn die wohl anziehendste weibliche Körperzone ist ... und plötzlich sieht er wieder seine Frau vor sich, die Rundungen ihres so geliebten Körpers. Die ihm zugefügte Wunde ist inzwischen verschorft, doch brennt sie immer noch, und darum dreht er sich abrupt zum Fenster, schließt die Augen.

Als Julie zurückkommt und sich neben ihn legt, sieht sie die nasse Spur auf seiner Wange. Sie weiß, dass Momente äußerster Intimität alte Geister wiederauferstehen lassen, sie ist selbst bis ins Innerste aufgewühlt, denkt an Lulu.

Sich wieder körperliche Lust zu gestatten, ist keine Selbstverständlichkeit.

Sacht streichelt Julie Romains Schulter, drückt auf die nasse Tränenspur einen zarten Kuss und flüstert »Danke« in sein Ohr ...

Romain antwortet nicht, seine Augen bleiben geschlossen, aber er greift nach Julies Hand und drückt sie ganz fest.

Meine liebe Julie,

ob wir uns schon wiedergesehen haben werden, wenn dieser Brief in Deinem Kasten landet? Egal. Ich will, nein, ich muss Dir heute einfach schreiben. Denn ich bin noch nie besonders gut darin gewesen, laut auszusprechen, was mir mein Herz diktiert. Es diktiert nämlich mein ganzes Leben, und ich folge ihm gern, weil es im Gegensatz zum Verstand immer recht hat und es gut mit mir meint. Es hat mich also aufgefordert, einen Stift zu nehmen, um Dir all das zu sagen, was es bewegt.

Der Tag gestern war wunderschön. Das, woran ich mich am meisten erinnere, ist aber nicht Dein Körper, oder wie wir miteinander geschlafen haben, obwohl es natürlich tiefe Spuren in mir hinterlassen hat. (Wenn ich an Deine Rundungen denke, an die Mulde oberhalb Deines Pos, Deine Hände und Deine Brüste, dann gerät mein Herz völlig aus dem Takt und in meinem Bauch kribbelt es, als wären darin Zigtausend Ameisen.) Nein, das, woran ich mich vor allem erinnere, sind Deine Augen, ihr verlorener Blick in der Grotte, ihr Funkeln bei der Rückkehr ins Tal und schließlich ihr sanftes Leuchten gestern Abend bei Dir zu Hause.

Ich weiß nicht, wann Du begonnen hast, für mich mehr als die Mutter eines kleinen Patienten zu sein. Schon am ersten Tag, als Du das arabische Sprichwort zu Ende geführt hast? Als Du damals auf Lulus Bettdecke eingeschlafen bist und mich Dein Anblick so gerührt hat, dass ich Dich nicht gleich aufgeweckt habe? Oder als ich den Brief gelesen habe, in dem Du mir zum ersten Mal von Lulu erzählt hast? Ich habe damals lange Zeit das Foto angeschaut, das dem Brief beigelegt war. Und nach seinem Tod habe ich es auf meinen Nachttisch gestellt, denn irgendwie war es mir ein Bedürfnis, Euch weiter so vereint und glücklich zu sehen. Seither steht es dort. In den ersten Tagen hat mich Charlotte einmal gefragt, wer Ihr seid. »Meine Süße, das sind zwei Engel«, habe ich erwidert, und sie hat sich damit vollauf zufriedengegeben – ja, meine Tochter empfindet genau so wie ich.

Weißt Du, ich habe es sehr bewundert, wie Du Dich im Krankenhaus um Deinen Sohn gekümmert und später dann beschlossen hast, ihn gehen zu lassen. Und ich habe auch Deine Ausdauer bei unseren Bergwanderungen bewundert; am liebsten hätte ich von dort oben aus das wahre Ausmaß Deines Schmerzes in die Welt hinausgeschrien, weil Du mir eine leichte Ahnung vermittelt hast, dass die Gipfel, die wir gemeinsam besteigen, im Vergleich zur Größe deines Schmerzes lächerlich kleine Hügel sind.

Jeden Sonntag, an dem wir verabredet waren, bin ich morgens mit der Hoffnung aufgewacht, dass es Dir etwas besser geht als das vorige Mal, auch wenn ich wusste, dass man das so nicht erwarten kann. Der Normalsterbliche stellt sich vor, dass der Schmerz stetig weniger wird, aber er kommt und geht in Wellen, die vielleicht mit der Zeit etwas sanfter werden. Erst gestern hat Dich wieder eine riesige Welle überrollt, und ich bin froh, an Dei-

ner Seite gewesen zu sein, auch, als sie sich dann wieder zurückgezogen hat. Und froh macht mich nun auch, Dich an meiner Seite zu wissen, wenn bei mir eine neue Welle ans Ufer klatscht. …

Jedenfalls möchte ich Dir sagen, dass ich es kaum erwarten kann, Dich und Deinen Körper in den nächsten Tagen und Wochen noch näher kennenzulernen. Ich kann's kaum erwarten, noch mehr Ausflüge mit Dir zu machen, mit Dir zu reden, zu schweigen und Dich an die Hand zu nehmen. Und ich kann's kaum erwarten, Dich oben auf dem Gipfel zu umarmen und mit Dir gemeinsam hinunterzuschauen auf das wimmelnde Leben.

Aber wir werden uns Zeit lassen. Zeit, um jeden Augenblick ganz bewusst zu leben. Nichts drängt uns zur Eile. Nichts, außer unser beider Bedürfnis, glücklich zu sein.

Erinnerst Du Dich noch daran, was ich damals in der Cafeteria zu Dir gesagt habe? Als Du wie wild mit Deinem kleinen Plastikstab im Kaffee gerührt hast, auf der Suche nach einem allerletzten Zuckerkörnchen? Das war einfach so süß … Wir haben von der Höhe Deiner Messlatte gesprochen, und Du hast mich gefragt, wie hoch ich springen kann. Nun, ich bin einen Meter zweiundachtzig groß, und ich habe viel Sprungkraft in den Beinen, sodass ich voller Hoffnung bin, sie zu überqueren, ohne dass sie wackelt. Damals habe ich zu Dir auch gesagt, wenn man liebt, täuscht man sich nie. Und heute weiß ich endlich, dass ich mich nicht täusche. Nein, ich täusche mich nicht. Hörst Du, Julie? Ich … täusche … mich … nicht!

Ich küsse Dich
Romain

DREI JAHRE SPÄTER …

Die Zeit eilt und heilt.

Das Leben pulsiert und passiert.

Und unter dem Haufen kalter, grauer Asche glimmt die Glut, wenn auch nur schwach und immer schwächer. Doch eines Tages, ganz plötzlich, treibt ein übermütiger Windstoß ein paar trockene Zweiglein auf die erkaltete Feuerstelle, bläst aus einer Laune heraus einmal kurz hinein und entfacht so das einstige Feuer aufs Neue.

Richtig Feuer gefangen hat auf jeden Fall wieder Paul. Und Manon hat sich von seinem Zunder sofort anstecken lassen und gar nicht erst versucht, Widerstand zu leisten. Sie habe sich bei ihm vom ersten Moment an wie zu Hause gefühlt, so, als hätte sie eine verwandte Seele gefunden, hat Manon es mir irgendwann zu erklären versucht. Sie sind sich auf der Kinderstation begegnet, auf der Lulu lag, und seither konnten sie nicht mehr voneinander lassen. Die gegenseitige Anziehung war augenblicklich da. Sie haben sich sofort erkannt, im ersten Moment, und dann hat sich zwischen ihnen alles völlig natürlich und wie von allein entwickelt. Manchmal sucht man im Radio nach einer bestimmten Frequenz, doch es rauscht und knackt, und der Empfang bleibt schlecht. Bei Paul und Manon war der Ton von Anfang an ganz klar.

Schmerzlich bewusst wurde beiden, was zwischen ihnen geschehen war, als die traurigen Umstände von Lulus Tod sie erst mal trennten. Beide fühlten nur eine immense Leere. Zum Glück nur für kurze Zeit.

Auch Paul glaubt, in Manon eine verwandte Seele gefunden zu haben. Zum ersten Mal seit Jahrzehnten trauert er nicht mehr seinem verloren gegangenen Kometen nach. Gleichzeitig hat er aber auch eine Heidenangst. Angst vor Manons jugendlichem Alter. Angst, sie zu verletzen. Angst, dass Pauline für ihn ganz in Vergessenheit gerät. Aber er ist machtlos. Eine Weile hat er versucht, gegen seine Gefühle für meine Freundin anzukämpfen, doch es hat ihn zutiefst unglücklich gemacht. Und darum ist ihm letztlich nichts anderes übrig geblieben, als die Waffen zu strecken und seine Angst und seine Liebe Manon zu Füßen zu legen. Und seitdem fühlt er sich so energiegeladen, als wäre er wieder Mitte zwanzig.

Auch Manon hat Angst, zusammen mit ihm ein Leben aufzubauen. Über dreißig Jahre trennen die beiden, und eines Tages wird dieser Altersunterschied ihrer Liebesgeschichte ein Ende bereiten. Aber sie versucht, nicht daran zu denken. Denn auch sie hat für Paul die Waffen gestreckt und sich vorgenommen, mit ihm, so lange es eben geht, ihren innigen Liebeswalzer zu tanzen …

Verwandte Seelen …

Paul geht kaum noch auf Geschäftsreise, weil er es nicht er-

tragen kann, von ihr getrennt zu sein. Wenn wir zusammen im Restaurant sind, tauschen sie während des Essens ihre Teller. Und beim Nachtisch passiert genau dasselbe. Und trotzdem lassen sie einander Luft zum Atmen, keiner engt den anderen ein.

Nur Aufzüge vermeiden sie aus für mich unerfindlichen Gründen …

Ich freue mich jedenfalls riesig für meine beste Freundin. Und auch für meinen besten Freund. Manchmal denke ich, ohne Lulu wären sie sich vielleicht nie begegnet … Zufall oder Bestimmung? Wer weiß? … Letztlich ist es das Ergebnis, das zählt.

Und das Ergebnis ist einfach wunderbar. Manon und Paul sind ein so schönes Paar.

Ach, Lulu, wenn du wüsstest …

Doch halt, wie dumm von mir, du weißt es doch längst!

Auch bei Jérôme lodert das Feuer wieder. Sein Windstoß heißt Caroline. Einmal hat er mir im Vertrauen erzählt, er hätte in der Nacht, bevor wir in die Bretagne gefahren sind, noch lange wachgelegen, weil er glaubte, nicht die richtige Vertretung engagiert zu haben, so ängstlich und unsicher sei sie ihm an jenem ersten Abend erschienen. Doch genau deshalb hat es bei ihm dann wohl auch gefunkt. Er wollte Caroline auf ihrem Weg zu mehr Selbstvertrauen unbedingt beistehen. Jérôme und sein ewiges Bedürfnis, allen und jedem zu helfen! Dabei hat sie am Ende mehr ihm geholfen als er ihr, auch wenn er das nie zugeben würde, dickköpfig, wie er ist.

Aber wie auch immer, es sieht gut aus für die beiden: Caroline scheint seine gelegentliche Sturheit nichts auszumachen, sie ist alles in allem doch ein ausgeglichener Mensch. Zwar ist sie manchmal etwas unbeholfen, aber sie pendelt nicht ständig zwischen himmelhoch jauchzend und zu Tode betrübt wie früher Irène. Die Ärztin lässt sich nicht so leicht vom Leben umpusten, sondern versucht mutig, dessen Stürmen zu trotzen. Anders hätte sie damals auch nicht die kleine Victoire am Leben halten können, nur mit ihren Fingern im Leib der Mutter. Und clever ist sie zudem auch: Ganz allmählich hat sie sich in Jérômes Leben geschlichen, ihn zunächst einfühlsam unter dem Gips gekratzt und sich dann nach und nach unentbehrlich gemacht … Ja, Caroline ist das genaue Gegenteil von Irène. In Haushaltsdingen ist sie allerdings chaotisch. Ob das Esszimmer nun geputzt ist oder die Pullis im Kleiderschrank ordentlich gestapelt sind, ist ihr so was von egal, wenn sie dadurch nur mehr Zeit für ihre Patienten und Freunde findet. Und vor allem natürlich für den Mann, mit dem sie nun ihr Leben teilt, weil er ihr eine wertvolle Stütze gewesen ist, als sie große Zweifel plagten. Und das, obwohl Jérôme damals im Rollstuhl saß und sich nur auf Krücken fortbewegen konnte, also eigentlich selbst eine Stütze brauchte … Das Leben ist schon manchmal komisch.

Paul, Manon, Jérôme, Caroline: Ja, bei den mir wichtigsten Menschen lodert das Feuer wieder. Die höchsten Flammen sind jedoch bei mir emporgeschossen.

Dabei habe ich vor etwas über drei Jahren noch geglaubt, ich wäre für alle Zeiten aus dem Lebensboot gefallen und nun verdammt dazu, im eiskalten Wasser irgendwie den Kopf oben zu behalten. Doch ich habe es geschafft, wieder an Bord zu klettern, Romain sei Dank. Er behauptet zwar immer, er habe keinen

Anteil daran, aber ich weiß sehr gut, dass mich sonst eine gefährliche Strömung abgetrieben hätte ... Gut, vielleicht hätten mich andere helfende Hände vorher noch hochgezogen, und andere Hände gab es, und sie sind immer noch für mich da. Aber seine Liebe hat mir letztlich die nötige Kraft gegeben.

Und das tut sie bis heute.

Romain hat mir vom Deck aus die Hand gereicht, meine Kleider in der Sonne getrocknet, mich in seine Arme genommen, damit ich nicht mehr friere, und dann wie Kolumbus gen Horizont gezeigt, um mir Lust zu machen, mit ihm darauf zuzusegeln. Und so habe ich nach und nach gelernt, wie man die Segel richtig setzt, und unser Boot hat Fahrt aufgenommen.

Vor einem Jahr bin ich zu ihm in sein kleines Haus gezogen. Charlotte hat mich mit kindlicher Selbstverständlichkeit angenommen. Geholfen hat sicher, dass ich ziemlich gut mit ihr spielen kann. Wie man mit ein paar Legosteinen wirklich tolle Dinge baut, ist kein Geheimnis für mich, im eigentlichen wie im übertragenen Sinn, im Memory bin ich immer noch fast unschlagbar, und wenn es darum geht, Charlottes Puppenhaus neu einzurichten, werde ich selbst wieder zu einem kleinen Mädchen.

Vielleicht hat sie aber auch so schnell Zutrauen zu mir gefasst, weil ich mich ganz auf sie eingelassen habe, wie eine große Schwester. Hin und wieder nehmen wir uns auf dem Sofa in die Arme und drücken uns einfach nur ganz lange und fest, stopfen mit Zärtlichkeit so die Löcher unserer Festung, wenn der kalte Luftzug des Verlassenseins durch die Ritzen bläst. Denn ihr fehlt ihre Mutter, und mir fehlt mein Kind.

Stunden können wir so aneinanderkleben, ich spüre, wie mir ihre kleine Hand über den Rücken streicht, und meine Nase liegt in ihrer Halsbeuge vergraben. Wir sind wie Babys, die reflexartig die Wärme und den Schutz ihrer Mama suchen.

Purer Überlebensinstinkt.

Manchmal sitzen wir immer noch so da, die eine an die andere geschmiegt, wenn Romain aus der Klinik nach Hause kommt.

»Ihr schmust ja schon wieder«, sagt er lächelnd und zieht eine gespielt eifersüchtige Schnute.

Dann breiten wir unsere Arme für ihn aus und schmusen weiter zu dritt. Und das ist noch viel schöner.

Ich habe schließlich doch noch Pauls Angebot angenommen, mich finanziell bei einer Ausbildung zu unterstützen. Ich hatte meinen Job als Kassiererin einfach so satt. Noch bin ich natürlich keine Molekularbiologin, aber vor einem Monat habe ich mein Diplom als Fachassistentin für Mikrobiologie gemacht und vor einer Woche die Zusage für eine Stelle bekommen, die ich im September antreten und bei der ich viel praktische Erfahrung sammeln kann. Paul meint, bei meinem Ehrgeiz und Lerneifer werde es mir ein Leichtes sein, auf der Karriereleiter rasch voranzukommen und meinen Traum bald zu realisieren. Wir werden sehen …

Ein halbes Jahr nach Lulus Tod ist im Übrigen mein Vater gestorben. Lungenkrebs. Ich habe es erst hinterher erfahren.

Meine Mutter hatte nicht die Kraft, mich rechtzeitig zu benachrichtigen. Zerrüttet von ihrer Alkoholsucht und den Irrtümern eines unerfüllten Lebens, war sie nur noch ein menschliches Wrack, das antriebslos und mit zerfetzten Segeln mitten auf dem Ozean trieb. Darum habe ich sie so gut es ging ins Schlepptau genommen. Ich habe ihr Haus verkauft und mit dem Geld dann für sie eine Entziehungskur in einer renommierten Klinik organisiert, damit sie wieder Fuß fasst im Leben.

Und ganz allmählich geht es auch bei ihr aufwärts. Sie lebt jetzt in einer kleinen Wohnung, in der sie sich wohlzufühlen scheint, und wir haben wieder etwas mehr Kontakt. Nach so vielen Jahren aus Legosteinen etwas neu zu bauen, braucht eben Zeit. Immerhin kann sie nun wieder lachen. Es wirkt zwar noch etwas steif, weil sie es während der Ehe mit meinem Vater völlig verlernt hat. Aber Lachmuskeln verschwinden nicht, die kann man wieder trainieren. So, wie man auch wieder fühlen lernen kann.

So sieht es also aus:

Da gab es früher einen Physiotherapeuten, der mit einer schmerzhaften Trennung zu kämpfen hatte, einen Landarzt, der über den selbst gewählten Tod seiner Frau hinwegkommen musste, und einen Luftfahrtingenieur, den die Erinnerung an seine vergangene Liebe dreißig Jahre lang umtrieb, ohne dass er sich davon lösen konnte.

Dann gab es da meine beste Freundin, die in den Tag hineinlebte, ohne sich um die Zukunft zu sorgen, eine junge Vertretungsärztin, die glaubte, nichts wert zu sein, und eine Supermarktkassiererin, die sich als alleinerziehende Mutter abstrampelte, ohne wirklich festen Boden unter die Füße zu kriegen.

Und schließlich gab es da noch einen fröhlichen kleinen Jungen, der dem Leben mit offenen Armen entgegenlief.

Und heute?

Heute gibt es meinen Freund Romain, der mir in den Steigbügel geholfen und sich mitsamt seiner kleinen Tochter gleich mit aufs Pferd geschwungen hat, und die Kleine hält sich an uns fest, sodass wir freudig zu dritt galoppieren.

Da ist Jérôme, dessen Bein leider nie mehr ganz gerade sein wird, weshalb er nie mehr mit mir am Strand entlangjoggen kann, der dafür aber gelernt hat, ein paar Zwiebelschichten Ballast abzuwerfen, wenn zu viel auf seinen Schultern lastet, und sich nun auch mehr vom Leben treiben lässt, dank Caroline. Diese hat dafür ihre diagnostischen Fähigkeiten zum Wohle der Krankenkassen verfeinert und nebenbei ihr Selbstbewusstsein gestärkt, was sich nicht zuletzt in einem wesentlich festeren Händedruck zeigt.

Dann gibt es da meinen besten Freund Paul, der beim Zwiebelnschneiden zwar immer noch furchtbar heult, nun aber endlich nach vorne schaut und mit Manon Zukunftspläne schmiedet, die ihr Marmeladenglas ganz fest über dieser netten Hummel verschlossen hat, die sich vor ein paar Jahren in ihr Herz gesummt hat.

Und es gibt eine ehemalige Kassiererin, die Schritt für Schritt ihrem Traum näherkommt, einmal als Molekularbiologin zu arbeiten, und inzwischen all ihre undichten Stellen verschlossen hat, was sie einer mittelalterlichen Hebamme und einem Mann verdankt, auf den das Testosteron einen »Märchenprinz«-Effekt hat.

Nur einer fehlt in diesem Bunde: Lulu, mein kleiner, fröhlicher Junge, der statt dem Leben dem Tod in die Arme lief. Und darum ist er nicht mehr da, um all das zu sehen und mit uns zu erleben.

Aber ich weiß, dass er mehr Anteil an unser aller Glück hat, als wir ahnen. Vielleicht hat er ja sogar ein wenig seine Hand im Spiel. Denn wie sonst ist es zu erklären, dass Manon, Caroline und ich fast im gleichen Monat schwanger geworden sind?

Zufall oder Bestimmung?
Egal, nur das Ergebnis zählt.
Und es ist ein wundervolles Ergebnis.

Zwischen dem Früher und dem Heute gab es eine zufällige Begegnung an der Kasse eines Supermarkts, wegen einer Pizza und ein paar Flaschen Bier. Paul hätte zu einer anderen Kasse gehen können, ich hätte an diesem Tag freihaben können. Oder ich hätte stupid lächeln können, statt zu heulen. Aber ich saß da, mit dieser Tränenspur im Gesicht, und Paul hat meine Kasse gewählt, wer weiß, vielleicht sogar ganz unbewusst wegen dieser Träne. Er hätte ebenso wenig die darauffolgende Woche wiederkommen und mich zum Essen einladen müssen. Wir hätten nicht gemeinsam in die Bretagne aufbrechen und uns anfreunden müssen. Und so wäre der Unfall vielleicht nie geschehen.

Aber all das ist passiert, und wir mussten damit fertigwerden. Romain hatte recht. Man steht alles durch. Weil einem nichts anderes übrig bleibt. Denn das Leben geht weiter, trotz allem nimmt es seinen Lauf, bleibt im Fluss, und wir haben keine andere Wahl, als uns von ihm treiben zu lassen wie kleine Zweige von der Strömung. Wir geraten in wirbelnde Stromschnellen, werden durchgerüttelt oder durch Strudel zeitweise hinab in die Tiefe gezogen, und dann schwimmen wir wieder oben. Und manchmal findet sich im Fluss eine Stelle, die von einem großen Stein geschützt ist, wo die Zweige sich von der rasanten Fahrt auf dem Wasser erholen und sich wie eine kleine Anhäufung von Überlebenden zu einem Staudamm zusammentun. Mit Lulus Tod ist unser Staudamm wieder gebrochen und hat alle mit sich fortgerissen. Doch wir sind dabei nicht ertrunken, weil wir uns einer am anderen festgehalten haben, und die Stärkeren haben die Schwächeren gestützt.

Hat man einmal solche Fluten überstanden, fühlt man sich am Ende stärker. Und gleichzeitig sensibler. Verrückterweise.

Es tut weh, aber man hält es aus.

Man kann es überstehen.

Und steht es durch.

Und irgendwann gibt es dann wieder eine geschützte Stelle hinter einem großen Stein, wo man gemeinsam mit den anderen Atem schöpfen kann.

Bis wir von Neuem mitgerissen werden.

Denn so ist das Leben.

Das wahre Leben.

Und nun ist es also wieder Sommer. Bis auf Charlotte, die die Ferien bei ihren Großeltern verbringt, sind wir alle in die Bretagne gefahren, in Pauls Ferienhaus. Alle, das sind Paul, Manon, Jérôme, Caroline, Romain und ich. Plus drei kleine Wunder, die drei Frauenbäuche von Tag zu Tag weiter vorwölben.

Jeden Abend gehe ich hinunter zum Strand und schaue zu, wie die Sonne im Meer versinkt. Lulu ist dann immer ganz nah. Und wenn die Sonne und er schließlich schlafen gegangen sind, kehre ich ins Haus zurück, mit einer leichten Melancholie im Herzen, die mich nie verlässt, aber auch nicht mehr so wehtut.

An diesem Nachmittag haben die Männer das Motorboot startklar gemacht, und wir sind hinaus aufs Meer gefahren. Nach dem Abendessen haben wir an Bord den Balu-Tanz getanzt, denn vor wenigen Monaten ist der Bär dann doch noch aus seinem Winterschlaf erwacht.

In stockdunkler Nacht haben wir schließlich Anker geworfen, an etwa der gleichen Stelle wie damals mit Jérôme. Als er die Lichter ausgeschaltet hat, habe ich in Erinnerung an damals nur in mich hineingegrinst: Nach dem, was ich alles erlebt habe, kann mich so leicht nichts mehr schrecken, schon gar kein Moby Dick …

Dann haben wir uns alle aufs Deck gelegt und die warmen Kamelhaardecken über uns und die drei kleinen Hügel gebreitet, die nun wie Dünen in der Wüste wirken.

Über uns ein prachtvoller Himmel. Der Mond ist nirgends zu sehen. Es ist die Nacht des 10. August, und wir wollen die Perseiden beobachten, diesen magischen Sternschnuppenregen. Welch grandioses Lichtspektakel aus so ein bisschen Kometenstaub, dessen winzigste Partikel gerade mal so groß wie Sandkörner sind!

Ich muss wieder daran denken, was Romain damals über die Sandkörner am Saum der Brandung gesagt hat, aus denen man die schönsten Burgen baut. Heute Nacht bauen wir weiter an unserer gemeinsamen Burg. Sie ist schon jetzt sehr solide; unsere tiefe Zuneigung und unser fester Zusammenhalt bilden das Fundament und den Zement.

Schweigend schauen wir hoch zu den Sternen im Bewusstsein, dass manche von ihnen heller leuchten als andere, denn es gibt mehr als nur Gas und Materie. Und manche von ihnen lachen …

Ich denke oft an Lulu. Ich denke jeden Tag an ihn. Bei jedem Morgengrauen und in jeder Abenddämmerung, die ich erlebe. Er ist in jedem Windhauch, jedem Sonnenstrahl, der Flugbahn eines jeden Schmetterlings. Er ist immer da, wo auch ich bin. Manchmal denke ich mit Freude an ihn, manchmal mit schwerem

Herzen. Er ist zwischen jedem einzelnen meiner Gedanken und dem Rest der Welt, er ist tief in mir, verborgen und wohlbehütet in meinem Innern, was auch immer geschieht. Ich trage ihn in mir wie eine schwangere Frau, die als Einzige von der Existenz ihres ungeborenen Kindes weiß, weil ihr Bauch sich noch nicht gerundet hat und das Wunder nach außen verkündet. Und wie sie genieße ich dieses innige Geheimnis, das niemand mir verderben kann, auch keine anderen Sorgen, denn ich trage das Leben selbst in mir, trage seine Liebe in mir …

Ich habe Lulu neun Monate in mir getragen, um ihm eine Zukunft zu ermöglichen, und er ist zu mir zurückgekehrt, damit ich mein eigenes Leben bewältigen kann. Mein Leben, das mich immer mal wieder abstürzen lässt, mich Kraft kostet, nervenaufreibend, aber auch erfüllend und köstlich ist.

Lulu ist wie ein Engel durch unser Leben gegangen und wird in unser aller Gedächtnis bleiben.

Und ich, ich habe wieder Mut gefasst und sehe dem Wunder entgegen, dem Wunder, einfach zu leben und darüber glücklich zu sein.

Denn Lulu ist immer dort, wo auch ich bin …

DANKE

Pauline – der Ärztin …

Apolline – für ihren frechen Sinn …

Fréderic – für manch technischen Trick …

Hervé – für so manche Idee …

Meinem Vater – dem grammatikalischen Berater …

Mickaël, dem lieben – er hat das Gedicht geschrieben …

All meinen Lesern mit ihrem kritischen Auge – die mir einreden, dass ich was tauge (und ganz großen Dank an Marie – nie wäre das passiert ohne sie!)

All denen, von denen ich Liebe, Zärtlichkeit und Trost bekomme – damit ich weiterkomme …

Emmanuel – für sein Frühlingsnaturell …

Benjamin nicht zuletzt – der mich in die Zukunft versetzt …

Und Pierre, allen voran – denn er begleitet mich, wo und wie er nur kann.

Agnès Ledig

dtv
Leseprobe

Manchmal entscheidet das Leben für uns –
aus guten Gründen

Roman
Deutsch von Lisa-Maria Rust
ISBN 978-3-423-26108-1

www.dtv.de

Auf Knien fleht sie uns an, ihr Kind zu retten.

Ich stehe an vorderster Front, mir bleibt keine Wahl, ich muss ran. Es ist auch gar keine Frage der Wahl, sondern der Ehre, der Würde. Deshalb mache ich diesen Beruf.

Es geht um ein Menschenleben, hier und jetzt, das eines Kindes, des Kindes dieser Frau, die vor mir auf dem Boden kniet. Da gibt es kein Zögern.

Die brennende Wohnung liegt im achten Stock, das Treppenhaus ist nicht mehr zugänglich. Die Mutter schreit panisch, dass ihr Junge noch da oben ist, ganz allein in der Wohnung. Dass sie nur kurz etwas einkaufen wollte, während er schlief, und als sie zurückkam, war schon diese ganze Menschenansammlung da, weil dicker schwarzer Rauch aus den Fenstern quoll. Händeringend fleht sie uns an und wiegt dabei den Oberkörper vor und zurück. Ich weiß nicht, ob das Ausdruck vorübergehender Verwirrung ist oder ein zweckloser Versuch, sich zu beruhigen. Vielleicht beides. Die Frau ist ganz in schwarz gekleidet, sie trägt eine afrikanische Tunika unter einer unförmigen Jacke mit abgewetzten Manschetten, die sich über ihrem schwangeren Bauch öffnet, und Zehensandalen trotz der Februarkälte. Ihr Anblick, verzweifelt und auf Knien, macht mich schier verrückt.

Ich heiße Romeo Fourcade, bin fünfundzwanzig und Berufsfeuerwehrmann. Brandmeister, Truppführer Angriffstrupp. Beim Einsatz mache ich den ersten Zugriff, versuche, so weit wie möglich zum Geschehen vorzudringen, wie ein Soldat im Bombenhagel. Mit Wut im Bauch und auch mit ein wenig Furcht und Respekt. Von alldem braucht man ein bisschen, um am Leben zu bleiben.

Der Einsatzleiter erteilt mir den Befehl: Personenrettung mit Drehleiter im achten Stock.

Ich mache mich sofort an die Arbeit, steige in den Korb und hänge den Karabiner an meinem Gurt unter der Jacke ein, dann geht es auch schon nach oben. Ich justiere die Sauerstoffflasche auf meinem Rücken und ziehe mir die Atemschutzmaske auf. Ein moderner Romeo. So kommt man bequemer auf den Balkon.

Ich wünschte nur, meine Julia würde mich da oben erwarten …

Für einen Moment geht mir Carines SMS von heute Morgen durch den Kopf. Sie verlässt mich.

»Ich gehe. Ich liebe dich nicht mehr. Tut mir leid.«

Sie macht Schluss per SMS. Das muss man sich mal vorstellen! Immerhin, es tut ihr leid, zumindest schreibt sie das. Trotzdem ist es eine unglaubliche Schmach! Aber hier oben über der gähnenden Leere, der wirklichen Leere, im Angesicht dieses Hochhauses, muss ich mich konzentrieren. Da oben wartet ein Kind auf mich, und auf dem Boden fleht mich seine Mutter an, ihren Sohn zu retten. Und so richte ich den Blick, ohne noch an etwas zu denken, zu dem Fenster hinauf, das sich in einen Schlot verwandelt hat. Auf halber Höhe kann ich durch das Keuchen meines eigenen Atems unter der Maske eine Stimme ausmachen. Der Kleine lebt noch. Der schwarze Qualm, der aus dem Fenster dringt, lässt ahnen, wie heftig das Feuer in der Wohnung wütet. Ich werde alles tun, um ihn zu retten. Alles.

Ich habe noch zwei Meter bis nach oben. Mein Vorgesetzter weist mich über Funk an, kein unnötiges Risiko einzugehen.

Inzwischen ist bei mir jegliche Furcht einer wilden Entschlossenheit gewichen. Ich höre nur noch den kleinen Jungen, alles andere ist mir egal.

Den Jungen retten.

In dem Augenblick, als ich ein Bein über den Fensterrahmen schwinge, gerade als ich den Karabiner gelöst habe, erfasst mich ein glühenden heißer Luftstrom und ich werde durch die Luft geschleudert.

Dann Dunkelheit.

[…]

Laurent weckt mich, als er so gegen sechs von der Arbeit kommt und die Wohnungstür ungebremst ins Schloss fallen lässt. Es war das erste Mal, dass ich zwischen zwei Nachtschichten so gut geschlafen habe. Anscheinend habe ich es wirklich nötig.

»Hallo, Schatz. Hast du noch geschlafen?«

»Ja.«

»Nichts zum Abendessen vorbereitet?«

»Ich hatte keine Zeit.«

»Ich habe Hunger.«

»Tut mir leid. Ich bin zurzeit so müde.«

»Glaubst du, ich etwa nicht? Eine Bankfiliale zu leiten ist kein Spaziergang! Die armen Schlucker, die uns einen Kredit aus den Rippen leiern wollen, machen einen echt fertig. Aber ich mach das für dich. Da könntest du dich für mich auch mal ein bisschen mehr anstrengen, Juliette!«

Ich habe mich unter die Dusche verzogen. Ganz unrecht hat er nicht. Er arbeitet hart. Ich hätte den Wecker etwas früher stellen können, aber ich bin in letzter Zeit nur müde. Außerdem ist es gerade jetzt wichtig, dass ich mich ausruhe, um meine Chancen auf ein Baby zu verbessern. Als ich aus dem Badezimmer komme, sitzt er vor seinem Computer, und in der Küche ist nichts passiert. Obwohl er den ganzen Tag vor dem Bildschirm verbringt, ist sein erster Reflex, wenn er aus dem Büro nach Hause kommt, sich wieder vor die Kiste zu setzen. Manche Sachen kapiere ich einfach nicht.

Ich muss los. Ich schnappe mir aus dem Küchenschrank was zum Knabbern und mache mich auf den Weg zur Arbeit.

[...]

Der junge Mann im Krankenbett ist der Inbegriff eines Feuerwehrmanns. Kurz rasierte Haare, breite Schultern, muskulöser Körper, ein eckiges Gesicht, soweit man das bei all den Wundverbänden erahnen kann. Wenn wir einen schwerverletzten Feuerwehrmann hereinbekommen, der bei einem Einsatz verunglückt ist, nimmt mich das immer besonders mit. Weil sie Leben retten sollen und dabei ihr eigenes aufs Spiel setzen. Wie viele von uns können das schon von sich behaupten?

Sicher ist jedenfalls, dass er hier so bald nicht rauskommen wird. Ich setze mich mit seiner Akte neben ihn, um sie in Ruhe zu lesen.

Romeo Fourcade. Nicht gerade ein gängiger Vorname. Er bringt mich zum Schmunzeln.

Fünfundzwanzig Jahre alt. Wie jung er ist …

Keine Angehörigen: Als Ansprechpartner ist ein Monsieur Klein genannt, Oberbrandmeister bei der Feuerwehr. Das muss der Mann sein, der ihn in die Notaufnahme begleitet hat. Komisch, dass kein Familienmitglied da war. In der Akte ist nichts weiter vermerkt, was aber nicht ungewöhnlich ist, denn bei einer Notaufnahme kümmert man sich erst mal nur um das Notwendigste.

Die Liste seiner Verletzungen ist schwindelerregend. Ich lese sie nicht bis zu Ende. Unser Job hier ist es, ihn für den Rest der Nacht stabil zu halten. Ich lasse die Unterlagen sinken und betrachte den jungen Mann. Nicht alle kommen hier lebend wieder raus. Was ihn betrifft, scheint er nicht in akuter Gefahr, aber die Erfahrung hat mich gelehrt, den Tag nicht vor dem Abend zu loben …